A IMPORTÂNCIA
DE SER
Prudente
UM MARIDO IDEAL E OUTRAS PEÇAS

COPYRIGHT © FARO EDITORIAL, 2024
COPYRIGHT © OSCAR WILDE (1854-1900) - DOMÍNIO PÚBLICO

Todos os direitos reservados.
Nenhuma parte deste livro pode ser reproduzida sob quaisquer meios existentes sem autorização por escrito do editor.

Veríssimo é um selo da Faro Editorial

Diretor editorial **PEDRO ALMEIDA**
Coordenação editorial **CARLA SACRATO**
Assistente editorial **LETÍCIA CANEVER**
Tradução **JANUÁRIO LEITE**
Preparação **PEDRO SIQUEIRA**
Revisão **DOUGLAS EZEQUIEL E CRIS NEGRÃO**
Capa **REBECCA BARBOZA**
Diagramação **VANESSA S. MARINE**

Dados Internacionais de Catalogação na Publicação (CIP)
Angelica Ilacqua CRB-8/7057

Wilde, Oscar, 1854-1900
   A importância de ser Prudente, Um marido ideal e outras peças / Oscar Wilde ; tradução de Januário Leite. — São Paulo : Faro Editorial, 2024.
   224 p.

ISBN 978-65-5957-502-2
Título original: Lady Windermere's Fan; The Importance of Being Earnest; A Woman of No Importance; An Ideal Husband

1. Teatro irlandês I. Título II. Leite, Januário

24-0241   CDD IR822

Índice para catálogo sistemático:
1. TEATRO IRLANDÊS

Veríssimo

1ª edição brasileira: 2024
Direitos desta versão em língua portuguesa, para o Brasil, adquiridos por FARO EDITORIAL

Avenida Andrômeda, 885 – Sala 310 – Alphaville
Barueri – SP – Brasil
CEP: 06473-000
www.faroeditorial.com.br

Oscar Wilde

TRADUÇÃO
Januário Leite

A Importância de ser Prudente

Um marido ideal e outras peças

Veríssimo

Prefácio 6

O leque de lady Windermere 9

Uma mulher sem importância 55

Um marido ideal 105

A importância de ser Honesto 173

PREFÁCIO

Neste volume, o leitor é convidado a adentrar o universo teatral de Oscar Wilde, um terreno em que a sagacidade e a elegância estão tão intrínsecas quanto as cortinas que se abrem no palco. Wilde, mestre indiscutível da comédia de costumes, oferece-nos um repertório de peças que transcende a sua época, consolidando seu lugar como um ícone na história da literatura.

O Leque de Lady Windermere, Um Marido Ideal, Uma Mulher Sem Importância e *A Importância de Ser Prudente* formam um quarteto que sublima a inteligência e a sutileza do autor, revelando as camadas multifacetadas da sociedade vitoriana com um olhar perspicaz e muitas vezes mordaz. Há em cada obra uma crítica discreta às convenções sociais, um retrato das dualidades humanas e um exame das aparências versus a essência.

O Leque de Lady Windermere é uma intrincada dança de moralidade e hipocrisia, em que o objeto que dá título à obra atua como um símbolo da fragilidade e da força femininas. A peça é um convite a refletir sobre a reputação e os complexos laços de amor e dever.

Em *Um Marido Ideal*, somos confrontados com o tema da corrupção política e a redenção pessoal, imperando a ideia de que o passado não deve ser uma corrente inquebrável que nos determina indefinidamente.

Uma Mulher Sem Importância nos leva por uma jornada acerca do julgamento sumário e o papel da mulher na sociedade, com um tom que oscila entre o satírico e o profundamente emocional.

E, por fim, *A Importância de Ser Prudente* revela Wilde no apogeu de sua arte cômica. A obra é uma celebração do artifício sobre a sinceridade, do duplo sentido e da inteligência afiada que disfarça a ferocidade da crítica em charme e leveza.

Esse quarteto de peças está imbuído do que há de mais refinado na estética wildeana. Não há aqui adornos desnecessários ou excessos ornamentais; a beleza está na precisão com que Wilde esculpe suas palavras, na arquitetura de suas frases e na agudeza de seus diálogos. Oscar Wilde captura a eternidade nos detalhes. Com ele, o teatro transcende a mera representação e se torna um espelho crítico de uma sociedade intrincadamente adornada por suas próprias contradições.

Com a leitura destas páginas, aprecia-se não somente a arte dramática, mas também a arte da vida, esmiuçada pelo autor com uma precisão quase cirúrgica. Oscar Wilde não apenas escreveu para a sua época; suas obras são vivas, pulsantes e relevantes para sempre. Este é o verdadeiro triunfo de sua arte: a capacidade de ser infinitamente contemporânea.

Sejam bem-vindos ao teatro de Oscar Wilde, onde a beleza das palavras se une a uma verdade incômoda — um lugar onde o riso e a seriedade são os dois lados da mesma cortina que se desvela. Enjoy the play.

— Os editores

O LEQUE DE LADY WINDERMERE

Representada pela primeira vez em 20 de fevereiro de 1892, no St. James's Theatre, em Londres.

PERSONAGENS
Lorde Windermere
Lorde Darlington
Lady Ágata Carlisle
Lorde Augustus Lorton
Lady Plymdale
Sr. Dumby
Sr. Cecil Graham
Lady Stutfield
Lady Jedburgh
Sra. Cowper-Cowper
Sr. Hopper
Parker, *mordomo*
Lady Windermere
Duquesa de Berwick
Sra. Erlynne
Rosalie, *empregada*

TEMPO
Presente

LUGAR
Londres

A ação da peça decorre no espaço de vinte e quatro horas, começando numa terça-feira, às cinco horas da tarde, e terminando no dia imediato, à uma hora e trinta da tarde.

PRIMEIRO ATO

CENA

Sala de café da manhã da residência de lorde Windermere em Carlton House. Portas ao centro e à direita. Secretária com livros e papéis à direita. Sofá com mesinha de chá à esquerda. Janela para o terraço à esquerda. Mesa à direita.

Lady Windermere está à mesa da direita, dispondo rosas numa taça. Entra Parker.

PARKER — Vossa Excelência está em casa esta tarde?

LADY WINDERMERE — Estou. Quem é?

PARKER — Lorde Darlington, minha senhora.

LADY WINDERMERE — (*Hesita um momento*) Que suba! E estou em casa para todos.

PARKER — Sim, minha senhora.

Sai pela porta do centro.

LADY WINDERMERE — É melhor para mim falar-lhe agora. Fico feliz que tenha vindo.

Entra Parker pelo centro.

PARKER — Lorde Darlington.

Entra lorde Darlington pelo centro. Sai Parker.

LORDE DARLINGTON — Como está, lady Windermere?

LADY WINDERMERE — Como está, lorde Darlington? Não, não posso lhe apertar a mão. Tenho as mãos molhadas destas rosas. Não são um encanto? Vieram esta manhã de Selby.

LORDE DARLINGTON — Uma perfeição. (*Vê um leque pousado na mesa*) E que maravilha de leque! Dá-me licença de o examinar?

LADY WINDERMERE — À vontade. É lindo, não é? Tem o meu nome gravado. Veio há bocadinho ainda. É um agrado de meu marido. Sabes que faço aniversário hoje?

LORDE DARLINGTON — Ah, faz? Não sabia.

LADY WINDERMERE — Faço. Entro hoje na maioridade. É um dia importante na minha vida, não é verdade? Por isso é que dou esta festa logo à noite. Sente-se.

Continua a arranjar as flores.

LORDE DARLINGTON — (*Sentando-se*) Sinto muito por não saber que era o dia do seu aniversário, lady Windermere. Teria enchido de flores a rua em frente a sua casa para lady Windermere lhes passar por cima. São feitas para você.

Curto silêncio.

LADY WINDERMERE — Lorde Darlington, aborreceu-me muito ontem à noite, no Ministério dos Estrangeiros. Receio que me vá tornar a aborrecer.

LORDE DARLINGTON — Eu, lady Windermere?

Entra Parker e um criado pelo centro com uma bandeja e um serviço de chá.

LADY WINDERMERE – Ponha aí, Parker. Está bem. (*Limpa as mãos com o lenço. Dirige-se para a mesinha do chá à esquerda e senta-se*) Não quer vir aqui, lorde Darlington?

Sai Parker pelo centro.

LORDE DARLINGTON – (*Pega numa cadeira e dirige-se para a esquerda, no centro*) Estou aflito, lady Windermere. Tem de me dizer o que é que eu fiz.

Senta-se à mesa da esquerda.

LADY WINDERMERE – Bem, passou a noite toda a despender-me amabilidades.

LORDE DARLINGTON – (*Sorrindo*) Ah, hoje em dia vivemos todos tão apertados, que é a única coisa em que podemos ser pródigos.

LADY WINDERMERE – (*Abanando com a cabeça*) Não, estou falando muito sério. Não ria, é absolutamente sério o que lhe digo. Não gosto de galanteios e não compreendo por que é que há de um homem pensar que agrada enormemente uma mulher, quando lhe diz uma infinidade de coisas que não sente.

LORDE DARLINGTON – Ah, mas eu senti-as.

Toma o chá, que ela lhe oferece.

LADY WINDERMERE – (*Gravemente*) Antes não sentisse! Custar-me-ia muito ter de me zangar contigo, lorde Darlington. Gosto muito de você, sabe. Mas deixaria de gostar, se pensasse que é como a maior parte dos homens. Acredite, o senhor é melhor que a maior parte dos homens e parece-me às vezes que finge ser pior.

LORDE DARLINGTON – Todos nós temos as nossas vaidadezinhas, lady Windermere.

LADY WINDERMERE – Por que há de ser essa, em especial, a sua?

Continua sentada à mesa da esquerda.

LORDE DARLINGTON – (*Sentado ainda à esquerda, no centro*) Oh, hoje em dia, anda por aí pela sociedade tanta gente que presumimos boas, que me parece haver certo encanto em fingir ser mau. Se fingirmos sermos bons, o mundo leva-nos muito a sério. Se fingirmos sermos maus, já não nos leva. Tal é a espantosa estupidez do otimismo.

LADY WINDERMERE – Então não quer que o mundo o leve a sério, lorde Darlington?

LORDE DARLINGTON – Não, o mundo não. Quem é que o mundo leva a sério? Toda essa gente fastidienta, desde os bispos até os enfadonhos. Desejaria que lady Windermere me levasse muito a sério. Lady Windermere, acima seja de quem for.

LADY WINDERMERE – Eu… Por quê?

LORDE DARLINGTON – (*Após breve hesitação*) Porque penso que poderíamos ser grandes amigos. Sejamos bons amigos. Pode um dia vir a precisar de um amigo.

LADY WINDERMERE – Por que diz isso?

LORDE DARLINGTON – Oh… Todos nós temos às vezes necessidade de amigos.

LADY WINDERMERE – Parece-me que já somos bons amigos, lorde Darlington. Podemos sempre assim ficar, enquanto o senhor não…

LORDE DARLINGTON – Não o quê?

LADY WINDERMERE – Não estragar tudo, dizendo-me tolices. Julga-me uma puritana, não? Bem, há em mim algo de puritana. Fui assim educada, e fico feliz. Minha mãe morreu eu era criança. Vivi sempre com lady Júlia, irmã mais velha de meu pai, sabe. Era severa para mim, mas ensinou-me o que o mundo está esquecendo: a diferença que existe entre o que é digno e o que não é. Era intransigente. E eu o sou também.

LORDE DARLINGTON — Minha querida lady Windermere!

LADY WINDERMERE — (*Recostando-se no sofá*) Considera-me antiquada. Bem, eu sou! Iria me pesar muito estar ao nível de uma época como esta.

LORDE DARLINGTON — Acha esta época muito má?

LADY WINDERMERE — Acho, sim. Hoje em dia todos parecem encarar a vida como uma especulação. E não é. É um sacramento. O seu ideal é o amor. A sua purificação é o sacrifício.

LORDE DARLINGTON — (*Sorrindo*) Oh, tudo é preferível a nos sacrificarmos!

LADY WINDERMERE — (*Inclinando-se para diante*) Não diga isso!

LORDE DARLINGTON — Digo, sim! Sinto muito... Eu sei!

Entra Parker pelo centro.

PARKER — Minha senhora, os homens querem saber se devem pôr os tapetes no terraço para logo à noite.

LADY WINDERMERE — Parece-lhe que choverá, lorde Darlington?

LORDE DARLINGTON — Pode lá chover no dia do seu aniversário!

LADY WINDERMERE — Diga-lhes, Parker, que sim, que os ponham já.

Sai Parker pelo centro.

LORDE DARLINGTON — (*Sentado ainda*) Acha então... isto, é claro, não passa de um exemplo imaginário... acha que no caso de dois jovens casados há pouco, digamos dois anos, se o marido de repente se liga intimamente a uma amante, é claro, de caráter dúbio — a vai visitar com frequência, almoça com ela, lhe paga, provavelmente, as contas... acha que a esposa não deve procurar uma consolação?

LADY WINDERMERE — (*Franzindo a testa*) Uma consolação?

LORDE DARLINGTON — Sim, acho que deve... entendo que tem direito...

LADY WINDERMERE — Porque o marido é vil... deve sê-lo a mulher também?

LORDE DARLINGTON — Vil... Que palavra terrível, lady Windermere!

LADY WINDERMERE — Que coisa terrível, lorde Darlington!

LORDE DARLINGTON — Sabe que me parece que as pessoas boas fazem muito mal neste mundo? Certamente o maior mal que fazem é atribuírem à maldade tamanha importância. É absurdo dividir as pessoas em boas e más. O que há é pessoas encantadoras ou aborrecidas. Eu ponho-me ao lado das encantadoras, grupo a que lady Windermere não pode deixar de pertencer.

LADY WINDERMERE — Agora, lorde Darlington... (*Erguendo-se e atravessando à direita, na frente dele*) Não se mexa. Vou apenas acabar as minhas flores.

Vai para a mesa da direita, no centro.

LORDE DARLINGTON — (*Erguendo-se e afastando a cadeira*) E eu devo dizer-lhe que a acho demasiado severa sobre a vida moderna, lady Windermere. É claro que há muito que dizer contra ela, admito. A maior parte das mulheres, por exemplo, são, hoje em dia, um tanto mercenárias.

LADY WINDERMERE – Não fale dessa gente.

LORDE DARLINGTON – Bem, deixando então as mercenárias, que, é claro, são terríveis, pensa a sério que nunca se deve perdoar às mulheres que cometeram aquilo que o mundo chama de falta?

LADY WINDERMERE – (*De pé junto à mesa*) Penso que nunca se lhes deve perdoar.

LORDE DARLINGTON – E os homens? Pensa que devia haver para os homens as mesmas leis que há para as mulheres?

LADY WINDERMERE – Decerto!

LORDE DARLINGTON – Acho a vida uma coisa muito complexa para ser regulada por essas normas firmes e rígidas.

LADY WINDERMERE – Se tivéssemos "essas normas firmes e rígidas", acharíamos a vida muito mais simples.

LORDE DARLINGTON – Não admite exceções?

LADY WINDERMERE – Nenhuma!

LORDE DARLINGTON – Ah, que fascinante puritana, lady Windermere!

LADY WINDERMERE – Era desnecessário o adjetivo, lorde Darlington.

LORDE DARLINGTON – Não pude evitá-lo. Posso resistir a tudo, menos à tentação.

LADY WINDERMERE – Tem a afetação moderna da fraqueza.

LORDE DARLINGTON – (*Olhando para ela*) É apenas uma afetação, lady Windermere.

Entra Parker pelo centro.

PARKER – A duquesa de Berwick e lady Ágata Carlisle.

Entram a duquesa de Berwick e lady Ágata Carlisle pela porta do centro. Sai Parker pelo centro.

DUQUESA DE BERWICK – (*Avançando pelo centro e apertando a mão de lady Windermere*) Querida Margarida, tenho tanto prazer em ver-te. Lembras-te de Ágata, não? (*Atravessando para a esquerda centro*) Como está lorde Darlington? Não quero deixá-lo conhecer a minha filha, o senhor é muito mau.

LORDE DARLINGTON – Não diga isso, duquesa. Como homem mau, falhei completamente. Ora essa, há muita gente que diz que eu nunca pratiquei uma ação má em toda a minha vida. Só dizem isso, é claro, nas minhas costas.

DUQUESA DE BERWICK – Não é terrível? Ágata, este senhor é lorde Darlington. Mas olha, não acredite em uma só palavra do que ele diz. (*Lorde Darlington atravessa para direita centro*) Não, não quero chá, obrigada, querida. (*Vai sentar-se no sofá*) Tomamos agora mesmo chá na casa de lady Markby. Que porcaria de chá! Era absolutamente intragável! Mas não foi para mim surpresa nenhuma. É o genro que lhe oferece. A Ágata está ansiosa pelo seu baile de logo à noite, querida Margarida.

LADY WINDERMERE – (*Sentada à esquerda centro*) Oh, não pense que vai ser um baile, duquesa. É apenas uma dançazinha em honra do meu aniversário. Pequenina e cedinho.

LORDE DARLINGTON – (*De pé à esquerda, centro*) Pequenina, cedinho, e muito seleta, duquesa.

DUQUESA DE BERWICK – (*No sofá à esquerda*) É claro que vai ser seleta. Mas nós sabemos disso, querida Margarida, a respeito da sua casa. É realmente uma das poucas casas de Londres aonde eu posso levar a Ágata e onde me sinto perfeitamente segura quanto ao querido Berwick. Não sei para onde caminha a sociedade. Parece que a toda parte vai gente terrível. Decerto também vem às minhas festas — se a não convidamos, os homens ficam furiosos. Realmente alguém devia pôr fim a isto.

LADY WINDERMERE – Ponho eu, duquesa. Não admitirei em minha casa pessoa de quem se rosne algum escândalo.

LORDE DARLINGTON – (*Esquerda, centro*) Oh, não diga isso, lady Windermere. Então eu nunca poderia entrar aqui!

Senta-se.

DUQUESA DE BERWICK – Oh, os homens não importam! Com as mulheres o caso é diferente. Nós somos boas. Algumas, pelo menos. Mas estamos positivamente a ser empurradas para o canto. Nossos maridos iriam se esquecer de que nós existimos, se, de vez em quando, os não amolássemos, precisamente para lhes lembrarmos que temos o direito legal de o fazer.

LORDE DARLINGTON – Dá-se uma coisa curiosa, duquesa, no jogo do casamento, aliás, que está saindo de moda — a esposa tem na mão todas as honras e invariavelmente perde a vantagem do trunfo.

DUQUESA DE BERWICK – E esse trunfo é o marido, lorde Darlington?

LORDE DARLINGTON – Seria antes um bom nome para o marido moderno.

DUQUESA DE BERWICK – Querido lorde Darlington, que terrível depravado se saiu!

LADY WINDERMERE – Lorde Darlington é trivial.

LORDE DARLINGTON – Ah, não diga isso, lady Windermere.

LADY WINDERMERE – Então por que fala tão trivialmente da vida?

LORDE DARLINGTON – Porque entendo que a vida é uma coisa importante demais para dela se falar sério.

Dirige-se para o centro.

DUQUESA DE BERWICK – O que ele quer dizer? Por favor, lorde Darlington, como concessão à minha pobre inteligência, explique-me o que quer dizer.

LORDE DARLINGTON – (*Aproximando-se por trás da mesa*) Parece-me que é melhor não explicar. Hoje em dia ser inteligível é ser descoberto. Adeus! (*Aperta a mão da duquesa*) E agora (*sobe ao palco*) lady Windermere, adeus! Talvez eu venha logo aqui, posso vir? Deixe-me vir, deixe!

LADY WINDERMERE – (*Acompanhando lorde Darlington*) Sim, decerto. Mas não há de dizer tolices, tolices insinceras.

LORDE DARLINGTON – (*Sorrindo*) Ah! Começa já a me regenerar. É uma coisa perigosa regenerar alguém, lady Windermere.

Faz uma saudação e sai pelo centro.

DUQUESA DE BERWICK – (*Que se levantou e se dirige para o centro*) Que encantadora e perversa criatura! Gosto tanto dele! Lamento que tenha ido embora! Que linda está! Onde arranja os seus vestidos? E agora devo dizer-lhe que pena tenho de você, Margarida… (*Vai sentar-se no sofá com lady Windermere*) Ágata, meu amor!

LADY ÁGATA – Sim, mãe.

Ergue-se.

DUQUESA DE BERWICK – Queres ir ver o álbum de fotografias que está ali?

LADY ÁGATA – Quero, sim, mamãe.

Vai para a mesa da esquerda.

DUQUESA DE BERWICK – Querida pequena! Gosta tanto de fotografias da Suíça! Tem um gosto muito apurado, parece-me. Mas tenho realmente muita pena de ti, Margarida.

LADY WINDERMERE – (*Sorrindo*) Por quê, duquesa?

DUQUESA DE BERWICK – Oh, por causa daquele horror de mulher. De mais a mais, veste tão bem, o que muito mais agrava o caso, é um exemplo terrível. O Augustus — conhece o meu desacreditado irmão, que tem sido o desgosto de nós todos — anda completamente doido por ela. É um escândalo, pois é uma mulher absolutamente inadmissível na sociedade. Muitas mulheres têm um passado, mas disseram-me que essa tem pelo menos uma dúzia, e que todos eles se encaixam.

LADY WINDERMERE – De quem fala, duquesa?

DUQUESA DE BERWICK – De sra. Erlynne.

LADY WINDERMERE – Sra. Erlynne? Nunca ouvi falar dela, duquesa. E que tem ela a ver comigo?

DUQUESA DE BERWICK – Minha pobre filha! Ágata, meu amor!

LADY ÁGATA – Mamãe!

DUQUESA DE BERWICK – Queres ir ao terraço ver o pôr do sol?

LADY ÁGATA – Quero, sim, mamãe.

Sai pela esquerda.

DUQUESA DE BERWICK – Moça encantadora! Gosta tanto dos poentes! Mostra uma tal delicadeza de sentimentos, não é? Afinal de contas, não há nada como a natureza, não é verdade?

LADY WINDERMERE – Mas que é, duquesa? Por que me fala dessa pessoa?

DUQUESA DE BERWICK – Então, de fato, não sabe? Asseguro-lhe que nos afligiu imenso sabê-lo. Só ontem à noite em casa da querida lady Jansen toda a gente achava extraordinário que dentre todos os homens de Londres o Windermere assim procedesse.

LADY WINDERMERE – Meu marido… Que tem ele a ver com mulheres dessa laia?

DUQUESA DE BERWICK – Ah, que tem, querida? Aí é que bate o ponto. Vai vê-la continuamente, passa horas na casa dela e, enquanto lá está, ela não está em casa para mais ninguém. Não que lá vão muitas senhoras, querida, mas ela tem muitos amigos, de fraca reputação — o meu irmão, especialmente, como já lhe disse — e é o que mais terrível torna o caso para o Windermere. Nós o considerávamos o marido modelo, mas receio que não haja dúvida. As minhas queridas sobrinhas — conhece as Saville, não? —, moças muito simpáticas, pacatas, umas simplórias, mas tão boas pequenas, estão sempre à janela a trabalhar, a fazer coisinhas para os pobres, o que me parece muito útil nestes medonhos tempos socialistas, e essa terrível mulher alugou uma casa na Curzon Street, mesmo em frente a delas — de mais a mais, uma rua tão respeitável. Não sei aonde iremos parar! E dizem-me que o Windermere vai lá quatro ou cinco vezes por semana — elas o veem. Não podem deixar de o ver — e, embora não cultivem a má-língua, falam, é claro, disso a toda a gente. E o pior de tudo é que vim a saber que essa mulher tem quem lhe dê muito dinheiro, pois parece que veio para Londres há seis meses sem coisíssima nenhuma, e agora tem essa encantadora casa em Mayfair, passeia os seus pôneis no parque todas as tardes e tudo isso — sim, tudo desde que travou relações com o pobre do Windermere.

LADY WINDERMERE – Oh, não posso acreditar!

DUQUESA DE BERWICK – Mas é absolutamente verdade, querida. Não há em Londres ninguém que não o saiba. Foi por isso que eu achei que o melhor era vir aqui preveni-la e lhe dar o conselho de levar imediatamente o Windermere para fora, para Homburg ou para Aix, onde ele pode se divertir e você pode observá-lo o dia todo. Asseguro-lhe, minha querida, que, em várias ocasiões, nos meus primeiros tempos de casada, tive de me fingir doente e fui obrigada a beber toda a casta de águas minerais, só para tirar o Berwick da cidade. Ele era de uma suscetibilidade extrema. Todavia, não posso deixar de dizer que nunca gastou assim dinheiro com ninguém. É homem de altos princípios para tal!

LADY WINDERMERE – (*Interrompendo*) Duquesa, duquesa, é impossível! (*Erguendo-se e atravessando o palco para o centro*) Há apenas dois anos que estamos casados. O nosso filho só tem seis meses.

Senta-se na cadeira da mesa da esquerda.

DUQUESA DE BERWICK – Oh, querido anjinho! Como está esse amorzinho? É menino ou menina? Antes seja menina! Oh, não, lembro-me agora, é um menino! Que pena! Os rapazes são tão maus. O meu é excessivamente imoral. Não acredita a que horas ele entra em casa, se eu lhe disser. E há apenas uns meses que veio de Oxford — realmente não sei o que lhe ensinam lá!

LADY WINDERMERE – Os homens são todos maus?

DUQUESA DE BERWICK – Oh, todos, minha querida, todos, sem exceção. E nunca se tornam melhores. Os homens se fingem velhos, mas bons é que nunca se tornam.

LADY WINDERMERE – Eu e o Windermere casamos por amor.

DUQUESA DE BERWICK – Sim, é assim que começamos. Foram só as brutais e incessantes ameaças de suicídio do Berwick que me fizeram decidir a aceitá-lo, e ainda não tinha acabado o ano e ele já andava a correr atrás de toda a espécie de saias, de todas as cores, de todos os feitios, de todas as qualidades. Um dia, ainda em plena lua de mel, apanhei-o a piscar o olho a uma empregada, linda moça, muito séria. Despedi-a imediatamente. Não, recordo-me, passei-a para minha irmã; o pobre do meu cunhado é tão míope, pensei que não faria mal. Mas fez… Foi uma desgraça. (*Levanta-se*) E agora, querida filha, tenho de me retirar, pois vamos jantar fora. E tem cuidado, não leve essa aberração do Windermere muito a sério. Leve-o para fora e ele não tardará a ser todo seu e só seu.

LADY WINDERMERE — Só meu?

Centro.

DUQUESA DE BERWICK — (*Esquerda centro*) Sim, querida, estas perversas nos tiram os maridos, mas eles voltam sempre para nós, levemente avariados, é claro. E não faça cena, é coisa que os homens detestam!

LADY WINDERMERE — É grande bondade da sua parte, duquesa, vir aqui me dizer tudo isso. Mas não posso acreditar que meu marido seja infiel.

DUQUESA DE BERWICK — Linda criança! Eu também era assim. Agora sei que os homens são todos uns monstros. (*Lady Windermere toca a campainha*) A única coisa que há a fazer é alimentar bem esses patifes. Uma boa cozinheira faz maravilhas e isso sei eu que você tem. Minha querida Margarida, não vai começar a chorar, não?

LADY WINDERMERE — Não receie, duquesa, eu nunca choro.

DUQUESA DE BERWICK — Fazes muito bem, querida. Chorar é o refúgio das mulheres feias, mas é a ruína das bonitas. Ágata, meu amor!

LADY ÁGATA — (*Entrando pela esquerda*) Mamãe!

De pé por trás da mesa da esquerda centro.

DUQUESA DE BERWICK — Vem dizer adeus a lady Windermere e agradecer-lhe esta encantadora visita. (*Descendo de novo*) E a propósito, tenho de agradecer-lhe ter mandado um cartão ao sr. Hopper — aquele rico australiano por quem tanto se interessam agora. O pai dele fez fortuna a vender conservas em latas circulares — mais saborosas, acho —, imagino que é aquilo que os criados se recusam sempre a comer. O filho, porém, é muito interessante. Acho que o que o atrai é a conversa inteligente de Ágata. É claro, custar-nos-ia muito perdê-la, mas penso que a mãe que não se separa da filha todas as temporadas não lhe tem verdadeira afeição. Voltamos logo à noite, querida. (*Parker abre a porta do centro*) E lembre-se do meu conselho — leva o pobre do homenzinho para fora imediatamente, é o único remédio. Adeus, mais uma vez. Vamos, Ágata.

Saem a duquesa e lady Ágata pela porta do centro.

LADY WINDERMERE — Que horror! Compreendo agora o que lorde Darlington queria dizer com o exemplo daqueles que não tinham ainda dois anos de casados. Oh! Não pode ser verdade — ela falou de enormes quantias pagas a essa mulher. Sei onde o Artur guarda a caderneta do banco — numa das gavetas daquela mesa. Podia assim descobrir tudo. E quero descobrir. (*Abre a gaveta*) Não, é algum equívoco hediondo. (*Ergue-se e vai para o centro*) Tolices da má-língua! Ele me ama! Me ama! Mas por que não hei de ver? Sou sua mulher, tenho direito de ver! (*Volta à secretária, tira a caderneta e a examina página por página, sorri e solta um suspiro de alívio*) Já o sabia! Não há uma palavra de verdade em toda essa estúpida história. (*Torna a colocar a caderneta na gaveta. Ao fazê-lo tem um sobressalto e tira outra caderneta*) Uma segunda caderneta — particular e fechada com cadeado. (*Tenta abri-la, mas em vão. Vê uma faca corta-papel* *em cima da mesa e com ela arranca a capa da caderneta. Começa a ler na primeira página)* "Sra. Erlynne, seiscentas libras... Sra. Erlynne, setecentas libras... Sra. Erlynne, quatrocentas libras...". Oh, é verdade! É verdade! Que horror!

Atira a caderneta ao chão. Entra lorde Windermere pelo centro.

LORDE WINDERMERE — Então, querida, já mandaram o leque? (*Dirigindo-se para a direita, centro. Vê a caderneta*) Margarida, você abriu a minha caderneta do banco. Não tem direito de fazer isso!

LADY WINDERMERE — Acha que procedi mal em descobri-la, não é verdade?

LORDE WINDERMERE — Acho que procede sempre mal a mulher que espia o marido.

LADY WINDERMERE — Eu não o espiei. Até há meia hora eu nem sequer sabia da existência dessa mulher. Alguém que teve pena de mim teve a bondade de vir me dizer o que em Londres já todos sabem — as suas visitas diárias à Curzon Street, a sua doidice, as monstruosas quantias que esbanja com essa infame!

Atravessando para a esquerda.

LORDE WINDERMERE — Margarida! Não pode falar assim de sra. Erlynne. Não sabe o quanto é ingrata!

LADY WINDERMERE — (*Voltando-se para ele*) É muito atento à honra de sra. Erlynne. Quem dera que fosse assim atencioso com a minha!

LORDE WINDERMERE — A sua honra está intacta, Margarida. Nem por um momento pense que...

Guarda a caderneta na gaveta.

LADY WINDERMERE — Penso que você gasta o seu dinheiro de um modo estranho. Nada mais. Oh, não imagine que é o dinheiro que me preocupa. Pelo que me diz respeito, pode esbanjar tudo o que possuímos. Mas o que de fato me preocupa é que você, que me tinha amor, você, que me ensinou a o amar, passou do amor que é dado para o amor que é comprado. Oh, é horrível! (*Senta-se no sofá*) E sou eu que me sinto desonrada! Você é que não sente nada! Sinto-me manchada, profundamente manchada. Não pode conceber quanto me parecem agora hediondos os últimos seis meses — cada beijo que me deu está manchado na minha lembrança.

LORDE WINDERMERE — (*Dirigindo-se para ela*) Não diga isso, Margarida! Nunca tive amor por mulher nenhuma senão por você.

LADY WINDERMERE — (*Levanta-se*) Quem é, então, essa mulher? Por que lhe alugou uma casa?

LORDE WINDERMERE — Não lhe aluguei casa alguma.

LADY WINDERMERE — Deu-lhe o dinheiro para ela a alugar, o que vem a dar na mesma.

LORDE WINDERMERE — Margarida, tanto quanto eu conheço sra. Erlynne...

LADY WINDERMERE — Existe um sr. Erlynne... ou é um mito?

LORDE WINDERMERE — O marido morreu há muitos anos. Ela é só no mundo.

LADY WINDERMERE — Não tem parentes?

Um silêncio.

LORDE WINDERMERE – Não.

LADY WINDERMERE – É curioso, não é?

Esquerda.

LORDE WINDERMERE – (*Esquerda centro*) Margarida, estava lhe dizendo — e peço-lhe o favor de me prestar atenção — que, tanto quanto eu conheço sra. Erlynne, ela se tem portado bem. Só há anos…

LADY WINDERMERE – Oh! (*Atravessando para a direita centro*) Não preciso de pormenores da vida dela!

LORDE WINDERMERE – (*Centro*) Não vou lhe dar pormenores da vida dela. Digo-lhe simplesmente isto: sra. Erlynne foi em tempos considerada, amada, respeitada. Era de boa família, tinha posição — perdeu tudo —, atirou-o fora, se prefere. É o que mais doloroso torna o caso. Os infortúnios nós podemos suportá-los — vêm do exterior, são acidentais. Mas sofrermos nós as consequências dos nossos próprios erros… Oh!… Isso é o que há de pungente na vida. Foi há vinte anos. Pouco mais era então do que uma moça. Tinha ainda menos tempo de casada do que você.

LADY WINDERMERE – Não me interessa nada essa mulher… e… falando dela, não devia de modo algum falar de mim. É um erro de gosto.

Senta-se à secretária da direita.

LORDE WINDERMERE – Margarida, você podia salvar essa mulher. Ela quer reingressar na sociedade e deseja que você a ajude.

Aproximando-se dela.

LADY WINDERMERE – Eu?

LORDE WINDERMERE – Sim, você.

LADY WINDERMERE – Que impertinência a dela!

Um silêncio.

LORDE WINDERMERE – Margarida, vinha pedir-lhe um grande favor e peço-lhe ainda, apesar de você haver descoberto o que era intenção minha nunca lhe revelar, que eu tenho dado à sra. Erlynne muito dinheiro. Desejo que lhe mande um convite para o baile desta noite.

De pé à esquerda da esposa.

LADY WINDERMERE – Está doido!

Levanta-se.

LORDE WINDERMERE – Suplico-lhe! Podem falar dela, e falam realmente, é claro, mas nada sabem de concreto a respeito dela. Tem ido a várias casas, não a casas a que você iria, admito, mas, todavia, casas aonde hoje em dia vão as mulheres que pertencem àquilo que se chama a sociedade. Isso, porém, não a contenta. Quer que você a receba uma vez.

LADY WINDERMERE – Como um triunfo para si, não?

LORDE WINDERMERE – Nada disso; apenas porque sabe que você é uma mulher boa e que, se vier aqui uma vez, terá probabilidades de vir a ter uma vida mais feliz, mais segura do que tem tido. Não levará mais longe a sua vontade de a conhecer. Não quer ajudar uma mulher que procura regressar à sociedade?

LADY WINDERMERE – Não! Se uma mulher se arrepende de fato, nunca deseja regressar à sociedade que causou ou presenciou a sua ruína.

LORDE WINDERMERE – Peço-lhe.

LADY WINDERMERE – (*Dirigindo-se para a porta da direita*) Vou-me vestir para o jantar e não me torne a falar nesse assunto esta noite. Artur (*dirigindo-se para ele no centro*), imaginas, por eu não ter pai nem mãe, que estou só no mundo e que pode me tratar como lhe aprouver. Engana-se, tenho amigos, muitos amigos.

LORDE WINDERMERE – (*Esquerda centro*) Margarida, fala insensatamente. Não sabe o que diz. Não discuto contigo, mas insisto que convide a sra. Erlynne para vir aqui logo.

LADY WINDERMERE – (*Direita centro*) Não farei nada disso.

Atravessando para esquerda centro.

LORDE WINDERMERE – Recusa?

Centro.

LADY WINDERMERE – Absolutamente!

LORDE WINDERMERE – Oh, Margarida, faça isso por amor a mim; é a última possibilidade que lhe resta.

LADY WINDERMERE – O que tenho eu com isso?

LORDE WINDERMERE – Que duras são as mulheres boas!

LADY WINDERMERE – Que fracos são os homens maus!

LORDE WINDERMERE – Margarida, nós, homens, nunca podemos ser suficientemente bons para as mulheres com quem casamos, é absolutamente verdade, mas você não imagina que eu alguma vez... Oh, a sugestão é monstruosa!

LADY WINDERMERE – Por que havia você de ser diferente dos outros homens? Ouço dizer que quase não há em Londres um marido que não desbarate a sua vida em alguma paixão vergonhosa.

LORDE WINDERMERE – Eu não sou desses.

LADY WINDERMERE – Não tenho certeza disso.

LORDE WINDERMERE – Tem a certeza no seu coração. Mas não cave fossos sobre fossos entre nós. Deus sabe quanto já nos separaram os últimos minutos. Sente-se e escreva o bilhete.

LADY WINDERMERE – Nada no mundo me convenceria a tal.

LORDE WINDERMERE – (*Dirigindo-se para a secretária*) Então escrevo eu!

Toca a campainha elétrica, senta-se e escreve um bilhete.

LADY WINDERMERE – Vai convidar essa mulher?

Aproximando-se dele.

LORDE WINDERMERE – Vou. (*Pausa. Entra Parker*) Parker!

PARKER – Meu senhor!

Vem para esquerda centro.

LORDE WINDERMERE – Mande entregar este bilhete à sra. Erlynne, Curzon Street, 84-A. (*Atravessando para esquerda centro e dando o bilhete a Parker*) Não tem resposta!

Sai Parker pelo centro.

LADY WINDERMERE – Artur, se essa mulher vem aqui, insulto-a!

LORDE WINDERMERE – Margarida, não diga isso.

LADY WINDERMERE – Digo-o e o faço!

LORDE WINDERMERE – Criança, se tal fizer, não haverá em Londres uma só mulher que não se queixará de você.

LADY WINDERMERE – Não haverá em Londres uma só mulher boa que me não aplauda. Temos sido frouxas demais. É preciso dar um exemplo. Começarei eu hoje. (*Pegando no leque*) Sim, você me deu hoje este leque; foi o seu presente de aniversário. Se essa mulher atravessa a soleira da minha porta, parto-lhe na cara!

LORDE WINDERMERE – Margarida, não pode fazer isso.

LADY WINDERMERE – Não me conhece! (*Dirigindo-se para a direita. Entra Parker*) Parker!

PARKER – Minha senhora!

LADY WINDERMERE – Eu janto no meu quarto. Não quero mesmo jantar. Que tudo esteja pronto às dez e meia. E, Parker, hoje tenha o cuidado de pronunciar bem distintamente os nomes dos convidados. Às vezes pronuncia-os tão depressa, que eu mal os percebo. Quero ouvir os nomes com toda a nitidez, de modo a não haver equívoco algum. Compreende, Parker?

PARKER – Sim, minha senhora.

LADY WINDERMERE – Mais nada. (*Sai Parker pelo centro. Falando a lorde Windermere*) Artur, se essa mulher vem aqui, previno-o...

LORDE WINDERMERE – Margarida, você causará a nossa ruína!

LADY WINDERMERE – Nossa! A partir deste momento a minha vida está separada da sua. Mas, se quer evitar um escândalo público, escreve imediatamente a essa mulher para dizer-lhe que eu a proíbo de pôr os pés aqui!

LORDE WINDERMERE – Não escrevo... Não posso... Ela tem de vir.

LADY WINDERMERE – Então farei exatamente como disse. (*Vai para a direita*) Não me deixa outra alternativa.

Sai pela direita.

LORDE WINDERMERE – (*Chamando-a*) Margarida! Margarida! (*Uma pausa*) Meu Deus! Que hei eu de fazer? Não ouso dizer-lhe quem é na realidade esta mulher. A vergonha iria matá-la.

Deixa-se cair numa poltrona e esconde a cara nas mãos. Cai o pano.

Segundo Ato

CENA

Sala de visitas na casa de lorde Windermere. Porta à direita alta dando para o salão de baile, onde a orquestra está tocando. Porta à esquerda, pela qual estão entrando os convidados. Porta à esquerda alta dando para o terraço iluminado. Palmeiras, flores e iluminação profusa. Sala repleta. Lady Windermere recebe os convidados.

DUQUESA DE BERWICK – (*Centro alto*) É esquisito não estar aqui lorde Windermere. O sr. Hopper vem muito tarde também. Reservaste-lhe essas cinco danças, Ágata?

Desce o palco.

LADY ÁGATA – Reservei, sim, mamãe.

DUQUESA DE BERWICK – (*Sentando-se no sofá*) Deixe-me ver o seu convite. Fico feliz que lady Windermere tenha restabelecido a moda dos convites. São a única segurança das mães. Minha queridinha! (*Risca dois nomes*) Nenhuma moça que se preza deve dançar com estes moços tão novos! Nas duas últimas valsas pode passar para o terraço com o sr. Hopper.

Vindos do salão de baile, entram o sr. Dumby e lady Plymdale.

LADY ÁGATA – Sim, mamãe.

DUQUESA DE BERWICK – (*Abanando-se*) O ar é lá tão agradável!

PARKER – Sra. Cowper-Cowper, lady Stutfield, Sir James Royston, sr. Guy Berkeley.

Essas pessoas entram à medida que são anunciadas.

DUMBY – Boa noite, lady Stutfield. Suponho que será este o último baile da temporada, não?

LADY STUTFIELD – Suponho que sim, sr. Dumby. Foi uma temporada deliciosa, não foi?

DUMBY – Absolutamente deliciosa! Boa noite, duquesa. Suponho que será este o último baile da temporada, não?

DUQUESA DE BERWICK – Suponho que sim, sr. Dumby. Foi uma temporada muito chata, não foi?

DUMBY – Medonhamente chata! Medonhamente chata!

SRA. COWPER-COWPER – Boa noite, sr. Dumby. Suponho que será este o último baile da temporada, não?

DUMBY – Oh, penso que não. É possível que ainda haja mais dois.

Dirige-se para lady Plymdale, que está mais para trás.

PARKER – Sr. Rufford, lady Jedburgh e sra. Graham. Sr. Hopper.

Essas pessoas entram à medida que são anunciadas.

HOPPER – Como está, lady Windermere? Como está, duquesa?

Inclina-se perante lady Ágata.

DUQUESA DE BERWICK – Meu caro sr. Hopper, foi muito amável em vir tão cedo. Todos nós sabemos que é muito pretendido em Londres.

HOPPER – Terra magnífica, Londres! Quase que não sou tão exclusivo aqui como em Sydney.

DUQUESA DE BERWICK – Ah! Sabemos quanto vale, sr. Hopper. Quem dera houvesse mais como o senhor! Tornariam a vida muito mais fácil. Sabe, sr. Hopper, eu e a querida Ágata interessamo-nos muito pela Austrália. Deve ser muito bonita com os canguruzinhos voando. A Ágata achou-a no mapa. Que feitio curioso tem! Parece mesmo uma grande mala. Contudo, é um país muito novo, não é verdade?

HOPPER – Não foi feito ao mesmo tempo que os outros, duquesa?

DUQUESA DE BERWICK – Que inteligência a sua, sr. Hopper! Uma inteligência inconfundível! Agora não o quero prender.

HOPPER – Mas gostaria de dançar com lady Ágata, duquesa.

DUQUESA DE BERWICK – Bem, espero que ainda lhe reste uma valsa. Ainda tem alguma valsa livre, Ágata?

LADY ÁGATA – Tenho, sim, mamãe.

DUQUESA DE BERWICK – Começará agora?

LADY ÁGATA – Sim, mamãe.

HOPPER – Posso ter o prazer?

Lady Ágata faz um gesto de anuência.

DUQUESA DE BERWICK – Muito cuidadinho, sr. Hopper, com a minha tagarelinha.

Lady Ágata e Hopper entram no salão de baile. Entra lorde Windermere pela esquerda.

LORDE WINDERMERE – Margarida, preciso conversar contigo.

LADY WINDERMERE – Um momento.

A música para.

PARKER – Lorde Augustus Lorton.

Entra lorde Augusto.

LORDE AUGUSTO – Boa noite, lady Windermere.

DUQUESA DE BERWICK – Sir James, quer levar-me ao salão de baile? O Augustus jantou hoje conosco. Por hoje já estou farta do querido Augusto.

Sir James Royston dá o braço à duquesa e leva-a para o salão de baile.

PARKER – Sr. Artur Bowden e esposa. Lorde e lady Paisley. Lorde Darlington.

As personagens entram à medida que são anunciadas.

LORDE AUGUSTO – (*Acercando-se de lorde Windermere*) Desejo conversar contigo em particular, caro rapaz. Estou reduzido a uma sombra. Bem sei que o não pareço. Nós, homens, nunca parecemos o que na realidade somos. Boa coisa, não é? O que eu desejo saber é isto: quem é ela? De onde vem? Por que não tem parentes? Maldita chatice, os parentes! Mas sempre tornam uma pessoa mais respeitável!

LORDE WINDERMERE – Refere-se à sra. Erlynne, não? Encontrei-a há seis meses apenas. Até então nem sequer sabia de sua existência.

LORDE AUGUSTO – Desde então a tem visto muitas vezes.

LORDE WINDERMERE – (*Friamente*) Sim, tenho-a visto muito. Eu a vi há pouco ainda.

LORDE AUGUSTO – Diabos! As mulheres dizem dela o pior. Jantei hoje com a Arabela. Meu Deus! Havia de ouvir o que ela disse de sra. Erlynne. Não lhe deixou um farrapo sobre a pele... (*À parte*) O Berwick e eu dissemos-lhe que isso não tinha grande importância, pois a dama em questão devia ser extremamente linda. Você devia ter visto a expressão da Arabela!... Mas olha, meu caro rapaz. Não sei que hei de fazer a respeito da sra. Erlynne. Diabos! Poderia muito bem casar com ela; trata-me com tão formidável indiferença. É de uma esperteza diabólica. Explica tudo. Diabos! Explique-se você. Há tantos rumores a seu respeito... e todos eles diferentes.

LORDE WINDERMERE – A minha amizade com a sra. Erlynne não necessita de explicações.

LORDE AUGUSTO – Hum! Bem, olha aqui, meu caro amigo, acha que ela entrará nesta formidável coisa que se chama sociedade? Você a apresentaria à sua mulher? De nada serve andar com evasivas. Apresentaria?

LORDE WINDERMERE – Sra. Erlynne vem aqui em breve.

LORDE AUGUSTO – Sua mulher mandou-lhe convite?

LORDE WINDERMERE – Sra. Erlynne recebeu convite.

LORDE AUGUSTO – Então está tudo bem, meu caro. Mas por que não disse antes? Teria me poupado muitas inquietações e mal-entendidos.

Lady Ágata e Hopper atravessam a sala e saem para o terraço pela esquerda.

PARKER – Sr. Cecil Graham!

Entra o sr. Cecil Graham.

CECIL GRAHAM – (*Inclina-se perante lady Windermere e vai apertar a mão de lorde Windermere*) Boa noite, Artur. Por que não me pergunta como estou? Gosto que me perguntem como estou. Mostra grande interesse pela minha saúde. Ora, hoje não me sinto nada bem. Jantei com a minha família. Por que será que a nossa gente é sempre tão chata? Meu pai queria falar de moral depois do jantar. Disse-lhe que ele tinha idade bastante para saber mais da vida. Mas a minha experiência ensina-me que, quando se tem idade bastante para se saber mais, é que não se sabe absolutamente nada. Olá, Augustinho, ouvi dizer que você ia voltar a casar. Julgava que já estivesse cansado desse jogo.

LORDE AUGUSTO – Você é excessivamente trivial, meu caro, excessivamente trivial!

CECIL GRAHAM – A propósito, Augustinho, como é? Casou duas vezes e se divorciou uma, ou se divorciou duas vezes e casou só uma? Parece-me muito mais provável.

LORDE AUGUSTO – Tenho muito fraca memória. Realmente já não me lembro.

Retira-se pela direita.

LADY PLYMDALE – Lorde Windermere, tenho uma coisa muito particular a perguntar-lhe.

LORDE WINDERMERE – Peço desculpa, mas tenho que falar com minha mulher primeiro.

LADY PLYMDALE – Oh, não caia nessa! Hoje em dia é perigosíssimo para um marido dar atenções à esposa em público. Leva a gente a pensar que lhe bate quando estão a sós. O mundo desconfia de tudo o que dá a aparência de uma vida conjugal venturosa. Mas eu irei lhe dizer logo ao jantar o que desejava.

Dirige-se para a porta do salão de baile.

LORDE WINDERMERE – (*Centro*) Margarida! Preciso falar contigo.

LADY WINDERMERE – Lorde Darlington, faz-me o favor de me segurar o leque? Obrigada.

Aproxima-se.

LORDE WINDERMERE – (*Indo ao encontro dela*) Margarida, o que você disse antes do jantar era, é claro, impossível?

LADY WINDERMERE – Essa mulher não vem aqui!

LORDE WINDERMERE – (*Direita centro*) Sra. Erlynne vem aqui, sim, e se de qualquer modo você a ofende ou fere, trará vergonha e desgosto a nós dois. Lembre-se disto! Ah, Margarida! Confia em mim! A mulher deve confiar em seu marido.

LADY WINDERMERE – (*Centro*) Londres está cheia de mulheres que confiam nos maridos. Conhecem-se sempre. Têm todas caras infelizes. Não quero ser como elas. (*Avança*) Lorde Darlington, faça-me o favor, dê-me o leque? Obrigada... É uma coisa muito útil, um leque, não é verdade?... Preciso hoje de um amigo, lorde Darlington: não sabia que viria tão depressa a sentir essa necessidade.

LORDE DARLINGTON – Lady Windermere! Eu bem sabia que havia de chegar essa hora; mas por que hoje?

LORDE WINDERMERE – Eu irei lhe dizer. Tenho de lhe dizer. Seria terrível, se houvesse alguma cena. Margarida...

PARKER – Sra. Erlynne!

Lorde Windermere estremece. Sra. Erlynne entra, belamente vestida e com todo o aprumo. Lady Windermere crispa os dedos no leque, depois deixa-o cair ao chão. Baixa friamente a cabeça a sra. Erlynne, que, por sua vez, lhe faz uma graciosa saudação e com toda a magnificência faz a sua entrada na sala.

LORDE DARLINGTON – Deixou cair o leque, lady Windermere!

Apanha-o e entrega-lhe.

SRA. ERLYNNE – (*Centro*) Como está mais uma vez, lorde Windermere? Que encantadora é sua esposa! Um verdadeiro quadro!

LORDE WINDERMERE – (*Em voz baixa*) Fez muito mal em vir!

SRA. ERLYNNE – (*Sorrindo*) A coisa mais acertada que fiz em toda a minha vida! E, a propósito, tem de me rodear de atenções esta noite. Tenho medo das mulheres. Tem de me apresentar a algumas. Com os homens sempre eu posso me arranjar. Como está, lorde Augusto? Tem-me desdenhado muito ultimamente. Desde ontem que o não vejo. Receio que seja infiel. Todos me dizem.

LORDE AUGUSTO – (*Direita*) Realmente, sra. Erlynne, permita-me que lhe explique.

SRA. ERLYNNE – (*Direita centro*) Não, meu caro lorde Augusto, não pode explicar nada. É o seu melhor encanto.

LORDE AUGUSTO – Oh, se encontra encantos em mim, sra. Erlynne...

Conversam um com o outro. Lorde Windermere anda inquieto pela sala, observando sra. Erlynne.

LORDE DARLINGTON – (*Para lady Windermere*) Que pálida você está!

LADY WINDERMERE – É a palidez dos covardes!

LORDE DARLINGTON – Parece que vai desmaiar. Venha ali até o terraço.

LADY WINDERMERE – Sim. (*Para Parker*) Parker, traga-me aqui o meu casaco.

SRA. ERLYNNE – (*Atravessando a sala em direção a ela*) Lady Windermere, lindamente iluminado o seu terraço! Lembra-me o do príncipe Dória em Roma. (*Lady Windermere inclina-se friamente e afasta-se com lorde Darlington*) Oh, como estás, sr. Graham? Aquela não é sua tia, lady Jedburgh? Gostaria tanto de conhecê-la.

CECIL GRAHAM – (*Após um momento de hesitação e perplexidade*) Oh, certamente, se assim o deseja. Tia Caroline, permita-me que lhe apresente sra. Erlynne.

SRA. ERLYNNE – Muito prazer em encontrá-la, lady Jedburgh. (*Senta-se a seu lado no sofá*) Eu e seu sobrinho somos muito amigos. Interesso-me muito pela sua carreira política. Penso que ele tem a certeza de que o espera um triunfo admirável. Pensa como um tóri e fala como um radical, o que hoje em dia é importantíssimo. É um conversador brilhante também. Mas todos nós sabemos de quem ele herdou esses predicados. Dizia-me ontem no parque lorde Allandale que o sr. Graham conversa quase tão bem como a tia.

LADY JEDBURGH – (*Direita*) É muito amável em me dizer essas coisas encantadoras.

Sra. Erlynne sorri e continua a conversa.

DUMBY – (*Para Cecil Graham*) Apresentou sra. Erlynne a lady Jedburgh?

CECIL GRAHAM – Tive de a apresentar, meu caro amigo. Não tive outro remédio! Aquela mulher leva-nos a fazer tudo o que ela quer. Como, não sei.

DUMBY – Deus queira que não se lembre de vir falar comigo!

Dirige-se para lady Plymdale.

SRA. ERLYNNE – (*Centro. Para lady Jedburgh*) Quinta-feira? Com grande prazer. (*Levanta-se e fala a lorde Windermere, rindo*) Que desagradável as pessoas terem de se mostrar delicadas com estas velhas! Mas não nos largam!

LADY PLYMDALE – (*Para Dumby*) Quem é aquela mulher tão bem vestida que fala com o Windermere?

DUMBY – Não tenho a mínima ideia! Parece uma edição de luxo de um mau romance francês, especialmente destinado ao mercado inglês!

SRA. ERLYNNE – Então aquele é o pobre Dumby com lady Plymdale? Ouvi dizer que ela tem imenso ciúmes dele. Não me parece que ele esteja com grande vontade de falar comigo. Suponho que ele tem medo dela. Essas mulheres cor de palha têm gênios terríveis. Sabe, Windermere, parece-me que vou dançar contigo em primeiro lugar. (*Lorde Windermere morde o lábio e carrega o cenho*) Lorde Augustus vai ficar com ciúmes!... Lorde Augusto! (*Lorde Augustus aproxima-se*) Lorde Windermere insiste que eu dance primeiro com ele e, como estamos na casa dele, não posso recusar. Sabe que preferiria dançar contigo.

LORDE AUGUSTO – (*Com uma profunda saudação*) Quem me dera poder pensá-lo, sra. Erlynne!

SRA. ERLYNNE – Sabe-o muito bem. Posso imaginar uma pessoa a dançar contigo a vida inteira e achar nisso sempre encanto.

LORDE AUGUSTO – (*Pondo a mão no colete branco*) Oh, obrigado, obrigado. É a mais adorável de todas as damas!

SRA. ERLYNNE – Que lindas palavras! Tão simples e tão sinceras! Precisamente como eu gosto que me falem. Bem, tem de me segurar no ramo. (*Dirige-se para o salão de baile pelo braço de lorde Windermere*) Ah, sr. Dumby, como está? Sinto tanto ter saído as últimas três vezes que foi à minha casa. Venha almoçar na sexta.

DUMBY – (*Com perfeita indiferença*) Com todo o gosto!

Lady Plymdale olha com indignação para Dumby. Lorde Augusto, com o ramo na mão, segue sra. Erlynne e lorde Windermere para o salão de baile.

LADY PLYMDALE – (*Para Dumby*) Que absoluto bruto você é! Nunca posso acreditar em uma palavra sua! Por que me disse que a não conhecia? Com que intenções vai à casa dela três vezes seguidas? Almoçar é que não vai; compreende, é claro?

DUMBY – Minha querida Laura, nunca foi tenção minha ir lá!

LADY PLYMDALE – Ainda não me disse o nome dela! Quem é?

DUMBY – (*Tosse levemente e passa a mão pelo cabelo*) Uma tal sra. Erlynne.

LADY PLYMDALE – Aquela!

DUMBY – Sim; é como todos a chamam.

LADY PLYMDALE – Que interessante! Muito interessante! Realmente preciso vê-la bem. (*Vai à porta do salão de baile e olha lá para dentro*) Tenho ouvido a respeito dela as piores coisas. Dizem que anda a arruinar o pobre do Windermere. E lady Windermere, sempre tão sensata, convida-a! Engraçado! Uma mulher inteiramente boa fazer uma coisa inteiramente estúpida! Tem de ir lá almoçar na sexta-feira!

DUMBY – Por quê?

LADY PLYMDALE – Porque quero que leve o meu marido contigo. Tem sido ultimamente tão atencioso, que se tornou um perfeito chato. Ora, esta mulher é precisamente aquilo do que ele precisa. Rodará à volta dela, enquanto ela deixar, e não me aborrecerá. Asseguro-lhe, as mulheres daquela laia são utilíssimas. Constituem a base dos casamentos alheios.

DUMBY – Que mistério você é!

LADY PLYMDALE – (*Fitando-o*) Quem dera que você o fosse!

DUMBY — Sou-o… para mim! Sou a única pessoa do mundo que desejaria conhecer a fundo, mas não vejo probabilidade de o conseguir no momento presente.

Entram no salão de baile, e lady Windermere e lorde Darlington voltam do terraço.

LADY WINDERMERE — Sim. A vinda dela aqui é monstruosa, insuportável. Sei agora o que você queria dizer à tarde, ao chá. Por que me não disse tudo abertamente? Era o seu dever!

LORDE DARLINGTON — Não podia! Um homem não pode dizer estas coisas acerca de outro homem! Mas se tivesse sabido que ele ia obrigá-la a convidar essa mulher, acho que lhe teria dito. Esse insulto, pelo menos, ter-lhe-ia sido poupado.

LADY WINDERMERE — Eu não a convidei. Ele insistiu que ela viesse — contra as minhas intenções — contra as minhas ordens. Oh! A casa está manchada para mim! Sinto que todas as mulheres aqui troçam de mim ao verem-na dançar com meu marido. Que fiz eu para merecer isto? Dei-lhe toda a minha vida. Apossou-se dela… utilizou-a… estragou--a… Sou ridícula a meus próprios olhos; e falta-me a coragem… Sou uma covarde!

Senta-se no sofá.

LORDE DARLINGTON — Pelo que eu conheço de você, sei que não pode viver com um homem que a trata assim! Que vida seria a sua com ele? Sentiria que ele lhe mentia a cada momento do dia. Sentiria que tudo nele era falso: o olhar, a voz, a mão, a paixão. Viria para ti quando estivesse farto das outras; teria você de o consolar. Viria para você, quando se dedicava todo às outras; teria você de o encantar. Você teria de ser para ele a máscara da sua vida real, a capa a encobrir-lhe os segredos.

LADY WINDERMERE — Tem razão — tem terrivelmente razão. Mas para onde hei de me virar? Lorde Darlington, disse que queria ser meu amigo… Diga-me o que devo fazer. Seja meu amigo agora.

LORDE DARLINGTON — Entre homem e mulher não há amizade possível. Há paixão, ódio, adoração, amor, mas amizade não! Amo-a…

LADY WINDERMERE — Não, não!

Levanta-se.

LORDE DARLINGTON — Sim, amo-a! Você é para mim mais que tudo no mundo! Que é que seu marido lhe dá? Nada. Tudo o que para ele há é esta miserável, que ele introduziu aqui, no convívio da sua casa, para a envergonhar, diante de todos. Ofereço-lhe a minha vida…

LADY WINDERMERE — Lorde Darlington!

LORDE DARLINGTON — A minha vida… toda a minha vida. Aceite-a e faça dela o que quiser… Amo-a… Amo-a, como jamais amei criatura alguma. Amei-a desde o momento em que a encontrei, amei-a cegamente, idolatradamente, doidamente! Nunca revelei… revelo-te agora! Abandones esta casa esta noite. Não lhe direi que nada importa no mundo, ou na voz do mundo, ou na voz da sociedade. Importa, sim, e muitíssimo. Mas há momentos em que uma pessoa tem de escolher entre viver a sua própria vida, plenamente, inteiramente, completamente, ou arrastar uma existência falsa, superficial, degradante, que o mundo, na sua hipocrisia, exige. Você se depara com esse momento agora. Escolha! Oh, meu amor, escolha!

LADY WINDERMERE – (*Afastando-se lentamente e fitando-o atônita*) Não tenho coragem!

LORDE DARLINGTON – (*Seguindo-a*) Tem coragem, tem! Pode haver seis meses de dor, de desonra até, mas, quando deixar de usar o nome dele para usar o meu, tudo seguirá bem. Margarida, meu amor, minha esposa que há de ser um dia... sim, minha esposa! Você sabe! Que é agora? Essa mulher ocupa o lugar que por direito pertence a você. Oh! Saia, saia desta casa, de cabeça erguida, com um sorriso nos lábios, com a coragem nos olhos. Toda Londres saberá o motivo e quem a censurará? Ninguém. E se censurarem, que importa? Procedeu mal? Onde está o mal? Procede mal o homem que abandona a mulher e a troca por uma desavergonhada. Procede mal a mulher que fica com um homem que assim a desonra. Disse-me um dia que não transigiria. Não transija agora! Seja corajosa! Seja você mesma!

LADY WINDERMERE – Tenho medo de ser eu mesma. Deixe-me pensar! Deixe-me esperar! Pode ser que meu marido volte para mim.

Senta-se no sofá.

LORDE DARLINGTON – E o acolhia de novo! Não é o que eu pensava que fosse. É exatamente como qualquer outra. Submeter-se-ia a tudo, só para não enfrentar a censura do mundo, cujo louvor desprezaria. Daqui a uma semana hei de vê-la passear de carro no parque com essa mulher. Será sua visita assídua... a sua amiga predileta. Você a tudo suportaria em vez de romper de golpe esse monstruoso laço. Tem razão. Falta-lhe a coragem. Falta-lhe a coragem!

LADY WINDERMERE – Ah, dê-me tempo para pensar. Não posso lhe responder agora.

Passa nervosamente a mão pelo rosto.

LORDE DARLINGTON – Tem de ser agora ou nunca!

LADY WINDERMERE – (*Erguendo-se do sofá*) Então, nunca!

Pausa.

LORDE DARLINGTON – Partes-me o coração!

LADY WINDERMERE – Partido já está o meu!

Pausa.

LORDE DARLINGTON – Amanhã saio da Inglaterra. É esta a última vez que a vejo. Nunca mais me tornará a ver. Por um momento encontraram-se as nossas vidas... tocaram-se as nossas almas. Nunca mais voltarão a se encontrar ou a se tocar. Adeus, Margarida!

Sai.

LADY WINDERMERE – Que só estou na vida! Terrivelmente só!

A música para. Entram a duquesa de Berwick e o lorde Paisley, rindo e falando. Chegam outros convidados, vindos do salão de baile.

DUQUESA DE BERWICK – Querida Margarida, tive agora uma conversa deliciosa com sra. Erlynne. Lamento muito o que lhe disse à tarde a respeito dela. E claro, se você a convida, é porque ela nada tem que se lhe diga. Mulher encantadora, e tem umas ideias tão sensatas sobre a vida. Disse-me que era absolutamente contrária a casar-se mais de uma vez; por isso sinto-me inteiramente tranquila a respeito do pobre Augusto. Não posso imaginar por que é que falam contra ela. São essas horríveis sobrinhas minhas, as Saville, que sempre falam mal dos outros. Todavia, eu sempre iria para Homburg; iria, sim, querida. É um pouquinho atrativa demais. Mas onde está a Ágata? Oh, aí está ela. (*Lady Ágata e Hopper entram, vindos do terraço*) Sr. Hopper, estou muito zangada contigo. Levou-me a Ágata para o terraço e ela é tão fraquinha.

HOPPER – (*Esquerda centro*) Sinto muito, duquesa. Saímos só por um momento e depois começamos a conversar.

DUQUESA DE BERWICK – (*Centro*) Oh, a respeito da querida Austrália, suponho.

HOPPER – Sim!

DUQUESA DE BERWICK – Ágata, meu amor!

Faz-lhe sinal para se aproximar.

LADY ÁGATA – Mamãe!

DUQUESA DE BERWICK – (*À parte*) O sr. Hopper disse claramente...

LADY ÁGATA – Sim, mamãe.

DUQUESA DE BERWICK – E que resposta lhe deu, querida filha?

LADY ÁGATA – Sim, mamãe.

DUQUESA DE BERWICK – (*Afetuosamente*) Minha queridinha! Você dá sempre a resposta apropriada. Sr. Hopper! James! A Ágata contou-me tudo. Com que habilidade soube guardar o seu segredo!

HOPPER – Então não se importa que eu leve a Ágata para a Austrália, duquesa?

DUQUESA DE BERWICK – (*Com indignação*) Para a Austrália? Oh, não me fale desse lugar terrível e vulgar.

HOPPER – Mas ela disse-me que gostaria de ir comigo para lá.

DUQUESA DE BERWICK – (*Severamente*) Disseste isso, Ágata?

LADY ÁGATA – Sim, mamãe.

DUQUESA DE BERWICK – Ágata, você diz as coisas mais tolas que é possível imaginar. Penso de um modo geral que a Grosvenor Square seria lugar mais saudável para residência. Há muita gente vulgar que mora na Grosvenor Square; mas, ao menos, não andam por cangurus horrendos. Mas falaremos disso amanhã. James, pode levar a Ágata para baixo. Virá almoçar, é claro, James. À uma e meia em vez das duas. O duque desejará dizer-lhe algumas palavras, tenho certeza.

HOPPER – Gostaria de ter uma conversa com o duque, duquesa. Ainda me não disse uma só palavra.

DUQUESA DE BERWICK – Creio que achará que ele amanhã terá muito que lhe dizer. (*Saem lady Ágata e Hopper*) E agora, boa noite, Margarida. Parece-me que é a velha, velha história, querida. Amor... bem, não amor à primeira vista, mas amor ao fim da temporada, o que é muito mais satisfatório.

LADY WINDERMERE – Boa noite, duquesa.

Sai a duquesa de Berwick pelo braço de lorde Paisley.

LADY PLYMDALE — Minha querida Margarida, com que bela mulher seu marido estava dançando! Eu, no seu lugar, ficaria com uns ciúmes terríveis! É uma grande amiga sua?

LADY WINDERMERE — Não!

LADY PLYMDALE — Verdade? Boa noite, querida.

Olha para Dumby e sai.

DUMBY — Horríveis maneiras que tem o jovem Hopper!

CECIL GRAHAM — Ah! É um dos gentlemen da natureza, o tipo pior de gentleman que eu conheço.

DUMBY — Mulher sensata, lady Windermere. Muitas esposas se oporiam à vinda de sra. Erlynne. Mas lady Windermere possui essa coisa invulgar que se chama senso comum.

CECIL GRAHAM — E o Windermere sabe que nada se parece com a inocência como uma indiscrição.

DUMBY — Sim; o querido Windermere está se tornando quase moderno. Nunca pensei que o conseguisse.

Faz uma saudação a lady Windermere e sai.

LADY JEDBURGH — Boa noite, lady Windermere. Que fascinante mulher é sra. Erlynne! Ela vem almoçar comigo na quinta-feira; não quer vir também? Espero o bispo e a querida lady Morton.

LADY WINDERMERE — Acho que já estou comprometida, lady Jedburgh.

LADY JEDBURGH — Que pena! Vamos, querida.

Saem lady Jedburgh e sra. Graham. Entram sra. Erlynne e lorde Windermere.

SRA. ERLYNNE — Baile encantador! Lembra-me os tempos antigos. (*Senta-se no sofá*) E vejo que há na sociedade precisamente tantos ignorantes como havia antes. Fiquei feliz em ver que nada mudou! Com exceção da Margarida. Está lindíssima. A última vez que a vi — há vinte anos — muito feiinha era, toda embrulhada em flanelas. A querida duquesa e aquela doce lady Ágata! Justamente o tipo de moça que eu gosto. Bem, realmente, Windermere, se eu tiver de ser cunhada da duquesa...

LORDE WINDERMERE — (*Sentando-se à esquerda dela*) Mas então?...

Sai Cecil Graham com os restantes convidados. Lady Windermere observa, com um olhar de desdém e mágoa. Sra. Erlynne e lorde Windermere não dão pela sua presença.

SRA. ERLYNNE — Oh, sim! Ele vai lá em casa amanhã ao meio-dia. Queria já propor-me casamento esta noite. E de fato propôs. E quantas vezes! Pobre Augusto, sabe como ele se repete. Que mau costume! Mas eu disse-lhe que só amanhã lhe podia dar resposta. É claro que aceito. E afoito para me dizer que serei para ele uma esposa admirável, vendo o que são as esposas por aí. E há muito de bom em lorde Augusto. Felizmente é tudo à superfície. Precisamente onde devem estar as boas qualidades. E claro que você deve ajudar-me neste assunto.

LORDE WINDERMERE — Suponho que não pretende que eu instigue lorde Augustus a casar contigo.

sra. erlynne – Oh, não! Isso é comigo! Mas sempre me dará um dotezinho bonito, Windermere, não?

lorde windermere – (*Franzindo a testa*) É disso que quer me falar esta noite?

sra. erlynne – É.

lorde windermere – (*Com um gesto de impaciência*) Não quero falar disso aqui.

sra. erlynne – (*Rindo*) Então falaremos no terraço. Até os negócios devem ter um fundo pitoresco, não é verdade, Windermere? Com um fundo adequado, as mulheres tudo podem fazer.

lorde windermere – Não pode ficar para amanhã?

sra. erlynne – Não; vê, amanhã vou eu dizer sim a lorde Augusto. E penso que seria uma boa coisa poder dizer-lhe que tinha... bem, que irei dizer? Duas mil libras por ano, herdadas de um primo em terceiro grau... ou de um segundo marido... ou de algum parente assim distante. Seria um atrativo adicional, não é verdade? Tem agora uma oportunidade de ser amável comigo, Windermere. Mas você não tem lá muito jeito para isso. Palpita-me que a Margarida o não estimula nesse excelente hábito. É um grande erro da parte dela. Quando os homens deixam de dizer o que é encantador, deixam de pensar o que é encantador. Mas a sério, que diz a duas mil libras? Duas mil e quinhentas, talvez? Na vida moderna a margem é tudo. Windermere, não acha o mundo um lugar intensamente divertido? Acho eu!

Sai para o terraço com lorde Windermere. Ouve-se a música no salão de baile.

lady windermere – Continuar nesta casa é impossível. Esta noite um homem que gosta de mim ofereceu-me toda a sua vida. Recusei. Fiz uma tolice. Ofereço-lhe eu agora a minha. Dou-lhe a minha vida. Fujo com ele! (*Põe o casaco e caminha para a porta; chegada aí, retrocede. Senta-se à mesa e escreve uma carta, mete-a num sobrescrito e deixa-a em cima da mesa*) O Artur nunca me compreendeu. Compreender-me-á quando ler isto. Agora pode fazer da sua vida o que lhe apetecer. Da minha fiz eu o que me parece melhor, o que me parece justo. Foi ele quem quebrou o laço do casamento, não fui eu. Eu apenas quebro a escravidão.

Sai. Entra Parker pela esquerda e atravessa a sala em direção ao salão de baile. Entra sra. Erlynne.

sra. erlynne – Lady Windermere está no salão de baile?

parker – Sua Excelência saiu agora mesmo.

sra. erlynne – Saiu? Não estará no terraço?

parker – Não, minha senhora. Saiu agora mesmo para a rua.

sra. erlynne – (*Sobressaltada, olha para o criado com uma expressão intrigada no rosto*) Para a rua?

parker – Sim, minha senhora. Disse-me que deixara em cima da mesa uma carta para o senhor.

sra. erlynne – Uma carta para lorde Windermere?

parker – Sim, minha senhora.

SRA. ERLYNNE — Obrigada. (*Sai Parker. A música do salão de baile para de tocar*) Saiu! Uma carta dirigida ao marido! (*Abeira-se da mesa e olha para a carta. Pega nela e torna a pousá-la com um estremecimento de receio*) Não, não! Seria impossível! A vida não repete assim as suas tragédias! Oh, por que me ocorreu agora esta horrível ideia? Por que recordo agora o único momento da minha vida que mais desejo esquecer? A vida repete as suas tragédias? (*Abre a carta e lê-a, depois deixa-se cair numa cadeira com um gesto de angústia*) Oh, que terrível! As mesmas palavras que eu há vinte anos escrevi ao pai dela! E que amargo castigo sofri! Não; o meu castigo, o meu verdadeiro castigo é agora!

Ainda sentada à direita. Entra lorde Windermere pela esquerda.

LORDE WINDERMERE — Deu as boas-noites à minha mulher?

Vem para o centro.

SRA. ERLYNNE — (*Escondendo a carta na mão*) Dei.

LORDE WINDERMERE — Onde está ela?

SRA. ERLYNNE — Achava-se muito cansada. Foi-se deitar. Disse que lhe doía a cabeça.

LORDE WINDERMERE — Preciso ir lá. Perdoe-me, sim?

SRA. ERLYNNE — (*Erguendo-se precipitadamente*) Oh, não! Não é nada grave. Um pouco de cansaço, nada mais. Além disso, ainda há pessoas na sala de jantar. Ela deseja que você a desculpe. Disse-me que não quer que a incomodem. (*Deixa cair a carta*) Pediu-me que lhe dissesse!

LORDE WINDERMERE — (*Apanha a carta*) Deixou cair alguma coisa!

SRA. ERLYNNE — Oh, sim, obrigada, é minha.

Estende a mão para receber a carta.

LORDE WINDERMERE — (*Olhando para a carta*) Mas é a letra de minha mulher, não é?

SRA. ERLYNNE — (*Pega apressadamente a carta*) É, sim… É um endereço. Quer fazer o favor de mandar chamar a minha carruagem?

LORDE WINDERMERE — Sem dúvida.

Vai para a esquerda e sai.

SRA. ERLYNNE — Obrigada! Que poderei fazer? Que poderei fazer? Sinto despertar em mim uma paixão que até agora jamais senti. Que poderá significar isto? A filha não deve ser como a mãe — seria terrível. Como poderei salvá-la? Como poderei salvar minha filha? Um momento pode arruinar uma vida. Quem o sabe melhor do que eu? O Windermere tem de sair; é absolutamente necessário que ele saia. (*Vai para a esquerda*) Mas como consegui-lo? Há de se arranjar, seja como for. Ah!

Entra lorde Augustus pela direita com o ramo na mão.

LORDE AUGUSTO — Querida senhora, estou em tal ansiedade! Não me pode dar uma resposta ao meu pedido?

SRA. ERLYNNE — Lorde Augusto, escute-me. Leve lorde Windermere para o seu clube imediatamente, e retenha-o lá o maior tempo possível. Compreendes?

LORDE AUGUSTO — Mas disse-me que desejava que eu fosse embora cedo!…

SRA. ERLYNNE — (*Nervosamente*) Faça o que lhe digo. Faça o que lhe digo.

LORDE AUGUSTO — E a minha recompensa?

SRA. ERLYNNE — A sua recompensa? A sua recompensa? Oh! Peça-me amanhã. Mas esta noite não me perca de vista o Windermere. Faça-me o que lhe peço; do contrário, nunca lhe perdoarei. Nunca mais lhe falarei. Nunca mais quererei saber de si. Lembre-se: tem de reter o Windermere no clube, não o deixar vir para casa esta noite.

Sai pela esquerda.

LORDE AUGUSTO — Bem, realmente, eu podia já ser seu marido. Podia, certamente.

Segue-a, perplexo. Cai o pano.

TERCEIRO ATO

CENA

Aposentos de lorde Darlington. Um grande sofá em frente ao fogão, à direita. Ao fundo do palco um cortinado encobre a janela. Portas à esquerda e à direita. Mesa à direita com o necessário para se escrever. Mesa ao centro com sifões, copos e garrafas. Mesa à esquerda com caixas de charutos e cigarros. Candeeiros acesos.

LADY WINDERMERE — (*De pé junto ao fogão*) Por que é que ele não vem? É horrível estar assim à espera. Devia estar aqui. Por que é que não está aqui para despertar com palavras apaixonadas algum fogo dentro de mim? Tenho frio... Sinto-me fria como um ser sem amor. A estas horas já o Artur deve ter lido a minha carta. Se se importasse comigo, teria corrido atrás de mim, ter-me-ia levado à força para casa. Mas não quer saber de mim para nada. Anda embeiçado por aquela mulher — fascinado, dominado por ela. Se uma mulher quer prender um homem, tem simplesmente de apelar para o que nele há de pior. Nós fazemos dos homens deuses e eles abandonam-nos. Outras fazem deles brutos e eles são carinhosos e fiéis. Que hedionda é a vida!... Oh! Foi loucura vir aqui, loucura horrível. E, contudo, o que é pior para uma mulher, sempre queria saber — estar à mercê de um homem que lhe tem amor, ou ser a esposa de um homem que a desonra em sua própria casa? Que mulher o sabe? Que mulher em todo o mundo o sabe? Mas sempre me amará este homem a quem eu vou dar a minha vida? Que lhe trago eu? Lábios que perderam a nota da alegria, olhos cegos pelas lágrimas, mãos frias e coração gelado. Não lhe trago nada. Devo voltar para casa... não; não posso voltar para casa, a minha carta entregou-me às mãos deles — Artur nunca me aceitaria! Aquela fatal carta! Não! Lorde Darlington parte amanhã. Irei com ele... não tenho que escolher. (*Senta-se por alguns momentos. Depois levanta-se num sobressalto e põe o casaco*) Não, não! Volto para casa; o Artur que faça de mim o que quiser! Não posso esperar aqui. Foi uma loucura vir. Tenho que ir embora imediatamente. Quanto a lorde Darlington... Oh, aí está ele! Que farei? Que irei lhe dizer? Ele irá me deixar ir embora? Tenho ouvido dizer que os homens são brutais, horríveis... Oh!

Esconde o rosto nas mãos. Entra sra. Erlynne pela esquerda.

SRA. ERLYNNE – Lady Windermere! (*Lady Windermere estremece e ergue os olhos. Depois volta-se com desprezo*) Graças a Deus que cheguei a tempo! Tem de voltar para casa de seu marido imediatamente.

LADY WINDERMERE – Tenho?

SRA. ERLYNNE – (*Autoritariamente*) Sim, tem! Não há um segundo a perder. Lorde Darlington pode chegar de um momento para o outro.

LADY WINDERMERE – Não chegue perto de mim!

SRA. ERLYNNE – Oh! Você está à beira da ruína, está à beira de um precipício horrível. Tem de sair daqui imediatamente, a minha carruagem está à sua espera na esquina. Venha comigo e vamos já direitinhas para casa. (*Lady Windermere tira o casaco e atira-o para cima do sofá*) O que está fazendo?

LADY WINDERMERE – Sra. Erlynne... se não tivesse vindo aqui, eu já teria ido embora. Agora, porém, que a vejo, sinto que nada no mundo me decidiria a viver debaixo do mesmo telhado que Lorde Windermere. A senhora enche-me de horror. Há em si alguma coisa que excita a mais feroz... raiva dentro de mim. E eu bem sei por que é que está aqui. Foi meu marido que a mandou aqui para me apanhar de novo, a fim de eu servir de cortina às relações que existem entre a senhora e ele.

SRA. ERLYNNE – Oh! Não pense tal... não pode pensar tal coisa.

LADY WINDERMERE – Volte para meu marido, sra. Erlynne. Ele lhe pertence, não a mim. Suponho que ele receia um escândalo. Que covardes são os homens! Ultrajam todas as leis do mundo. Mas seria melhor ir se preparando. Há de ter um escândalo... Há de ter um escândalo como há muitos anos não há em Londres. Há de ver o seu nome nos jornais mais reles e o meu nos mais hediondos pasquins.

SRA. ERLYNNE – Não... não!

LADY WINDERMERE – Sim... há de ver! Se ele tivesse vindo aqui em pessoa, é possível que eu tivesse voltado para a vida degradante que a senhora e ele me prepararam — já ia voltar — mas ficar em casa e mandá-la como sua emissária... Oh! Infame... infame!

SRA. ERLYNNE – (*Centro*) Lady Windermere, é horrivelmente injusta comigo... horrivelmente injusta com seu marido. Ele não sabe que a senhora está aqui — julga que se encontra, livre de qualquer perigo, em sua casa. Julga que você está dormindo, descansando, no seu quarto. Não leu a carta que a senhora lhe escreveu!

LADY WINDERMERE – (*Direita*) Não a leu!

SRA. ERLYNNE – Não... Ignora absolutamente tudo.

LADY WINDERMERE – Que ingênua me julga! (*Aproximando-se dela*) Está mentindo!

SRA. ERLYNNE – (*Contendo-se*) Não, não estou. Digo-lhe apenas a verdade.

LADY WINDERMERE – Se meu marido não leu a minha carta, por que motivo está a senhora aqui? Quem lhe disse que eu abandonara a casa em que a senhora teve a desvergonha de entrar? Quem lhe disse para onde eu tinha ido? Disse-lhe meu marido, e mandou-a aqui para me apanhar.

Atravessa para a esquerda.

sra. erlynne – (*Direita centro*) Seu marido nem sequer viu a carta. Vi-a eu. Abri-a... Li-a.

lady windermere – (*Voltando-se para ela*) Abriu uma carta minha para meu marido? Não se atreveria!

sra. erlynne – Não me atreveria! Oh! Para a salvar do abismo em que está se precipitando, nada há no mundo a que eu me não atrevesse, nada no mundo inteiro. Aqui está a carta. Seu marido não a leu. Nunca a lerá. (*Dirigindo-se para o fogão*) Nunca devia ter sido escrita.

Rasga-a e atira-a ao fogo.

lady windermere – (*Com infinito desprezo na voz e no olhar*) Como posso eu saber que, afinal de contas, era essa a minha carta? Parece que você pensa que eu me deixo apanhar pela armadilha mais trivial!

sra. erlynne – Oh! Por que não acredita em nada do que eu lhe digo? Que finalidade julga trazer-me aqui, senão salvá-la da ruína total, salvá-la das consequências de um hediondo equívoco? Essa carta que ardeu era a sua carta. Juro-lhe!

lady windermere – (*Pausadamente*) Teve o cuidado de a queimar sem a deixar examinar. Não posso confiar em você. Como poderia a senhora, cuja vida inteira é uma mentira, dizer a verdade seja sobre o que for?

Senta-se.

sra. erlynne – (*Precipitadamente*) Pensa de mim o que quiser... diz contra mim o que lhe aprouver, mas saia daqui, volte para junto de seu marido, a quem ama.

lady windermere – (*Irritadamente*) Não, não o amo!

sra. erlynne – Ama, sim, e sabe que ele também a ama.

lady windermere – Ele não compreende o que é amor. Compreende-o tão pouco como a senhora —, mas eu bem vejo o que a senhora quer. Seria para você uma grande vantagem levar-me contigo. Deus do céu! Que vida seria a minha então! Viver à mercê de uma mulher que não tem espécie alguma de sentimento, mulher que é uma infâmia encontrar, uma degradação conhecer, mulher vil, mulher que se atravessa entre marido e esposa!

sra. erlynne – (*Com um gesto de desespero*) Lady Windermere, lady Windermere, não diga essas coisas terríveis. Não sabe o quanto são terríveis, quanto são injustas. Ouça, tem de ouvir! Volte para junto de seu marido, e eu prometo-lhe nunca mais falar com ele, seja a que pretexto for — nunca mais vê-lo — nunca ter seja o que for com a vida dele ou da senhora. O dinheiro que ele me deu, não me deu por amor, mas por ódio, não por adoração, mas por desprezo. O poder que eu tenho sobre ele...

lady windermere – (*Erguendo-se*) Ah! Reconhece que tem poder sobre ele!

sra. erlynne – Sim, tenho, e vou dizer-lhe qual é. É o amor dele por você, lady Windermere.

lady windermere – Espera que eu acredite nisso?

SRA. ERLYNNE – Deves acreditar. É verdade. É o amor dele por você que o fez sujeitar-se a... Oh! Chame-lhe o que quiser, tirania, ameaças, o que lhe apetecer. Mas é o amor dele por você, lady Windermere. O desejo dele de lhe poupar... vergonha, sim, vergonha e desprezo.

LADY WINDERMERE – O que quer dizer? É insolente! O que tenho eu contigo?

SRA. ERLYNNE – (*Humildemente*) Nada. Bem sei... mas digo-lhe que seu marido a ama... que talvez em toda a sua vida nunca mais torne a encontrar amor igual... digo-lhe que nunca mais encontrará amor igual... e que, se você perder esse amor, pode muito bem chegar um dia em que tenha fome de amor e não lhe seja dado, em que mendigue amor e ele lhe seja negado... Oh! O Artur ama-a!

LADY WINDERMERE – O Artur? E vem dizer-me que não há nada entre você e ele?

SRA. ERLYNNE – Lady Windermere, perante Deus seu marido está inocente de toda a culpa para com a esposa! E eu... eu... afirmo-lhe que, se alguma vez me tivesse ocorrido que no seu espírito poderia ter penetrado tão monstruosa suspeita, teria preferido morrer a penetrar na sua vida ou na dele... Oh! E morreria, morreria contente!

Vai para o sofá da direita.

LADY WINDERMERE – Fala como se tivesse coração. As mulheres como a senhora não têm coração. Compram-se e vendem-se.

Senta-se à esquerda.

SRA. ERLYNNE – (*Estremece, com um gesto de dor. Depois domina-se e aproxima-se do lugar onde está sentada lady Windermere. Ao falar, estende para ela as mãos, mas não ousa tocá-la*) Acredite a meu respeito o que quiser. Não valho um momento de pena. Mas não estrague a sua bela e jovem vida por minha causa! Não sabe o que lhe pode estar reservado, se não abandona esta casa imediatamente. Não sabe o que é cair no poço, ser desprezada, escarnecida, abandonada, troçada... ser banida por toda a parte! Encontrar todas as portas fechadas, ter de se arrastar por caminhos suspeitos, com medo a cada momento de que lhe arranquem da cara a máscara, e a todo o instante ouvir a gargalhada, a horrível gargalhada do mundo, coisa mais trágica do que todas as lágrimas que o mundo jamais verteu. Não sabe o que isso é! A gente paga o seu pecado, paga-o e torna a pagá-lo e fica a pagá-lo a vida inteira. A senhora nunca deve saber isso. Quanto a mim, se sofrer é uma expiação, expiei neste momento todas as minhas faltas, sejam elas quais forem; pois esta noite a senhora fez um coração em quem não o tinha, fê-lo e quebrou-o... Mas deixemos isso. Posso ter estragado a minha vida, mas não a deixarei estragar a sua. A senhora... ora, é uma simples menina, perder-se-ia. Não tem a espécie de cérebro que permite a uma mulher voltar trás. Não tem nem o espírito nem a coragem. Não poderia resistir à desonra! Não! Volte para sua casa, lady Windermere, volte para o seu marido, que a ama, que a senhora ama. Tem um filhinho, lady Windermere. Volte para junto dessa criancinha, que neste mesmo instante talvez esteja a chamá-la. (*Lady Windermere levanta-se*) Deus deu-lhe esse filho. Exigirá de você que lhe torne a vida bela, que vele por ele. Que resposta dará a Deus, se, devido a si, for a vida dele arruinada? Volte para casa, lady Windermere... seu marido a ama! Nunca por um momento só se desviou do amor que lhe consagra. Mas, ainda que ele tivesse mil amores, o seu dever é ficar com o seu filho. Se ele a tratou mal, o seu dever é ficar com seu filho. Se ele a abandonou, o seu lugar é junto de seu filho. (*Lady Windermere desata a chorar e esconde o rosto nas mãos. Correndo para ela*) Lady Windermere!

LADY WINDERMERE – (*Estendendo as mãos para ela, abandonada, tal qual uma criança*) Leve-me para casa! Leve-me para casa!

SRA. ERLYNNE – (*Vai quase a abraçá-la, mas contém-se. Aparece-lhe no rosto um olhar de admirável júbilo*) Venha. Onde está o seu casaco? (*Tirando-a de cima do sofá*) Está aqui. Ponha-a. Venha daí!

Dirigem-se para a porta.

LADY WINDERMERE – Espere! Não ouve vozes?

SRA. ERLYNNE – Não, não! Não é ninguém!

LADY WINDERMERE – É, sim! Escute! Oh! É a voz de meu marido! Vem aí! Salve-me! Oh, é alguma cilada! A senhora mandou chamá-lo.

Vozes lá fora.

SRA. ERLYNNE – Cale-se! Estou aqui para a salvar, se puder. Receio, porém, que seja muito tarde! Para ali! (*Aponta para o cortinado que encobre a janela*) Na primeira chance que se lhe ofereça, fuja, se lhe for possível!

LADY WINDERMERE – E a senhora?

SRA. ERLYNNE – Oh! Não se importe comigo! Eu lhes farei frente.

Lady Windermere por detrás do cortinado.

LORDE AUGUSTO – (*Do lado de fora*) Bobagem, meu caro Windermere, tem de ficar comigo!

SRA. ERLYNNE – Lorde Augusto! Então sou eu que estou perdida!

Hesita um momento, depois olha ao redor e vê a porta da direita. Sai por aí. Entram lorde Darlington, Dumby, lorde Windermere, lorde Augustus Lorton e Cecil Graham.

DUMBY – Que chatice porem-nos fora do clube a esta hora! São só duas horas. (*Afunda-se na poltrona*) Só agora é que começa a parte alegre da noite.

Boceja e fecha os olhos.

LORDE WINDERMERE – É muito amável, lorde Darlington, em deixar o Augusto trazer-nos aqui, mas parece-me que não posso demorar-me muito tempo.

LORDE DARLINGTON – Verdade! Sinto muito! Um charuto, não?

LORDE WINDERMERE – Obrigado!

Senta-se.

LORDE AUGUSTO – (*Para lorde Windermere*) Meu caro rapaz, não pense em ir embora. Tenho muito a lhe dizer, de formidável importância.

Senta-se com ele à mesa da esquerda.

CECIL GRAHAM – Oh! Todos nós sabemos o que é! O Augusto não pode falar de outra coisa que não seja sra. Erlynne!

LORDE WINDERMERE – Bem, você não tem nada com isso, ou tem, Cecil?

CECIL GRAHAM – Nada! Por isso mesmo é que me interessa. As coisas da minha vida aborrecem-me mortalmente. Interessam-me mais as dos outros.

LORDE DARLINGTON – Bebam alguma coisa, rapazes! Cecil, quer uísque e soda?

CECIL GRAHAM – Obrigado. (*Vai para a mesa com lorde Darlington*) Sra. Erlynne estava hoje muito linda, não estava?

LORDE DARLINGTON – Não estou entre seus admiradores.

CECIL GRAHAM – Eu também não, mas pertenço agora. Ora! Obrigou a apresentá-la à pobre da minha tia Caroline. Acho que vai lá almoçar.

LORDE DARLINGTON – (*Surpreso*) Não vai, não é?

CECIL GRAHAM – Vai, sim.

LORDE DARLINGTON – Desculpem-me, meus amigos. Parto amanhã. E tenho que escrever algumas cartas.

Vai sentar-se à mesa.

DUMBY – Mulher inteligente, a sra. Erlynne.

CECIL GRAHAM – Olá, Dumby! Pensei que estivesse dormindo.

DUMBY – Estou, estou; é o meu costume!

LORDE AUGUSTO – Mulher inteligentíssima. Sabe perfeitamente que formidável tolo eu sou... sabe-o tão bem como eu. (*Cecil Graham aproxima-se dele a rir*) Ah, pode rir, meu rapaz, mas é uma grande coisa dar com uma mulher que nos compreende inteiramente.

DUMBY – É uma coisa terrivelmente perigosa. Acabam sempre por casar conosco.

CECIL GRAHAM – Mas eu pensava, Augustinho, que nunca mais tornasse a vê-la! Sim! Você me disse ontem à noite no clube. Disse-me que ouviu dizer...

Fala-lhe ao ouvido.

LORDE AUGUSTO – Oh, ela explicou tudo.

CECIL GRAHAM – E o caso de Wiesbaden?

LORDE AUGUSTO – Explicou isso também.

DUMBY – E os rendimentos dela, Augustinho? Também os explicou?

LORDE AUGUSTO – (*Em tom mais sério*) Vai me explicar isso amanhã.

Cecil Graham volta para a mesa do centro.

DUMBY – São terrivelmente comerciais hoje em dia as mulheres. As nossas avós atiravam os chapéus por cima dos moinhos; mas, por Júpiter, as suas netas atiram os chapéus por cima dos moinhos de que calculam lhes soprar vento propício.

LORDE AUGUSTO – Quer convencer-nos de que ela é uma mulher má. Não é!

CECIL GRAHAM – As mulheres más incomodam-nos, as boas chateiam-nos. É a única diferença que as distingue.

LORDE AUGUSTO – (*Expelindo fumaça do charuto*) Sra. Erlynne tem diante de si um futuro.

DUMBY – Sra. Erlynne tem atrás de si um passado.

LORDE AUGUSTO – Prefiro as mulheres que têm um passado. Diverte-me formidavelmente conversar com elas.

CECIL GRAHAM – Bem, terá assuntos em abundância para conversar com ela, Augustinho.

Erguendo-se e aproximando-se dele.

LORDE AUGUSTO – Está se tornando aborrecido, caro rapaz; formidavelmente aborrecido.

CECIL GRAHAM – (*Posa-lhe as mãos nos ombros*) Agora, Augustinho, você perdeu a figura e perdeu o caráter. Não perca a cabeça; não tem outra.

LORDE AUGUSTO – Meu caro rapaz, se eu não fosse o homem de melhor gênio em Londres...

CECIL GRAHAM – Nós iríamos tratá-lo com mais respeito, não é verdade, Augustinho?

Afasta-se.

DUMBY – Os jovens de hoje são inteiramente monstruosos. Não têm respeito nenhum pelos cabelos tingidos.

Lorde Augustus olha em volta, furioso.

CECIL GRAHAM – Sra. Erlynne tem um enorme respeito pelo querido Augusto.

DUMBY – Então sra. Erlynne constitui um exemplo admirável para o resto do seu sexo. É perfeitamente brutal a maneira como a maior parte das mulheres hoje em dia procede com os homens que não são seus maridos.

LORDE WINDERMERE – Dumby, você é ridículo, e você, Cecil, deixa a língua galopar à rédea solta. Deixem a sra. Erlynne em paz. Na realidade, nada sabem a seu respeito, são adeptos da má-língua.

CECIL GRAHAM – (*Dirigindo-se para ele. Esquerda centro*) Meu caro Artur, eu não cultivo má-língua. O que eu cultivo é a bisbilhotice.

LORDE WINDERMERE – Então que diferença há entre má-língua e bisbilhotice?

CECIL GRAHAM – Oh! A bisbilhotice é encantadora! A história nada mais é que bisbilhotice. Mas a má-língua é a bisbilhotice tornada aborrecida pela moralidade. Ora, eu nunca prego moral. O homem que prega moral é um hipócrita ordinário, e a mulher que prega moral é invariavelmente feia. Nada há no mundo que fique tão mal a uma mulher como uma consciência inconformista. E a maior parte das mulheres sabem-no, digo com tranquilidade.

LORDE AUGUSTO – Exatamente a minha opinião, meu rapaz, exatamente a minha opinião.

CECIL GRAHAM – Muito me pesa ouvi-lo dizer isso, Augusto; sempre que alguém se mostra de acordo comigo, sinto que devo estar em erro.

LORDE AUGUSTO – Meu caro rapaz, quando eu era da sua idade...

CECIL GRAHAM – Mas nunca foi, nem há de ser. (*Vai para o centro*) Olha, Darlington, arranja-nos umas cartas. Joga, Artur, não?

LORDE WINDERMERE – Não, obrigado, Cecil.

DUMBY – (*Com um suspiro*) Deus do céu! Como o casamento estraga um homem! É desmoralizador como os cigarros, e muito mais caro.

CECIL GRAHAM – Você, é claro, joga, Augusto?

LORDE AUGUSTO – (*Servindo-se de brandy e soda*) Não posso, meu caro. Prometi à sra. Erlynne nunca mais jogar nem beber.

CECIL GRAHAM – Ora, meu caro Augusto, não se deixe extraviar nas sendas da virtude. Regenerado, seria perfeitamente enfadonho. É o pior que têm as mulheres. Querem sempre que nós sejamos bons. E, se nós somos bons, quando nos encontram, não gostam nada de nós. Gostam de nos encontrar irresistivelmente maus e de nos deixar odiosamente bons.

LORDE DARLINGTON – (*Erguendo-se da mesa da direita, onde esteve a escrever cartas*) Acham-nos sempre maus!

DUMBY – Não me parece que nós sejamos maus. Parece-me que somos todos bons, exceto o Augusto.

LORDE DARLINGTON – Não, estamos todos na valeta, mas alguns de nós olham para as estrelas.

Senta-se à mesa do centro.

DUMBY – Estamos todos na valeta, mas alguns de nós olham para as estrelas? Palavra de honra, está hoje muito romântico, Darlington.

CECIL GRAHAM – Muito romântico! Deve estar apaixonado. Quem é a pequena?

LORDE DARLINGTON – A mulher que eu amo não é livre ou pensa que o não é.

Enquanto fala, olha de relance instintivamente para lorde Windermere.

CECIL GRAHAM – Uma mulher casada, então! Bem, não há nada no mundo como a dedicação de uma mulher casada. É coisa de que nenhum homem casado sabe absolutamente nada.

LORDE DARLINGTON – Oh! Ela não me ama. É uma mulher boa. É a única mulher boa que encontrei em toda a minha vida.

CECIL GRAHAM – A única mulher boa que encontrou em toda a sua vida?

LORDE DARLINGTON – Sim!

CECIL GRAHAM – (*Acendendo um cigarro*) Bem, é um homem de sorte! Ora essa, eu tenho encontrado centenas de mulheres boas. Parece-me que nunca encontro outras. O mundo está cheio de mulheres boas. Conhecê-las é uma educação da classe média.

LORDE DARLINGTON – Esta mulher tem pureza e inocência. Tem tudo o que nós, homens, perdemos.

CECIL GRAHAM – Meu caro, para que diabo nos havia de servir a pureza e a inocência? Um raminho na lapela disposto com esmero é muito mais eficaz.

DUMBY – Então, de fato, ela não o ama?

LORDE DARLINGTON – Não, não ama!

DUMBY – Parabéns, meu caro! Neste mundo há apenas duas tragédias. Uma é não conseguir o que se quer, e a outra é consegui-lo. A segunda é muito pior; é uma verdadeira tragédia. Mas interessa-me saber que ela não o ama. Quanto tempo você poderia amar uma mulher que não o amasse, Cecil?

CECIL GRAHAM – Uma mulher que não me amasse? Oh, toda a minha vida!

DUMBY – Também eu. Mas é tão difícil encontrá-la!

LORDE DARLINGTON – Como pode ser tão presunçoso, Dumby?

DUMBY – Eu não disse isso por presunção; disse-o por pesar. Fui adorado loucamente, desvairadamente. Antes não tivesse sido! Foi uma imensa chatice. Gostaria que de vez em quando me deixassem um bocadinho de tempo para mim.

LORDE AUGUSTO – (*Olhando em volta*) Tempo para se educar, suponho.

DUMBY – Não, tempo para esquecer tudo o que aprendi. É muito mais importante, meu caro Augustinho.

Lorde Augustus agita-se na sua cadeira.

LORDE DARLINGTON – Que cínicos vocês são!

CECIL GRAHAM – Que é um cínico?

Sentado nas costas do sofá.

LORDE DARLINGTON – Um homem que sabe o preço de tudo e não sabe o valor de nada.

CECIL GRAHAM – É um sentimentalista, meu caro Darlington, é um homem que em tudo vê um valor absurdo e não sabe o preço de coisa alguma.

LORDE DARLINGTON – Você me diverte sempre, Cecil. Fala como se fosse um homem experiente.

CECIL GRAHAM – E sou.

Aproxima-se do fogão.

LORDE DARLINGTON – É novo demais.

CECIL GRAHAM – Isso é um grande erro. A experiência é uma questão de instinto acerca da vida. E eu tenho-o. Não o tem o Augusto. Experiência é o nome que o Augustus dá aos seus erros. Nada mais.

Lorde Augustus olha em volta, indignado.

DUMBY – Experiência é o nome que todos dão aos seus erros.

CECIL GRAHAM – (*De pé, de costas para o fogão*) Erros ninguém os devia cometer.

Vê o leque de lady Windermere no sofá.

DUMBY – Sem eles muito aborrecida seria a vida.

CECIL GRAHAM – Você, Darlington, é claro, é absolutamente fiel a essa mulher de quem está enamorado, a essa mulher boa.

LORDE DARLINGTON – Cecil, se um homem tem amor a uma mulher, todas as outras mulheres lhe são absolutamente indiferentes. O amor muda-nos... eu mudei.

CECIL GRAHAM – Meu Deus! Que interessante! Augustinho, preciso falar contigo.

Lorde Augustus não repara.

DUMBY – É inútil falar ao Augusto. É o mesmo que falar a uma parede.

CECIL GRAHAM – Mas eu gosto de falar a uma parede — é a única coisa no mundo que nunca me contradiz. Augusto!

LORDE AUGUSTO – Que é? Que é?

Levantando-se e abeirando-se de Cecil Graham.

CECIL GRAHAM – Venha aqui! Preciso lhe falar em particular. (*À parte*) O Darlington tem estado a pregar moral e a falar sobre a pureza do amor e essas coisas todas, e tem aqui uma mulher escondida.

LORDE AUGUSTO – Não, realmente, realmente!

CECIL GRAHAM – (*Em voz baixa*) Tem, sim. Aqui está o leque dela.

Aponta para o leque.

LORDE AUGUSTO – (*Com um risinho abafado*) Por Júpiter! Por Júpiter!

LORDE WINDERMERE – (*À porta*) Agora tenho de ir embora, lorde Darlington. Lamento que deixe a Inglaterra tão depressa. No regresso, venha à nossa casa, peço-lhe! Eu e minha mulher teremos imenso gosto em vê-lo.

LORDE DARLINGTON – (*Subindo o palco com lorde Windermere*) Receio ter de me demorar lá fora muitos anos. Boa noite!

CECIL GRAHAM – Artur!

LORDE WINDERMERE – Que é?

CECIL GRAHAM – Preciso falar contigo por um momento. Não, vem cá!

LORDE WINDERMERE – (*Vestindo o sobretudo*) Não posso… vou-me embora.

CECIL GRAHAM – É alguma coisa muito particular. Interessar-te-á enormemente.

LORDE WINDERMERE – (*Sorrindo*) É algum dos seus disparates, Cecil.

CECIL GRAHAM – Não é! Não é, de verdade!

LORDE AUGUSTO – (*Aproximando-se dele*) Meu caro, não vá embora. Tenho muito que lhe contar. E o Cecil tem alguma coisa para lhe mostrar.

LORDE WINDERMERE – (*Aproximando-se*) Bem, que é?

CECIL GRAHAM – O Darlington tem aqui em casa uma mulher. Deixou aqui o leque. Engraçado, não é?

Uma pausa.

LORDE WINDERMERE – Meu Deus!

Agarra o leque. Dumby levanta-se.

CECIL GRAHAM – Que é?

LORDE WINDERMERE – Lorde Darlington!

LORDE DARLINGTON – (*Voltando-se*) Que é?

LORDE WINDERMERE – Que faz aqui em sua casa o leque de minha mulher? Tire a mão, Cecil. Não me toque!

LORDE DARLINGTON – O leque de sua esposa?

LORDE WINDERMERE – Sim, aqui está!

LORDE DARLINGTON – (*Caminhando para ele*) Não sei!

LORDE WINDERMERE – Deve saber. Exijo uma explicação. (*Para Cecil Graham*) Não me agarre, seu parvo!

LORDE DARLINGTON – (*À parte*) Então ela veio!

LORDE WINDERMERE – Fale, senhor! Por que está aqui o leque de minha mulher? Responda-me! Por Deus! Vou revistar a sua casa, e, se minha mulher estiver aqui, eu…

Dirige-se para a porta.

LORDE DARLINGTON – Não consinto em tal. Não tem direito de revistar a minha casa. Proíbo-lhe!

LORDE WINDERMERE – Patife! Não saio desta sala sem fazer busca a todos os cantos! Que é que está a mexer por trás daquele cortinado?

Corre para o cortinado do centro.

SRA. ERLYNNE – (*Entra por detrás pela direita*) Lorde Windermere!

LORDE WINDERMERE – Sra. Erlynne!

Todos estremecem e olham em volta. Lady Windermere foge do seu esconderijo, por trás do cortinado, saindo sorrateiramente pela esquerda.

SRA. ERLYNNE – Parece-me que trouxe por engano o leque de sua mulher em vez do meu, quando saí de sua casa. Peço imensa desculpa.

Pega no leque. Lorde Windermere encara-a com desprezo. Lorde Darlington, num misto de espanto e cólera. Lorde Augustus retira-se. Os outros homens sorriem uns para os outros. Cai o pano.

Quarto Ato

CENA

Cenário como no primeiro ato.

LADY WINDERMERE – (*Deitada no sofá*) Como lhe posso dizer? Não posso. Isso matar-me-ia. Quem me dera saber o que se passou depois que fugi daquela horrível sala! Talvez ela lhes tenha dito o verdadeiro motivo por que ali estava e a real significação daquele… fatal leque meu. Oh, se ele sabe… Como poderei eu encará-lo? Jamais me perdoaria. (*Toca a campainha*) Julga a gente viver tranquila… fora do alcance da tentação, do pecado, da loucura. E de repente… Oh! A vida é terrível. Domina-nos, não somos nós que a dominamos.

Entra Rosalie pela direita.

ROSALIE – Vossa Excelência chamou?

LADY WINDERMERE – Chamei. Sabe a que horas entrou o senhor esta noite?

ROSALIE – Passava das cinco.

LADY WINDERMERE – Cinco? Bateu à minha porta de manhã, não?

ROSALIE – Bateu, sim, minha senhora… Eram nove e meia. Eu disse-lhe que Vossa Excelência ainda não tinha acordado.

LADY WINDERMERE – E ele disse alguma coisa?

ROSALIE – Disse alguma coisa a respeito do leque de Vossa Excelência, mas não percebi bem o quê. Vossa Excelência perdeu o leque? Não o encontro e Parker diz que não ficou em nenhuma das salas. Procurou em todas as salas e no terraço.

LADY WINDERMERE – Não faz mal. Diga a Parker que não se incomode. Está bem. (*Sai Rosalie. Erguendo-se*) Com certeza ela disse-lhe. Não posso imaginar uma pessoa praticar um ato admirável de sacrifício próprio, praticá-lo espontaneamente, desinteressadamente, nobremente… e depois reconhecer que lhe ficou demasiado caro. Por que havia ela de hesitar entre a sua ruína e a minha?… Que estranho! Quis envergonhá-la publicamente em minha casa, e para me salvar deixa-se ela envergonhar publicamente na casa de outros… Há uma amarga ironia nas coisas, uma amarga ironia no modo como nós falamos de mulheres boas e más… Oh, que lição! E que pena nós na vida só recebermos as nossas lições, quando já de nada nos servem! Pois ainda que ela não fale, hei eu de falar. Oh! Que vergonha! Que vergonha! Falar disso é renovar a dor desses momentos horríveis. Os atos são a primeira tragédia da vida, as palavras são a segunda. São talvez piores as palavras. As palavras são inexoráveis… Oh!

Estremece ao ver entrar lorde Windermere.

LORDE WINDERMERE – (*Beija-a*) Margarida… que pálida está!

LADY WINDERMERE – Dormi muito mal.

LORDE WINDERMERE – (*Sentando-se no sofá ao lado dela*) Sinto muito. Dormi medonhamente tarde, e não quis acordá-la. Está chorando, querida?

LADY WINDERMERE – Sim, estou chorando, pois tenho alguma coisa a dizer-lhe, Artur.

LORDE WINDERMERE – Minha querida filha, você não está bem. Tem cansado muito. Vamos para o campo. Em Selby ficará boa. A temporada está quase finda. De nada serve estar aqui. Pobre amor! Partiremos hoje, se quiser. (*Levanta-se*) Podemos facilmente apanhar o comboio das 3h40. Mando um telegrama ao Fannen.

Atravessa o palco e senta-se à mesa para redigir um telegrama.

LADY WINDERMERE – Sim, vamos hoje. Não; hoje não posso ir, Artur. Há uma pessoa com quem preciso falar antes de sair da cidade… uma pessoa que foi gentil para mim.

LORDE WINDERMERE – (*Erguendo-se e debruçando-se sobre o sofá*) Gentil contigo?

LADY WINDERMERE – Muito mais do que isso. (*Levanta-se e aproxima-se dele*) Vou lhe dizer, Artur, mas somente me ame, me ame, como antes.

LORDE WINDERMERE – Como antes? Não está a pensar naquela desgraçada que veio aqui ontem? (*Vai de volta sentar-se à direita dela*) Você não imagina ainda… não, não podia.

LADY WINDERMERE – Não. Sei agora que fui injusta e tola.

LORDE WINDERMERE – Você foi muito boa em recebê-la aqui ontem à noite... mas nunca mais voltará a vê-la.

LADY WINDERMERE – Por que diz isso?

Uma pausa.

LORDE WINDERMERE – (*Pegando-lhe na mão*) Margarida, pensei que sra. Erlynne era uma mulher mais vítima dos pecados dos outros do que pecadora. Pensei que ela queria ser boa, regressar a um meio que perdera pela loucura de um momento, levar de novo uma vida decente. Acreditei no que ela me disse... enganei-me. É má... má quanto o pode ser uma mulher.

LADY WINDERMERE – Artur, Artur, não fale tão acerbamente de mulher nenhuma. Não penso agora que se possam dividir as pessoas em boas e más, como se fossem duas raças ou criações distintas. As mulheres que nós chamamos boas podem ter em si coisas terríveis, rasgos loucos de insensatez, orgulho, ciúme, pecado. As mulheres más, como lhes chamam, podem ter em si mágoa, arrependimento, compaixão, sacrifício. E eu não considero sra. Erlynne uma mulher má... sei que ela não é.

LORDE WINDERMERE – Minha querida filha, essa mulher é impossível. Seja qual for o mal que ela tente fazer-nos, você nunca mais deve tornar a vê-la. É inadmissível seja onde for.

LADY WINDERMERE – Mas eu quero vê-la. Quero que ela venha aqui.

LORDE WINDERMERE – Nunca!

LADY WINDERMERE – Veio aqui uma vez como sua convidada. Virá agora como minha. É apenas justo.

LORDE WINDERMERE – Nunca devia ter vindo aqui.

LADY WINDERMERE – (*Levantando-se*) Agora é tarde demais, Artur, para dizer isso.

Afasta-se.

LORDE WINDERMERE – (*Levantando-se*) Margarida, se soubesses onde sra. Erlynne esteve esta noite, depois de sair daqui, você nunca se sentaria na mesma sala com ela. Absoluta falta de vergonha, tudo isso!

LADY WINDERMERE – Artur, não posso conter-me mais. Tenho de lhe dizer. Ontem à noite...

Entra Parker trazendo uma bandeja com o leque de lady Windermere e um cartão.

PARKER – Sra. Erlynne veio aqui trazer o leque de Vossa Excelência, que levou ontem por engano. Sra. Erlynne escreveu no cartão.

LADY WINDERMERE – Oh, peça à sra. Erlynne a fineza de subir. (*Lê o cartão*) Diga-lhe que terei muito prazer em vê-la. (*Sai Parker*) Deseja ver-me, Artur.

LORDE WINDERMERE – (*Pega no cartão e lê-o*) Margarida, peço-lhe que não a receba. Deixa-me, ao menos, falar-lhe primeiro. É uma mulher muito perigosa. É a mulher mais perigosa que eu conheço. Você não imagina o que faz.

LADY WINDERMERE – Acho perfeitamente bem recebê-la.

LORDE WINDERMERE – Minha filha, talvez esteja à beira de um grande desgosto. Não vá lá. É absolutamente necessário que eu fale com ela antes de você.

LADY WINDERMERE – Necessário por quê?

Entra Parker.

PARKER – Sra. Erlynne!

Entra sra. Erlynne. Sai Parker.

SRA. ERLYNNE – Como está, lady Windermere? (*Para lorde Windermere*) Como está? Sabe, lady Windermere, sinto tanto o que se passou com o leque. Não posso imaginar como me enganei assim. Que estupidez a minha! E, como o meu carro vinha para estes lados, quis aproveitar a oportunidade de lhe devolver pessoalmente o que é muito seu, com mil desculpas pela minha distração e ao mesmo tempo apresentar-lhe as minhas despedidas.

LADY WINDERMERE – Despedidas? (*Vai para o sofá com sra. Erlynne e senta-se a seu lado*) Então vai para fora, sra. Erlynne?

SRA. ERLYNNE – Vou, sim, volto para o estrangeiro. Não me dou com o clima inglês. O meu... coração sofre aqui e não gosto disso. Prefiro viver no sul. Londres está cheia de nevoeiros e de... gente séria, lorde Windermere. Se são os nevoeiros que produzem a gente séria, ou se é a gente séria que produz os nevoeiros, não sei, mas tudo isso me ataca os nervos; por isso parto logo à tarde pelo comboio dos clubes.

LADY WINDERMERE – Logo à tarde? Mas eu queria tanto ir visitá-la!

SRA. ERLYNNE – É muito amável! Mas, infelizmente, tenho de partir.

LADY WINDERMERE – Não a tornarei mais a ver, sra. Erlynne?

SRA. ERLYNNE – Receio bem que não. As nossas vidas estão muito afastadas uma da outra. Mas há uma pequenina coisa que lhe queria pedir. Um retratinho seu, lady Windermere... quer me dar? Não sabe quanto lhe ficaria grata.

LADY WINDERMERE – Oh, com todo o gosto. Está ali um naquela mesa. Vou mostrar-lhe.

Dirige-se para a mesa.

LORDE WINDERMERE – (*Aproximando-se de sra. Erlynne e falando-lhe em voz baixa*) É uma monstruosidade entrar aqui depois do seu procedimento desta noite.

SRA. ERLYNNE – (*Com um sorriso divertido*) Meu caro Windermere, primeiro as maneiras, a moral depois.

LADY WINDERMERE – (*Voltando*) Receio que esteja favorecido de mais... (*Mostrando-lhe a fotografia*) Não sou assim tão bonita.

SRA. ERLYNNE – É muito mais bonita. Mas não tem uma fotografia com o seu filhinho?

LADY WINDERMERE – Tenho. Preferia uma dessas?

SRA. ERLYNNE – Preferia.

LADY WINDERMERE – Vou buscar uma, se me desculpa por um momento. Tenho uma lá em cima.

SRA. ERLYNNE – Sinto muito, lady Windermere, causar-lhe tanto incômodo.

LADY WINDERMERE — (*Dirige-se para a porta da direita*) Incômodo absolutamente nenhum, sra. Erlynne.

SRA. ERLYNNE — Muito obrigada. (*Sai lady Windermere pela direita*) Está hoje muito mal disposto, Windermere. Por quê? Eu e a Margarida damo-nos perfeitamente.

LORDE WINDERMERE — Não posso suportar vê-la com ela. Além disso, não me disse a verdade, sra. Erlynne.

SRA. ERLYNNE — Não disse a ela a verdade, quer você dizer.

LORDE WINDERMERE — (*De pé ao centro*) Algumas vezes desejei que lhe dissesse. Ter-me-ia poupado a inquietação, a ansiedade, o vexame destes últimos seis meses. Mas para evitar que minha mulher soubesse que a mãe que a fizeram acreditar morta, a mãe que ela chorou como morta, está viva — uma divorciada que anda por aí com um nome suposto, uma aventureira a viver de expedientes, como eu sei —, para evitar isso, estive sempre pronto a fornecer-lhe dinheiro para pagar letras sobre letras, extravagância sobre extravagância, a arriscar-me ao que aconteceu ontem, o primeiro desentendimento que eu tive com minha mulher. Não compreende o que isso significa para mim. Como poderia compreendê-lo? Mas digo-lhe que as únicas palavras amargas que daqueles seus doces lábios jamais saíram foram a seu respeito, e por isso detesto vê-la ao pé dela. Macula a inocência que nela há. (*Dirige-se para esquerda centro*) E depois eu pensava que com todos os seus defeitos a senhora era franca e honesta. Mas não é.

SRA. ERLYNNE — Por que diz isso?

LORDE WINDERMERE — Obrigou-me a arranjar-lhe convite para o baile de minha mulher.

SRA. ERLYNNE — Para o baile de minha filha... sim.

LORDE WINDERMERE — Veio, e uma hora depois de sair desta casa, é encontrada nos aposentos de um homem... fica desonrada perante todos.

Sobe ao palco para esquerda centro.

SRA. ERLYNNE — Sim.

LORDE WINDERMERE — (*Voltando-se para ela*) Tenho, portanto, o direito de a considerar o que é — uma mulher indigna, viciosa. Tenho o direito de lhe dizer que nunca mais entre nesta casa, que nunca mais tente aproximar-se de minha mulher...

SRA. ERLYNNE — (*Friamente*) De minha filha, quer dizer...

LORDE WINDERMERE — Não tem direito de lhe chamar de sua filha. Abandonou-a, quando ela era apenas uma criancinha de berço, abandonou-a para fugir com o seu amante, que por sua vez a abandonou também.

SRA. ERLYNNE — (*Erguendo-se*) Leva isso a crédito dele, lorde Windermere... ou ao meu?

LORDE WINDERMERE — Ao dele, agora que a conheço.

SRA. ERLYNNE — Tenha cuidado... é melhor ter cuidado.

LORDE WINDERMERE — Oh, não vou apurar as palavras contigo. Conheço-a perfeitamente.

SRA. ERLYNNE — (*Encarando-o firmemente*) Duvido.

LORDE WINDERMERE – Conheço, sim. Viveu vinte anos sem a sua filha, sem nela sequer pensar. Um dia leu nos jornais que ela casara com um homem rico. Viu aí a sua hedionda oportunidade. Sabia que para poupar à minha esposa a vergonha de saber que tinha por mãe uma mulher como a senhora, eu tudo suportaria. Começou a sua chantagem.

SRA. ERLYNNE – (*Encolhendo os ombros*) Não empregue palavras feias, Windermere. São vulgares. Vi a minha oportunidade, é certo, e aproveitei-a.

LORDE WINDERMERE – Sim, aproveitou-a... e estragou tudo ontem à noite ao ser descoberta.

SRA. ERLYNNE – (*Com um estranho sorriso*) Tem razão, ontem à noite estraguei tudo.

LORDE WINDERMERE – E quanto à sua asneira de levar daqui o leque de minha mulher e deixá-lo na casa do Darlington, é imperdoável. Não posso suportar agora a vista desse leque. Jamais consentirei que minha mulher o use. Para mim está manchado. Devia ter ficado com ele, nunca devia o ter devolvido.

SRA. ERLYNNE – Parece-me que vou ficar com ele. (*Aproxima-se do leque*) É lindíssimo. (*Pega no leque*) Vou pedir à Margarida que o me dê.

LORDE WINDERMERE – Espero que ela lhe dê.

SRA. ERLYNNE – Oh, tenho a certeza de que não me recusará.

LORDE WINDERMERE – Desejaria que ela ao mesmo tempo lhe desse uma miniatura que todas as noites beija antes de rezar... É o retrato de uma mocinha toda inocência, de lindo cabelo escuro.

SRA. ERLYNNE – Ah, sim, lembro-me. Onde isso vai! (*Senta-se no sofá*) Foi feito antes de eu casar. Cabelo escuro e expressão inocente eram a moda então, Windermere!

Uma pausa.

LORDE WINDERMERE – Que é que a traz aqui esta manhã? Que pretende?

Atravessando para a esquerda e sentando-se.

SRA. ERLYNNE – (*Com um tom de ironia na voz*) Despedir-me de minha filha, é claro. (*Lorde Windermere morde de raiva o lábio inferior. Sra. Erlynne olha para ele e a sua voz e as suas maneiras tornam-se sérias. Quando fala, transparece-lhe na voz uma nota de profunda tragédia. Por um momento revela-se*) Oh, não imagine que vou fazer aqui uma cena com ela, chorar-lhe ao pescoço, dizer-lhe quem sou e tudo o mais. Não ambiciono representar o papel de mãe. Só uma vez na vida conheci sentimentos de mãe. Foi ontem à noite. Foram terríveis — fizeram-me sofrer — fizeram-me sofrer demais. Durante vinte anos, como você diz, vivi sem filha — sem filha quero continuar a viver. (*Ocultando os seus sentimentos com uma risada trivial*) Além disso, meu caro Windermere, que figura de mãe havia eu de ser com uma filha já tão grande? A Margarida tem vinte e um anos, e eu nunca admiti ter mais de vinte e nove, ou, quando muito, trinta. Vinte e nove, quando estou de cor-de-rosa, trinta, quando não estou. Por isso veja que dificuldades isso implicaria. Não; na parte que me toca, deixe sua mulher venerar a memória dessa mãe defunta e imaculada. Por que havia eu de atravessar nas suas ilusões? Bem me custa já conservar as minhas. Perdi ontem uma. Julgava não ter coração. Vejo que tenho, e coração é coisa que me não convém ter, Windermere. Não fica bem com os vestidos modernos. Faz-nos parecer velhas. (*Pega no espelho de mão que está em cima da mesa e mira-se*) E estraga-nos a carreira nos momentos críticos.

LORDE WINDERMERE — Enche-me de horror — de absoluto horror...

SRA. ERLYNNE — (*Erguendo-se*) Suponho, Windermere, que gostaria de me ver entrar para um convento ou fazer-me enfermeira de hospital, ou coisa parecida, como se vê nesses romances idiotas de agora. É estúpido da sua parte, Artur; na vida real não fazemos essas coisas... pelo menos enquanto nos resta uma boa aparência. Não... o que hoje em dia consola não é o arrependimento, mas sim o prazer. O arrependimento saiu da história. E, além disso, se uma mulher se arrepende de verdade, tem de ir a uma modista inferior, aliás ninguém lhe dá crédito. E nada no mundo me levaria a fazer isso. Não; vou afastar-me inteiramente da vida de vocês. Foi um erro querer penetrar nelas — descobri-o esta noite.

LORDE WINDERMERE — Erro fatal.

SRA. ERLYNNE — (*Sorrindo*) Quase fatal.

LORDE WINDERMERE — Lamento agora não ter logo contado tudo à minha mulher.

SRA. ERLYNNE — Eu lamento as minhas más ações. Você lamenta as suas boas, eis a diferença entre nós.

LORDE WINDERMERE — Não confio em você. Vou dizer isso à minha mulher. É melhor para ela sabê-lo, e por mim. Isso irá magoá-la infinitamente — irá humilhá-la terrivelmente, mas convém que ela o saiba.

SRA. ERLYNNE — Está disposto a revelar tudo?

LORDE WINDERMERE — Vou contar a ela agora.

SRA. ERLYNNE — (*Aproximando-se dele*) Se lhe disser, tornarei o meu nome tão infame, que estragará cada momento da vida de sua mulher. Fará dela uma desgraçada. Se ousar dizer a ela, não há abismo de degradação em que eu me não afunde, não há poço de vergonha em que eu não chafurde. Não diga a ela — proíbo-lhe!

LORDE WINDERMERE — Por quê?

SRA. ERLYNNE — (*Após uma pausa*) Se eu lhe dissesse que tenho amizade à minha filha, talvez até amor, você riria de mim, não?

LORDE WINDERMERE — Sentiria que não era verdade. Amor de mãe significa dedicação, abnegação, sacrifício. Que poderia a senhora saber dessas coisas?

SRA. ERLYNNE — Tem razão. Que poderia eu saber dessas coisas? Não falemos mais disso — quanto a dizer à minha filha quem eu sou, eu não consinto. É segredo meu, não é seu. Se eu resolver contar a ela, e talvez eu resolva, irei dizer a ela antes de sair daqui... se não, nunca lhe direi.

LORDE WINDERMERE — (*Iradamente*) Então permita-me que lhe peça que vá embora imediatamente. Apresentarei a Margarida as suas desculpas.

Entra lady Windermere pela direita. Dirige-se para sra. Erlynne com a fotografia na mão. Lorde Windermere vai para trás do sofá e observa ansiosamente sra. Erlynne à medida que a cena se vai desenrolando.

LADY WINDERMERE – Desculpe-me, sra. Erlynne, tê-la feito esperar tanto tempo. Não conseguia encontrar o retrato. Por fim o descobri no quarto de vestir de meu marido — tinha-o roubado de mim.

SRA. ERLYNNE – (*Pega na fotografia e contempla-a*) Não me surpreende — é um encanto. (*Dirige-se para o sofá com lady Windermere e senta-se a seu lado. Examina de novo a fotografia*) É então o seu menino! Como se chama?

LADY WINDERMERE – Gerald, como meu querido pai.

SRA. ERLYNNE – (*Pousando a fotografia*) Sim?

LADY WINDERMERE – Sim. Se fosse uma menina, teria o nome de minha mãe. Minha mãe tinha o mesmo nome que eu: Margarida.

SRA. ERLYNNE – Eu também me chamo Margarida.

LADY WINDERMERE – Realmente?

SRA. ERLYNNE – Sim. (*Pausa*) Seu marido disse-me que lady Windermere tem um culto pela memória de sua mãe.

LADY WINDERMERE – Todos nós temos ideais na vida. Pelo menos devemos ter. O meu é minha mãe.

SRA. ERLYNNE – Os ideais são coisas perigosas. São melhores as realidades. Ferem, mas são melhores.

LADY WINDERMERE – (*Meneando a cabeça*) Se eu perdesse os meus ideais, perderia tudo.

SRA. ERLYNNE – Tudo?

LADY WINDERMERE – Sim, tudo.

Pausa.

SRA. ERLYNNE – Seu pai falou-lhe muitas vezes de sua mãe?

LADY WINDERMERE – Não, era-lhe doloroso. Disse-me que minha mãe falecera alguns meses após o meu nascimento. Ao dizer-me isto tinha os olhos rasos de lágrimas. Então pediu-me que nunca lhe proferisse o nome dela. Só ao ouvi-lo fazia-o sofrer. Meu pai… meu pai realmente morreu de desgosto. Vida desgraçada como a dele não conheço.

SRA. ERLYNNE – (*Erguendo-se*) São horas de eu ir embora, lady Windermere.

LADY WINDERMERE – (*Erguendo-se, também*) Oh, não, não vá!

SRA. ERLYNNE – Parece-me que é o melhor. A minha carruagem já deve ter chegado. Mandei-a à casa de lady Jedburgh com um bilhete.

LADY WINDERMERE – Artur, quer fazer o favor de ir ver se já chegou a carruagem de sra. Erlynne?

SRA. ERLYNNE – Por favor, não se incomode, lorde Windermere.

LADY WINDERMERE – Vá, Artur, vá, faz favor. (*Lorde Windermere hesita por um momento e olha para sra. Erlynne, que se mantém absolutamente impassível. Lorde Windermere sai. Para sra. Erlynne*) Oh! Que hei de lhe dizer? Salvou-me a noite passada!

Aproxima-se dela.

SRA. ERLYNNE – Cale-se, não fale disso!

LADY WINDERMERE — Tenho de falar. Não posso deixá-la pensar que vou aceitar este seu sacrifício. Não, não aceito. É grande demais. Vou dizer tudo a meu marido. É o meu dever.

SRA. ERLYNNE — Não é o seu dever — pelo menos tem deveres com outros além dele. Diz que me deve alguma coisa?

LADY WINDERMERE — Devo-lhe tudo.

SRA. ERLYNNE — Então pague a sua dívida com o silêncio. Não há outra maneira de a pagar. Não estrague a única coisa boa que eu fiz em toda a minha vida, revelando-a seja a quem for. Prometa-me que o que esta noite se passou será um segredo entre nós. Não deve envenenar a vida de seu marido. Por que há de estragar o amor que ele tem por você? Não estrague. O amor mata-se facilmente. Oh! Com que facilidade se mata o amor! Dê-me a sua palavra, lady Windermere, de que nunca lhe dirá. Insisto nisso.

LADY WINDERMERE — (*De cabeça baixa*) É a sua vontade, não a minha.

SRA. ERLYNNE — Sim, é a minha vontade. E nunca se esqueça do seu filhinho... Gosto de pensar em si como mãe. Quereria que sempre se lembrasse de que o é.

LADY WINDERMERE — (*Erguendo os olhos*) Lembrar-me-ei sempre — agora. Só uma vez na minha vida me esqueci de minha mãe — foi a noite passada. Oh, se tivesse me lembrado dela, não teria sido tão tola, tão má.

SRA. ERLYNNE — (*Com um leve tremor*) Cale-se, tudo isso acabou.

Entra lorde Windermere.

LORDE WINDERMERE — A sua carruagem ainda não chegou, sra. Erlynne.

SRA. ERLYNNE — Não faz mal. Irei num cabriolé. Não há nada no mundo tão respeitável como um bom Shrewsbury e Talbot. E agora, querida lady Windermere, parece-me que desta vez é adeus para valer. (*Dirige-se para o centro*) Oh, lembro-me. Vai achar-me absurda, mas, sabe, gostei muito deste leque que fiz a tolice de levar comigo esta noite depois do baile. Quer me dar? Lorde Windermere consente. Sei que é presente dele.

LADY WINDERMERE — Oh, decerto, se tem gosto nisso. Mas tem o meu nome. Margarida.

SRA. ERLYNNE — Mas temos ambas o mesmo nome.

LADY WINDERMERE — Oh, já me esquecia. É claro, fique com ele. Que sorte admirável termos ambas o mesmo nome!

SRA. ERLYNNE — Admirável. Obrigada — fará com que me lembre sempre de você.

Aperta-lhe a mão. Entra Parker.

PARKER — Lorde Augustus Lorton. A carruagem de sra. Erlynne já chegou.

Entra lorde Augusto.

LORDE AUGUSTO — Bom dia, meu caro. Bom dia, lady Windermere. (*Vê sra. Erlynne*) Sra. Erlynne!

SRA. ERLYNNE — Como está, lorde Augusto? Inteiramente bem esta manhã?

LORDE AUGUSTO — (*Friamente*) Muito bem, muito obrigado, sra. Erlynne.

SRA. ERLYNNE — Não parece nada bem, lorde Augusto. Deitou-se tarde demais — faz-lhe muito mal. Devia realmente ter mais cuidado contigo. Adeus, Windermere. (*Dirige-se para a porta, fazendo uma saudação a lorde Augusto. De repente sorri e olha para trás, para ele*) Lorde Augusto! Não quer acompanhar-me até a carruagem? Podia trazer-me o leque.

LORDE WINDERMERE — Permita-me!

SRA. ERLYNNE — Não; quero lorde Augusto. Tenho um recado especial para a querida duquesa. Não me quer trazer o leque, lorde Augusto?

LORDE AUGUSTO — Se realmente o deseja, sra. Erlynne...

SRA. ERLYNNE — (*Rindo*) É claro que desejo. Na sua mão terá uma graça especial. Lorde Augustus é sempre tão gracioso em todos os seus atos.

Quando chega à porta, olha para trás, por um momento, para lady Windermere. Os seus olhos encontram-se. Então volta-se e sai pelo centro, seguida de lorde Augusto.

LADY WINDERMERE — Nunca mais falará contra sra. Erlynne, Artur, não é?

LORDE WINDERMERE — (*Gravemente*) É melhor do que a gente a julgava.

LADY WINDERMERE — É melhor do que eu.

LORDE WINDERMERE — (*Afagando-lhe o cabelo e sorrindo*) Filha, você e ela pertencem a mundos diferentes. No seu mundo nunca entrou o mal.

LADY WINDERMERE — Não diga isso, Artur. O mundo é o mesmo para nós todos, e o bem e o mal, o pecado e a inocência andam por ele de mãos dadas. Fechar os olhos a metade da vida para viver livre de perigo é como se uma pessoa se cegasse para caminhar numa região de poços e precipícios com mais segurança.

LORDE WINDERMERE — (*Desce o palco com ela*) Meu amor, por que diz isso?

LADY WINDERMERE — (*Senta-se no sofá*) Porque eu, que tinha fechado os olhos à vida, cheguei à beira do abismo. E uma pessoa que nos tinha separado...

LORDE WINDERMERE — Ninguém nos separou.

LADY WINDERMERE — Nunca mais isso deve suceder. Ó Artur, não me tenha menos amor e eu confiarei mais em você. Confiarei em você absolutamente. Vamos para Selby. No roseiral de Selby, as rosas estão brancas e vermelhas.

Entra lorde Augustus pelo centro.

LORDE AUGUSTO — Artur, ela explicou tudo! (*Lady Windermere fita-o, espavorida. Lorde Windermere estremece. Lorde Augustus leva Windermere pelo braço para o proscênio. Fala apressadamente e em voz baixa. Lady Windermere, de pé, observa-os, aterrada*) Meu caro, explicou tudo. Nós fomos imensamente injustos com ela. Foi inteiramente por amor a mim que ela foi à casa do Darlington. Procurou-me primeiro no clube... queria, ao que parece, pôr termo à minha ansiedade... e, sabendo que eu já tinha saído, seguiu... e, como é natural, assustou-se ao ouvir tanta gente entrar... fugiu para outro quarto... asseguro-te, satisfez-me plenamente esta explicação. Nós todos procedemos brutalmente com ela. É precisamente a mulher que me convém. Vem mesmo a calhar para mim. A única condição que ela põe é vivermos inteiramente fora de Inglaterra.

Esplêndida coisa! Malditos clubes, maldito clima, malditos cozinheiros, maldito tudo! Estou farto disso tudo!

LADY WINDERMERE – (*Assustada*) Sra. Erlynne...

LORDE AUGUSTO – (*Avançando para ela com uma profunda saudação*) Sim, lady Windermere... Sra. Erlynne deu-me a honra de aceitar a minha mão.

LORDE WINDERMERE – Bem, vai, sem dúvida, casar com uma mulher inteligentíssima!

LADY WINDERMERE – (*Pegando na mão do marido*) Oh, vai casar com uma mulher muito boa!

Cai o pano.

Uma Mulher Sem Importância

Representada pela primeira vez em 19 de abril de 1893, no Theatre Royal Haymarket, em Londres.

PERSONAGENS
Lorde Illingworth
Francisco, *criado*
Sir John Pontefract
Lorde Alfred Rufford
Sr. Kelvil, *membro do parlamento*
Lady Hunstanton
Lady Caroline Pontefract
Lady Stutfield
Sra. Allonby
Srta. Ester Worsley
Venerável arcediago Daubeny
Gerald Arbuthnot
Farquhar, *mordomo*
Sra. Arbuthnot
Alice, *empregada*

TEMPO
Presente

LUGAR
Condados

A ação da peça decorre dentro de vinte e quatro horas.

PRIMEIRO ATO

CENA

Relvado em frente ao terraço de Hunstanton. Sir John e lady Caroline Pontefract, srta. Worsley, sentados em cadeiras à sombra de um grande freixo.

LADY CAROLINE — Creio que é esta a primeira casa de campo inglesa que visita, srta. Worsley, não é?

ESTER — É sim, lady Caroline.

LADY CAROLINE — Na América, ouvi dizer, não há casas de campo.

ESTER — Não temos muitas.

LADY CAROLINE — Lá há campo? Aquilo que nós chamamos campo?

ESTER — (*Sorrindo*) Lá campo não nos falta, temos o maior país do mundo, lady Caroline. Diziam-nos na escola que alguns dos nossos estados são tão grandes como a França e a Inglaterra juntas.

LADY CAROLINE — Ah! Deve-se apanhar lá muita corrente de ar. (*Para sir John*) John, você deve pôr o cachecol. De que serve eu fazê-los, se os não usas?

SIR JOHN — Tenho calor, Caroline, asseguro-lhe.

LADY CAROLINE — Não me parece, John. Bem, srta. Worsley, não podia vir para lugar mais encantador do que este, apesar de a casa ser excessivamente úmida, imperdoavelmente úmida, e a querida lady Hunstanton ser às vezes pouco rigorosa na seleção das pessoas que convida. (*Para sir John*) A Joana mistura demais. Lorde Illingworth, é claro, é um homem de alta distinção. É um privilégio encontrá-lo. E aquele membro do Parlamento, Sr. Kettle...

SIR JOHN — Kelvil, meu amor, Kelvil.

LADY CAROLINE — Deve ser pessoa da maior respeitabilidade. Nunca ouvimos esse nome em toda a nossa vida, o que hoje em dia abona imenso um homem. Mas sra. Allonby está muito longe de ser pessoa que convenha.

ESTER — Não gosto da sra. Allonby. Não posso dizer quanto antipatizo com ela.

LADY CAROLINE — Não tenho a certeza, srta. Worsley, de que estrangeiros devam cultivar simpatias ou antipatias acerca das pessoas com quem são convidadas a encontrar-se. Sra. Allonby é de muito boa família. E sobrinha de lorde Brancaster. Diz-se, é claro, que fugiu duas vezes antes de casar. Mas sabe que muitas vezes se exageram as coisas. Eu não acredito que tenha fugido mais de uma vez.

ESTER — O sr. Arbuthnot é encantador.

LADY CAROLINE — Ah, sim! Aquele rapaz que é empregado no banco. Lady Hunstanton é muito amável em o convidar, e lorde Illingworth parece ter um fraco por ele. Não tenho, porém, a certeza de que a Joana faça bem em o tirar da sua posição. No meu tempo, srta. Worsley, nunca a gente se encontrava na sociedade com pessoas que trabalhavam para viver. Não se lhes dava importância.

ESTER – Na América são essas as pessoas que nós mais respeitamos.

LADY CAROLINE – Não ponho dúvida.

ESTER – O sr. Arbuthnot tem um belo feitio! É tão simples, tão sincero. É um dos homens mais simpáticos que tenho visto. É um privilégio encontrá-lo.

LADY CAROLINE – Não é costume na Inglaterra, srta. Worsley, uma menina falar com tanto entusiasmo de uma pessoa do sexo oposto. As inglesas ocultam os seus sentimentos até se casarem. Só os revelam depois.

ESTER – Então na Inglaterra não se admite que exista amizade entre um rapaz e uma moça?

Entra lady Hunstanton seguida do criado com xales e uma almofada.

LADY CAROLINE – Achamos isso inconveniente. Joana, estava agora mesmo a dizer que deliciosa reunião você nos proporcionou. Tem um poder admirável de seleção. É um dom especial.

LADY HUNSTANTON – Querida Caroline, é muito amável! Penso que todos nos sentimos aqui perfeitamente à vontade. E espero que a nossa encantadora americanazinha levará agradáveis recordações da nossa vida aldeã. (*Para o criado*) A almofada ali, Francisco. E o meu xale. O shetland. Traga o shetland.

Sai o criado a buscar o xale. Entra Gerald Arbuthnot.

GERALD – Lady Hunstanton, tenho uma boa notícia a dar-lhe. Lorde Illingworth acaba de me convidar para seu secretário.

LADY HUNSTANTON – Seu secretário? É realmente uma boa notícia, Gerald. Significa um brilhante futuro para você. Sua querida mãe vai ficar encantada. Vou ver se a convenço a vir aqui esta noite. Parece-lhe que ela virá, Gerald? Sei quanto é difícil fazer com que ela vá a qualquer parte.

GERALD – Oh! Tenho a certeza de que virá, lady Hunstanton, sabendo que lorde Illingworth me fez esse convite.

Entra o criado com o xale.

LADY HUNSTANTON – Vou escrever a ela e pedir-lhe que venha aqui para se encontrar com lorde Illingworth. (*Para o criado*) Espere um instantinho, Francisco.

Escreve uma carta.

LADY CAROLINE – É um começo admirável para um rapaz tão novo, sr. Arbuthnot.

GERALD – Efetivamente, lady Caroline. Confio que poderei mostrar-me digno do cargo.

LADY CAROLINE – Tenho a certeza.

GERALD – (*Para Ester*) Ainda me não deu os parabéns, srta. Worsley.

ESTER – Está satisfeito?

GERALD – É claro que estou. Esse lugar significa tudo para mim, coisas que até aqui considerava inacessíveis posso agora esperar alcançá-las.

ESTER – Nada se deve considerar inacessível. A vida é uma esperança.

LADY HUNSTANTON – Parece-me, Caroline, que é a diplomacia o que lorde Illingworth tem em mira. Ouvi dizer que ofereceram Viena. Mas pode não ser verdade.

LADY CAROLINE – Não acho que a Inglaterra deva ser representada no estrangeiro por um homem solteiro, Joana. Podia conduzir a complicações.

LADY HUNSTANTON – Está muito nervosa, Caroline. Acredite em mim, está muito nervosa. Além disso, lorde Illingworth pode casar de um dia para o outro. Tive esperança de o ver casado com lady Kelso. Mas acho que ele disse que a família dela era grande demais. Ou eram os pés dela que eram grandes demais? Já não me lembro. Tenho muita pena. Foi feita para ser mulher de um embaixador.

LADY CAROLINE – Tem decerto a admirável faculdade de se lembrar dos nomes das pessoas e de se esquecer das caras.

LADY HUNSTANTON – Bem, isso é naturalíssimo, Caroline, não é verdade? (*Para o criado*) Diga ao Henrique que espere resposta. Escrevi uma linha à sua querida mãe, Gerald, a dar-lhe a boa nova e a dizer-lhe que tem realmente de vir aqui jantar.

Sai o criado.

GERALD – É de uma extrema amabilidade, lady Hunstanton. (*Para Ester*) Quer vir dar uma volta, srta. Worsley?

ESTER – Com prazer.

Sai com Gerald.

LADY HUNSTANTON – Estou muito satisfeita com a sorte que teve o Gerald Arbuthnot. É de fato meu protegido. E agrada-me particularmente que lorde Illingworth lhe tenha oferecido o lugar espontaneamente, sem eu lhe sugerir coisa alguma. Ninguém gosta que lhe peçam favores. Lembro-me de a pobre Carlota Pagden se tornar inteiramente antipática uma temporada por ter uma governanta francesa que queria recomendar a todos.

LADY CAROLINE – Eu vi a governanta, Joana. Lady Pagden me mandou-a. Era bonita demais para estar numa casa respeitável. Não admira que lady Pagden estivesse ansiosa por se ver livre dela.

LADY HUNSTANTON – Ah, isso explica tudo.

LADY CAROLINE – John, a relva está úmida demais para você. Seria melhor ir calçar as galochas.

SIR JOHN – Estou perfeitamente bem, Caroline, asseguro-te.

LADY CAROLINE – Deve permitir-me ser eu a melhor juíza do caso, John. Por favor, faça o que lhe digo.

Sir John levanta-se e sai.

LADY HUNSTANTON – Você o estraga, Caroline, o estraga, realmente! (*Entram sra. Allonby e lady Stutfield. Para sra. Allonby*) Bem, querida, espero que goste do parque. Dizem que está bem arborizado.

SRA. ALLONBY – As árvores são maravilhosas, lady Hunstanton.

LADY STUTFIELD – Absolutamente maravilhosas!

SRA. ALLONBY – Mas, seja como for, tenho a certeza de que, se vivesse seis meses no campo, me faria tão ingênua que ninguém repararia em mim.

LADY HUNSTANTON – Asseguro-lhe, querida, que o campo não produz esse efeito. Pois veja, foi de Melthorpe, que fica apenas a duas milhas daqui, que lady Belton foi raptada por lorde Fethersdale. Lembro-me perfeitamente do caso. O pobre do lorde Belton morreu três dias depois, de alegria ou de gota. Já não me recordo. Estava aqui muita gente nessa altura; por isso todos nós nos interessamos muito pelo que se passou.

SRA. ALLONBY – Penso que é covardia deixar-se raptar. É fugir ao perigo. E o perigo tornou-se tão raro na vida moderna.

LADY CAROLINE – Pelo que tenho visto, cheguei à conclusão de que as moças de hoje parecem ter como objetivo único da sua vida estar sempre a brincar com o fogo.

SRA. ALLONBY – A vantagem de brincar com o fogo, lady Caroline, é que uma pessoa nem sequer chamuscada fica. Só quem não sabe brincar com ele é que se queima.

LADY STUTFIELD – Sim, vejo isso. É muito, muito útil.

LADY HUNSTANTON – Não sei aonde iria parar o mundo com tal teoria, querida sra. Allonby.

LADY STUTFIELD – Ah! O mundo foi feito para os homens e não para as mulheres.

SRA. ALLONBY – Oh, não diga isso, lady Stutfield. Nós desfrutamos muito mais do que eles. Há para nós muito mais coisas proibidas do que para eles.

LADY STUTFIELD – Sim, é absolutamente verdade, absolutamente verdade. Não tinha pensado nisso.

Entram sir John e Kelvil.

LADY HUNSTANTON – Então, sr. Kelvil, adiantou muito o seu trabalho?

KELVIL – Por hoje acabei de escrever, lady Hunstanton. Foi uma tarefa árdua. As obrigações de um homem público são, hoje em dia, muito pesadas, muito pesadas, na verdade. E não me parece que se dá a eles o devido apreço.

LADY CAROLINE – John, calçou as galochas?

SIR JOHN – Calcei, sim, meu amor.

LADY CAROLINE – Parece-me que seria melhor você vir para cá, John. É mais confortável.

SIR JOHN – Estou aqui perfeitamente bem, Caroline.

LADY CAROLINE – Não me parece, John. Era melhor vir para cá, para perto de mim.

Sir John levanta-se e vai para lá.

LADY STUTFIELD – E sobre o que esteve a escrever esta manhã, sr. Kelvil?

KELVIL – Sobre o assunto do costume, lady Stutfield. Sobre a pureza.

LADY STUTFIELD – Deve ser um assunto interessantíssimo.

KELVIL – É hoje em dia o único assunto de importância nacional de fato, lady Stutfield. Tenciono dirigir-me aos meus constituintes sobre esse assunto, antes da reabertura do Parlamento. Acho que as classes pobres deste país manifestam um nítido desejo de elevarem o seu nível ético de vida.

LADY STUTFIELD – Muito simpático isso.

LADY CAROLINE – Acha bem que as mulheres se metam em política, sr. Kettle?

SIR JOHN – Kelvil, meu amor, Kelvil.

KELVIL – A crescente influência das mulheres é a única coisa tranquilizadora na nossa vida política, lady Caroline. As mulheres estão sempre do lado da moralidade, pública e privada.

LADY STUTFIELD – Consola tanto, tanto, ouvi-lo dizer isso.

LADY HUNSTANTON – Ah, sim! Os predicados morais das mulheres, eis o ponto importante. Parece-me, Caroline, que o nosso caro lorde Illingworth não aprecia os predicados morais das mulheres tanto quanto devia.

Entra lorde Illingworth.

LADY STUTFIELD – O mundo diz que lorde Illingworth é muito, muito mau.

LORDE ILLINGWORTH – Mas que mundo é que diz isso, lady Stutfield? Só se for o outro… Com este mundo estou eu em excelentes relações.

Senta-se ao lado de sra. Allonby.

LADY STUTFIELD – Todos que eu conheço dizem que você é muito, muito mau.

LORDE ILLINGWORTH – É perfeitamente monstruoso o modo como por aí andam, hoje em dia, a jogar-nos, nas nossas costas, coisas que são absoluta e inteiramente verdadeiras.

LADY HUNSTANTON – O nosso caro lorde Illingworth é absolutamente incorrigível. Desisti completamente de o converter. Só uma companhia pública com uma direção e um secretário pago poderiam operar essa conversão. Mas secretário já tem, não é verdade, lorde Illingworth? O Gerald Arbuthnot disse-nos a sorte que teve; é realmente uma grande bondade da sua parte.

LORDE ILLINGWORTH – Oh, não diga isso, lady Hunstanton. Bondade é uma palavra terrível. Simpatizei com o rapaz a primeira vez que o encontrei, me será de considerável utilidade em certa coisa que caí na tolice de pensar fazer.

LADY HUNSTANTON – É um rapaz admirável. E a mãe é uma das minhas mais diletas amigas. A nossa linda americanazinha saiu agora mesmo a dar um passeiozinho com ele. É muito linda, não é?

LADY CAROLINE – Lindíssima. Essas americanas apanham todos os bons partidos. Por que é que não ficam na sua terra? Andam sempre a dizer que é o paraíso das mulheres.

LORDE ILLINGWORTH – E é, lady Caroline. Por isso é que, como Eva, estão sempre ansiosas por dele saírem.

LADY CAROLINE – Quem são os pais de srta. Worsley?

LORDE ILLINGWORTH – As americanas têm uma habilidade admirável para ocultar os pais.

LADY HUNSTANTON – Meu caro lorde Illingworth, o que quer dizer? Srta. Worsley, Caroline, é órfã. Seu pai era um opulento milionário ou filantropo, ambas as coisas, acho, que dispensou a meu filho a mais carinhosa hospitalidade, quando ele visitou Boston. Como arranjou o dinheiro, não sei.

KELVIL – Creio que em cereais americanos.

LADY HUNSTANTON – Que são cereais americanos?

LORDE ILLINGWORTH – Novelas americanas.

LADY HUNSTANTON – Que singular!… Bem, seja qual for a origem da sua grande fortuna, tenho uma grande estima por srta. Worsley. Veste extraordinariamente bem. Todas as americanas vestem bem. Compram os vestidos em Paris.

SRA. ALLONBY – Dizem, lady Hunstanton, que os bons americanos, quando morrem, vão para Paris.

LADY HUNSTANTON – Sim? E os maus, para onde vão quando morrem?

LORDE ILLINGWORTH – Oh, vão para a América.

KELVIL – Receio que não aprecie a América, lorde Illingworth. É um país notabilíssimo, especialmente a sua juventude.

LORDE ILLINGWORTH – A juventude da América é a sua mais antiga tradição. Dura já trezentos anos. Ao ouvi-los falar, imaginar-se-ia que estavam na sua primeira infância. Nesta altura da civilização acham-se na segunda.

KELVIL – Há indubitavelmente muita corrupção na política americana. Suponho que é a isso que se quer referir.

LORDE ILLINGWORTH – Sei lá!

LADY HUNSTANTON – A política vai mal em toda a parte, ao que ouço dizer. Na Inglaterra não há que duvidar. O nosso caro sr. Cardew está a arruinar o país. Sempre quis saber se a esposa consente. Com certeza, lorde Illingworth, não pensa que se deva conceder o voto aos ignorantes.

LORDE ILLINGWORTH – Penso que são as únicas pessoas que o deviam ter.

KELVIL – Não toma então partido na política moderna, lorde Illingworth?

LORDE ILLINGWORTH – Nunca se deve tomar partido por coisa alguma, sr. Kelvil. Tomar partido é o início da sinceridade, daí a pouco o homem envereda pela seriedade e transforma-se num chato. Todavia a Câmara dos Comuns faz, na realidade, muito pouco mal. Os homens não se podem tornar bons por uma lei do Parlamento — e isso já é alguma coisa.

KELVIL – Não pode negar que a Câmara dos Comuns sempre mostrou grande simpatia pelos sofrimentos dos pobres.

LORDE ILLINGWORTH – É esse o seu vício especial. É vício especial da época. Deve-se mostrar simpatia pela alegria, pela beleza, pela cor da vida. Das misérias da vida, quanto menos se falar, melhor, sr. Kelvil.

KELVIL – Todavia, o nosso East End é um problema de magna importância.

LORDE ILLINGWORTH – Exatamente. É o problema da escravatura. E nós estamos procurando resolvê-lo, divertindo os escravos.

LADY HUNSTANTON – Decerto, pode-se fazer muito por meio de diversões baratas, como diz lorde Illingworth. O querido dr. Daubeny, nosso padre aqui, proporciona, com auxílio dos seus párocos, admiráveis recreios aos pobres durante o inverno. E, por meio de uma lanterna mágica, ou de um missionário, ou algum divertimento popular desse gênero, muito bem se pode fazer.

LADY CAROLINE – Eu não sou nada a favor de divertimentos para os pobres. Bastam-lhes cobertores e carvão. Há nas classes superiores excessivo amor do gozo. Na vida moderna o que é preciso é saúde. A excitação não é saudável, absolutamente nada saudável.

KELVIL – Tem toda a razão, lady Caroline.

LADY CAROLINE – Creio que habitualmente tenho razão.

SRA. ALLONBY – Palavra horrível, saúde.

LORDE ILLINGWORTH – A palavra mais imbecil da nossa língua, e a gente conhece também a ideia popular de saúde. O fidalgo inglês a galopar atrás de uma raposa, o inexprimível a perseguir o incomível.

KELVIL – Permite-me que lhe pergunte, lorde Illingworth, se considera a Câmara dos Lordes instituição melhor do que a Câmara dos Comuns?

LORDE ILLINGWORTH – Muito melhor, é claro. Na Câmara dos Lordes, nós nunca estamos em contato com a opinião pública. Isso torna-nos um corpo civilizado.

KELVIL – Está falando sério?

LORDE ILLINGWORTH – Absolutamente sério, sr. Kelvil. (*Para sra. Allonby*) Vulgar hábito este de nos perguntarem, quando exprimimos uma ideia, se falamos sério ou não! Não há nada sério a não ser a paixão. A inteligência não é uma coisa séria nem nunca o foi. É um instrumento que se toca, nada mais. A única forma séria de inteligência que eu conheço é a inteligência britânica. E na inteligência britânica os analfabetos tocam tambor.

LADY HUNSTANTON – Que está dizendo, lorde Illingworth, a respeito de tambor?

LORDE ILLINGWORTH – Estava simplesmente falando à sra. Allonby a respeito dos artigos de fundo dos jornais de Londres.

LADY HUNSTANTON – Mas acredita em tudo o que se escreve nos jornais?

LORDE ILLINGWORTH – Acredito. Hoje em dia só o que não se pode ler é que acontece.

Levanta-se com sra. Allonby.

LADY HUNSTANTON – Vai embora, sra. Allonby?

SRA. ALLONBY – Vou só até a estufa. Disse-me esta manhã lorde Illingworth que havia lá uma orquídea tão bela como os sete pecados mortais.

LADY HUNSTANTON – Minha querida, espero que não haja lá nada desse gênero. Falarei disso ao jardineiro.

Saem sra. Allonby e lorde Illingworth.

LADY CAROLINE – Notável tipo a sra. Allonby.

LADY HUNSTANTON – É muito fina de língua, e às vezes destrava-a e batem ambas as asas.

LADY CAROLINE – É a única companhia, Joana, em que a sra. Allonby bate as asas?

LADY HUNSTANTON – Creio que sim, Caroline, tenho a certeza. (*Entra lorde Alfred*) Meu caro lorde Alfred, venha para perto de nós.

Lorde Alfred senta-se ao lado de lady Stutfield.

LADY CAROLINE – Faz bom julgamento de todos, Joana. É um grande defeito.

LADY STUTFIELD – Pensa assim, lady Caroline, que se deve julgar mal a todos?

LADY CAROLINE – Penso que é muito mais seguro, lady Stutfield. Até que se reconheça que a pessoa é boa. Mas isso requer muita investigação, hoje em dia.

LADY STUTFIELD – Mas há muita má-língua na vida moderna.

LADY CAROLINE – Observou-me ontem ao jantar lorde Illingworth que a base de toda a má-língua é uma certeza absolutamente imoral.

KELVIL – Lorde Illingworth é, evidentemente, um homem muito brilhante, mas parece-me faltar-lhe aquela bela fé na nobreza e pureza da vida que neste século tão importante é.

LADY STUTFIELD – Sim, importantíssima, não é verdade?

KELVIL – Dá-me a impressão de ser um homem que não aprecia a beleza da nossa vida doméstica inglesa. Eu diria que está contaminado por ideias estrangeiras a tal respeito.

LADY STUTFIELD – Não há nada, nada, como a beleza da vida doméstica, não é verdade?

KELVIL – É a base do nosso sistema moral na Inglaterra, lady Stutfield. Sem ela, nós iríamos nos tornar como os nossos vizinhos.

LADY STUTFIELD – Seria tão triste, tão triste, não seria?

KELVIL – Parece-me também que lorde Illingworth considera a mulher simplesmente um brinquedo. Ora, eu nunca considerei a mulher um brinquedo. A mulher é o parceiro intelectual do homem na vida pública como na particular. Sem ela, nós esqueceríamos os verdadeiros ideais.

Senta-se ao lado de lady Stutfield.

LADY STUTFIELD – Alegro-me muito, muito, em o ouvir dizer isso.

LADY CAROLINE – É casado, sr. Kettle?

SIR JOHN – Kelvil, querida, Kelvil.

KELVIL – Sou, sim, casado, lady Caroline.

LADY CAROLINE – Tem filhos?

KELVIL – Tenho, sim.

LADY CAROLINE – Quantos?

KELVIL – Oito.

Lady Stutfield volta a sua atenção para lorde Alfred.

LADY CAROLINE – Sua esposa e seus filhos, sr. Kettle, estão decerto à beira-mar?

Sir John encolhe os ombros.

KELVIL – Minha mulher está à beira-mar com os filhos, lady Caroline.

LADY CAROLINE – Depois irá vê-los, sem dúvida?

KELVIL — Se as minhas obrigações públicas me permitirem.

LADY CAROLINE — A sua vida pública deve ser grande motivo de satisfação para sua esposa, sr. Kettle.

SIR JOHN — Kelvil, meu amor, Kelvil.

LADY STUTFIELD — (*Para lorde Alfred*) Que encantadores são estes seus cigarros de ponta dourada, lorde Alfred!

LORDE ALFRED — São medonhamente caros. Só posso usar destes cigarros quando estou endividado.

LADY STUTFIELD — Deve ser terrivelmente, terrivelmente mortificante ter dívidas.

LORDE ALFRED — É sempre preciso ter uma ocupação, hoje em dia. Se eu não tivesse dívidas, não teria em que pensar. Todos os rapazes que conheço têm dívidas.

LADY STUTFIELD — Mas não o incomodam muito os seus credores?

Entra um criado.

LORDE ALFRED — Oh, não; escrevem; eu não escrevo.

LADY STUTFIELD — Coisa tão estranha!

LADY HUNSTANTON — Ah, aqui está uma carta, Caroline, da querida sra. Arbuthnot. Não vem jantar. Que pena! Mas virá aqui à noite. Alegra-me, de verdade. É uma das mulheres mais encantadoras. Tem uma letra linda, grande, firme.

Passa a carta a lady Caroline.

LADY CAROLINE — (*Olhando para a carta*) Falta-lhe um bocadinho de feminilidade, Joana. A feminilidade é a qualidade que mais admiro nas mulheres.

LADY HUNSTANTON — (*Pegando de novo na carta e pousando-a na mesa*) Oh! É muito feminina, Caroline, e muito boa, também. Devia ouvir o que dela diz o arcebispo. Considera-a o seu braço direito na vizinhança. (*O criado fala-lhe*) Na Sala Amarela. Querem vir? Lady Stutfield, vamos tomar chá?

LADY STUTFIELD — Com prazer, lady Hunstanton.

Levantam-se e saem. Sir John oferece-se para levar a capa de lady Stutfield.

LADY CAROLINE — John! Se deixasses o seu sobrinho levar o casaco da lady Stutfield, você podia pegar-me no meu cestinho de trabalho.

Entram lorde Illingworth e sra. Allonby.

SIR JOHN — Com certeza, meu amor.

Saem.

SRA. ALLONBY — Coisa curiosa! As mulheres feias têm sempre ciúmes dos maridos, as bonitas nunca!

LORDE ILLINGWORTH — As bonitas não têm tempo. Estão sempre tão ocupadas com os ciúmes que têm dos maridos das outras!

SRA. ALLONBY — Pensava que, nesta altura, lady Caroline já estaria cansada da ansiedade conjugal! Sir John é o seu quarto marido!

LORDE ILLINGWORTH – Tanto casamento é, com certeza, inconveniente. Vinte anos de romance fazem uma mulher parecer uma ruína; mas, vinte anos de casamento, fazem-na parecer qualquer coisa como um edifício público.

SRA. ALLONBY – Vinte anos de romance! Há isso?

LORDE ILLINGWORTH – Hoje não há. As mulheres tornaram-se brilhantes demais. Nada estraga tanto um romance como uma sensação de humor na mulher.

SRA. ALLONBY – Ou a falta dele no homem.

LORDE ILLINGWORTH – Tem toda a razão. Num templo todos deviam estar sérios, exceto o que é adorado.

SRA. ALLONBY – O homem, não?

LORDE ILLINGWORTH – As mulheres ajoelham com tanta graça; os homens não!

SRA. ALLONBY – Está pensando em lady Stutfield!

LORDE ILLINGWORTH – Asseguro-lhe que há um quarto de hora que não penso em lady Stutfield.

SRA. ALLONBY – Ela é assim um mistério?

LORDE ILLINGWORTH – É mais que um mistério — é um capricho.

SRA. ALLONBY – Os caprichos não duram.

LORDE ILLINGWORTH – É o seu melhor encanto.

Entram Ester e Gerald.

GERALD – Lorde Illingworth, todos têm me dado parabéns. Lady Hunstanton e lady Caroline e… todos. Espero vir a ser um bom secretário.

LORDE ILLINGWORTH – Há de ser o modelo dos secretários, Gerald.

Conversa com ele.

SRA. ALLONBY – Gosta da vida do campo, srta. Worsley?

ESTER – Muitíssimo.

SRA. ALLONBY – Não está ansiosa por um jantar em Londres?

ESTER – Não gosto dos jantares de Londres.

SRA. ALLONBY – Eu adoro-os. As pessoas inteligentes nunca escutam, e as estúpidas nunca falam.

ESTER – Acho que as pessoas estúpidas falam muito.

SRA. ALLONBY – Ah, eu nunca escuto!

LORDE ILLINGWORTH – Meu caro rapaz, se eu não gostasse de você, não lhe teria oferecido o lugar. É por muito o estimar, que o quero ter comigo. (*Saem Ester e Gerald*) Moço encantador, o Gerald Arbuthnot!

SRA. ALLONBY – É muito simpático; muito simpático, realmente. Mas não posso suportar a americana.

LORDE ILLINGWORTH – Por quê?

SRA. ALLONBY – Disse-me ontem, e em voz alta, ainda por cima, que tinha só dezoito anos. Aborreceu-me muito.

LORDE ILLINGWORTH — Nunca se deve confiar numa mulher que diz a sua idade verdadeira. Uma mulher assim diz seja o que for.

SRA. ALLONBY — Puritana, ainda mais...

LORDE ILLINGWORTH — Ah, isso é indesculpável. Não me importa que as mulheres feias sejam puritanas. É a única desculpa que elas têm de serem feias. Mas essa é decididamente linda. Admiro-a imensamente.

Olha fixamente para sra. Allonby.

SRA. ALLONBY — Muito mau deve ser!

LORDE ILLINGWORTH — Que é que chama de homem mau?

SRA. ALLONBY — O homem que admira a inocência.

LORDE ILLINGWORTH — E uma mulher má?

SRA. ALLONBY — Oh! A mulher de que um homem nunca se cansa.

LORDE ILLINGWORTH — É severa... para contigo.

SRA. ALLONBY — Defina-nos como sexo.

LORDE ILLINGWORTH — Esfinges sem segredos.

SRA. ALLONBY — Essa definição inclui as puritanas?

LORDE ILLINGWORTH — Sabe que não acredito na existência de puritanas? Não creio que haja uma mulher no mundo que não fique lisonjeada se um homem lhe mostrar amor. É o que torna as mulheres tão irresistivelmente adoráveis.

SRA. ALLONBY — Pensa que não há no mundo mulher alguma que se oponha a que a beijem?

LORDE ILLINGWORTH — Pouquíssimas.

SRA. ALLONBY — Srta. Worsley não o deixaria beijá-la.

LORDE ILLINGWORTH — Tem a certeza?

SRA. ALLONBY — Absoluta.

LORDE ILLINGWORTH — Que imagina que ela faria se eu a beijasse?

SRA. ALLONBY — Ou casava contigo ou batia-lhe na cara com a luva. Que faria você se ela lhe desse com a luva na cara?

LORDE ILLINGWORTH — Ficaria apaixonado, provavelmente.

SRA. ALLONBY — Então é uma felicidade não ir beijá-la.

LORDE ILLINGWORTH — Isso é um desafio?

SRA. ALLONBY — É uma seta atirada ao ar.

LORDE ILLINGWORTH — Não sabe que eu triunfo sempre em tudo aquilo que tento?

SRA. ALLONBY — Sinto muito ouvir isso. Nós, as mulheres, adoramos os vencidos. Encostam-se a nós.

LORDE ILLINGWORTH — As mulheres adoram os vencedores. Agarram-se a eles.

SRA. ALLONBY — Nós somos os louros que lhes encobrem a calva.

LORDE ILLINGWORTH — E eles precisam sempre das mulheres, exceto no momento do triunfo.

SRA. ALLONBY – Já não interessam então.

LORDE ILLINGWORTH – Como você é tentadora!

Uma pausa.

SRA. ALLONBY – Lorde Illingworth, há uma coisa que me fará gostar sempre de você.

LORDE ILLINGWORTH – Só uma coisa? E eu que tenho tantas más qualidades!

SRA. ALLONBY – Ah, não se envaideça por isso! Pode perdê-las à medida que ficar velho.

LORDE ILLINGWORTH – Não tenciono envelhecer. A alma nasce velha, mas faz-se nova. É a comédia da vida.

SRA. ALLONBY – E o corpo nasce novo e faz-se velho. É a tragédia da vida.

LORDE ILLINGWORTH – Comédia também, às vezes. Mas qual é a misteriosa razão que a fará gostar sempre de mim?

SRA. ALLONBY – É nunca ter se apaixonado por mim.

LORDE ILLINGWORTH – Nunca fiz outra coisa.

SRA. ALLONBY – De verdade? Nunca notei.

LORDE ILLINGWORTH – Que felicidade! Podia ter sido uma tragédia para ambos!

SRA. ALLONBY – Cada um de nós teria sobrevivido.

LORDE ILLINGWORTH – Hoje em dia pode-se sobreviver a tudo, exceto à morte, e demolir tudo menos uma boa reputação.

SRA. ALLONBY – Já tentou uma boa reputação?

LORDE ILLINGWORTH – É uma das muitas chatices a que nunca fui submetido.

SRA. ALLONBY – Pode chegar um dia.

LORDE ILLINGWORTH – Por que me ameaça?

SRA. ALLONBY – Eu irei lhe dizer quando tiver beijado a puritana.

Entra o criado.

FRANCISCO – Está servido o chá na Sala Amarela, meu senhor.

LORDE ILLINGWORTH – Diga à senhora que já vamos.

FRANCISCO – Sim, meu senhor.

Sai.

LORDE ILLINGWORTH – Vamos tomar chá?

SRA. ALLONBY – Gosta destes prazeres simples?

LORDE ILLINGWORTH – Adoro os prazeres simples. São o derradeiro refúgio dos complexos. Mas, se deseja, deixemo-nos ficar aqui. Sim, deixemo-nos ficar aqui. O Livro da Vida começa com um homem e uma mulher no jardim.

SRA. ALLONBY – Termina com as Revelações.*

LORDE ILLINGWORTH – Esgrime divinamente. Mas caiu-lhe o botão da ponta do florete.

SRA. ALLONBY – Tenho ainda a máscara.

---

* O último livro do Novo Testamento — Apocalipse — é também conhecido por este nome. (N. T.)

LORDE ILLINGWORTH – Faz-lhe os olhos mais bonitos.

SRA. ALLONBY – Obrigada. Venha.

LORDE ILLINGWORTH – (*Vê na mesa a carta de sra. Arbuthnot, pega nela e examina o envelope*) Que letra tão curiosa! Lembra-me a letra de uma mulher que conheci há anos.

SRA. ALLONBY – Quem?

LORDE ILLINGWORTH – Oh! Ninguém. Ninguém em especial. Uma mulher sem importância.

Atira a carta para cima da mesa e sobe os degraus do terraço com sra. Allonby. Sorriem um para o outro. Cai o pano.

Segundo Ato

CENA

Sala de visitas em Hunstanton, depois do jantar. Lâmpadas acesas. Porta à esquerda, centro. Porta à direita, centro. Senhoras sentadas em sofás.

SRA. ALLONBY – Que alívio vermo-nos livres dos homens por um momento!

LADY STUTFIELD – Sim; os homens perseguem-nos terrivelmente, não é verdade?

SRA. ALLONBY – Perseguem-nos? Quem dera assim fosse!

LADY HUNSTANTON – Minha querida!

SRA. ALLONBY – O que há de aborrecido é que os patifes podem ser perfeitamente felizes sem nós. Por isso é que eu penso que o dever de toda a mulher é nunca os deixar sós por um momento, exceto durante este descansozinho depois do jantar; sem ele creio que nós, pobres mulheres, ficaríamos absolutamente reduzidas a sombras.

Entram criados com café.

LADY HUNSTANTON – Reduzidas a sombras, querida?

SRA. ALLONBY – Sim, lady Hunstanton. Custa-nos tanto manter os homens na linha. Estão sempre fugindo de nós.

LADY STUTFIELD – Parece-me que nós é que estamos sempre fugindo deles. Os homens não têm coração. Conhecem a sua força e utilizam-na.

LADY CAROLINE – (*Toma o café servido pelo criado*) Que absurdos estão dizendo a respeito dos homens! O que há a fazer é conservar os homens no seu lugar próprio.

SRA. ALLONBY – Mas qual é o lugar deles, lady Caroline?

LADY CAROLINE – Olhar pelas suas mulheres, sra. Allonby.

SRA. ALLONBY – (*Toma o café servido pelo criado*) Realmente? E se não são casados?

LADY CAROLINE — Se não são casados, deviam tratar de arranjar mulher. É absolutamente escandaloso o número de solteiros que por aí andam na sociedade. Devia haver uma lei que os obrigasse a todos a casar no prazo de doze meses.

LADY STUTFIELD — (*Recusa o café*) Mas se eles gostam de uma mulher já presa a outro?

LADY CAROLINE — Nesse caso, lady Stutfield, deviam casar, no prazo de uma semana, com uma moça respeitável e feia, para aprenderem a não se intrometer com a propriedade alheia.

SRA. ALLONBY — Não me parece que nós devamos ser consideradas propriedade alheia. Todos os homens são propriedade das mulheres casadas. É a única definição verdadeira do que é realmente a propriedade das mulheres casadas. Mas nós não pertencemos a ninguém.

LADY STUTFIELD — Oh, alegra-me tanto, tanto ouvi-la dizer isso!

LADY HUNSTANTON — Mas pensa, realmente, querida Caroline, que a legislação melhoraria a situação de algum modo? Tenho ouvido dizer que, hoje em dia, todos os homens casados vivem como solteiros, e todos os solteiros como casados.

SRA. ALLONBY — Eu é que, com certeza, nunca os sei distinguir uns dos outros.

LADY STUTFIELD — Oh, penso que se pode sempre conhecer imediatamente se um homem tem ou não quem assuma direitos sobre a sua vida. Tenho notado uma expressão muito, muito triste nos olhos de tantos homens casados.

SRA. ALLONBY — Ah, tudo o que eu tenho notado é que eles são horrivelmente aborrecidos, quando são bons maridos, e abominavelmente presunçosos, quando o não são.

LADY HUNSTANTON — Bem, suponho que o tipo do marido mudou completamente desde minha juventude, mas não posso deixar de afirmar que o pobre querido Hunstanton era a mais deliciosa das criaturas, bom como ouro.

SRA. ALLONBY — Ah, o meu marido é uma espécie de nota promissória: já estou cansada de recolhê-lo.

LADY CAROLINE — Mas renova-o de vez em quando, não?

SRA. ALLONBY — Oh, não, lady Caroline. Até agora só tive um marido. Parece-me que para você não passo de uma amadora.

LADY CAROLINE — Com a sua maneira de encarar a vida, admira-me você ter casado.

SRA. ALLONBY — Também eu.

LADY HUNSTANTON — Minha querida filha, creio que é realmente muito feliz na sua vida conjugal, mas que gosta de ocultar dos outros a sua felicidade.

SRA. ALLONBY — Asseguro-lhe que me enganei horrivelmente com o Ernest.

LADY HUNSTANTON — Oh, não acredito, querida. Conheci muito bem a mãe dele. Era uma Stratton, Caroline, filha de lorde Crowland.

LADY CAROLINE — A Vitória Stratton? Lembro-me dela perfeitamente. Uma loira parva e sem queixo.

SRA. ALLONBY — Ah, o Ernest tem queixo. Queixo forte, quadrado, quadrado demais, até.

LADY STUTFIELD – Mas pensa realmente que um homem possa ter um queixo quadrado demais? Penso que um homem deve ter uma aparência de força e um queixo quadrado, perfeitamente quadrado.

SRA. ALLONBY – Então devia conhecer o Ernest, lady Stutfield. Devo preveni-la de que não é homem que converse.

LADY STUTFIELD – Adoro os homens calados.

SRA. ALLONBY – Oh, o Ernest não é calado. Fala todo o tempo. Mas não conversa. De que ele fala não sei. Há anos que o não escuto.

LADY STUTFIELD – Então nunca lhe perdoou? Que triste isso parece! Mas toda a vida é triste, muito triste, não é?

SRA. ALLONBY – A vida, lady Stutfield, é simplesmente um *mauvais quart d'heure* – uma péssima ocasião – feita de momentos deliciosos.

LADY STUTFIELD – Sim, decerto, há momentos. Mas o sr. Allonby fez alguma coisa que não devesse fazer? Zangou-se contigo e disse-lhe alguma grosseria ou alguma verdade?

SRA. ALLONBY – Oh, não. O Ernest é invariavelmente calmo. É essa uma das razões por que sempre me irrita os nervos. Nada incomoda tanto como a calma. Há alguma coisa brutal na serenidade da maior parte dos homens modernos. Admira-me a paciência com que nós, as mulheres, a aguentamos.

LADY STUTFIELD – Sim; a serenidade dos homens mostra que eles não são tão sensíveis como nós, não têm cordas tão vibrantes como as nossas. Constitui, muitas vezes, uma grande barreira entre marido e mulher, não é verdade? Mas gostava tanto de saber o que fez o sr. Allonby.

SRA. ALLONBY – Bem, eu lhe direi, se me promete solenemente repeti-lo a todo mundo.

LADY STUTFIELD – Obrigada, obrigada. Fica isso a meu cuidado.

SRA. ALLONBY – Quando eu e o Ernest estávamos noivos, ele jurou-me claramente, de joelhos, que nunca, em toda a sua vida, amara mulher alguma. Nessa altura eu era muito nova, por isso não o acreditei, desnecessário será dizer-lhe. Infelizmente, porém, só obtive informações após quatro ou cinco meses de casada. Fiquei então sabendo que o que ele me dissera era verdadeiro. É uma coisa que tira todo o interesse sobre um homem.

LADY HUNSTANTON – Minha querida!

SRA. ALLONBY – Os homens querem sempre ser o primeiro amor de uma mulher. É a sua grosseira vaidade. Nós, as mulheres, temos um instinto mais sutil. O que nós queremos é ser o último romance de um homem.

LADY STUTFIELD – Vejo o que quer dizer. É muito, muito bonito.

LADY HUNSTANTON – Minha querida filha, não quer dizer que não perdoa a seu marido nunca ter amado outra mulher? Já ouviu uma coisa assim. Estou surpresa.

LADY CAROLINE – Oh, as mulheres são hoje tão educadas, que já nada nos deve surpreender, exceto os casamentos felizes. Estão se tornando notavelmente raros.

SRA. ALLONBY – Oh, entraram para a história.

LADY STUTFIELD – A não ser nas classes médias, ao que ouço dizer.

SRA. ALLONBY – A classe média!

LADY STUTFIELD – Não há dúvida.

LADY CAROLINE – Se é verdade o que lady Stutfield nos diz acerca das classes médias, resulta em grande medida da parte da própria classe média. É muito para lamentar que no meio em que nós vivemos a esposa persista tanto em ser frívola, sob a impressão, aparentemente, de que é assim que deve ser. É a isso que eu atribuo a infelicidade de tantos casamentos que nós todas conhecemos na sociedade.

SRA. ALLONBY – Sabe, lady Caroline, não me parece que a frivolidade da mulher tenha alguma coisa que ver com isso. Hoje em dia, mais casamentos são arruinados pelo senso comum do marido do que por qualquer outra coisa. Como se pode esperar que uma mulher seja feliz com um homem que insiste em a tratar como se ela fosse um ser perfeitamente racional?

LADY HUNSTANTON – Minha querida!

SRA. ALLONBY – O homem, o pobre, o desastrado homem em quem se confia, o homem necessário, pertence a um sexo que é racional há milhões e milhões de anos. Não pode deixar de ser o que é. Está na raça. A história da mulher é muito diferente. Temos sempre sido pitorescos protestos contra a mera existência do senso comum. Logo desde o princípio lhe vimos os perigos.

LADY STUTFIELD – Sim, o senso comum dos maridos põe-nos, com certeza, mais que tudo, à prova. Diga-me a sua concepção do marido ideal. Penso que seria muito útil.

SRA. ALLONBY – O marido ideal? É coisa que não pode haver. A instituição é errônea.

LADY STUTFIELD – O homem ideal, então, nas suas relações para conosco.

LADY CAROLINE – Seria provavelmente em extremo realista.

SRA. ALLONBY – O homem ideal! Oh, o homem ideal devia falar-nos como se nós fôssemos deusas e tratar-nos como se fôssemos crianças. Devia recusar-nos todos os pedidos sérios e anuir a todas as nossas fantasias. Devia animar-nos a ter caprichos e proibir-nos de ter objetivos. Devia sempre dizer muito mais do que tem em mente, e ter sempre em mente muito mais do que diz.

LADY HUNSTANTON – Mas como podia ele fazer as duas coisas, querida?

SRA. ALLONBY – Nunca devia perseguir outras mulheres bonitas. Isso mostraria que não tinha gosto ou faria suspeitar de que o tinha demais. Não; devia ser amável com todas, mas dizer que em certo modo o não atraem.

LADY STUTFIELD – Sim, é sempre agradabilíssimo ouvir isso acerca de outras mulheres.

SRA. ALLONBY – Se nós lhe fizermos uma pergunta sobre qualquer coisa, devia sempre dar-nos uma resposta toda inspirada em nós. Devia invariavelmente elogiar-nos por quaisquer qualidades que ele sabe nós não termos. Mas devia ser implacável, absolutamente implacável, em nos censurar pelas virtudes que nós nunca sonhamos possuir. Nunca devia acreditar que nós sabemos a utilidade das coisas úteis. Isso seria imperdoável. Mas devia nos banhar com tudo o que não queremos.

LADY CAROLINE — Pelo que vejo, nada mais deve fazer do que pagar contas e dizer amabilidades.

SRA. ALLONBY — Devia persistir em comprometer-nos em público e tratar-nos com absoluto respeito quando estamos sós. E, todavia, devia ter pronta uma cena terrível, sempre que nós quiséssemos, e tornar-se infeliz, absolutamente infeliz, de um momento para o outro, e esmagar-nos com justas reprovações em menos de vinte minutos, e ser positivamente violento ao cabo de meia hora, e deixar-nos para sempre às quinze para as oito, quando temos de nos vestir para o jantar. E quando, depois disso, nós o vimos realmente pela última vez, e ele se recusou a receber as pequenas coisas que nos deu, e prometeu nunca mais ter relações conosco nem escrever-nos cartas tolas, devia ficar perfeitamente dilacerado do coração e telegrafar-nos todo o dia e mandar-nos bilhetinhos de meia em meia hora e jantar sozinho no clube, de modo que todos soubessem quanto era infeliz. E ao fim de uma semana terrível, durante a qual a mulher andou por toda a parte com o seu marido, só para mostrar a solidão absoluta em que vive, pode-se dar-lhe uma terceira despedida, à noite, e depois, se o seu procedimento foi absolutamente irrepreensível e a mulher procedeu realmente mal com ele, deve-se deixar-lhe reconhecer que a culpa foi toda sua, e, depois de ele ter reconhecido isso, é então dever da mulher perdoar-lhe, e pode-se repetir tudo isto desde o princípio, com variações.

LADY HUNSTANTON — Que inteligente, minha querida! Nunca pensa uma só das palavras que diz.

LADY STUTFIELD — Obrigada, obrigada. Foi uma conversa deliciosa. Tentarei lembrar-me de tudo. Há tantos pormenores de suma importância.

LADY CAROLINE — Mas ainda não nos disse qual será a recompensa do marido ideal.

SRA. ALLONBY — A recompensa? Oh, infinita expectativa. E isso basta.

LADY STUTFIELD — Mas os homens são tão exigentes, não é verdade?

SRA. ALLONBY — Isso não importa. A gente nunca deve se render.

LADY STUTFIELD — Nem mesmo ao marido ideal?

SRA. ALLONBY — A ele é claro que não. A não ser, claro, que a gente se queira cansar dele.

LADY STUTFIELD — Oh!... sim. Entendo. É uma ideia valiosa. Acha, sra. Allonby, que eu algum dia encontre o marido ideal? Ou há mais que um?

SRA. ALLONBY — Há precisamente quatro em Londres, lady Stutfield.

LADY HUNSTANTON — Oh, meu Deus!

SRA. ALLONBY — (*Acercando-se dela*) Que aconteceu? Diga-me.

LADY HUNSTANTON — (*Em voz baixa*) Tinha-me esquecido completamente de que a americanazinha está aqui na sala todo este tempo. Receio que a nossa seleta conversa a tenha chocado um pouco.

SRA. ALLONBY — Ah, só lhe poderá fazer bem!

LADY HUNSTANTON — Esperemos que não tenha compreendido muito. Acho que seria melhor eu ir lá falar com ela. (*Levanta-se e vai para junto de Ester Worsley*) Bem, querida srta. Worsley. (*Sentando-se a seu lado*) Que caladinha você está no seu lindo cantinho este tempo todo! Esteve, decerto, lendo? Há tantos livros na biblioteca!

ESTER — Não, estava escutando a conversa.

LADY HUNSTANTON — Não deve acreditar tudo o que se disse, sabe, querida.

ESTER — Não acreditei em nada.

LADY HUNSTANTON — Fez muito bem, querida.

ESTER — (*Continuando*) Não podia acreditar que houvesse uma mulher que tivesse ideias sobre a vida como as que eu ouvi aqui hoje de algumas das suas visitas.

Uma pausa incômoda.

LADY HUNSTANTON — Disseram-me que na América a sociedade não é diferente da nossa. Disse-me o meu filho nas cartas que me escreveu.

ESTER — Há na América panelinhas como as há em toda a parte, lady Hunstanton. Mas a verdadeira sociedade americana é simplesmente constituída por todas as mulheres boas e homens bons que temos no nosso país.

LADY HUNSTANTON — Que sensato sistema, e, apresso-me em dizer, absolutamente agradável, também. Parece-me que na nossa vida social temos demasiadas barreiras artificiais. Não vemos tanto quanto devíamos das classes médias e baixas.

ESTER — Na América não temos classes baixas.

LADY HUNSTANTON — Realmente? Que estranha ordem!

SRA. ALLONBY — Sobre o que essa moça terrível está falando?

LADY STUTFIELD — É de uma naturalidade que magoa, não é?

LADY CAROLINE — Há muitas coisas que lá na América não há, ao que ouço dizer, srta. Worsley. Dizem que não há lá ruínas nem curiosidades.

SRA. ALLONBY — (*Para lady Stutfield*) Que bobagem! Há as mães, as suas maneiras.

ESTER — A aristocracia inglesa nos fornece as nossas curiosidades, lady Caroline. Chegam regularmente todos os anos, no verão, nos vapores, e propõem-nos casamento logo no dia seguinte ao desembarque. Quanto a ruínas, estamos tentando construir alguma coisa que há de durar mais que o tijolo ou a pedra.

Levanta-se para ir buscar o leque, que está em cima da mesa.

LADY HUNSTANTON — Que é, querida? Ah, sim, uma exposição de ferro, não? Naquele lugar que tem nome curioso?

ESTER — (*De pé junto à mesa*) Estamos tentando edificar a vida, lady Hunstanton, sobre uma base melhor, mais verdadeira, mais pura do que aquela em que assenta a vida aqui. Isto irá lhes parecer, sem dúvida, estranho. Na Inglaterra, os ricos não sabem como vivem. Como poderiam saber? Fecham as portas aos gentis e aos bons. Riem dos simples e dos puros. Vivendo, como vivem, dos outros e à custa dos outros, riem dos que se sacrificam, e, se atiram pão aos pobres, é apenas para mantê-los calmos por uma temporada. Com toda a sua pompa e riqueza e arte, não sabem viver — nem sequer isso sabem. Amam a beleza que podem ver, tocar e manejar, a beleza que podem destruir, e realmente destroem, mas da invisível beleza da vida, da invisível beleza de uma vida superior, nada sabem. Perderam o segredo da vida. Oh, a sua sociedade inglesa, minhas senhoras, parece-me superficial, egoísta, tola. Cegou os olhos e tapou os ouvidos. Jaz como um leproso embrulhado em púrpura. É como um cadáver pintado de ouro. Tudo errado, tudo errado.

LADY STUTFIELD – Não acho que devíamos saber dessas coisas. Não é lá muito bonito, não é?

LADY HUNSTANTON – Minha querida srta. Worsley, pensava que gostava tanto da sociedade inglesa. Foi aqui tão festejada, tão admirada pelos melhores. Esqueço-me completamente do que lorde Henrique Weston disse a seu respeito, mas era muito lisonjeiro, e srta. Worsley sabe que autoridade ele é em questões de beleza.

ESTER – Lorde Henrique Weston! Lembro-me dele, lady Hunstanton. Um homem com um sorriso hediondo e um hediondo passado. Convidam-no para todos os lugares. Sem ele não há jantar completo. E aquelas cuja ruína a ele se deve? São umas desgraçadas sem nome, a quem todas as portas se fecham. Se as encontram na rua, viram-lhes a cara. Não me queixo de elas serem castigadas. Que todas as mulheres que pecaram sejam castigadas.

Sra. Arbuthnot, vinda do terraço, entra, vestindo casaco e com o rosto coberto por um véu de renda. Ouve as últimas palavras e estremece.

LADY HUNSTANTON – Minha querida amiguinha!

ESTER – É justo que sejam punidas, mas que não sejam só elas a sofrer. Se um homem e uma mulher pecaram, que vão ambos para o deserto e lá se amem ou se odeiem. Que sejam ambos lesados. Ponham uma marca, se assim o querem, num e noutro, mas não castiguem um e deixem o outro em liberdade. Não tenham uma lei para os homens e outra para as mulheres. São injustos com as mulheres aqui na Inglaterra. E, enquanto não for infâmia no homem aquilo que na mulher é vergonha, serão sempre injustos, e a justiça, esse pilar de fogo, e a injustiça, esse pilar de nuvem, serão sempre indistinguíveis aos olhos da sociedade, ou nem sequer serão vistas, ou, se forem vistas, não serão levadas em consideração.

LADY CAROLINE – Dá-me licença, querida srta. Worsley, enquanto está de pé, de lhe pedir o meu algodão, que está mesmo por trás de si? Obrigada.

LADY HUNSTANTON – Querida sra. Arbuthnot! Fico feliz que tenha vindo aqui. Mas não ouvi anunciá-la.

SRA. ARBUTHNOT – Oh, entrei pelo terraço, lady Hunstanton, conforme estava. Não me disse que aqui tinha uma festa.

LADY HUNSTANTON – Festa não. Apenas algumas visitas, já suas conhecidas. Dê-me licença. (*Procura ajudá-la a desembaraçar-se dos seus agasalhos. Toca a campainha*) Caroline, apresento-lhe a sra. Arbuthnot, uma das minhas amigas mais queridas. Lady Caroline Pontefract, lady Stutfield, sra. Allonby, e a minha amiguinha americana, srta. Worsley, que agora mesmo nos dizia quanto somos maus.

ESTER – Receio que julguem que falei com excessiva severidade, lady Hunstanton. Mas há coisas na Inglaterra...

LADY HUNSTANTON – Minha querida amiguinha, havia muita verdade, ouso dizer, nos seus comentários, e que linda você estava, o que é mais importante é, diria lorde Illingworth. O único ponto em que me pareceu um pouquinho dura foi no que disse do irmão de lady Caroline, o pobre lorde Henrique. É realmente tão boa companhia. (*Entra o criado*) Leve os agasalhos de sra. Arbuthnot.

Sai o criado com os agasalhos.

ESTER – Lady Caroline, não sabia que era seu irmão. Sinto muito ter-lhe sido desagradável...

LADY CAROLINE – Minha querida srta. Worsley, a única parte do seu discursozinho, se assim lhe posso chamar, com que eu plenamente concordei, foi a que se referia a meu irmão. Nada que em seu detrimento pudesse dizer poderia ser excessivo. Considero o Henrique infame, absolutamente infame. Mas não posso deixar de reconhecer, como você observou, Joana, que é uma excelente companhia, e tem um dos melhores cozinheiros de Londres, e, depois de um bom jantar, uma pessoa pode perdoar todos, até os seus parentes.

LADY HUNSTANTON – Agora, venha aqui, querida, e seja amiga de sra. Arbuthnot. É uma das pessoas boas, gentis e simples que srta. Worsley nos acusou de nunca admitirmos na sociedade. Sinto muito dizer que sra. Arbuthnot vem raras vezes à minha casa. Mas não é minha a culpa.

SRA. ALLONBY – Que chatice demorarem-se os homens tanto tempo depois do jantar! Estão com certeza dizendo as coisas mais terríveis a nosso respeito.

LADY STUTFIELD – Pensa isso?

SRA. ALLONBY – Tenho a certeza.

LADY STUTFIELD – Que horríveis são! Vamos para o terraço?

SRA. ALLONBY – Oh, seja para onde for, para nos livrarmos de velhas e das malvestidas. (*Levanta-se e vai com lady Stutfield para a porta da esquerda, centro*) Vamos só contemplar as estrelas, lady Hunstanton.

LADY HUNSTANTON – Encontrarão muitas, queridas, muitas. Mas não se constipem. (*Para sra. Arbuthnot*) Vamos todas sentir muito a falta do Gerald, querida sra. Arbuthnot.

SRA. ARBUTHNOT – Mas é certo lorde Illingworth ter oferecido ao Gerald o lugar de secretário?

LADY HUNSTANTON – Oh, certíssimo. Lorde Illingworth foi encantador. Faz do seu filho o mais alto conceito. Acho que você não conhece, minha querida, o lorde Illingworth.

SRA. ARBUTHNOT – Nunca me encontrei com ele.

LADY HUNSTANTON – Conhece-o de nome, sem dúvida?

SRA. ARBUTHNOT – Creio que não. Vivo tão fora do mundo, vejo tão pouca gente. Lembro-me de ter, há anos, ouvido falar de um velho lorde Illingworth, que residia em Yorkshire, acho.

LADY HUNSTANTON – Ah, sim. Devia ser o penúltimo conde. Era um homem muito curioso. Queria casar com uma mulher inferior a ele. Ou não queria, acho. Deu muito que falar. O atual lorde Illingworth é inteiramente diferente. É muito distinto. Faz... ou melhor, não faz nada, o que a nossa linda americanazinha, com certeza, acha indigno de um homem, e não me consta que ele se importe muito com os assuntos pelos quais a sra. Arbuthnot tanto se interessa. Acha, Caroline, que lorde Illingworth se interesse pelas habitações dos pobres?

LADY CAROLINE – Imagino que nem um pouco, Joana.

LADY HUNSTANTON – Todos nós temos gostos diferentes, não é verdade? Mas lorde Illingworth tem uma posição muito elevada, e não há nada que não possa obter, seja o que for que pretenda. É claro, é relativamente muito novo ainda, e só está de posse do título há... há quanto tempo, Caroline, entrou lorde Illingworth na posse do título?

LADY CAROLINE – Há de haver uns quatro anos, Joana. Sei que foi no mesmo ano em que meu irmão teve a última tarefa nos jornais da tarde.

LADY HUNSTANTON – Ah, lembro-me. Isso foi há uns quatro anos. É claro, havia muita gente entre o atual lorde Illingworth e o título, sra. Arbuthnot. Havia... quem havia, Caroline?

LADY CAROLINE – Havia o filhinho da pobre Margarida. Lembra-se da ansiedade dela de ter um filho, e teve realmente um menino, mas morreu-lhe, e daí a pouco morreu-lhe o marido também, e ela casou quase imediatamente com um dos filhos de lorde Ascot, que, segundo me dizem, lhe bate.

LADY HUNSTANTON – Ah, isso é de família, querida, isso é de família. E havia também, lembro-me, um padre que queria ser doido, ou um doido que queria ser padre, já não sei ao certo, mas sei que o tribunal investigou o caso e decidiu que ele estava de perfeito juízo. E vi-o depois em casa do pobre lorde Plumstead com palhas no cabelo ou alguma coisa assim muito extravagante, já não me lembro o quê. Muitas vezes lamento, lady Caroline, que a querida lady Cecily não chegasse a ver o filho de posse do título.

SRA. ARBUTHNOT – Lady Cecily?

LADY HUNSTANTON – A mãe de lorde Illingworth, querida sra. Arbuthnot, era uma das lindas filhas da duquesa de Jerningham, e casou com sir Thomas Harford, que, nessa altura, não era considerado um bom partido para ela, embora se dissesse que era o homem mais elegante de Londres. Conheci-os todos intimamente e ambos os filhos, o Artur e o Jorge.

SRA. ARBUTHNOT – Foi, é claro, o filho mais velho quem sucedeu no título, lady Hunstanton?

LADY HUNSTANTON – Não, minha querida, esse foi morto na caça. Ou foi pescando, Caroline? Já me esqueci. Mas o Jorge ficou com tudo. Digo-lhe sempre que nunca houve filho mais novo com tanta sorte como ele.

SRA. ARBUTHNOT – Lady Hunstanton, quero falar já com Gerald. Poderei vê-lo? Pode mandar chamá-lo?

LADY HUNSTANTON – Sem dúvida, querida. Vou mandar um dos criados à sala de jantar para o trazer. Não sei o que mantém os cavalheiros lá por tanto tempo. (*Toca a campainha*) Quando conheci lorde Illingworth, então simplesmente Jorge Harford, não passava de um rapaz distinto que passeava pela cidade, e que, se tinha um penny, era o que lhe dava lady Cecily, que tinha por ele absoluta devoção. Principalmente, acho, por ele estar de mal com o pai. Oh, aqui está o querido arcebispo. (*Para o criado*) Não importa.

Entram sir John e o dr. Daubeny. Sir John dirige-se para lady Stutfield, o dr. Daubeny para lady Hunstanton.

ARCEBISPO – Lorde Illingworth está muito jovial. Nunca me diverti tanto. (*Vê sra. Arbuthnot*) Ah, sra. Arbuthnot.

LADY HUNSTANTON – (*Para o dr. Daubeny*) Vê que consegui que sra. Arbuthnot viesse aqui.

ARCEBISPO – É uma grande honra, lady Hunstanton. Sra. Daubeny vai ficar com ciúmes de Vossa Excelência.

LADY HUNSTANTON – Ah, sinto muito que sua esposa não pôde vir. Dores de cabeça, como de costume, não?

ARCEBISPO – Sim, lady Hunstanton; uma perfeita mártir. Mas é mais feliz sozinha. É mais feliz sozinha.

LADY CAROLINE – (*Para seu marido*) John!

Sir John vai para junto da esposa. O dr. Daubeny fala com lady Hunstanton e sra. Arbuthnot. Sra. Arbuthnot não tira os olhos de lorde Illingworth, que, atravessando a sala sem reparar nela, se aproxima de sra. Allonby, que com lady Stutfield está de pé junto à porta que dá para o terraço.

LORDE ILLINGWORTH – Como está a mulher mais encantadora do mundo?

SRA. ALLONBY – (*Pegando na mão de lady Stutfield*) Estamos ambas bem, muito obrigada, lorde Illingworth. Mas esteve tão pouco tempo na sala de jantar! Parece que agora pouco saiu daqui.

LORDE ILLINGWORTH – Aborrecia-me mortalmente. Não abri os lábios todo o tempo que lá estive. Absolutamente ansioso por voltar para junto de Vossa Excelência.

SRA. ALLONBY – Já devia ter vindo. A americana fez-nos uma conferência.

LORDE ILLINGWORTH – Sim? Todas as americanas fazem conferências, acredito. Suponho que é do clima. Sobre o que foi a conferência?

SRA. ALLONBY – Oh, sobre o puritanismo, está claro.

LORDE ILLINGWORTH – Vou convertê-la, o que acha? Quanto tempo me dá?

SRA. ALLONBY – Uma semana.

LORDE ILLINGWORTH – Uma semana é mais que suficiente.

Entram Gerald e lorde Alfred.

GERALD – (*Dirigindo-se para sra. Arbuthnot*) Querida mãe!

SRA. ARBUTHNOT – Gerald, não me sinto nada bem. Acompanha-me de volta para casa. Não devia ter vindo.

GERALD – Que pena, mãe. Sem dúvida. Mas deve primeiro conhecer lorde Illingworth.

Atravessa a sala.

SRA. ARBUTHNOT – Hoje não, Gerald.

GERALD – Lorde Illingworth, desejo tanto que conheça minha mãe!

LORDE ILLINGWORTH – Com o maior prazer. (*Para sra. Allonby*) Volto daqui a um momento. As mães me aborrecem mortalmente. Todas as mulheres com o tempo acabam a se parecer com as mães. É a sua tragédia.

SRA. ALLONBY — Os homens, não. É a deles.

LORDE ILLINGWORTH — Que bem disposta está hoje!

Volta-se e, com Gerald, dirige-se para sra. Arbuthnot. Ao vê-la, recua, espantado. E depois volta lentamente os olhos para Gerald.

GERALD — Mãe, lorde Illingworth, que me convidou para seu secretário particular. (*Sra. Arbuthnot baixa a cabeça friamente*) É um começo admirável, não é? Espero que corresponderei ao que de mim espera. A mãe agradecerá a lorde Illingworth, não é verdade?

SRA. ARBUTHNOT — Lorde Illingworth é muito bom, tenho a certeza, para se interessar por você.

LORDE ILLINGWORTH — (*Pousando a mão no ombro de Gerald*) Oh, eu e o Gerald somos já grandes amigos, senhora... Arbuthnot.

SRA. ARBUTHNOT — Não pode haver nada de comum entre lorde Illingworth e meu filho.

GERALD — Querida mãe, como pode dizer isso? É claro que lorde Illingworth é muito inteligente e tudo o mais. Não há nada que lorde Illingworth não saiba.

LORDE ILLINGWORTH — Meu caro rapaz!

GERALD — Sabe mais da vida do que todos que eu tenho encontrado. Sinto-me estúpido, quando estou com lorde Illingworth. É claro, tive tão poucas vantagens. Não andei em Eton ou Oxford como outros rapazes. Mas lorde Illingworth não parece se prender a isso. Tem sido muito bom para mim, minha mãe.

SRA. ARBUTHNOT — Lorde Illingworth pode mudar de ideias. Pode até não o querer como secretário.

GERALD — Mãe!

SRA. ARBUTHNOT — Deve se lembrar, como você mesmo disse, que tive tão poucas vantagens.

SRA. ALLONBY — Lorde Illingworth, desejo falar contigo por um momento. Venha aqui.

LORDE ILLINGWORTH — Desculpa-me, sra. Arbuthnot? Agora, Gerald, não deixe sua encantadora mãe pôr mais dificuldades. O assunto está absolutamente resolvido, não é verdade?

GERALD — Assim o espero.

Lorde Illingworth vai ter com sra. Allonby.

SRA. ALLONBY — Julguei que nunca mais largaria a dama de veludo preto.

LORDE ILLINGWORTH — É lindíssima.

Olha para sra. Arbuthnot.

LADY HUNSTANTON — Caroline, vamos todos para a sala de música? Srta. Worsley vai tocar. Vem também, sra. Arbuthnot, não? Não sabe o prazer que a espera. (*Para o dr. Daubeny*) Devo realmente levar srta. Worsley, uma tarde, à reitoria. Gostava tanto que sua esposa a ouvisse no violino. Oh, esquecia-me. A querida sra. Daubeny é um pouquinho dura de ouvido, não é verdade?

ARCEBISPO — A surdez é para ela uma grande privação. Agora nem sequer os meus sermões pode ouvir. Lê-os em casa. Mas tem muitos recursos em si própria, muitos recursos.

LADY HUNSTANTON — Lê muito, não?

ARCEBISPO — Só o tipo mais graúdo. Ela está perdendo a visão. Mas tem muita paciência, muita.

GERALD — (*Para lorde Illingworth*) Fale com minha mãe, lorde Illingworth, antes de irem para a sala de música. Acho que ela não acredita que esteja realmente decidido a fazer o que me disse.

SRA. ALLONBY — Vem?

LORDE ILLINGWORTH — Daqui a uns momentos. Lady Hunstanton, se a sra. Arbuthnot me permite, gostaria de lhe dizer umas palavras, e depois acompanharemos Vossa Excelência.

LADY HUNSTANTON — Ah, é claro. Há de ter muito que lhe dizer e ela há de ter muito que lhe agradecer. Nem todos os filhos têm a sorte de receber convites assim, sra. Arbuthnot. Mas eu sei que aprecia isso, querida.

LADY CAROLINE — John!

LADY HUNSTANTON — Agora, não demorem muito sra. Arbuthnot, lorde Illingworth. Não podemos dispensá-la.

Sai, seguindo os outros convidados. Ouve-se o violino na sala de música.

LORDE ILLINGWORTH — Então aquele é o nosso filho, Raquel! Bem, orgulho-me dele. É um Harford, da cabeça aos pés. A propósito, Raquel, por que se chama Arbuthnot?

SRA. ARBUTHNOT — Um nome como qualquer outro. Quando se não tem direito a nome nenhum, qualquer um serve.

LORDE ILLINGWORTH — Assim o creio... Mas por que Gerald?

SRA. ARBUTHNOT — É o nome de um homem a quem eu despedacei o coração — é o nome de meu pai.

LORDE ILLINGWORTH — Bem, Raquel, o que lá vai, lá vai. Tudo o que tenho agora a dizer é que estou muito, muito satisfeito com o nosso rapaz. O mundo irá conhecê-lo apenas como meu secretário particular, mas, para mim, será alguma coisa muito próxima e muito querida. É uma coisa curiosa, Raquel; a minha vida parecia estar completa. Não estava, porém. Faltava-lhe alguma coisa, faltava-lhe um filho. Encontrei meu filho agora; estou contente por o ter encontrado.

SRA. ARBUTHNOT — Não tem sobre ele direito algum. O rapaz é meu, e meu continuará a ser.

LORDE ILLINGWORTH — Minha querida Raquel, você o tem contigo há mais de vinte anos. Por que não me deixará tê-lo um pouquinho agora? É tão meu como teu.

SRA. ARBUTHNOT — Refere-se ao filho que abandonou? À criancinha que bem poderia ter morrido de fome e à míngua?

LORDE ILLINGWORTH — Esquece-se, Raquel, de que foi você quem me deixou. Não fui eu quem a deixei.

SRA. ARBUTHNOT — Deixei-o, porque se recusou a dar um nome a seu filho. Antes de ele nascer, implorei-lhe que casasse comigo.

LORDE ILLINGWORTH — Eu não tinha então futuro. E além disso, Raquel, eu não era muito mais velho do que você. Tinha só vinte e dois anos. Tinha, acho, vinte e um, quando tudo começou no jardim de seu pai.

SRA. ARBUTHNOT — Quando um homem tem idade para fazer coisa errada, também a deve ter para fazer a coisa certa.

LORDE ILLINGWORTH — Minha querida Raquel, as generalidades intelectuais são sempre interessantes, mas as generalidades em moral não significam absolutamente nada. Quanto a dizer que eu deixei o nosso filho à fome, isso, é claro, é uma falsidade e uma idiotice. Minha mãe ofereceu-lhe seiscentas libras por ano. Mas você não quis aceitar nada. Simplesmente desapareceu e levou a criança contigo.

SRA. ARBUTHNOT — Não queria receber dela um penny. Seu pai era diferente. Disse-lhe, na minha presença, quando estávamos em Paris, que era seu dever casar comigo.

LORDE ILLINGWORTH — Oh, dever é o que nós esperamos dos outros, não é o que nós próprios fazemos. E claro, eu era influenciado por minha mãe. Todo homem o é, quando jovem.

SRA. ARBUTHNOT — Fico contente em ouvi-lo dizer isso. O Gerald, decerto, não irá contigo.

LORDE ILLINGWORTH — Que bobagem, Raquel!

SRA. ARBUTHNOT — Pensa que eu consentiria que meu filho...

LORDE ILLINGWORTH — *Nosso* filho.

SRA. ARBUTHNOT — Que meu filho... (*Lorde Illingworth encolhe os ombros*) vá com o homem que estragou a minha juventude, que arruinou a minha vida, que manchou todos os momentos dos meus dias? Não faz ideia do que foi o meu passado em sofrimento e vergonha.

LORDE ILLINGWORTH — Minha querida Raquel, devo ingenuamente dizer, considero o futuro do Gerald muitíssimo mais importante que o seu passado.

SRA. ARBUTHNOT — O Gerald não pode separar o seu futuro do meu passado.

LORDE ILLINGWORTH — É exatamente o que ele deve fazer. É exatamente o que você devia ajudá-lo a fazer. Que típica mulher você é! Fala com sentimentos, e se mantém um completa egoísta. Mas não façamos cena. Raquel, quero que encare este assunto do ponto de vista do senso comum, do ponto de vista do que é melhor para nosso filho, deixando você e deixando a mim fora da questão. Que faz o nosso filho agora? Um empregado mal pago num pequeno banco de uma cidadezinha de terceira ordem. Se imagina que ele é feliz em tal situação, engana-se. Ele está muito descontente.

SRA. ARBUTHNOT — Não estava descontente antes de o encontrar. Foi o senhor que o fez assim.

LORDE ILLINGWORTH — É claro que fui eu. O descontentamento é o primeiro passo no progresso de um homem ou de uma nação. Mas não o deixei só com a aspiração de coisas para ele inacessíveis. Não, ofereci-lhe o esplêndido. Agarrou-o logo, quase evito de o dizer. Qualquer outro rapaz faria o mesmo. E agora, simplesmente porque venho a saber que o rapaz é meu filho, você propõe praticamente lhe arruinar a carreira. Quer dizer, se eu fosse um estranho qualquer, você deixaria Gerald ir comigo, mas como ele é minha carne e meu sangue, não deixa. Que ilógica você é!

SRA. ARBUTHNOT – Não concordo que ele vá.

LORDE ILLINGWORTH – Como pode impedi-lo? Que desculpa lhe poderá dar para obrigá-lo a rejeitar uma proposta como a minha? Desnecessário será dizer que não vou lhe revelar o que ele é para mim, o que eu sou para ele. Mas você é que não ousa lhe confessar. Sabe disso. Olha como o educou.

SRA. ARBUTHNOT – Eduquei-o para ser um homem.

LORDE ILLINGWORTH – Exatamente. E qual é o resultado? Educou-o para ser o seu juiz, se um dia souber da sua vida. E amargo, injusto juiz ele será. Não se iluda, Raquel. No começo, os filhos amam os pais. Com o passar do tempo, julgam-nos. Raras vezes os perdoam, se é que alguma vez os perdoam.

SRA. ARBUTHNOT – Jorge, não me tire o meu filho. Sofri durante vinte anos e só um ser tive para me amar, e para eu amar. Você tem tido uma vida de alegria, de prazer e de triunfo. Você tem sido inteiramente feliz, nunca pensou em nós. Não havia razão, segundo o seu modo de encarar a vida, para se lembrar de nós. Encontrou-nos por um mero acaso, horrível acaso. Você o esquece. Não venha agora me roubar… tudo o que tenho em todo o mundo. É tão rico noutras coisas. Deixa-me a pequena vinha da minha vida; deixa-me o jardim murado e o poço de água; o cordeirinho que Deus me mandou, compadecido ou irado, oh, deixa-me isso! Jorge, não me tire o Gerald!

LORDE ILLINGWORTH – Raquel, no presente momento você não é necessária à carreira de Gerald; eu sou. Nada mais há a dizer sobre o assunto.

SRA. ARBUTHNOT – Não o deixarei ir.

LORDE ILLINGWORTH – Aqui está Gerald. Tem o direito de decidir por si mesmo.

Entra Gerald.

GERALD – Bem, querida mãe, espero que já esteja tudo combinado com lorde Illingworth.

SRA. ARBUTHNOT – Não está, não.

LORDE ILLINGWORTH – Sua mãe parece não gostar de que eu o leve comigo, por alguma razão.

GERALD – Por quê, mãe?

SRA. ARBUTHNOT – Julgava que você era feliz comigo aqui, Gerald. Não sabia que estava tão ansioso por me deixar.

GERALD – Mãe, como pode falar assim? É claro que tenho sido feliz contigo. Mas um homem não pode ficar sempre com sua mãe. Nenhum rapaz fica. Quero conquistar uma posição, fazer alguma coisa. Pensei que você tivesse orgulho em me ver secretário de lorde Illingworth.

SRA. ARBUTHNOT – Não me parece que seja o secretário que convém a lorde Illingworth. Não tem qualificações.

LORDE ILLINGWORTH – Não desejo intervir, sra. Arbuthnot, mas no que respeita à sua última objeção, sou eu, sem dúvida, o melhor juiz. E posso somente dizer-lhe que seu filho tem todas as qualificações que eu desejava. Tem até mais, na verdade, do que eu imaginava. Muito mais. (*Sra. Arbuthnot mantém-se calada*) Tem alguma outra razão, sra. Arbuthnot, para não querer que seu filho aceite este lugar?

Gerald – Tem, mãe? Responda.

Lorde Illingworth – Se tem, sra. Arbuthnot, peço-lhe, diga. Estamos aqui a sós. Seja o que for, não preciso lhe dizer que não repetirei.

Gerald – Mãe?

Lorde Illingworth – Se quiser ficar a sós com seu filho, retiro-me. Pode ter alguma outra razão que não queira que eu ouça.

Sra. Arbuthnot – Não tenho outra razão.

Lorde Illingworth – Então, meu caro rapaz, podemos considerar o caso resolvido. Venha, vamos fumar um cigarro no terraço. E, sra. Arbuthnot, permita-me dizer, decidiu muito, muito bem.

Sai com Gerald. Sra. Arbuthnot fica só, imóvel, com uma nuvem de inexprimível mágoa no rosto. Cai o pano.

Terceiro Ato

CENA

A galeria de quadros em Hunstanton. Porta ao fundo dando para o terraço. Lorde Illingworth e Gerald, à direita, centro. Lorde Illingworth sentado num sofá. Gerald numa cadeira.

Lorde Illingworth – Muito sensata, sua mãe, Gerald. Eu bem sabia que afinal viria a ceder.

Gerald – Minha mãe é muito conscienciosa, lorde Illingworth, e sei que ela não me acha suficientemente instruído para ser seu secretário. Tem toda a razão. Vadiei muito na escola e não podia agora fazer um exame para salvar a minha vida.

Lorde Illingworth – Meu caro Gerald, os exames nada valem. Se um homem é um cavalheiro, sabe sempre o bastante, e se o não é, o que sabe só o prejudica.

Gerald – Mas sou tão desentendido do mundo, lorde Illingworth.

Lorde Illingworth – Não tenha receio, Gerald. Lembre-se de que tem a seu favor a coisa mais maravilhosa do mundo: a juventude! Não há nada como a juventude. Os homens de meia-idade estão hipotecados à vida. Os velhos estão no quarto de despejo da vida. Mas o jovem é o senhor da vida. Tem um reino à sua espera. Todos nascem reis, e a maior parte das pessoas morre no exílio, como a maior parte dos reis. Para reaver a minha juventude, Gerald, não há nada que eu não fizesse... exceto fazer exercício, levantar-me cedo ou ser um membro útil à comunidade.

Gerald – Mas não se acha velho, lorde Illingworth?

Lorde Illingworth – Sou suficientemente velho para ser seu pai, Gerald.

Gerald – Não me recordo de meu pai; morreu há muitos anos.

Lorde Illingworth – Lady Hunstanton me disse.

Gerald – É muito curioso, minha mãe nunca me fala de meu pai. Às vezes penso que deve ter casado com um homem inferior a ela.

Lorde Illingworth – (*Levemente preguiçoso*) Sim? (*Aproxima-se e põe a mão no ombro de Gerald*) Sente falta de um pai, Gerald?

Gerald – Oh, não; minha mãe tem sido tão boa para mim. Ninguém teve mãe como eu tive.

Lorde Illingworth – Tenho a absoluta certeza disso. Todavia, parece-me que a maior parte das mães não compreendem bem os filhos. Não veem, quero dizer, que um filho tem ambições, desejo de ver a vida, de conquistar um nome. Afinal de contas, Gerald, ninguém poderia pensar que você fosse passar toda a sua vida num buraco como Wrockley, não é verdade?

Gerald – Oh, não! Seria horrível!

Lorde Illingworth – O amor de mãe é muito comovedor, é claro, mas é muitas vezes curiosamente egoísta. Quero dizer, há nele muito egoísmo.

Gerald – (*Lentamente*) Suponho que sim.

Lorde Illingworth – Sua mãe é uma mulher muito boa. Mas as mulheres boas enxergam a vida de modo muito limitado, o seu horizonte é tão restrito, os seus interesses são tão reduzidos, não é verdade?

Gerald – Interessam-se muito, com certeza, por coisas a que nós nenhuma importância damos.

Lorde Illingworth – Suponho que sua mãe é muito religiosa, e tudo o mais.

Gerald – Oh, vai sempre à igreja.

Lorde Illingworth – Ah! Não é moderna, e ser moderno é, hoje em dia, a única coisa que vale a pena ser. Você quer ser moderno, não quer, Gerald? Quer conhecer a vida como ela é na realidade. Não se deixar levar por teorias antiquadas sobre a vida. Bem, o que tem de fazer agora é simplesmente adaptar-se à melhor sociedade. Um homem que pode dominar uma mesa de jantar londrina pode dominar o mundo. O futuro pertence ao dândi. São os elegantes que definirão leis.

Gerald – Gostaria muito de vestir bem, mas sempre ouvi dizer que um homem não devia se preocupar muito com a vestimenta.

Lorde Illingworth – Hoje os homens são tão absolutamente superficiais, que não compreendem a filosofia do superficial. A propósito, Gerald, devia aprender a fazer melhor o seu laço. O sentimento concorda bem para a flor na lapela. Mas o essencial para a gravata é o estilo. Um laço bem-feito é o primeiro passo sério na vida.

Gerald – (*Rindo*) Eu talvez pudesse aprender a fazer um laço, mas nunca poderia conversar como lorde Illingworth.

Lorde Illingworth – Oh! Fale às mulheres como se as amasse e aos homens como se eles o cansassem e, ao cabo da primeira temporada, terá a reputação de possuir o mais perfeito tato social.

GERALD – Mas é muito difícil entrar na sociedade, não é?

LORDE ILLINGWORTH – Para entrar na melhor sociedade, hoje em dia, o que é preciso é dar de comer aos outros, diverti-los ou escandalizá-los... nada mais!

GERALD – Suponho que a sociedade é maravilhosa!

LORDE ILLINGWORTH – Estar nela é meramente uma chateação. Mas estar fora dela é simplesmente uma tragédia. A sociedade é uma coisa necessária. O homem não consegue nenhum triunfo verdadeiro neste mundo se não tiver mulheres a apoiá-lo, e são as mulheres quem dominam a sociedade. Se você não tiver mulheres do seu lado, está perdido. Podia indiferentemente ser advogado, ou corretor, ou jornalista ao mesmo tempo.

GERALD – É muito difícil compreender as mulheres, não é?

LORDE ILLINGWORTH – Nunca deve tentar compreendê-las. As mulheres são quadros. Os homens são problemas. Se você pretender saber o que uma mulher realmente quer dizer — o que, a propósito, é sempre coisa perigosa — olhe para ela, mas não a escute.

GERALD – Mas as mulheres são muito inteligentes, não são?

LORDE ILLINGWORTH – Deve-se sempre dizer-lhes isso. Mas para o filósofo, meu caro Gerald, as mulheres representam o triunfo da matéria sobre o espírito — precisamente como os homens representam o triunfo do espírito sobre a moral.

GERALD – Como podem, então, as mulheres ter tanto poder como diz?

LORDE ILLINGWORTH – A história das mulheres é a história da pior forma de tirania que o mundo jamais conheceu. A tirania dos fracos sobre os fortes. É a única tirania que perdura.

GERALD – Mas não têm as mulheres uma influência elegante?

LORDE ILLINGWORTH – Essa influência só o intelecto tem.

GERALD – Todavia, há espécies diferentes de mulheres, não há?

LORDE ILLINGWORTH – Na sociedade só há duas: as que se pintam e as que se não pintam.

GERALD – Mas há mulheres boas na sociedade, não há?

LORDE ILLINGWORTH – Demais.

GERALD – Mas acha que as mulheres não deviam ser boas?

LORDE ILLINGWORTH – É isso que nunca se deve dizer a elas: fariam-se boas imediatamente. As mulheres são um sexo voluntarioso, o que é fascinante. Toda mulher é rebelde, e, geralmente, em feroz revolta contra si mesma.

GERALD – Lorde Illingworth não casou, não é?

LORDE ILLINGWORTH – Os homens casam porque estão cansados; as mulheres, porque são curiosas. Sofrem, eles e elas, uma decepção.

GERALD – Mas não lhe parece que se pode ser feliz no casamento?

LORDE ILLINGWORTH – Extremamente feliz. Mas a felicidade de um homem casado, meu caro Gerald, depende das mulheres com quem não casou.

GERALD – E se um homem ama?

LORDE ILLINGWORTH – Um homem deve sempre amar. É por essa razão que nunca devia casar.

GERALD – O amor é uma coisa maravilhosa, não é?

LORDE ILLINGWORTH – Quando uma pessoa está enamorada, começa por se enganar a si mesma e acaba por enganar os outros. É o que o mundo chama romance. Mas a *grande passion* — grande paixão — é hoje relativamente rara. É o privilégio das pessoas que não têm nada que fazer. É o único préstimo das classes ociosas e a única explicação possível de nós, os Harford.

GERALD – Harford, lorde Illingworth?

LORDE ILLINGWORTH – É o meu nome de família. Você devia estudar o livro da nobreza, Gerald. É o único livro que um rapaz da cidade devia conhecer a fundo, e na ficção, é a coisa melhor que os ingleses já fizeram. E agora, Gerald, você vai entrar comigo numa vida nova e quero que saiba viver. (*Sra. Arbuthnot aparece no terraço por trás*) Pois o mundo foi feito pelos tolos para os ajuizados nele viverem!

Entram pela direita centro lady Hunstanton e dr. Daubeny.

LADY HUNSTANTON – Oh! Está aqui, meu caro lorde Illingworth. Bem, suponho que está dizendo ao nosso jovem amigo, Gerald, quais são os seus novos deveres e lhe dando muitos bons conselhos por cima de um agradável cigarro.

LORDE ILLINGWORTH – Eu lhe dava os melhores conselhos e os melhores cigarros.

LADY HUNSTANTON – Sinto muito não estar aqui para o ouvir, mas suponho que já sou velha demais para aprender. Exceto, aqui, com sr. arcebispo, quando prega do seu púlpito. Mas então eu sei sempre o que vai dizer, por isso não me assusto. (*Vê sra. Arbuthnot*) Ah! Querida sra. Arbuthnot, venha aqui, para perto de nós. Venha, minha querida. (*Entra sra. Arbuthnot*) O Gerald tem conversado muito com lorde Illingworth; tenho a certeza de que se deve sentir muito lisonjeada pela maneira agradável como tudo tem se encaminhado para ele. Sentemo-nos. (*Sentam-se*) E como vai o seu lindo bordado?

SRA. ARBUTHNOT – Estou sempre trabalhando, lady Hunstanton.

LADY HUNSTANTON – Sra. Daubeny borda, também, um pouco, não?

ARCEBISPO – Há tempos, tinha grande habilidade para trabalhos de agulha. Mas a gota prejudicou-lhe muito os dedos. Há nove ou dez anos que não põe as mãos no bastidor. Mas tem muitos outros entretenimentos. Cuida muito da saúde.

LADY HUNSTANTON – Ah! Isso é sempre uma esplêndida distração, não é? Ora, de que está falando, lorde Illingworth?

LORDE ILLINGWORTH – Explicava a Gerald que o mundo sempre ri das suas próprias tragédias, e só assim as suporta. E que, por conseguinte, seja o que for que o mundo trate a sério, pertence ao lado cômico das coisas.

LADY HUNSTANTON – Agora é que eu fiquei confusa. Fico sempre, quando lorde Illingworth diz alguma coisa. E a ajuda humanitária nunca está presente. Nunca me salvam. Deixam-me ir para o fundo. Tenho uma vaga ideia, meu caro lorde Illingworth, de que está sempre do lado dos pecadores, e sei que eu tento sempre estar do lado dos santos, mas fico por aí. E, afinal de contas, talvez seja apenas a imaginação de uma pessoa a afogar-se.

LORDE ILLINGWORTH – A única diferença entre o santo e o pecador é que todo o santo tem um passado e todo o pecador tem um futuro.

LADY HUNSTANTON – Ah! Agora basta para mim. Não sei o que lhe responderei. Nós duas, minha querida sra. Arbuthnot, estamos muito atrasadas. Não podemos seguir lorde Illingworth. Fomos muito bem educadas, acho. Ter recebido uma boa educação é hoje uma grande desvantagem. Priva-nos de muita coisa.

SRA. ARBUTHNOT – Eu lamentaria muito concordar com lorde Illingworth em qualquer das suas opiniões.

LADY HUNSTANTON – Tem toda a razão, querida.

Gerald encolhe os ombros e olha irritado para a mãe. Entra lady Caroline.

LADY CAROLINE – Joana, viu John por aí?

LADY HUNSTANTON – Não se aflija por causa dele, querida. Está com lady Stutfield; vi-os há pouco na Sala Amarela. Parecem felicíssimos juntos. Não vai lá, Caroline? Senta-te, por favor.

LADY CAROLINE – Acho que é melhor procurar John.

Sai lady Caroline.

LADY HUNSTANTON – Não se deve dar tanta atenção aos homens. E a Caroline não tem, na realidade, motivo para se inquietar. Lady Stutfield é muito sensível. É exatamente tão sensível a uma coisa como a qualquer outra. Uma bela natureza. (*Entram sir John e sra. Allonby*) Ah! Aqui está sir John! E com sra. Allonby! Suponho que foi com sra. Allonby que eu o vi. Sir John, a Caroline o procura por toda a parte.

SRA. ALLONBY – Estivemos à espera dela na sala de música, querida lady Hunstanton.

LADY HUNSTANTON – Ah! Na sala de música, é claro. Pensei que era na Sala Amarela, falha-me a memória. (*Para o arcebispo*) Sua esposa tem uma memória admirável, não?

ARCEBISPO – Antes ela era notável pela memória, mas desde o seu último ataque recorda-se principalmente dos acontecimentos da sua infância. Mas acha grande prazer nessas evocações, grande prazer.

Entram lady Stutfield e Kelvil.

LADY HUNSTANTON – Ah! Querida lady Stutfield! E sobre o que falava o sr. Kelvil?

LADY STUTFIELD – Do bimetalismo, se bem me lembro.

LADY HUNSTANTON – Bimetalismo! É assunto bonito? Todavia, sei que hoje se discute tudo muito livremente. Sobre o que sir John falava, querida sra. Allonby?

SRA. ALLONBY – Da Patagônia.

LADY HUNSTANTON – Verdade? Que assunto tão remoto! Mas muito proveitoso, não há dúvida.

SRA. ALLONBY – Foi interessantíssimo o que disse sobre a Patagônia. Os selvagens parecem ter os mesmos modos de ver que as pessoas cultas sobre quase todos os assuntos. Estão muito adiantados.

LADY HUNSTANTON – O que eles fazem?

SRA. ALLONBY – Aparentemente tudo.

LADY HUNSTANTON – Bem, é consolador, meu caro arcebispo, não é verdade? Achar que a natureza humana é sempre una. No todo, o mundo é o mesmo mundo, não é?

LORDE ILLINGWORTH – O mundo está simplesmente dividido em duas classes — os que acreditam no inacreditável, como o público — e os que fazem o improvável...

SRA. ALLONBY – Como, lorde Illingworth?

LORDE ILLINGWORTH – Sim; estou sempre me surpreendendo. É a única coisa que faz com que valha a pena viver.

LADY STUTFIELD – E que fez ultimamente que lhe cause surpresa?

LORDE ILLINGWORTH – Descobri em mim todas as espécies de belas qualidades.

SRA. ALLONBY – Ah! Não se torne perfeito de repente. Faça isso aos poucos!

LORDE ILLINGWORTH – Não quero de modo algum tornar-me perfeito. Pelo menos, assim o espero. Seria muito inconveniente. As mulheres amam-nos pelos nossos defeitos. Se nós tivermos bastantes, tudo nos perdoarão, até as nossas gigantescas inteligências.

SRA. ALLONBY – É incorreto nos pedir que perdoemos o discernimento. Perdoamos a adoração; é tudo quanto de nós se deve esperar.

Entra lorde Alfred. Vai para junto de lady Stutfield.

LADY HUNSTANTON – Ah! Nós mulheres devíamos perdoar tudo, não é verdade, querida sra. Arbuthnot? Tenho certeza de que concorda comigo.

SRA. ARBUTHNOT – Não, não concordo, lady Hunstanton. Penso que há muitas coisas que as mulheres nunca deviam perdoar.

LADY HUNSTANTON – Que coisas?

SRA. ARBUTHNOT – A ruína da vida de outra mulher.

Lentamente, afasta-se para o fundo do palco.

LADY HUNSTANTON – Ah! Essas coisas são muito tristes, sem dúvida, mas acredito que existem casas admiráveis onde essas mulheres são recolhidas e regeneradas, e penso que, de uma maneira geral, o segredo da vida é não levar as coisas muito, muito a sério.

SRA. ALLONBY – O segredo da vida é nunca ter emoções que gerem mal.

LADY STUTFIELD – O segredo da vida é apreciar o prazer de ser terrivelmente enganado.

KELVIL – O segredo da vida é resistir à tentação, lady Stutfield.

LORDE ILLINGWORTH – Não há segredo da vida. O objetivo da vida, se algum ela tem, é simplesmente andar sempre em busca de tentações. Quase não há o suficiente. Passo às vezes um dia inteiro sem me deparar com uma só. É terrível. Torna um homem nervoso acerca do futuro.

LADY HUNSTANTON – (*Ameaça-o com o leque*) Não sei como é, meu caro lorde Illingworth, mas tudo o que me disse hoje parece-me excessivamente imoral. Foi interessantíssimo ouvi-lo.

LORDE ILLINGWORTH — Todo pensamento é imoral. A sua essência é a destruição. Pensar numa coisa é matá-la. Nada sobrevive ao pensamento.

LADY HUNSTANTON — Não compreendo nada, lorde Illingworth. Mas nenhuma dúvida tenho de que seja absolutamente verdade. Pessoalmente, muito pouco tenho que me censurar, no que diz respeito ao pensar. Não acredito nas mulheres que pensam muito. As mulheres deviam pensar com moderação, como com moderação deviam fazer tudo.

LORDE ILLINGWORTH — A moderação é uma coisa fatal, lady Hunstanton. Só o excesso triunfa.

LADY HUNSTANTON — Espero que nunca me esqueça disso. Parece-me uma máxima, admirável. Mas começo a me esquecer de tudo. É uma grande infelicidade.

LORDE ILLINGWORTH — É um dos seus predicados mais fascinantes, lady Hunstanton. As mulheres não deviam ter memória. Na mulher, a memória é o começo da deselegância. Pelo chapéu de uma mulher se pode sempre dizer se ela tem memória ou não.

LADY HUNSTANTON — Que encantador é, meu caro lorde Illingworth. Descobre sempre que o nosso mais flagrante defeito é a nossa mais importante virtude. Tem da vida a perspectiva mais reconfortante.

Entra Farquhar.

FARQUHAR — A carruagem do sr. dr. Daubeny!

LADY HUNSTANTON — Meu caro arcebispo! São só dez e meia.

ARCEBISPO — (*Erguendo-se*) Parece-me que é hora de me retirar, lady Hunstanton. A terça-feira é sempre uma das noites más de minha mulher.

LADY HUNSTANTON — (*Erguendo-se*) Bem, não quero atrasá-lo. (*Dirige-se com ele para a porta*) Falei para Farquhar colocar duas perdizes na carruagem. Talvez sua esposa goste.

ARCEBISPO — É muito amável, lady Hunstanton, mas minha mulher não come sólidos agora. Alimenta-se exclusivamente de compotas. Mas está bem-disposta, muito bem-disposta. Não se queixa de nada.

Sai com lady Hunstanton.

SRA. ALLONBY — (*Dirige-se para junto de lorde Illingworth*) Está uma lua lindíssima.

LORDE ILLINGWORTH — Vamos admirá-la. Contemplar alguma coisa inconstante é hoje em dia encantador.

SRA. ALLONBY — Tem o seu espelho.

LORDE ILLINGWORTH — É cruel. Só me mostra as rugas.

SRA. ALLONBY — O meu porta-se melhor. Nunca me diz a verdade.

LORDE ILLINGWORTH — Então está apaixonado por si.

Saem sir John, lady Stutfield, Kelvil e lorde Alfred.

GERALD — (*Para lorde Illingworth*) Posso ir também?

LORDE ILLINGWORTH — Venha, meu caro rapaz.

Dirige-se para a porta com sra. Allonby e Gerald. Entra lady Caroline, olha rapidamente em volta e sai em direção oposta à tomada por sir John e lady Stutfield.

SRA. ARBUTHNOT – Gerald!

GERALD – Que é, minha mãe?

Sai lorde Illingworth com sra. Allonby.

SRA. ARBUTHNOT – Está ficando tarde. Vamos para casa.

GERALD – Minha querida mãe! Espere um pouquinho mais. Lorde Illingworth está encantador e, a propósito, mãe, tenho uma grande surpresa para você. Partimos para a Índia no fim deste mês.

SRA. ARBUTHNOT – Vamos para casa.

GERALD – Se quer ir mesmo, mãe, vamos; mas primeiro tenho que me despedir de lorde Illingworth. Daqui a cinco minutos estou de volta.

Sai.

SRA. ARBUTHNOT – Que me deixe, se quiser; mas ir com ele não... com ele não. Não poderei suportar isso!

Passeia para lá e para cá. Entra Ester.

ESTER – Que adorável noite, sra. Arbuthnot!

SRA. ARBUTHNOT – Sim?

ESTER – Sra. Arbuthnot, quero que seja minha amiga. É tão diferente das outras. Quando entrou na sala de visitas, trouxe contigo uma sensação do que é bom e puro na vida. Eu tinha dito algumas tolices. Há coisas que são justas e certas, mas talvez ditas em ocasião imprópria e a quem não devia ouvi-las.

SRA. ARBUTHNOT – Ouvi o que disse. Concordo contigo, srta. Worsley.

ESTER – Não sabia que tinha ouvido. Mas sabia que concordaria comigo. Uma mulher que pecou deve ser punida, não é verdade?

SRA. ARBUTHNOT – Deve, sim.

ESTER – Não a deviam deixar se inserir no convívio das pessoas de bem, não é?

SRA. ARBUTHNOT – É claro que não.

ESTER – E o homem devia ser igualmente punido?

SRA. ARBUTHNOT – Igualmente. E os filhos, se os houver, também?

ESTER – Sim, é justo que o pecado dos pais recaia sobre os filhos. É uma lei justa. É a lei de Deus.

SRA. ARBUTHNOT – É uma das leis terríveis de Deus.

Vai para junto do fogão.

ESTER – Incomoda muito a partida de seu filho, sra. Arbuthnot?

SRA. ARBUTHNOT – Incomoda, sim.

ESTER – Agrada-lhe que ele vá com lorde Illingworth? É claro que é uma boa ocasião, não há dúvida, e dinheiro, mas ocasião e dinheiro não são tudo, não é verdade?

SRA. ARBUTHNOT – Não são nada; ocasião e dinheiro trazem a desgraça.

ESTER – Então por que deixa seu filho ir com ele?

SRA. ARBUTHNOT – É ele que quer.

ESTER – Mas, se a senhora lhe pedisse, ele fica, não?

SRA. ARBUTHNOT – Teima em ir.

ESTER – Não poderia recusar nada à mãe. Tem grande afeito por você. Peça-lhe que fique. Eu vou chamá-lo. Está no terraço com lorde Illingworth. Ou vi ambos rirem, quando passei pela sala de música.

SRA. ARBUTHNOT – Não se incomode, srta. Worsley, posso esperar. Não faz mal.

ESTER – Não, vou dizer a ele que a senhora quer conversar. Peça… peça a ele que fique.

Sai Ester.

SRA. ARBUTHNOT – Não virá… sei que não virá.

Entra lady Caroline. Olha, inquieta, em volta. Entra Gerald.

LADY CAROLINE – Sr. Arbuthnot, dê-me a licença de lhe perguntar se sir John está no terraço?

GERALD – Não, lady Caroline, não está no terraço.

LADY CAROLINE – É muito curioso. É hora de ele ir embora.

Sai lady Caroline.

GERALD – Querida mãe, desculpe-me tê-la feito esperar. Tinha me esquecido. Hoje estou tão feliz, mãe; nunca me senti tão feliz.

SRA. ARBUTHNOT – Com a ideia de partir?

GERALD – Não diga isso assim, mãe. É claro que me custa muito deixá-la. É a melhor mãe do mundo todo. Mas, afinal de contas, como diz lorde Illingworth, é impossível viver numa terra como Wrockley. Você não se importa. Mas eu sou ambicioso; quero alguma coisa mais. Quero uma carreira. Quero fazer alguma coisa que a leve a se orgulhar de mim, e lorde Illingworth vai me ajudar. Vai fazer tudo por mim.

SRA. ARBUTHNOT – Gerald, não vá com lorde Illingworth. Imploro que não vá. Gerald, eu lhe suplico!

GERALD – Mãe, como muda tão depressa! Não parece saber o que quer um só momento. Há uma hora e meia, na sala de visitas, concordou com tudo; agora dá uma reviravolta e faz objeções, e tenta forçar-me a renunciar à única saída que se abre à minha vida. Sim, a única. Não supõe que todos os dias se encontram homens como lorde Illingworth, não é verdade, mãe? É muito estranho que, na ocasião em que ocorre uma sorte tão admirável, seja minha própria mãe a única pessoa a levantar obstáculos no meu caminho. Além disso, mãe, gosto de srta. Worsley. Quem poderia não gostar dela? Gosto dela mais, muito mais do que você pode imaginar. E, se eu tivesse uma posição, se tivesse perspectivas de futuro, poderia… poderia pedir-lhe que… Não compreende agora, mãe, o que para mim significa ser secretário de lorde Illingworth? Começar assim é encontrar uma carreira já pronta… na minha frente… à minha espera. Sendo secretário de lorde Illingworth, poderia pedir a Ester que fosse minha mulher. Continuando a ser um desgraçado empregado bancário com cem libras por ano, seria uma impertinência.

SRA. ARBUTHNOT — Receio que tenha de renunciar às suas esperanças com srta. Worsley. Conheço as ideias dela sobre a vida. Acaba de me as expor.

Uma pausa.

GERALD — Mesmo assim, resta-me a minha ambição. Já é alguma coisa — alegro-me em tê-la! Você sempre tenta esmagar a minha ambição, não é? Diz-me que o mundo é perverso, que não vale a pena triunfar, que a sociedade é superficial e vil, e outras coisas assim... Bem, eu não acredito, mãe. Penso que o mundo deve ser delicioso. Penso que a sociedade deve ser elevada e distinta. Penso que vale a pena triunfar. Você não tem razão naquilo que me ensinou, razão nenhuma. Lorde Illingworth é um homem vitorioso. É um homem elegante. É um homem que vive no mundo e para o mundo. Bem, daria tudo para ser exatamente como lorde Illingworth.

SRA. ARBUTHNOT — Preferiria vê-lo morto.

GERALD — Mãe, que objeção tem contra lorde Illingworth? Diga-me... diga-me tudo. O que é?

SRA. ARBUTHNOT — É um mau homem.

GERALD — Mas em que sentido? Não compreendo o que quer dizer.

SRA. ARBUTHNOT — Vou lhe explicar.

GERALD — Suponho que o considera mau por ele não ter as mesmas ideias que você. Bem, os homens são diferentes das mulheres, mãe. É natural que tenham convicções diferentes.

SRA. ARBUTHNOT — Não são as ideias de lorde Illingworth que o fazem mau. É o que ele é.

GERALD — Mãe, é alguma coisa que sabe dele? Alguma coisa de que você realmente sabe?

SRA. ARBUTHNOT — É alguma coisa que eu sei.

GERALD — Alguma coisa de que você tem a certeza?

SRA. ARBUTHNOT — Certeza absoluta.

GERALD — Há quanto tempo sabe isso?

SRA. ARBUTHNOT — Há vinte anos.

GERALD — É justo recuar vinte anos na vida de algum homem? E que tem você ou que tenho eu com o que lorde Illingworth fez nos seus anos de juventude? O que temos com isso?

SRA. ARBUTHNOT — O que este homem foi, ainda é agora, e sempre será.

GERALD — Mãe, diga-me o que fez lorde Illingworth. Se cometeu algum ato vergonhoso, não irei com ele. Com certeza, você me conhece suficientemente para isso, não?

SRA. ARBUTHNOT — Gerald, vem cá. Senta-te aqui, muito juntinho a mim, como antes, quando você era pequenino, quando era o menino da sua mãezinha. (*Gerald senta-se ao lado de sua mãe. Ela afaga-lhe o cabelo com os dedos e dá-lhe palmadinhas nas mãos*) Gerald, era uma vez uma menina, muito novinha, de pouco mais de dezoito anos. Jorge Harford — assim se chamava então lorde Illingworth —, Jorge Harford encontrou-a. Ela nada sabia da vida. Ele... sabia tudo. Levou essa menina a amá-lo, e a amá-lo com tal paixão que, uma manhã, fugiu com ele da casa do pai. Ela amava-o tanto, e ele tinha-lhe prometido casar com ela! Prometera-lhe realmente casar e ela acreditara nele. Era muito nova e... e ignorante do que a vida é na realidade. Mas ele foi adiando o casamento de semana em semana e de mês para mês... Ela confiava sempre nele. Amava-o... Antes de nascer o filho —, pois ela teve um filho — implorou-lhe, por amor da criança, que casasse com ela, para a criança ter um nome, para que seu pecado não recaísse sobre o filho, que era inocente. Ele recusou. Depois do nascimento da criança, ela abandonou-o, levando consigo o filho. Foi a ruína da sua vida, da sua alma, de tudo o que nela havia de doce, de puro e de bom. Sofreu horrivelmente — ainda agora sofre. Sempre sofrerá. Para ela não há alegria, não há paz, não há reparação. É uma mulher que arrasta uma algema como qualquer criminoso. É uma mulher que usa máscara, como qualquer leproso. O fogo não pode purificá-la. Não podem as águas aplacar-lhe o sofrimento. Nada pode curá-la! Não há narcótico que possa dar sono a ela! Nem papoulas que lhe possam dar o esquecimento! Está perdida! É uma alma perdida! É por isso que lorde Illingworth é um mau homem. É por isso que eu não quero que o meu filho vá com ele.

GERALD – Minha querida mãe, tudo isso é, sem dúvida, muito trágico. Mas parece-me que a moça é tão culpada como lorde Illingworth. Afinal de contas, porventura uma menina realmente pura, uma menina de sentimentos bons e puros, ia fugir de casa com um homem com quem não estava casada e viver com ele como se fora sua esposa? Nenhuma menina decente o faria.

SRA. ARBUTHNOT – (*Após uma pausa*) Gerald, retiro todas as minhas objeções. É livre para fazer o que bem entender: pode ir com lorde Illingworth, quando e para onde quiser.

GERALD – Querida mãe, sabia que você não atravessaria meu caminho. É a melhor mãe que já saiu das mãos de Deus. E, quanto a lorde Illingworth, não acredito que ele seja capaz de qualquer coisa infame ou torpe. Não posso acreditar isso dele — não posso.

ESTER – (*Lá fora*) Deixe-me! Deixe-me! (*Entra Ester, aterrada, corre para Gerald, e se joga nos braços dele*) Oh! Salve-me... salve-me dele!

GERALD – De quem?

ESTER – Insultou-me! Insultou-me horrivelmente! Salve-me!

GERALD – Quem? Quem ousou?... (*Lorde Illingworth entra pelo fundo do palco. Ester arranca-se dos braços de Gerald e aponta para ele — inteiramente fora de si, de raiva e indignação*) Lorde Illingworth insultou a mais pura criatura da terra, tão pura como minha mãe. Insultou a mulher que, com minha mãe, é o que mais amo no mundo. Tão certo como Deus no céu, vou matá-lo!

SRA. ARBUTHNOT – (*Precipitando-se para ele e agarrando-o*) Não! Não!

GERALD – (*Repelindo-a*) Não me agarre, mãe! Largue-me! Quero matá-lo!

SRA. ARBUTHNOT – Gerald!

GERALD – Largue-me, já disse!

SRA. ARBUTHNOT – Calma, Gerald, calma! É seu pai!

Gerald agarra as mãos da mãe e a encara. Ela deixa-se cair lentamente no chão, cheia de vergonha. Ester dirige-se de mansinho para a porta. Lorde Illingworth carrega a sobrancelha e morde o lábio. Passado algum tempo, Gerald ergue a mãe, enlaça-a com o braço e leva-a para fora da sala. Cai o pano.

Quarto Ato

CENA

Sala de visitas na casa de sra. Arbuthnot. Grande janela, aberta, ao fundo, dando para o jardim. Portas à direita centro e esquerda centro. Gerald Arbuthnot escreve. Entra Alice pela direita, seguida de lady Hunstanton e sra. Allonby.

ALICE — Lady Hunstanton e sra. Allonby.
Sai pela esquerda.

LADY HUNSTANTON — Bom dia, Gerald.

GERALD — (*Erguendo-se*) Bom dia, lady Hunstanton. Bom dia, sra. Allonby.

LADY HUNSTANTON — (*Sentando-se*) Viemos saber de sua mãe, Gerald. Espero que esteja melhor.

GERALD — Minha mãe ainda não desceu, lady Hunstanton.

LADY HUNSTANTON — Ah, receio que o calor ontem à noite fosse excessivo para ela. Devia estar aérea. Ou foi talvez a música que lhe fez mal. A música faz-nos sentir tão românticas — pelo menos mexe-nos sempre com os nervos.

SRA. ALLONBY — É a mesma coisa, hoje em dia.

LADY HUNSTANTON — Gosto tanto de não saber o que quer dizer, querida. Receio que seja alguma tolice. Ah, vejo que está observando a linda sala da sra. Arbuthnot. Não é bonita e ao gosto antigo?

SRA. ALLONBY — (*Examinando a sala com a luneta*) É exatamente o lar inglês feliz.

LADY HUNSTANTON — É precisamente isso, querida; definiu-o com toda a justeza. Sente-se a influência benéfica de sua mãe, Gerald, em tudo aquilo que a rodeia.

SRA. ALLONBY — Lorde Illingworth diz que toda a influência é má, mas que uma influência boa é a pior coisa que há no mundo.

LADY HUNSTANTON — Quando lorde Illingworth conhecer melhor sra. Arbuthnot, mudará de opinião. Tenho, com certeza, de o trazer aqui.

SRA. ALLONBY — Gostaria de ver lorde Illingworth num lar inglês feliz.

LADY HUNSTANTON — Isso iria lhe fazer muito bem, querida. A maior parte das mulheres de Londres, hoje em dia, parecem mobiliar as suas salas só com orquídeas, estrangeiros e romances franceses. Mas temos aqui a sala de uma doce santa. Flores naturais frescas, livros que não nos chocam, quadros que podemos olhar sem corar.

SRA. ALLONBY — Mas eu gosto de corar.

LADY HUNSTANTON — Bem, o corar tem suas vantagens, a questão é corar no momento próprio. O pobre querido Hunstanton costumava me dizer que eu não corava tantas vezes quantas era preciso. Mas é que ele era muito esquisito. Não queria que eu conhecesse os seus amigos, a não ser os que já tinham passado os setenta, como o pobre lorde Ashton, que, depois, a propósito, foi levado ao Tribunal do Divórcio. Um caso infelicíssimo.

SRA. ALLONBY — Gosto muito dos homens de mais de setenta anos. Oferecem-nos sempre a dedicação de uma vida inteira. Considero os setenta a idade ideal para o homem.

LADY HUNSTANTON — Esta mulher é incorrigível, Gerald, não é? A propósito, Gerald, espero que sua querida mãe venha agora me visitar mais vezes. O Gerald e lorde Illingworth vão partir quase imediatamente, não?

GERALD — Desisti de ser secretário de lorde Illingworth.

LADY HUNSTANTON — Não faça isso, Gerald. Seria uma insensatez sua. Que razão pode ter para isso?

GERALD — Não me julgo com os requisitos necessários para a função.

SRA. ALLONBY — Quem me dera que lorde Illingworth me convidasse para ser sua secretária! Mas diz que não sou suficientemente séria.

LADY HUNSTANTON — Minha querida, não devia, realmente, falar assim nesta casa. Sra. Arbuthnot não conhece nada da perversa sociedade em que nós todos vivemos. Não quer entrar nela. É boa demais. Considero uma grande honra a sua vinda à minha casa ontem à noite. Deu à festa uma atmosfera de respeitabilidade.

SRA. ALLONBY — Ah, decerto foi isso o que lhe pareceu chateada.

LADY HUNSTANTON — Minha querida, como pode dizer isso? Não há semelhança absolutamente alguma entre as duas coisas. Mas realmente, Gerald, por que diz que não tem os requisitos necessários?

GERALD — As ideias de lorde Illingworth sobre a vida são inteiramente diferentes das minhas.

LADY HUNSTANTON — Mas, meu caro Gerald, na sua idade não devia ter ideias sobre a vida. São inteiramente deslocadas. Deve deixar-se guiar por outros nesse assunto. Lorde Illingworth fez-lhe a mais lisonjeira proposta e, viajando com ele, veria o mundo — tanto, pelo menos, quanto se poderia ver — sob os melhores indicadores possíveis, e conviveria com pessoas distintas, o que é tão importante neste momento solene da sua carreira.

GERALD — Não quero ver o mundo: basta-me o que já vi.

SRA. ALLONBY — Espero que não pense ter já esgotado a vida, sr. Arbuthnot. Quando um homem diz isso, sabe-se que foi a vida que o esgotou.

GERALD — Não quero me separar de minha mãe.

LADY HUNSTANTON — Ora, Gerald, isso é pura preguiça da sua parte. Não quer se separar de sua mãe! Se eu fosse sua mãe, insistiria contigo para partir.

Entra Alice pela esquerda.

ALICE — Sra. Arbuthnot manda os seus cumprimentos, minha senhora, mas está com uma forte dor de cabeça e não pode receber ninguém esta manhã.

Sai pela direita.

LADY HUNSTANTON – (*Erguendo-se*) Uma forte dor de cabeça! Que pena! Se ela estiver melhor, Gerald, leve-a esta tarde a Hunstanton.

GERALD – Esta tarde, lady Hunstanton, receio que não.

LADY HUNSTANTON – Bem, amanhã, então. Ah, se tivesse pai, Gerald, com certeza que ele o não deixaria desperdiçar a sua vida aqui. Mandá-lo-ia logo com lorde Illingworth. Mas as mães são tão fracas. Cedem aos filhos em tudo. Somos todas coração, só coração. Vamos, querida, tenho de ir à reitoria saber de sra. Daubeny, que receio não estar nada bem. É admirável a paciência do arcebispo, admirável. É o mais dedicado dos maridos. Um modelo. Adeus, Gerald, muitos recados à sua mãe.

SRA. ALLONBY – Adeus, sr. Arbuthnot.

GERALD – Adeus. (*Saem lady Hunstanton e sra. Allonby. Gerald senta-se e relê a carta que escrevera*) Com que nome posso assinar? Eu, que a nenhum nome tenho direito.

Assina, mete a carta no sobrescrito, escreve o endereço e vai lacrando-a, quando a porta da esquerda se abre e entra sra. Arbuthnot. Gerald pousa o lacre. Mãe e filho olham um para o outro.

LADY HUNSTANTON – (*Pela janela do fundo*) Mais uma vez adeus, Gerald. Vamos atravessar o seu lindo jardinzinho. Lembre-se do meu conselho — parta imediatamente com lorde Illingworth.

SRA. ALLONBY – *Au revoir*, sr. Arbuthnot. Não se esqueça de me mandar alguma lembrança bonita das suas viagens — um xale da Índia, não, de modo nenhum.

Saem.

GERALD – Mãe, acabo de lhe escrever.

SRA. ARBUTHNOT – A quem?

GERALD – A meu pai. Escrevi a pedir-lhe que venha aqui às quatro da tarde.

SRA. ARBUTHNOT – Não admito que ele venha aqui. Não atravessará o limiar da minha casa.

GERALD – Tem de vir.

SRA. ARBUTHNOT – Gerald, se vai com lorde Illingworth, vai já. Vai antes que o desgosto me mate; mas não me peça que me encontre com ele.

GERALD – Mãe, não me compreende. Nada no mundo me decidiria a ir com lorde Illingworth ou deixá-la. Com certeza você me conhece suficientemente para isso. Não, escrevi a ele dizendo…

SRA. ARBUTHNOT – O que você pode ter para lhe dizer?

GERALD – Não pode adivinhar, mãe, o que eu escrevi nesta carta?

SRA. ARBUTHNOT – Não.

GERALD – Mãe, pode, sim, com certeza. Pense, pense no que se pode fazer agora, imediatamente, dentro de poucos dias.

SRA. ARBUTHNOT – Não há nada a fazer.

GERALD – Escrevi a lorde Illingworth a dizer-lhe que deve casar com minha mãe.

SRA. ARBUTHNOT – Casar comigo?

GERALD – Mãe, eu irei obrigá-lo a isso. O mal que ele lhe fez tem de ser reparado. Deve-lhe essa reparação. Pode a justiça ser lenta, mãe, mas sempre chega, afinal. Dentro de alguns dias você será a legítima esposa de lorde Illingworth.

SRA. ARBUTHNOT – Mas, Gerald...

GERALD – Insistirei com ele para que o faça. Eu irei obrigá-lo: não ousará recusar.

SRA. ARBUTHNOT – Mas, Gerald, sou eu quem recusa. Não caso com lorde Illingworth.

GERALD – Não casa? Mãe!

SRA. ARBUTHNOT – Não, não caso.

GERALD – Mas você não compreende: é por você que eu falo, não é por mim. Este casamento, este casamento necessário, este casamento que por motivos óbvios deve inevitavelmente acontecer, não me ajudará, não me dará um nome que eu tenha o direito de usar como realmente meu. Mas será, sem dúvida, alguma coisa para você, para você, embora tarde, ser a esposa do homem que é meu pai. Não será isso alguma coisa?

SRA. ARBUTHNOT – Já lhe disse que não caso.

GERALD – Mãe, tem de casar.

SRA. ARBUTHNOT – Não quero. Fala de reparação por um mal feito. Que reparação me pode ser dada? Não há reparação possível. Para mim foi a desonra: para ele não. Nada mais. É a habitual história de um homem e de uma mulher, como normalmente acontece, como acontece sempre. E o fim é sempre o mesmo. A mulher sofre. O homem segue em liberdade.

GERALD – Não sei se é sempre esse o fim, mãe: espero que não seja. Mas a sua vida, seja como for, não acabará assim. O homem há de dar a reparação possível. Não basta. Não apaga o passado, bem sei. Mas, ao menos, torna o futuro melhor, melhor para si, minha mãe.

SRA. ARBUTHNOT – Recuso-me a casar com lorde Illingworth.

GERALD – Se ele próprio viesse aqui pedir-lhe, você lhe daria resposta diferente. Lembre-se, é meu pai.

SRA. ARBUTHNOT – Se ele viesse aqui, que não vem, a minha resposta seria a mesma. Lembre-se de que sou sua mãe.

GERALD – Mãe, falando assim, põe-me numa dificuldade terrível; e não posso compreender por que razão não encara este assunto pelo lado justo, pelo único lado por que deve ser encarado. É para diluir a amargura da sua vida, para desfazer a sombra que envolve o seu nome, que é preciso efetuar este casamento. Não há alternativa: e depois do casamento você e eu podemos partir juntos. Mas o casamento tem de se fazer primeiro. É um dever que se lhe impõe, não só para consigo própria, mas com as outras mulheres do mundo, para ele não trair mais.

SRA. ARBUTHNOT – Não tenho dever nenhum com as outras mulheres. Não há uma delas que me ajude. Não há uma só mulher no mundo a quem eu pudesse pedir compaixão, se a quisesse receber, ou simpatia, se a pudesse obter. As mulheres são duras umas para as outras. Aquela moça, ontem à noite, apesar de boa, fugiu da sala, como se eu fosse uma criatura infecta. Tinha razão. Mas os meus erros são meus e hei de sofrer-lhes sozinha as consequências. Tenho de as sofrer sozinha. Que têm comigo as mulheres que nunca pecaram, ou que tenho eu com elas? Não nos compreendemos.

Entra Ester por trás.

GERALD – Imploro-lhe, mãe, faça o que lhe peço.

SRA. ARBUTHNOT – Que filho já pediu à sua mãe sacrifício tão hediondo? Nenhum.

GERALD – Que mãe jamais se recusou a casar com o pai de seu filho? Nenhuma.

SRA. ARBUTHNOT – Seja eu então a primeira. Recuso.

GERALD – Mãe, acredita na religião e educou-me na mesma crença. Bem, sem dúvida, a sua religião, a religião que me ensinou quando pequeno, mãe, deve dizer-lhe que eu tenho razão. Sabe-o, sente-o.

SRA. ARBUTHNOT – Não o sei. Não o sinto, e nunca irei ao altar pedir a bênção de Deus para um escárnio tão hediondo como um casamento entre mim e Jorge Harford. Nunca proferirei as palavras que a Igreja nos manda proferir. Nunca. Não ouso. Como poderia eu jurar amor ao homem a quem tenho aversão, honrar aquele que a marcou com a desonra, obedecer àquele que me fez pecar? Não: o casamento é um sacramento para aqueles que se amam. Não o é para aqueles como ele ou como eu. Gerald, para salvá-lo dos escárnios e das zombarias do mundo tenho mentido ao mundo. Há vinte anos que minto ao mundo. Não podia dizer ao mundo a verdade. Quem, porventura, o pode? Mas não mentirei a Deus e na presença de Deus. Não, Gerald, nenhuma cerimônia, quer da Igreja, quer do Estado, jamais me ligará a Jorge Harford. Talvez já esteja demasiado ligada àquele que, roubando-me, me deixou, todavia, mais rica, de tal modo que, no atoleiro da minha vida, encontrei a pérola de preço, ou o que julguei sê-lo.

GERALD – Não a compreendo agora.

SRA. ARBUTHNOT – Os homens não compreendem o que são as mães. Eu não sou diferente das outras mulheres, a não ser no mal que me fizeram e no mal que eu fiz, e nos pesados castigos e na grande maldição que tenho sofrido. E, todavia, para você nascer tive de defrontar a morte. Para criá-lo, tive de lutar com ela. A morte lutou comigo por ti. Todas as mulheres têm de lutar com a morte para conservarem os seus filhos. A morte, não tendo filhos, quer-nos tirar os nossos. Gerald, quando você estava nu, eu o vesti, quando tinha fome, dei-lhe de comer. Noite e dia, todo esse longo inverno, velei ao seu lado. Não há trabalho mesquinho, não há tarefa baixa, quando se trata do ente que nós, as mulheres, amamos — e oh! Como eu o amava! Nem Ana, nem Samuel amaram mais os seus. E você precisava de amor, pois era fraquinho, e só o amor podia mantê-lo vivo. Só o amor pode manter viva uma pessoa. E os rapazes muitas vezes não reparam e sem pensar fazem sofrer, e nós imaginamos sempre que, chegando a homens e conhecendo-nos melhor, nos recompensarão. Mas não é assim. O mundo arranca-os do nosso lado, e eles arranjam amigos, com quem são mais felizes do que conosco, e têm diversões que nos são vedadas e interesses que não são os nossos: e são, muitas vezes, injustos para nós, pois, quando acham a vida amarga, dão a cara a tapa, e quando a acham doce, não partilhamos com eles essa doçura… Você arranjou muitos amigos e ia à casa deles e se divertia com eles, e eu, sabendo o meu segredo, não ousava segui-lo, mas fechava a porta e deixava-me ficar em casa, sozinha, sem sol, às escuras. Que faria eu nas casas honestas? O meu passado não me largava... E você julgava que eu não me importava com as coisas agradáveis da vida. Digo-lhe que ansiava por elas, mas não ousava tocar-lhes, sentindo que não tinha esse direito. Você julgava que eu era mais feliz a trabalhar entre os pobres. Era essa a minha missão, você imaginava. Não era, mas para onde havia eu de ir? Os doentes não perguntam se é pura a mão que lhes alisa o travesseiro, nem os moribundos querem saber se os lábios que lhes tocam a fronte conheceram o beijo do pecado. Era em você que eu pensava constantemente; dava-lhes o amor de que você não necessitava: derramei sobre eles um amor que não era deles... E você pensava que eu gastava tempo demasiado na Igreja e nos serviços da Igreja. Mas para onde havia eu de ir? A casa de Deus é a única casa onde os pecadores encontram agasalho, e você estava sempre no meu coração, Gerald, estava demais no meu coração. Pois, apesar de, dia após dia, de manhã ou à noite, eu me ter ajoelhado na casa de Deus, nunca me arrependi do meu pecado. Como poderia me arrepender do meu pecado, quando era você, meu amor, o seu fruto! Mesmo agora, que você é acerbo comigo, não posso me arrepender. Não me arrependo. É para mim mais do que a inocência. Antes queria ser sua mãe — oh, quanto, quanto o preferia! — do que ter sido sempre pura... Oh! Não vê? Não compreende? Foi a minha desonra que o tornou tão querido para mim. Foi o meu sofrimento que o prendeu tão intimamente a mim. É o preço que paguei por você, o preço da alma e do corpo — que me fez o amar tanto como o amo. Oh, não me peça que faça essa coisa horrível. Filho da minha vergonha, continua a ser o filho da minha vergonha!

GERALD – Mãe, não sabia que me tinha tão grande amor. E serei, de agora em diante, melhor filho para você do que tenho sido. E nunca nos devemos separar um do outro... mas, minha mãe... não posso deixar de insistir... é preciso que seja esposa de meu pai. Tem de casar com ele. É o seu dever.

ESTER – (*Correndo para sra. Arbuthnot e abraçando-a*) Não, não; não deve. Isso seria a verdadeira desonra, a primeira da sua vida. Seria a primeira maldição: a primeira a manchá-la. Deixe-o e venha comigo. Há outros países além de Inglaterra... oh, outras terras para além do mar, melhores, mais razoáveis e menos injustas. O mundo é muito largo e muito grande.

SRA. ARBUTHNOT – Não, para mim não é. Para mim o mundo restringe-se a um palmo, e por onde eu ando há espinhos no chão.

ESTER – Não precisa ser assim. Havemos de encontrar em alguma parte vales viçosos e águas frescas, e, se chorarmos, choraremos juntas. Não o amamos ambas?

GERALD – Ester!

ESTER – (*Repelindo-o com um aceno de mão*) Não, não! Não pode me amar, sem amar a ela também. Não pode me honrar, sem que ela seja mais santa. Nela é martirizada toda a mulher. Não é ela só, somos nós todas feridas.

GERALD – Ester, Ester, que devo fazer?

ESTER – Respeita o homem que é seu pai?

GERALD – Se o respeito? Desprezo-o! É infame!

ESTER – Agradeço-lhe ter-me salvado dele a noite passada.

GERALD – Ah, isso não é nada. Morreria para a salvar. Mas não me diz o que farei agora?

ESTER – Já não lhe agradeci por ter-me salvado?

GERALD – Mas que devo fazer?

ESTER – Pergunte ao seu coração, não ao meu. Eu nunca tive mãe para salvar ou envergonhar.

SRA. ARBUTHNOT – Ele é duro... é duro. Deixe-me ir embora.

GERALD – (*Precipita-se para a mãe e ajoelha-se aos pés dela*) Mãe, perdoe-me: procedi mal, mereço as suas censuras.

SRA. ARBUTHNOT – Não me beijes as mãos, estão frias. Tenho o coração frio, alguma coisa o quebrou.

ESTER – Ah, não diga isso! Os corações vivem pelas feridas que recebem. Pode o prazer transformar um coração em pedra, pode a riqueza endurecê-lo, mas a dor... oh, a dor não pode quebrá-lo. Além disso, que é que tem agora que a faça sofrer? Neste momento é para ele mais querida do que nunca, por mais que ele lhe tenha querido, e oh! Quanto ele sempre lhe quis! Ah! Seja boa para ele!

GERALD – É ao mesmo tempo minha mãe e meu pai. De ninguém mais preciso. Era por você que eu falava, só por você. Oh, diga alguma coisa, mãe. Só encontrei um amor para perder outro? Não me diga isso. Mãe, é cruel.

Levanta-se e atira-se a soluçar num sofá.

SRA. ARBUTHNOT – (*Para Ester*) Mas ele encontrou realmente outro amor?

ESTER – A senhora sabe que eu sempre gostei dele.

SRA. ARBUTHNOT – Mas nós somos muito pobres.

ESTER – Quem, sendo amado, é pobre? Oh, ninguém. Eu detesto a minha riqueza. É um fardo. Deixe-me partilhá-la com ele.

SRA. ARBUTHNOT – E a desonra que pesa sobre nós? Em toda parte somos condenados. Gerald não tem nome. Os pecados dos pais devem recair sobre os filhos. É a lei de Deus.

ESTER – Errei quando disse isso. A lei de Deus é somente amor.

SRA. ARBUTHNOT – (*Levanta-se, e, tomando Ester pela mão, dirige-se, de mansinho, para o sofá onde Gerald está deitado com a cabeça atufada nas mãos. Toca-lhe, e ele ergue os olhos para a mãe*) Gerald, não posso lhe dar um pai, mas trago-lhe uma esposa.

GERALD – Mãe, não sou digno dela nem de você.

SRA. ARBUTHNOT – Então ela em primeiro lugar, é digno, sim. E, quando for embora, Gerald... com... ela... oh, pensa em mim algumas vezes. Não se esqueça de mim. E quando rezar, reze por mim. Devemos rezar quando somos mais felizes, e você será feliz, Gerald.

ESTER – Oh, não pensa em deixar-nos?

GERALD – Mãe, vai nos deixar?

SRA. ARBUTHNOT – Poderia fazer recair vergonha sobre vocês!

GERALD – Mãe!

SRA. ARBUTHNOT — Por um pouquinho, então: e, depois, se me permitirem, junto de vocês para sempre.

ESTER — (*Para sra. Arbuthnot*) Venha conosco até o jardim.

SRA. ARBUTHNOT — Mais logo, mais logo.

Saem Ester e Gerald. Sra. Arbuthnot dirige-se para a porta da esquerda. Para em frente ao espelho do fogão e olha para ele. Entra Alice pela direita.

ALICE — Minha senhora, está ali um cavalheiro que deseja falar-lhe.

SRA. ARBUTHNOT — Diga que não estou em casa. Mostre-me o cartão. (*Tira o cartão postal e lê*) Diga que não quero vê-lo. (*Lorde Illingworth entra. Sra. Arbuthnot vê-o no espelho e estremece, mas não se volta. Sai Alice*) Que pode ter a me dizer hoje, Jorge Harford? Não pode ter nada a me dizer. Deve abandonar esta casa.

LORDE ILLINGWORTH — Raquel, o Gerald já sabe tudo a nosso respeito; por isso é preciso encontrar uma solução que convenha aos três. Asseguro-lhe, ele encontrará o mais encantador e o mais generoso dos pais.

SRA. ARBUTHNOT — Meu filho pode entrar de um momento para o outro. Salvei-o ontem. Talvez não possa tornar a salvá-lo. Meu filho sente a minha desonra intensamente, extremamente. Peço-lhe que se retire.

LORDE ILLINGWORTH — (*Sentando-se*) Ontem fui extremamente infeliz. Aquela imbecil puritana fazendo cena só porque eu a quis beijar! Que mal há num beijo?

SRA. ARBUTHNOT — (*Voltando-se*) Um beijo pode arruinar uma vida humana, Jorge Harford. Eu sei isso. Eu sei isso muito bem.

LORDE ILLINGWORTH — Não discutiremos isso agora. O que é de importância hoje, como era ontem, é ainda o nosso filho. Gosto extremamente dele, como sabe, e por mais estranho que pareça, admirei imenso o seu procedimento ontem à noite. Armou em paladino daquela linda santinha com uma presteza admirável. É precisamente assim que eu gostava que fosse um filho meu. Exceto que um filho meu nunca deveria tomar o partido das puritanas: é sempre um erro. Ora, o que eu proponho é o seguinte...

SRA. ARBUTHNOT — Lorde Illingworth, nenhuma proposta sua me interessa.

LORDE ILLINGWORTH — Segundo as nossas ridículas leis inglesas, eu não posso legitimar o Gerald. Posso, porém, deixar-lhe os meus bens. De Illingworth, é claro, não posso dispor, mas é muito aborrecido aquilo. Pode ficar com Ashby, que é muito mais bonita, Harborough, que tem a melhor tapada do norte de Inglaterra e a casa da St. James's Square. Que mais pode um gentleman desejar neste mundo?

SRA. ARBUTHNOT — Nada mais, tenho a certeza.

LORDE ILLINGWORTH — Quanto a título, um título é antes uma chatice nestes democráticos tempos. Como Jorge Harford, eu tive tudo quanto quis. Agora só tenho tudo o que os outros querem, o que é menos agradável. Bem, a minha proposta é esta...

SRA. ARBUTHNOT — Já lhe disse que me não interessa, e peço-lhe o favor de se retirar.

LORDE ILLINGWORTH — O rapaz passa comigo seis meses no ano, e contigo os outros seis. É perfeitamente justo, não? Você pode ter a pensão que quiser, e viver onde lhe aprouver. Quanto ao seu passado, ninguém sabe coisa alguma, a não ser eu próprio e o Gerald. Há, é claro, a puritana, a puritana de musselina branca, mas não tem importância. Não poderia contar o caso sem explicar que não quis se deixar beijar, não é verdade? E todas as mulheres a considerariam tola e todos os homens a achariam uma aborrecida chatice. E evite de recear que o Gerald não seja meu herdeiro. Não preciso lhe dizer que não tenho a mais leve ideia de me casar.

SRA. ARBUTHNOT – Chegou tarde demais. Meu filho não necessita de você. Não é aqui preciso.

LORDE ILLINGWORTH – O que quer dizer, Raquel?

SRA. ARBUTHNOT – Que não é necessário à carreira do Gerald. Não precisa de você.

LORDE ILLINGWORTH – Não a compreendo.

SRA. ARBUTHNOT – Olhe para o jardim. (*Lorde Illingworth ergue-se e dirige-se para a janela*) Era melhor não se deixar ver: desperta lembranças desagradáveis. (*Lorde Illingworth olha para o jardim e estremece*) Ela ama-o. Gostam um do outro. Estamos livres de você, e vamos para fora.

LORDE ILLINGWORTH – Para onde?

SRA. ARBUTHNOT – Não lhe diremos, e se o senhor nos encontrar, não o conheceremos. Parece surpreendido. Que esperava da menina cujos lábios tentou macular, do rapaz cuja vida envergonhou, da mãe cuja desonra provém de você?

LORDE ILLINGWORTH – Está dura, Raquel.

SRA. ARBUTHNOT – Fui fraca demais em tempos atrás. É bom para mim ter mudado.

LORDE ILLINGWORTH – Eu era muito novo nessa altura. Nós, os homens, principiamos cedo demais a conhecer a vida.

SRA. ARBUTHNOT – E nós, as mulheres, tarde demais. É a diferença entre homens e mulheres.

Uma pausa.

LORDE ILLINGWORTH – Raquel, quero o meu filho. Pode o meu dinheiro de nada lhe servir agora. Posso nenhum préstimo agora ter para ele, mas quero o meu filho. Junte-nos, Raquel. Pode fazê-lo, se o quiseres.

Vê a carta na mesa.

SRA. ARBUTHNOT – Na vida de meu filho não há lugar para você. Ele não tem nenhum interesse por você.

LORDE ILLINGWORTH – Então por que me escreve?

SRA. ARBUTHNOT – O que quer dizer?

LORDE ILLINGWORTH – Que carta é esta?

Pega na carta.

SRA. ARBUTHNOT – Não... é nada. Dê-me.

LORDE ILLINGWORTH – É dirigida a mim.

SRA. ARBUTHNOT – Não a abra. Proíbo-lhe.

LORDE ILLINGWORTH – E é a letra do Gerald.

SRA. ARBUTHNOT — Não era para mandar. É uma carta que ele lhe escreveu esta manhã, antes de me ver. Mas arrependeu-se de a escrever. Não a abra. Dê-me.

LORDE ILLINGWORTH — Pertence-me. (*Abre-a, senta-se e lê-a vagarosamente. Sra. Arbuthnot não desprega dele os olhos*) Leu esta carta, suponho, Raquel?

SRA. ARBUTHNOT — Não.

LORDE ILLINGWORTH — Sabe o que ela diz?

SRA. ARBUTHNOT — Sei.

LORDE ILLINGWORTH — Nem por um momento admito que o rapaz tenha razão no que diz. Não admito que seja dever meu casar contigo. Nego-o inteiramente. Mas para reaver o meu filho estou pronto... sim, estou pronto a casar contigo, Raquel... e a tratá-la sempre com a deferência e o respeito devidos à minha esposa. Casarei contigo, logo que você queira. Dou-lhe a minha palavra de honra.

SRA. ARBUTHNOT — Já me fez essa promessa uma vez e não a cumpriu.

LORDE ILLINGWORTH — Eu irei cumpri-la agora. E irei lhe mostrar assim que tenho amor a meu filho, pelo menos tanto como você. Pois, casando contigo, Raquel, terei de renunciar a algumas ambições. Elevadas ambições, se é que há ambições elevadas.

SRA. ARBUTHNOT — Recuso-me a casar com você, lorde Illingworth.

LORDE ILLINGWORTH — Fala sério?

SRA. ARBUTHNOT — Falo.

LORDE ILLINGWORTH — Então dize-me as suas razões. Interessam-me enormemente.

SRA. ARBUTHNOT — Já as expliquei a meu filho.

LORDE ILLINGWORTH — Suponho que sejam intensamente sentimentais, não? Vocês, mulheres, vivem pelas suas emoções e para elas. Não têm filosofia de vida.

SRA. ARBUTHNOT — Tem razão. Nós, mulheres, vivemos pelas nossas emoções e para elas. Pelas nossas paixões e para elas, se prefere. Eu tenho duas paixões, lorde Illingworth: amor a meu filho, ódio a você. Não as pode matar. Alimentam-se uma à outra.

LORDE ILLINGWORTH — Que espécie de amor é esse que precisa ter o ódio como irmão?

SRA. ARBUTHNOT — É o amor que eu tenho por Gerald. Acha isso terrível? Bem, é terrível. Todo amor é terrível. Todo amor é tragédia. Amei-o há tempos, lorde Illingworth. Oh, que tragédia para uma mulher tê-lo amado!

LORDE ILLINGWORTH — Então recusa, de verdade, casar comigo?

SRA. ARBUTHNOT — Recuso.

LORDE ILLINGWORTH — Por me odiar?

SRA. ARBUTHNOT — Sim.

LORDE ILLINGWORTH — E meu filho odeia-me como você me odeia?

SRA. ARBUTHNOT — Não.

LORDE ILLINGWORTH — Fico feliz com isso, Raquel.

SRA. ARBUTHNOT — Apenas o despreza.

LORDE ILLINGWORTH – Que pena! Que pena para ele, quero dizer.

SRA. ARBUTHNOT – Não se iluda, Jorge. Os filhos começam por amar os pais. Passado tempo julgam-nos. Raras vezes os perdoam, se é que alguma vez os perdoam.

LORDE ILLINGWORTH – (*Relê a carta, com todo o vagar*) Posso perguntar por que argumentos convenceu o rapaz que escreveu esta carta, esta bela e apaixonada carta, de que não devia casar com seu pai, o pai do seu filho?

SRA. ARBUTHNOT – Não fui eu quem o convenceu.

LORDE ILLINGWORTH – Quem foi então? Que pessoa *fin de siècle* – fim de século – foi essa?

SRA. ARBUTHNOT – A puritana, lorde Illingworth.

Uma pausa.

LORDE ILLINGWORTH – (*Retrai-se, depois ergue-se lentamente e dirige-se para a mesa onde estavam as luvas e o chapéu. Sra. Arbuthnot está de pé junto à mesa. Lorde Illingworth pega numa das luvas e começa a calçá-la*) Então não tenho aqui muito que fazer, Raquel?

SRA. ARBUTHNOT – Nada.

LORDE ILLINGWORTH – É a despedida, não?

SRA. ARBUTHNOT – Para sempre, espero, desta vez, lorde Illingworth.

LORDE ILLINGWORTH – Que curioso! Neste momento está exatamente como na noite em que me deixou, há vinte anos. Tem na boca precisamente a mesma expressão. Palavra de honra, Raquel, nunca mulher alguma me amou como você. Deu-se a mim como uma flor, para eu fazer de você o que me aprouvesse. Era o mais lindo dos brinquedos, o mais fascinante dos romances… (*Puxa do relógio*) Quinze para as duas! Tenho de ir a Hunstanton. Não creio voltar a vê-la. Sinto muito, sinto de verdade. Foi uma divertida aventura ter um homem encontrado entre pessoas da sua categoria, e tratado inteiramente a sério, a sua amante e a sua…

Sra. Arbuthnot agarra a luva e bate com ela na cara de lorde Illingworth. Lorde Illingworth estremece, ferido pela inesperada afronta. Domina-se, porém, vai à janela e olha lá para fora para o filho, suspira e sai da sala.

SRA. ARBUTHNOT – (*Cai soluçando no sofá*) Ele tinha de ter dito. Tinha de ter dito.

Entram Gerald e Ester vindos do jardim.

GERALD – Bem, querida mãe. Afinal não foi nos encontrar. Viemos aqui buscá-la. Mãe, estava chorando?

Ajoelha a seus pés.

SRA. ARBUTHNOT – (*Passando-lhe os dedos por entre o cabelo*) Meu filho! Meu filho! Meu filho!

ESTER – (*Aproximando-se*) Mas tem agora dois filhos. Deixa-me ser sua filha?

SRA. ARBUTHNOT – (*Erguendo os olhos*) Quer que eu seja sua mãe?

ESTER – Sim, quero-a, dentre todas as mulheres que tenho conhecido.

Dirigem-se para a porta que dá para o jardim, enlaçadas uma na outra pela cinta. Gerald vai à mesa da esquerda buscar o chapéu. Ao voltar-se vê no chão a luva de lorde Illingworth e apanha-a.

GERALD – Minha mãe, de quem é esta luva? Esteve aqui uma visita. Quem era?

SRA. ARBUTHNOT – (*Voltando-se*) Oh! Ninguém. Ninguém de especial. Um homem sem importância.

Cai o pano.

UM MARIDO IDEAL

Representada pela primeira vez em 3 de janeiro de 1895, no Theatre Royal Haymarket, em Londres.

PERSONAGENS
Conde de Caversham
Lorde Goring, *seu filho*
Sir Robert Chiltern, *subsecretário dos Negócios Estrangeiros*
Visconde de Nanjac, *adido à embaixada francesa em Londres*
Sr. Montford
Mason, *mordomo de sir Robert Chiltern*
Phipps, *criado de lorde Goring*
James & Harold, *lacaios*
Lady Chiltern
Lady Markby
Condessa de Basildon
Sra. Marchmont
Srta. Mabel Chiltern, *irmã de sir Robert Chiltern*
Sra. Cheveley

TEMPO
Presente

LUGAR
Londres

A ação da peça decorre dentro de vinte e quatro horas.

PRIMEIRO ATO

CENA

A sala octogonal da casa de sir Robert Chiltern em Grosvenor Square.

A sala está profusamente iluminada e cheia de convidados. No alto da escada lady Chiltern, mulher de grave beleza grega, dos seus vinte e sete anos de idade, recebe os convidados. Por cima da escada pende um grande lustre com velas de cera, que ilumina uma grande tapeçaria francesa do século XVIII — representando o Triunfo do Amor, de um desenho de Boucher — que forra a parede da escada. À direita é a entrada para a sala de música. Ouve-se frouxamente um quarteto de corda. A porta à esquerda dá para outros salões. Sra. Marchmont e lady Basildon, ambas muito lindas, estão sentadas num sofá Luís XVI. São tipos de delicada fragilidade. Há em suas afeições um fino encanto. Watteau teria gostado de as pintar.

SRA. MARCHMONT — Vai hoje aos Hartlock, Olívia?

LADY BASILDON — Talvez. Vai também?

SRA. MARCHMONT — Vou. Horrivelmente chatas as festas deles, não é verdade?

LADY BASILDON — Horrivelmente chatas! Nunca sei por que é que vou lá. Nunca sei por que é que vou a qualquer parte.

SRA. MARCHMONT — Venho aqui para me educar.

LADY BASILDON — Ah! Detesto educar-me!

SRA. MARCHMONT — Também eu. Quase nivela a gente com as classes comerciais, não é verdade? Mas a querida Gertrudes Chiltern anda sempre a dizer-me que eu devia ter algum objetivo sério na vida. Por isso venho aqui, para ver se o encontro.

LADY BASILDON — (*Olhando em volta através da luneta*) Não vejo hoje aqui ninguém que se possa chamar um objetivo sério. O homem que me levou à sala de jantar falou-me todo o tempo de sua mulher.

SRA. MARCHMONT — Que homem tão banal!

LADY BASILDON — Terrivelmente banal! E o seu, de que falou?

SRA. MARCHMONT — De mim.

LADY BASILDON — (*Languidamente*) E a interessou?

SRA. MARCHMONT — (*Abanando com a cabeça*) Em absolutamente nada.

LADY BASILDON — Que mártires nós somos, querida Margarida!

SRA. MARCHMONT — (*Erguendo-se*) E que bem isso nos faz, Olívia!

Levantam-se e vão para o salão de música. Aproxima-se o visconde de Nanjac, jovem adido, conhecido pelas suas gravatas e pela sua anglomania. Faz uma profunda saudação e começa a conversar.

MASON — (*Anunciando convidados da parte de cima da escada*) Sr. e lady Jane Barford. Lorde Caversham.

Entra lorde Caversham, velho gentleman de setenta anos, com a fita e a estrela da Ordem da Jarreteira. Belo tipo whig. Lembra um retrato de Lawrence.

LORDE CAVERSHAM – Boa noite, lady Chiltern! O malandro do meu filho esteve aqui?

LADY CHILTERN – *(Sorrindo)* Não parece que lorde Goring já tenha chegado.

MABEL CHILTERN – *(Aproximando-se de lorde Caversham)* Por que chama malandro a seu filho?

Mabel Chiltern é um perfeito exemplar do tipo inglês de moça bonita, o tipo flor de macieira. Tem toda a fragrância e a liberdade da flor. Como que lhe tremula no cabelo a fulguração do sol, e a pequenina boca, de lábios entreabertos, é expectante, como a boquinha de uma criança. Tem a fascinante tirania da mocidade e a espantosa coragem da inocência. Para as pessoas ponderadas não recorda nenhuma obra de arte. Mas parece bem uma tânagra, e ficaria muito chateada se lhe dissessem isso.

LORDE CAVERSHAM – Por causa da vida ociosa que leva.

MABEL CHILTERN – Como pode dizer tal coisa? Ora essa, ele passeia a cavalo no Row, às dez horas da manhã, vai à ópera três vezes por semana, muda de roupa pelo menos cinco vezes por dia, e janta fora todas as noites da temporada. Não se pode chamar a isso uma vida ociosa, ou não?

LORDE CAVERSHAM – *(Contemplando-a com ternura)* É uma menina de fato encantadora!

MABEL CHILTERN – É muito amável, lorde Caversham! Venha aqui mais vezes. Sabe que estamos sempre em casa às quartas-feiras, e fica-lhe tão bem essa estrela!

LORDE CAVERSHAM – Nunca vou a parte alguma agora. Estou farto da sociedade de Londres. Não me importava conviver com meu alfaiate; vota sempre correto. Mas recuso-me a ir jantar com a modista de minha mulher. Nunca pude suportar os chapéus que ela lhe faz.

MABEL CHILTERN – Oh, eu adoro a sociedade de Londres! Penso que tem progredido muito. É agora inteiramente composta de belos idiotas e brilhantes lunáticos. Precisamente o que a sociedade devia ser.

LORDE CAVERSHAM – Hum! A qual dos grupos pertence Goring? Ao dos belos idiotas ou ao outro?

MABEL CHILTERN – *(Gravemente)* Agora fui obrigada a pôr Goring num grupo à parte. Mas está fazendo progressos encantadores!

LORDE CAVERSHAM – Em que sentido?

MABEL CHILTERN – *(Com uma pequena vênia)* Em breve o saberá, lorde Caversham.

MASON – *(Anunciando convidados)* Lady Markby. Sra. Cheveley.

Entram lady Markby e sra. Cheveley. Lady Markby é uma linda mulher, afável e comunicativa, de cabelo grisalho e boas rendas. Sra. Cheveley, que a acompanha, é alta e magra. Lábios muito finos e rubros, uma linha de escarlate no rosto pálido. Cabelo ruivo veneziano, nariz aquilino, garganta alta. O ruge acentua-lhe a natural palidez do rosto. Olhos verde-claros, sempre inquietos. Traz um vestido heliotrópio e diamantes. Parece uma orquídea e excita enormemente a curiosidade. Em todos os seus movimentos é extremamente graciosa. No seu todo, uma obra de arte, mas que revela a influência de muitas escolas.

LADY MARKBY — Boa noite, querida Gertrudes! Foi muito amável em me deixar trazer a minha amiga, sra. Cheveley. Duas mulheres tão encantadoras não podiam deixar de se conhecer!

LADY CHILTERN — (*Dirige-se para sra. Cheveley com um doce sorriso. Subitamente para e curva-se a uma certa distância*) Penso que eu e sra. Cheveley já nos encontramos. Não sabia que tinha tornado a casar.

LADY MARKBY — (*Afetuosamente*) Ah, hoje em dia a gente casa tantas vezes quantas pode, não é assim? É a grande moda. (*Para a duquesa de Maryborough*) Querida duquesa, e como está o duque? Sempre fraco do cérebro, não? O pai era exatamente a mesma coisa. Não há nada como a raça, não é verdade?

SRA. CHEVELEY — (*Brincando com o leque*) Mas nós já nos encontramos de verdade, lady Chiltern? Não me recordo onde. Há tanto tempo que estou fora da Inglaterra.

LADY CHILTERN — Andamos juntas na escola, sra. Cheveley.

SRA. CHEVELEY — (*Desdenhosamente*) Ah, sim? Não me lembro absolutamente nada desses tempos. Tenho a vaga ideia de que foram detestáveis.

LADY CHILTERN — (*Friamente*) Não me surpreende!

SRA. CHEVELEY — (*Nos seus modos mais gentis*) Sabe, estou ansiosa por encontrar o seu inteligente marido, lady Chiltern. Desde que está no Ministério dos Estrangeiros, é tão falado em Viena. Conseguem até já escrever-lhe o nome direito nos jornais. Só isso, no continente, já é celebridade.

LADY CHILTERN — Não me parece que haja muito em comum entre sra. Cheveley e meu marido!

Afasta-se.

VISCONDE DE NANJAC — Ah, *chère* madame, *quelle surprise*! Desde Berlim que a não vejo!

SRA. CHEVELEY — Desde Berlim, visconde. Há cinco anos!

VISCONDE DE NANJAC — E está mais nova e mais linda do que nunca! Como consegue isso?

SRA. CHEVELEY — Estabelecendo como regra só falar com pessoas perfeitamente encantadoras como o visconde.

VISCONDE DE NANJAC — Ah! Lisonjeia-me. Dá-me manteiga, como aqui se diz.

SRA. CHEVELEY — Aqui dizem assim? São horríveis!

VISCONDE DE NANJAC — Sim, têm uma língua admirável. Devia ser mais amplamente conhecida.

Entra sir Robert Chiltern. Homem de quarenta anos, mas aparentando menos idade. Cara rapada, feições finas, cabelo e olhos escuros. Personalidade marcante. Sem ser popular — poucas personalidades o são —, intensamente admirado por alguns e profundamente respeitado por muitos. A nota das suas maneiras é a da perfeita distinção, com um leve toque de orgulho. Sente-se que é um homem cônscio do seu triunfo na vida. Temperamento nervoso, com aparência de cansado. A boca e o queixo firmemente cinzelados contrastam flagrantemente com a expressão romântica dos olhos profundos, contraste esse que sugere uma separação quase completa da paixão e da inteligência, como se o pensamento e a emoção estivessem isolados, na sua respectiva esfera, pelo império violento da força de vontade.

Há nervosismo nas suas narinas, bem como nas mãos pálidas, finas e afiladas. Não se poderia o chamar pitoresco. O pitoresco não pode sobreviver à Câmara dos Comuns. Mas Van Dyck teria gostado de pintar aquela cabeça.

SIR ROBERT CHILTERN — Boa noite, lady Markby! Espero que tenha trazido sir John.

LADY MARKBY — Oh! Trouxe uma pessoa muito mais encantadora do que sir John. Sir John, desde que se dedicou a sério à política, está absolutamente insuportável. Realmente, agora que a Câmara dos Comuns está procurando tornar-se útil, faz muitíssimo mal.

SIR ROBERT CHILTERN — Não me parece, lady Markby. De qualquer maneira, nós fazemos o que podemos para desperdiçar o tempo, não é verdade? Mas quem é essa encantadora pessoa que teve a gentileza de nos trazer aqui?

LADY MARKBY — Chama-se sra. Cheveley! Uma das Cheveley de Dorsetshire, suponho. Mas ao certo não sei. As famílias andam hoje tão misturadas. Efetivamente, em regra, qualquer pessoa vem a apurar-se ser outra, e não quem se julga.

SIR ROBERT CHILTERN — Sra. Cheveley? Parece que conheço o nome.

LADY MARKBY — Chegou há pouco de Viena.

SIR ROBERT CHILTERN — Ah! Sim. Penso que sei a quem se refere.

LADY MARKBY — Oh! Ela frequenta lá todos os meios, e que escândalos interessantes ela conta de todas as amigas! Realmente tenho de ir a Viena no próximo inverno. Creio que há lá na embaixada um esplêndido chefe de cozinha.

SIR ROBERT CHILTERN — Se não houver, o embaixador terá, com certeza, de ser chamado. Peço-lhe o favor de me indicar sra. Cheveley. Gostava de a ver.

LADY MARKBY — Deixe-me apresentá-lo. (*Para sra. Cheveley*) Minha querida, sir Robert Chiltern está morto por a conhecer!

SIR ROBERT CHILTERN — (*Curvando-se*) Todos estão mortos por conhecer a brilhante sra. Cheveley. Os nossos adidos em Viena não nos falam de ninguém mais nas suas cartas.

SRA. CHEVELEY — Obrigada, sir Robert. Um conhecimento que começa por um cumprimento, com certeza, se transformará em real amizade. Começa como deve começar. E descubro que já conheço lady Chiltern.

SIR ROBERT CHILTERN — De verdade?

SRA. CHEVELEY — Sim. Lembrou-me ela há pouco que andamos juntas no colégio. Recordo-me agora perfeitamente. Ela ganhou sempre o prêmio de bom comportamento. Recordo-me de lady Chiltern receber sempre o prêmio de bom comportamento!

SIR ROBERT CHILTERN — (*Sorrindo*) E sra. Cheveley que prêmios ganhou?

SRA. CHEVELEY — Os meus prêmios chegaram um pouquinho tarde na vida. Não me parece que qualquer deles fosse por bom comportamento. Já me esqueci!

SIR ROBERT CHILTERN — Tenho a certeza de que foram por algum motivo encantador!

SRA. CHEVELEY — Não sei se as mulheres são sempre premiadas por serem encantadoras. Penso que, pelo contrário, são usualmente punidas! Com certeza, envelhecem hoje em dia mais mulheres devido à fidelidade dos seus admiradores do que por qualquer outro motivo! Pelo menos é a única explicação que eu posso encontrar para a terrível lividez da maior parte das mulheres bonitas de Londres!

SIR ROBERT CHILTERN — Que assombrosa filosofia essa! Tentar classificá-la, sra. Cheveley, seria uma impertinência. Mas permite-me que lhe pergunte, no fundo, é otimista ou pessimista? Parecem ser essas as duas únicas religiões que estão em moda, hoje em dia.

SRA. CHEVELEY — Oh, nem uma coisa nem outra. O otimismo começa por dentes arreganhados e o pessimismo acaba com óculos azuis. De mais a mais, são ambos meramente poses.

SIR ROBERT CHILTERN — Prefere ser natural?

SRA. CHEVELEY — Às vezes. Mas é uma pose muito difícil de manter.

SIR ROBERT CHILTERN — Que diriam de uma teoria assim esses modernos romancistas psicológicos de que tanto se ouvem falar agora?

SRA. CHEVELEY — Ah! A força das mulheres provém do fato de a psicologia não nos poder explicar. Os homens podem ser explicados, as mulheres... só admiradas.

SIR ROBERT CHILTERN — Acha que a ciência não pode tratar do problema das mulheres?

SRA. CHEVELEY — A ciência nunca pode tratar do irracional. É por isso que, neste mundo, não tem futuro.

SIR ROBERT CHILTERN — E as mulheres representam o irracional.

SRA. CHEVELEY — As mulheres bem-vestidas.

SIR ROBERT CHILTERN — (*Com uma delicada saudação*) Parece-me que dificilmente poderemos chegar a acordo nesse ponto. Mas sentemo-nos. E agora diga-me, que a faz trocar a sua magnífica Viena pela nossa brumosa Londres... ou será, talvez, indiscreta a pergunta?

SRA. CHEVELEY — As perguntas nunca são indiscretas. As respostas é que, às vezes, o são.

SIR ROBERT CHILTERN — Bem, seja como for, posso saber se é a política ou o prazer?

SRA. CHEVELEY — A política é o meu único prazer. Vê que hoje em dia não é moda flertar antes dos quarenta, ou ser romântica antes dos quarenta e cinco, de modo que a nós, pobres mulheres que ainda não temos trinta anos, ou que dizemos que os não temos, nada mais resta do que a política ou a filantropia. E a filantropia parece-me ter-se tornado simplesmente o refúgio das pessoas que desejam aborrecer os seus semelhantes. Eu prefiro a política. Penso que... fica melhor!

SIR ROBERT CHILTERN — Uma vida política é uma nobre carreira!

SRA. CHEVELEY — Às vezes. Outras vezes é um hábil jogo, sir Robert. Outras ainda é uma chatice.

SIR ROBERT CHILTERN — Na sua opinião, o que é?

SRA. CHEVELEY — Na minha opinião? Uma combinação dessas três coisas.

Deixa cair o leque.

SIR ROBERT CHILTERN – (*Apanha o leque*) Permita-me!

SRA. CHEVELEY – Obrigada.

SIR ROBERT CHILTERN – Mas ainda não me disse o que é que a faz honrar Londres tão subitamente. A temporada está no fim.

SRA. CHEVELEY – Oh! Não me importo com a temporada de Londres! É demasiado matrimonial. As mulheres ou andam à caça de maridos ou a esconder-se deles. Queria encontrar-me contigo. É absolutamente verdade. Sabe o que é a curiosidade da mulher. Quase tão grande como a do homem! Queria imensamente encontrá-lo, e... pedir-lhe um favor.

SIR ROBERT CHILTERN – Queira Deus que não seja coisa pequena, sra. Cheveley. São tão difíceis de fazer as coisas pequenas!

SRA. CHEVELEY – (*Após um momento de reflexão*) Não, não creio que seja coisa pequena.

SIR ROBERT CHILTERN – Fico feliz. Diga-me o que é.

SRA. CHEVELEY – Depois. (*Levanta-se*) E agora dê-me licença de ver a sua linda casa? Disseram-me que tem quadros encantadores. O pobre barão Arnheim — lembra-se do barão? — dizia-me que sir Robert tinha uns Corot admiráveis.

SIR ROBERT CHILTERN – (*Com um sobressalto quase imperceptível*) Conheceu bem o barão Arnheim?

SRA. CHEVELEY – (*Sorrindo*) Intimamente. Conheceu-o?

SIR ROBERT CHILTERN – Numa ocasião.

SRA. CHEVELEY – Homem admirável, não era?

SIR ROBERT CHILTERN – (*Após uma pausa*) Era muito notável, sob vários aspectos.

SRA. CHEVELEY – Muitas vezes penso que é pena ele não ter escrito as suas memórias. Teriam sido interessantíssimas.

SIR ROBERT CHILTERN – Sim, conheceu bem homens e cidades, como o velho grego.

SRA. CHEVELEY – Sem a terrível desvantagem de ter uma Penélope em casa à sua espera.

MASON – Lorde Goring.

Entra lorde Goring. Trinta e quatro anos, mas diz sempre ter menos. Rosto fino, mas inexpressivo. É inteligente, mas não gostaria de ser assim considerado. Perfeito dândi, ficaria aborrecido se o considerassem romântico. Brinca com a vida e está em perfeitas relações com o mundo. Gosta de ser malcompreendido, o que lhe dá uma certa superioridade.

SIR ROBERT CHILTERN – Boa noite, meu caro Artur! Sra. Cheveley, permita-me que lhe apresente lorde Goring, o homem mais ocioso de Londres.

SRA. CHEVELEY – Já me encontrei com lorde Goring.

LORDE GORING – (*Inclinando-se*) Não pensei que se recordasse de mim, sra. Cheveley.

SRA. CHEVELEY – Tenho uma memória admirável. E continua solteiro?

LORDE GORING – Assim... o creio.

SRA. CHEVELEY – Que romântico!

LORDE GORING – Oh! Não sou nada romântico. Não tenho idade para isso. Deixo o romantismo para os mais velhos que eu.

SIR ROBERT CHILTERN — Lorde Goring é o resultado do Clube de Boodle, sra. Cheveley.

SRA. CHEVELEY — Só abona a instituição.

LORDE GORING — Permite-me perguntar-lhe se tenciona demorar-se muito em Londres?

SRA. CHEVELEY — Isso depende em parte do tempo, em parte da cozinha e em parte de sir Robert.

SIR ROBERT CHILTERN — Não vai nos lançar, suponho eu, numa guerra europeia?

SRA. CHEVELEY — Não há perigo, presentemente!

Com um sorriso a bailar-lhe nos olhos, baixa a cabeça a lorde Goring e sai com sir Robert Chiltern. Lorde Goring corre logo para Mabel Chiltern.

MABEL CHILTERN — Chegou tão tarde!

LORDE GORING — Sentiu a minha falta?

MABEL CHILTERN — Enormemente!

LORDE GORING — Então tenho pena de não ter demorado mais. Gosto que sintam a minha falta.

MABEL CHILTERN — Que egoísta!

LORDE GORING — Eu sou muito egoísta.

MABEL CHILTERN — Está sempre me falando das suas más qualidades, lorde Goring.

LORDE GORING — Até hoje só lhe falei de metade, srta. Mabel!

MABEL CHILTERN — São muito más as outras?

LORDE GORING — Terríveis! Quando, à noite, penso nelas, vou imediatamente dormir.

MABEL CHILTERN — Bem, aprecio imenso as suas más qualidades. Não queria que se desfizesse de uma só delas.

LORDE GORING — Que gentileza! Mas é que é sempre gentil. A propósito, desejo fazer-lhe uma pergunta, srta. Mabel. Quem trouxe aqui sra. Cheveley? Aquela mulher de heliotrópio, que saiu agora mesmo daqui com seu irmão?

MABEL CHILTERN — Oh, creio que foi lady Markby quem a trouxe. Por que pergunta?

LORDE GORING — Há anos que a não vejo, nada mais.

MABEL CHILTERN — Que razão tão absurda!

LORDE GORING — Todas as razões são absurdas.

MABEL CHILTERN — Que espécie de mulher é?

LORDE GORING — Oh! Um gênio de dia e uma beleza de noite!

MABEL CHILTERN — Já não gosto dela.

LORDE GORING — Isso mostra o seu admirável bom gosto.

VISCONDE DE NANJAC — (*Aproximando-se*) Ah, a menina inglesa é o dragão do bom gosto, não é? Absolutamente o dragão do bom gosto.

LORDE GORING — Assim estão sempre os jornais a dizer.

VISCONDE DE NANJAC — Eu leio todos os jornais ingleses. Acho-os tão divertidos.

LORDE GORING — Então, meu caro Nanjac, deve, com certeza, ler nas entrelinhas.

VISCONDE DE NANJAC – Por mim, gostaria, mas o meu professor não deixa. (*Para Mabel Chiltern*) Permite-me a honra de a acompanhar ao salão de música, mademoiselle?

MABEL CHILTERN – (*Com cara de contrariada*) Muito prazer, visconde, muito prazer! (*Voltando-se para lorde Goring*) Não vem também para o salão de música?

LORDE GORING – Se estão tocando, não, srta. Mabel.

MABEL CHILTERN – (*Severamente*) A música é em alemão. Não a entenderia.

Sai com o visconde de Nanjac. Lorde Caversham vem para junto de seu filho.

LORDE CAVERSHAM – Bem, senhor! Que faz aqui? A esbanjar a vida, como de costume! Já devia estar na cama. Deita-se tarde demais! Disseram-me que na outra noite esteve dançando na casa de lady Rufford até as quatro horas da manhã!

LORDE GORING – Só quinze para as quatro, pai.

LORDE CAVERSHAM – Não posso entender como você pode se dar com esta sociedade de Londres. Isto é tudo uma podridão, uma cáfila de ninguéns falando sobre nada.

LORDE GORING – Eu gosto muito de falar sobre nada, pai. É a única coisa de que sei alguma coisa.

LORDE CAVERSHAM – Parece que vive exclusivamente para o prazer.

LORDE GORING – Para que mais há de viver, pai? Nada envelhece como a felicidade.

LORDE CAVERSHAM – Não tem coração, não tem coração.

LORDE GORING – Talvez se engane, pai! Boa noite, lady Basildon!

LADY BASILDON – (*Arqueando as lindas sobrancelhas*) Está aqui? Nunca me passou pela cabeça que viesse a reuniões políticas.

LORDE GORING – Adoro as reuniões políticas. São o único lugar onde não se fala de política.

LADY BASILDON – Gosto muito de falar de política. Falo dela todo o dia. Mas é coisa de que não tolero ouvir os outros falar. Não sei como os infelizes da câmara aguentam estes longos debates.

LORDE GORING – Nunca lhes prestando atenção.

LADY BASILDON – Ah, é?

LORDE GORING – (*Nos seus modos mais sérios*) É claro. Veja, é muito perigoso prestar atenção. Se uma pessoa presta atenção, pode convencer-se; e um homem que se deixa convencer por um argumento é pessoa totalmente destituída de razão.

LADY BASILDON – Ah! Isso explica tanta coisa nos homens que eu nunca compreendi, e tanta coisa nas mulheres que seus maridos nunca nelas apreciam!

SRA. MARCHMONT – (*Com um suspiro*) Nossos maridos nunca apreciam em nós coisa alguma. Temos de recorrer a outros para isso!

LADY BASILDON – (*Enfaticamente*) Sim, sempre a outros, não é verdade?

LORDE GORING – (*Sorrindo*) E é essa a maneira de ver de duas senhoras que se sabe terem os maridos mais admiráveis de Londres.

SRA. MARCHMONT — É exatamente isso que nós não podemos suportar. O meu Reginaldo é inteiramente irrepreensível. Por isso mesmo, é, às vezes, de fato intolerável! Não há o mínimo elemento de excitação em o conhecer.

LORDE GORING — Terrível! Realmente, isso devia ser conhecido mais a fundo!

LADY BASILDON — O Basildon é a mesma coisa; é tão romântico como se fora solteiro.

SRA. MARCHMONT — (*Carregando na mão de lady Basildon*) Minha pobre Olívia! Nós casamos com maridos perfeitos, e somos castigadas por isso.

LORDE GORING — Eu pensava que os castigados eram os maridos.

SRA. MARCHMONT — (*Empertigando-se*) Oh, nada disso! São tão felizes quanto se pode ser! E quanto a confiarem em nós, é trágico o quanto eles confiam em nós.

LADY BASILDON — Perfeitamente trágico!

LORDE GORING — Ou cômico, lady Basildon?

LADY BASILDON — Cômico é que não, com certeza, lorde Goring. Não é nada amável em sugerir tal coisa.

SRA. MARCHMONT — Receio que lorde Goring esteja no campo do inimigo, como de costume. Vi-o a falar com essa sra. Cheveley.

LORDE GORING — Bela mulher, sra. Cheveley!

LADY BASILDON — (*Com rigidez*) Faça o favor de não elogiar as outras mulheres na nossa presença. Podia esperar que nós as elogiássemos!

LORDE GORING — E eu esperei.

SRA. MARCHMONT — Bem, nós não vamos elogiá-la. Ouvi dizer que ela foi à ópera na segunda-feira e disse ao Tommy Rufford, no jantar, que, pelo que via, a sociedade de Londres era inteiramente feita de malvestidos e dândis.

LORDE GORING — E tem toda a razão. Os homens são todos malvestidos e as mulheres são todas dândis, não é verdade?

SRA. MARCHMONT — (*Após uma pausa*) Oh! Pensa, de verdade, que é isso o que sra. Cheveley queria dizer?

LORDE GORING — É claro. E, de mais a mais, para ser de sra. Cheveley, é uma observação muito sensata.

Entra Mabel Chiltern, que se reúne ao grupo.

MABEL CHILTERN — Por que é que estão falando de sra. Cheveley? Toda a gente fala de sra. Cheveley! Diz lorde Goring... que é que disse, lorde Goring, a respeito de sra. Cheveley? Oh! Já me lembro, que era um gênio de dia e uma beleza de noite.

LADY BASILDON — Que horrível combinação! Nada natural!

SRA. MARCHMONT — (*No seu modo mais lânguido*) Gosto de contemplar os gênios e de ouvir as pessoas belas.

LORDE GORING — Ah! Isso é ser mórbido, sra. Marchmont!

SRA. MARCHMONT — (*Com um fulgor de verdadeiro prazer*) Aprecio tanto ouvi-lo dizer isso! Estou casada há sete anos e o meu marido nunca me disse que eu era mórbida. Os homens são tão lamentavelmente falhos de observação.

LADY BASILDON – (*Voltando-se para ela*) Eu sempre disse que a minha querida Margarida era a pessoa mais mórbida de Londres.

SRA. MARCHMONT – Ah! Mas a Olívia é sempre gentil!

MABEL CHILTERN – É mórbido ter vontade de comer? Estou com uma vontade doida de comer. Lorde Goring, quer-me dar de jantar?

LORDE GORING – Com todo o prazer, srta. Mabel.

Sai com ela.

MABEL CHILTERN – Que horrendo você tem estado! Toda a noite sem falar comigo!

LORDE GORING – Como podia eu falar contigo? Você saiu com o menino diplomata.

MABEL CHILTERN – Podia ter-nos seguido. Era apenas uma prova de delicadeza. Não gosto nada de você hoje.

LORDE GORING – Pois eu gosto de você imensamente.

MABEL CHILTERN – Bem, gostaria que me mostrasse de maneira mais visível!

Descem.

SRA. MARCHMONT – Olívia, estou com uma sensação curiosa de fraqueza. Parece-me que me sairia muito bem jantar. Gosto muito de jantar.

LADY BASILDON – Estou mortinha pelo jantar, Margarida!

SRA. MARCHMONT – Os homens são horrivelmente egoístas, nunca pensam nestas coisas.

LADY BASILDON – Os homens são grosseiramente materiais, grosseiramente materiais!

Vindo do salão de música, entra o visconde de Nanjac, acompanhado de outros convidados. Depois de ter cuidadosamente examinado todas as pessoas presentes, aproxima-se de lady Basildon.

VISCONDE DE NANJAC – Concede-me a honra de a levar para jantar, condessa?

LADY BASILDON – (*Friamente*) Nunca janto, obrigada, visconde. (*O visconde vai retirando-se. Vendo isto, lady Basildon levanta-se logo e trava-lhe do braço*) Mas irei com o visconde lá embaixo com todo o prazer.

VISCONDE DE NANJAC – Gosto tanto de comer! Sou muito inglês em todos os meus gostos.

LADY BASILDON – O visconde parece mesmo inglês, um perfeito inglês.

Saem. Aproxima-se de sra. Marchmont um jovem dândi, sr. Montford.

SR. MONTFORD – Deseja jantar, sra. Marchmont?

SRA. MARCHMONT – (*Languidamente*) Obrigada, sr. Montford, não costumo jantar. (*De repente levanta-se e toma-lhe o braço*) Mas sento-me a seu lado a olhá-lo.

SR. MONTFORD – Não gosto que estejam olhando para mim quando estou comendo!

SRA. MARCHMONT – Então olharei para outro.

SR. MONTFORD – Também não gosto disso.

SRA. MARCHMONT – (*Severamente*) Por favor, sr. Montford, não faça essas lamentáveis cenas de ciúme em público!

Descem com os outros convidados, passando por sir Robert Chiltern e sra. Cheveley, que vão entrando.

SIR ROBERT CHILTERN – E vai para alguma das nossas casas de campo antes de sair da Inglaterra, sra. Cheveley?

SRA. CHEVELEY – Oh, não! Não posso suportar as casas de campo inglesas. Na Inglaterra procuram ser brilhantes no café da manhã. Coisa terrível! Só os estúpidos é que são brilhantes no café da manhã. E depois o esqueleto da família está sempre lendo as orações familiares. A minha estadia na Inglaterra depende de você, sir Robert.

Senta-se no sofá.

SIR ROBERT CHILTERN – (*Sentando-se numa cadeira a seu lado*) Sério?

SRA. CHEVELEY – Absolutamente. Desejo falar-lhe de um grande plano político e financeiro — dessa Companhia do Canal da Argentina.

SIR ROBERT CHILTERN – Que assunto tão enfadonho e prático para você, sra. Cheveley!

SRA. CHEVELEY – Oh, gosto dos assuntos enfadonhos e práticos. De pessoas enfadonhas e práticas é que eu não gosto. Há uma enorme diferença. Além disso, o senhor está interessado, eu sei, nos planos do Canal Internacional. Era o secretário de lorde Radley, não é verdade, quando o governo comprou as ações do canal de Suez?

SIR ROBERT CHILTERN – Era. Mas o canal de Suez era um grande e magnífico empreendimento. A nossa estrada dava direto para a Índia. Tinha valor imperial. Era necessário que nós o dominássemos. Este plano argentino é uma banal trapaça da Bolsa.

SRA. CHEVELEY – Uma especulação, sir Robert! Uma brilhante e arrojada especulação.

SIR ROBERT CHILTERN – Acredite em mim, sra. Cheveley, é uma trapaça. Chamemos as coisas por seus verdadeiros nomes. Simplifica muito. Todos nós estamos informados disso no Ministério dos Estrangeiros. De fato, eu mandei uma comissão especial investigar particularmente o assunto, e as informações que recebi dizem-me que as obras mal começaram ainda, e, quanto ao dinheiro já subscrito, ninguém parece saber que é feito dele. Isso tudo vem a ser um segundo Panamá e sem a quarta parte das probabilidades de êxito desse miserável caso. Espero que não tenha empregado dinheiro lá. Tenho a certeza de que é inteligente o bastante para cair numa dessas.

SRA. CHEVELEY – Empreguei, sim, e muito.

SIR ROBERT CHILTERN – Quem poderia tê-la aconselhado a tamanha tolice?

SRA. CHEVELEY – O seu velho amigo... e meu.

SIR ROBERT CHILTERN – Quem?

SRA. CHEVELEY – O barão Arnheim.

SIR ROBERT CHILTERN – (*Carregando a sobrancelha*) Ah, sim! Lembro-me de ouvir dizer, por ocasião do seu falecimento, que ele andava envolvido nesse negócio.

SRA. CHEVELEY – Foi o seu último romance. O penúltimo, para lhe fazer justiça.

SIR ROBERT CHILTERN – (*Levantando-se*) Mas ainda não viu os meus Corot. Estão na sala de música. Os Corot parece que ligam bem com a música, não é verdade? Posso mostrá-los à senhora?

SRA. CHEVELEY – (*Abanando com a cabeça*) Não estou hoje disposta para crepúsculos de prata ou auroras cor-de-rosa. Quero falar de negócios.

Faz-lhe sinal com o leque para se sentar a seu lado.

SIR ROBERT CHILTERN – Receio não ter conselhos a dar-lhe, sra. Cheveley, a não ser que se interesse antes por alguma coisa menos perigosa. O êxito do canal depende, é claro, da atitude da Inglaterra, e eu vou amanhã apresentar à câmara o relatório da comissão.

SRA. CHEVELEY – Isso é que não deve fazer. Por seu próprio interesse, sir Robert, não falando do meu, não deve fazer isso.

SIR ROBERT CHILTERN – (*Fitando-a, assombrado*) Por meu próprio interesse? Minha querida sra. Cheveley, o que quer dizer?

Senta-se a seu lado.

SRA. CHEVELEY – Sir Robert, vou ser-lhe inteiramente franca. Quero que retire o relatório que tencionava apresentar à câmara, com o fundamento de que tem razões para crer que a comissão se deixou levar por ideias preconcebidas, ou foi mal-informada, ou qualquer outra coisa. Depois quero que diga algumas palavras no sentido de que o governo vai reconsiderar o assunto, e que o senhor tem razões para crer que o canal, uma vez concluído, será de grande valor internacional. Sabe tudo o que os ministros costumam dizer em casos como estes. Servem umas banalidades quaisquer. Na vida moderna nada produz melhor efeito do que uma boa banalidade. Faz do mundo todo uma família. Você faria-me isso?

SIR ROBERT CHILTERN – Sra. Cheveley, não pode estar falando sério ao propor-me isso!

SRA. CHEVELEY – Inteiramente a sério.

SIR ROBERT CHILTERN – (*Friamente*) Por favor, deixe-me acreditar que não.

SRA. CHEVELEY – (*Com grande decisão e ênfase*) Ah! Mas estou, sim. E, se me fizer o que lhe peço… pago-lhe esplendidamente!

SIR ROBERT CHILTERN – Paga-me!

SRA. CHEVELEY – Sim.

SIR ROBERT CHILTERN – Receio não a ter compreendido bem.

SRA. CHEVELEY – (*Recostando-se no sofá e olhando para ele*) Que decepção! E eu que vim de propósito de Viena para me fazer compreender.

SIR ROBERT CHILTERN – Receio não a compreender.

SRA. CHEVELEY – (*No seu modo mais desprendido*) Meu caro sir Robert, é um homem da sociedade, e tem o seu preço, suponho. Toda a gente, hoje em dia, o tem. O pior é serem quase todos tão caros. Eu sei que o sou. Espero que seja mais razoável nas suas condições.

SIR ROBERT CHILTERN – (*Levanta-se, indignado*) Se me dá licença, vou chamar a sua carruagem. Vive há tanto tempo no estrangeiro, sra. Cheveley, que parece não poder compreender que está conversando com um gentleman inglês.

SRA. CHEVELEY — (*Detém-no, tocando-lhe no braço com o leque e obrigando-o a ficar aí enquanto fala*) Compreendo que estou falando com um homem que assentou a sua fortuna sobre a venda de um segredo de gabinete a um especulador da Bolsa.

SIR ROBERT CHILTERN — (*Mordendo o lábio*) O que quer dizer?

SRA. CHEVELEY — (*Levantando-se e encarando-o*) Quero dizer que sei a origem real da sua riqueza e da sua carreira, e, além disso, tenho a sua carta.

SIR ROBERT CHILTERN — Que carta?

SRA. CHEVELEY — (*Com desprezo*) A carta que o senhor escreveu ao barão Arnheim, quando era secretário de lorde Radley, a dizer ao barão que comprasse ações do canal de Suez — carta escrita três dias antes de o governo anunciar a sua compra.

SIR ROBERT CHILTERN — (*Roufenhamente*) Não é verdade.

SRA. CHEVELEY — Julgava que essa carta tivesse sido destruída. Que tolice! Ela está comigo.

SIR ROBERT CHILTERN — O caso a que alude era um mero cálculo. A Câmara dos Comuns ainda não tinha aprovado a proposta; teria muito bem podido rejeitá-la.

SRA. CHEVELEY — Era uma trapaça, sir Robert. Chamemos as coisas pelos seus verdadeiros nomes. Torna tudo mais simples. E agora vou vender-lhe essa carta, e o preço que por ela peço é o seu apoio público ao plano argentino. A sua fortuna foi feita à sombra de um canal. Deve ajudar-me e aos meus amigos a fazermos a nossa à sombra de outro!

SIR ROBERT CHILTERN — É infame o que propõe — infame!

SRA. CHEVELEY — Oh, não! É o jogo da vida como todos nós temos de o jogar, sir Robert, mais cedo ou mais tarde!

SIR ROBERT CHILTERN — Não posso fazer o que me pede.

SRA. CHEVELEY — Quer dizer que não pode deixar de o fazer. Sabe que se encontra à beira de um precipício. E não compete a você pôr condições. Compete-lhe apenas aceitá-las. Supondo que recusa…

SIR ROBERT CHILTERN — O que acontece?

SRA. CHEVELEY — Meu caro sir Robert, o que acontece? Fica arruinado, nada mais! Lembre-se do ponto a que o puritanismo levou os ingleses. Antigamente ninguém pretendia ser melhor do que os seus vizinhos. Efetivamente, ser um pouquinho melhor do que o vizinho era considerado excessivamente vulgar e… burguês. Hoje em dia, com a nossa moderna mania de moralidade, cada qual tem de se apresentar como modelo de pureza, incorruptibilidade e todas as outras sete virtudes mortais — e que resulta daí? Caem todos como mecos… um após outro. Não se passa na Inglaterra um ano sem desaparecer alguém. Antes os escândalos davam a um homem encanto, ou, pelo menos, interesse, agora esmagam-no. E o seu é um escândalo nojento. Não poderia sobreviver-lhe. Se se soubesse que, jovem, secretário de um grande e notável ministro, vendeu um segredo de gabinete por uma grande quantia, e que foi essa a origem da sua fortuna e da sua carreira, seria escorraçado da vida pública, desapareceria completamente. E, afinal de contas, sir Robert, por que há de sacrificar todo o seu futuro em vez de tratar diplomaticamente com o inimigo? Neste momento, o inimigo sou eu. Reconheço-o! E sou muito mais forte que o senhor. Os grandes batalhões estão do meu lado. Tem uma esplêndida situação, mas é precisamente a sua esplêndida situação que o torna tão vulnerável. Não pode defendê-la! E eu estou na ofensiva. É claro que lhe não preguei moralidade. Deve lealmente reconhecer que lhe poupei isso. Há anos o senhor fez uma coisa hábil, indecorosa, que redundou num grande triunfo. Deve-lhe a sua riqueza e a sua posição. E agora tem de pagar tudo isso. Mais cedo ou mais tarde todos nós temos de pagar pelo que fazemos. Chegou agora a sua vez de pagar. Esta noite, antes de eu me retirar, tem de me prometer que desistirá de apresentar o relatório e que falará na câmara a favor deste plano.

SIR ROBERT CHILTERN – O que me pede é impossível.

SRA. CHEVELEY – Tem de torná-lo possível. E é o que vai fazer. Sir Robert, sabe como são os jornais ingleses. Suponha que, ao sair daqui, eu entre na redação de um jornal e revele este escândalo e dê as provas dele! Pense na asquerosa alegria dos jornalistas, no prazer que eles teriam em o arrastar pela lama. Pense no hipócrita de untuoso sorriso a redigir o artigo de fundo e a maquinar a torpeza do *placard* público.

SIR ROBERT CHILTERN – Cale-se! Quer que eu retire o relatório e que faça um pequeno discurso dizendo que creio haver possibilidades no plano?

SRA. CHEVELEY – (*Sentando-se no sofá*) São essas as minhas condições.

SIR ROBERT CHILTERN – (*Em voz baixa*) Dar-lhe-ei todo o dinheiro que quiser.

SRA. CHEVELEY – Nem mesmo o senhor tem fortuna suficiente para resgatar o seu passado. Nenhum homem a tem.

SIR ROBERT CHILTERN – Não faço o que me pede. Não faço.

SRA. CHEVELEY – Tem de o fazer, senão...

Levanta-se do sofá.

SIR ROBERT CHILTERN – (*Amarfanhado, vencido*) Espere um momento! O que me propôs? Disse que restituiria a carta, não?

SRA. CHEVELEY – Sim. Está combinado. Eu estarei na Galeria das Senhoras, amanhã, às onze e meia da noite. Se a essa hora — e não lhe há de faltar ocasião — o senhor tiver feito uma declaração na câmara, nos termos que eu desejo, entregar-lhe-ei a sua carta com os mais belos agradecimentos, e os melhores, ou, de qualquer modo, os mais adequados cumprimentos que eu possa conceber. Quero ser franca contigo. Deve-se sempre ser franco... quando se tem os trunfos na mão. O barão ensinou-me isso... entre muitas outras coisas.

SIR ROBERT CHILTERN – Deve-me dar tempo para refletir sobre a sua proposta.

SRA. CHEVELEY – Não; tem de decidir já!

SIR ROBERT CHILTERN – Dê-me uma semana... três dias!

SRA. CHEVELEY – Impossível! Tenho de telegrafar para Viena esta noite.

SIR ROBERT CHILTERN – Meu Deus! O que é que a trouxe à minha vida?

SRA. CHEVELEY – As circunstâncias.

Dirige-se para a porta.

SIR ROBERT CHILTERN — Não vá embora! Consinto. O relatório será retirado. Darei um jeito de me fazerem uma pergunta sobre o assunto.

SRA. CHEVELEY — Obrigada. Sabia que havíamos de chegar a um acordo amigável. Compreendi desde o princípio a sua maneira de ver. Analisei-o, embora o senhor me não adorasse. E agora pode mandar-me a minha carruagem, sir Robert. Já vejo todos subindo do jantar, e os ingleses ficam sempre românticos depois de comer, o que me aborrece medonhamente.

Sai sir Robert Chiltern. Entram convidados, lady Chiltern, lady Markby, lady Basildon, lorde Caversham, sra. Marchmont, visconde de Nanjac e sr. Montford.

LADY MARKBY — Bem, querida sra. Cheveley, espero que tenha apreciado a companhia de sir Robert. É amabilíssimo, não é?

SRA. CHEVELEY — Amabilíssimo! Gostei muito de conversar com ele.

LADY MARKBY — Tem tido uma carreira muito interessante e brilhante. E casou com uma mulher admirável. Lady Chiltern é dotada dos mais elevados princípios, agrada-me muito em o dizer. Já estou um pouquinho velha para ter a veleidade de me arvorar em bom exemplo, mas admiro sempre as pessoas que como tal se nos impõem. E lady Chiltern tem efeito nobilitante sobre a vida, embora os seus jantares sejam, às vezes, um tanto fastidientos. Mas não se pode ter tudo, não é verdade? E agora tenho de ir embora, querida. Quer que vá buscá-la amanhã?

SRA. CHEVELEY — Obrigada.

LADY MARKBY — Podia dar um passeio de carro no parque, às cinco horas. Tudo agora no parque parece tão fresco!

SRA. CHEVELEY — Exceto as pessoas!

LADY MARKBY — Talvez as pessoas andem fatigadas. Tenho muitas vezes observado que a temporada, à medida que vai avançando, produz como que um amolecimento do cérebro. Penso, porém, que seja o que for, é preferível a uma alta pressão intelectual. É a pior coisa que há. Faz os narizes das moças tão particularmente grandes. E não há obstáculo maior para casar do que um nariz grande; os homens não gostam nada. Boa noite, querida! (*Para lady Chiltern*) Boa noite, Gertrudes!

Sai de braço dado com lorde Caversham.

SRA. CHEVELEY — Que casa encantadora tem, lady Chiltern! Passei uma noite deliciosa. Foi tão interessante travar conhecimento com seu marido.

LADY CHILTERN — Por que é que quis encontrar-se com meu marido, sra. Cheveley?

SRA. CHEVELEY — Oh, já lhe digo. Queria interessá-lo neste plano do canal da Argentina, de que, decerto, já ouviu falar. E achei-o muito acessível, acessível à razão, quero eu dizer. Coisa rara num homem. Converti-o em dez minutos. Vai fazer um discurso na câmara amanhã à noite a favor da ideia. Devemos ir ouvi-lo para a Galeria das Senhoras. Há de ser um grande momento!

LADY CHILTERN — Deve haver equívoco. Esse plano nunca podia ter o apoio de meu marido.

SRA. CHEVELEY – Oh, asseguro-lhe que está tudo decidido. Não lamento a chatice da viagem de Viena até aqui. Foi uma grande vitória. Mas, é claro, por estas vinte e quatro horas tudo isto é segredo absoluto.

LADY CHILTERN – (*De mansinho*) Segredo? Entre quem?

SRA. CHEVELEY – (*Com um fulgor de júbilo nos olhos*) Entre mim e seu marido.

SIR ROBERT CHILTERN – (*Entrando*) Está aí a sua carruagem, sra. Cheveley!

SRA. CHEVELEY – Obrigada! Boa noite, lady Chiltern! Boa noite, lorde Goring! Estou no Claridge. Não acha que poderia deixar um cartão?

LORDE GORING – Se assim o deseja, sra. Cheveley.

SRA. CHEVELEY – Oh, não se ponha assim solene, senão serei eu obrigada a deixar um cartão a você. Na Inglaterra, suponho que isso dificilmente seria considerado *en règle* — na régua. No estrangeiro, somos mais civilizados. Quer acompanhar-me até lá abaixo, sir Robert? Agora que a ambos nos unem os mesmos interesses, havemos de ser grandes amigos, espero.

Sai pomposamente braçada com sir Robert Chiltern. Lady Chiltern vai para o alto da escada e olha para eles enquanto descem. Tem o rosto turvado. Passado algum tempo juntam-se-lhe alguns convidados, e vão todos para outra sala.

MABEL CHILTERN – Que mulher horrível!

LORDE GORING – Devia ir se deitar, srta. Mabel.

MABEL CHILTERN – Lorde Goring!

LORDE GORING – Meu pai disse-me há uma hora que me fosse deitar. Não vejo por que não lhe havia de dar o mesmo conselho. Os bons conselhos passo-os sempre para os outros. Não têm outro préstimo. Para nós não servem para nada.

MABEL CHILTERN – Lorde Goring, está sempre a mandar-me sair da sala. É grande coragem! Tanto mais que não vou tão cedo para a cama. (*Dirige-se para o sofá*) Pode vir sentar-se aqui, se quiser, e falar de tudo no mundo, exceto da Academia Real, de sra. Cheveley, ou de romances em dialeto escocês. (*Repara em alguma coisa que está pousada no sofá, semioculta pela almofada*) O que é isto? Alguém deixou cair um broche de diamantes! Que lindo, lindo, não é? (*Mostra-o a lorde Goring*) Quem dera que fosse meu! Mas a Gertrudes não me deixa usar senão pérolas, e eu já estou farta de pérolas. Fazem-me parecer tão feia, tão boa e tão intelectual. De quem será o broche? Gostaria de saber.

LORDE GORING – Quem o teria deixado cair?

MABEL CHILTERN – É um belo broche.

LORDE GORING – É uma linda pulseira.

MABEL CHILTERN – Não é pulseira, é broche.

LORDE GORING – Pode ser usado como pulseira.

Pega a joia, e, tirando do bolso uma carteira verde, mete-a nela com todo o cuidado. Em seguida, com o mais perfeito sangue frio, guarda-a no bolso interior.

MABEL CHILTERN – O que está fazendo?

LORDE GORING – Srta. Mabel, vou fazer-lhe um pedido muito esquisito.

MABEL CHILTERN – (*Avidamente*) Oh, diga, diga! A noite toda estou à espera dele.

LORDE GORING – (*Um pouco surpreso, mas recobra a serenidade*) Não diga a ninguém que eu fiquei com este broche. Se alguém escrever e o reclamar, comunique-me imediatamente.

MABEL CHILTERN – É um pedido esquisito.

LORDE GORING – Bem, sabe, eu dei este broche a uma pessoa, há anos.

MABEL CHILTERN – Deu?

LORDE GORING – Dei.

Entra lady Chiltern, sozinha. Os outros convidados retiraram-se.

MABEL CHILTERN – Então desejo-lhe muito boa noite. Boa noite, Gertrudes.

Sai.

LADY CHILTERN – Boa noite, querida! (*Para lorde Goring*) Viu quem lady Markby trouxe aqui esta noite?

LORDE GORING – Vi. Foi uma desagradável surpresa. Para que veio ela aqui?

LADY CHILTERN – Parece que para tentar induzir meu marido a apoiar alguma falcatrua em que está interessada. O canal da Argentina.

LORDE GORING – Enganou-se. Sir Robert não é homem para isso.

LADY CHILTERN – Ela é incapaz de compreender um homem íntegro e austero como meu marido!

LORDE GORING – Sim. Calculo que ouviu duras palavras, se tentou apanhá-lo na rede. É extraordinário que espantosos erros cometem as mulheres inteligentes!

LADY CHILTERN – Eu não chamo inteligentes a mulheres dessa laia. Chamo-lhes estúpidas!

LORDE GORING – Muitas vezes é a mesma coisa. Boa noite, lady Chiltern!

LADY CHILTERN – Boa noite!

Entra sir Robert Chiltern.

SIR ROBERT CHILTERN – Meu caro Artur, aonde vai? Fique mais um pouco!

LORDE GORING – Não posso, obrigado. Prometi ir dar uma olhada na casa dos Hartlock. Creio que têm lá uma orquestra húngara cor de malva, que toca música húngara cor de malva. Até breve. Adeus!

Sai.

SIR ROBERT CHILTERN – Que linda está hoje, Gertrudes!

LADY CHILTERN – Robert, não é verdade, não? Você não vai apoiar essa especulação da Argentina? Não poderia!

SIR ROBERT CHILTERN – (*Estremecendo*) Quem lhe disse que estava disposto a fazê-lo?

LADY CHILTERN – Essa mulher que foi embora há pouco, sra. Cheveley, como agora se chama. Pareceu-me querer achincalhar-me com isso. Robert, eu conheço essa mulher. Você não a conhece. Andamos juntas no colégio. Era mentirosa, desonesta, exercia influência má sobre qualquer pessoa cuja confiança ou amizade podia conquistar.

Eu detestava-a, desprezava-a. Roubava coisas, era uma ladra. Foi expulsa como ladra. Por que se deixa influenciar por ela?

SIR ROBERT CHILTERN — Gertrudes, o que me diz pode ser verdade, mas aconteceu há muitos anos. O melhor é esquecer tudo isso! Pode ser que sra. Cheveley tenha mudado desde então. Não se deve julgar ninguém só pelo seu passado.

LADY CHILTERN — (*Tristemente*) O nosso passado é o que nós somos. Só por ele é que nós devíamos ser julgados.

SIR ROBERT CHILTERN — É dura, Gertrudes!

LADY CHILTERN — É verdade, Robert! E para que é que ela se gaba de ter conseguido que você dê o seu apoio, o seu nome, a uma coisa que eu o ouvi classificar como o plano mais desonesto e fraudulento que tem surgido na vida política?

SIR ROBERT CHILTERN — (*Mordendo o lábio*) Enganei-me na opinião que formei. Todos nós nos enganamos.

LADY CHILTERN — Mas você disse-me ontem que recebeste o relatório da comissão e que ele condenava totalmente esse plano.

SIR ROBERT CHILTERN — (*Passeando para lá e para cá*) Tenho agora razões para crer que a comissão se deixou levar por opiniões preconcebidas ou, pelo menos, foi mal informada. Além disso, Gertrudes, a vida pública e a particular são coisas diferentes e movem-se em linhas diferentes.

LADY CHILTERN — Deviam ambas representar o homem no seu ponto mais elevado. Não vejo diferença alguma entre elas.

SIR ROBERT CHILTERN — (*Parando*) No caso presente, numa questão de política prática, mudei de opinião. Só isso.

LADY CHILTERN — Só isso!

SIR ROBERT CHILTERN — (*Rispidamente*) Sim!

LADY CHILTERN — Robert! Oh! É horrível que eu tenha de lhe fazer tal pergunta — Robert, está me dizendo toda a verdade?

SIR ROBERT CHILTERN — Por que me faz essa pergunta?

LADY CHILTERN — (*Após uma pausa*) Por que não responde?

SIR ROBERT CHILTERN — (*Sentando-se*) Gertrudes, a verdade é uma coisa muito complexa, e a política é um negócio muito complexo. Há rodas dentro de rodas. Um homem pode ter com outros obrigações que tem de pagar. Mais tarde ou mais cedo tem de transigir. Dá-se isso com todos.

LADY CHILTERN — Transigir? Robert, por que fala agora tão diferentemente do modo como sempre o ouvi falar? Por que mudou?

SIR ROBERT CHILTERN — Eu não mudei. As circunstâncias, porém, alteram as coisas.

LADY CHILTERN — As circunstâncias nunca deviam alterar os princípios.

SIR ROBERT CHILTERN — Mas, se eu lhe dissesse...

LADY CHILTERN — O quê?

SIR ROBERT CHILTERN — Que era necessário, vitalmente necessário.

LADY CHILTERN – Nunca pode ser necessário fazer o que não é digno. Ou, se é necessário, então o que é que eu tenho amado! Mas não é, Robert; dize-me que não é. Por que havia de ser? Que proveito daí você tiraria? Dinheiro? Não precisamos disso! E dinheiro que vem de uma origem suja é uma degradação. Poder? Mas o poder nada é em si. Poder é fazer bem, isso é belo... isso e somente isso. Que é, então? Robert, diga-me por que vai fazer essa coisa desonrosa!

SIR ROBERT CHILTERN – Gertrudes, você não tem direito de empregar essa palavra. Disse-lhe que era uma questão de transigência racional. Nada mais é do que isso.

LADY CHILTERN – Robert, tudo isso está muito bem para os outros homens, para os homens que tratam a vida simplesmente como uma sórdida especulação; mas você não, Robert, você não. Você é diferente. Toda a sua vida lhe tem distinguido dos outros. Nunca se deixou conspurcar pelo mundo. Para o mundo, como para mim, você foi sempre um ideal. Oh! Continua a ser esse ideal! Essa grande herança, não a jogue fora — essa torre de marfim, não a destrua! Robert, os homens podem amar o que lhes é inferior — coisas indignas, manchadas, desonradas. Para nós, mulheres, o amor é um culto: adoramos quando amamos; e quando perdemos o nosso culto, perdemos tudo. Oh! Não mate o meu amor por você, não o mate!

SIR ROBERT CHILTERN – Gertrudes!

LADY CHILTERN – Sei que há homens com segredos horríveis nas suas vidas — homens que cometeram algum ato vil, e que em algum momento crítico o têm de pagar, cometendo outra vilania — oh! Não me diga que você é como eles! Robert, há na sua vida algum segredo vergonhoso ou indigno? Diga-me, diga-me imediatamente, para...

SIR ROBERT CHILTERN – Para quê?

LADY CHILTERN – (*Falando muito pausadamente*) Para as nossas vidas seguirem rumos diferentes.

SIR ROBERT CHILTERN – Rumos diferentes?

LADY CHILTERN – Para se separarem inteiramente. Seria melhor para ambos.

SIR ROBERT CHILTERN – Gertrudes, não há nada na minha vida passada que você não possa conhecer.

LADY CHILTERN – Tinha a certeza disso, Robert, tinha a certeza. Mas por que você disse essas coisas terríveis, coisas tão avessas à sua maneira de ver? Não falemos mais disso. Você vai escrever, sim?, à sra. Cheveley, dizendo-lhe que não pode apoiar esse escandaloso projeto. Se fez alguma promessa, anule-a!

SIR ROBERT CHILTERN – Devo escrever dizendo-lhe isso?

LADY CHILTERN – Sem dúvida, Robert! Não há outro remédio.

SIR ROBERT CHILTERN – Poderia falar-lhe pessoalmente. Seria melhor.

LADY CHILTERN – Nunca mais a deve tornar a ver, Robert. Não é mulher com quem você deva falar. Não é digna de falar com um homem como você. Não; deve escrever--lhe imediatamente, agora, já, e deixe bem claro na sua carta que a sua decisão é absolutamente irrevogável!

SIR ROBERT CHILTERN — Escrever agora!

LADY CHILTERN — Sim!

SIR ROBERT CHILTERN — Mas é tão tarde. É meia-noite.

LADY CHILTERN — Não importa. É preciso que ela saiba imediatamente que se enganou a seu respeito — e que você não é homem para fazer qualquer coisa vil, evasiva ou desonrosa. Escreva aqui, Robert. Escreva que se recusa a apoiar o plano dela, porque o considera desonesto. Sim — escreva a palavra *desonesto*. Ela sabe o significado da palavra. (*Sir Robert Chiltern senta-se e escreve uma carta. Sua esposa a pega e lê-a*) Sim, está bem. (*Toca a campainha*) E agora o sobrescrito. (*Ele escreve vagarosamente o endereço. Entra Mason*) Mande já entregar esta carta no hotel Claridge. Não tem resposta. (*Sai Mason. Lady Chiltern ajoelha ao lado do marido e envolve-o com os braços*) Robert, o amor dá-nos um instinto para as coisas. Sinto neste momento que o salvei de alguma coisa que poderia ter sido um perigo para você, de alguma coisa que poderia levar os homens a prezarem-no menos do que o prezam. Parece-me que não compreende suficientemente, Robert, que introduziu na vida política da nossa época uma atmosfera mais nobre, uma atitude mais bela com a vida, um ar mais livre, de objetivos mais puros e ideais mais elevados — conheço isso, e por isso o amo, Robert.

SIR ROBERT CHILTERN — Oh! Ame-me sempre, Gertrudes, ame-me sempre.

LADY CHILTERN — Eu irei amá-lo sempre, porque você sempre será digno do meu amor. Nós precisamos sempre de amar o suprassumo, quando o vemos!

Beija-o, depois levanta-se e sai. Sir Robert Chiltern passeia para lá e para cá por um momento; depois senta-se e esconde a cara nas mãos. Entra o criado, que começa a apagar as luzes. Sir Robert Chiltern ergue os olhos.

SIR ROBERT CHILTERN — Apague as luzes, Mason, apague as luzes!

O criado apaga as luzes. A sala fica quase às escuras. Apenas recebe luz do grande lustre que pende sobre a escada e ilumina a tapeçaria do Triunfo do Amor. Cai o pano.

Segundo Ato

CENA

Sala do café da manhã na casa de sir Robert Chiltern. Lorde Goring, vestido no rigor da moda, está reclinado numa poltrona. Sir Robert Chiltern está de pé, em frente ao fogão. Vê-se que se encontra num estado de intensa excitação mental e grande acabrunhamento. No decorrer da cena, passeia nervosamente para um lado e para outro.

LORDE GORING — Meu caro Robert, é um caso muito desastrado, muito desastrado, de fato. Devia ter contado à sua mulher. Ter segredos para as mulheres dos outros é um luxo necessário na vida moderna. Assim, pelo menos, estou sempre ouvindo dizer no clube a homens, que pela calva que têm, devem saber mais do que eu. Mas para a esposa nenhum homem deve ter segredos. Ela invariavelmente descobre-os. As mulheres têm um instinto admirável. Podem descobrir tudo, menos o que é evidente.

SIR ROBERT CHILTERN — Artur, eu não podia dizer isso à minha mulher. Quando lhe havia de dizer? Ontem é que não. Teria originado uma eterna separação entre nós, e eu teria perdido o amor da única mulher no mundo que eu adoro, da única mulher que já excitou amor dentro de mim. Ontem à noite teria sido inteiramente impossível. Ela ter-me-ia fugido, cheia de horror... de horror e desprezo.

LORDE GORING — Lady Chiltern é assim tão perfeita?

SIR ROBERT CHILTERN — É, minha mulher é assim perfeita.

LORDE GORING — (*Descalçando a luva da mão esquerda*) Que pena! Desculpa, meu caro, estava distraído. Mas, se o que me diz é verdade, gostaria de ter, com lady Chiltern, uma conversa séria sobre a vida.

SIR ROBERT CHILTERN — Seria inteiramente inútil.

LORDE GORING — Posso experimentar?

SIR ROBERT CHILTERN — Pode, mas nada a poderia modificar os seus modos de ver.

LORDE GORING — Bom, no pior dos casos, seria simplesmente uma experiência psicológica.

SIR ROBERT CHILTERN — Todas essas experiências são terrivelmente perigosas.

LORDE GORING — Tudo é perigoso, meu caro. Se assim não fosse, não valia a pena viver... Bem, volto a dizer-lhe que devia ter contado a ela há anos.

SIR ROBERT CHILTERN — Quando? Quando estávamos noivos? Pensa que ela teria casado comigo, se tivesse sabido qual a origem da minha fortuna, qual a base da minha carreira, se tivesse sabido que eu cometera um ato que a maior parte dos homens consideraria vergonhoso e indigno?

LORDE GORING — (*Lentamente*) Sim, a maior parte dos homens chamaria a isso os nomes mais feios. Não há dúvida.

SIR ROBERT CHILTERN — (*Amargamente*) Homens que todos os dias praticam coisas idênticas. Homens que têm nas suas vidas segredos piores.

LORDE GORING — É por esse motivo que tanto gostam de descobrir os segredos dos outros. Distrai a atenção pública dos seus.

SIR ROBERT CHILTERN — E, afinal de contas, quem prejudiquei eu com o que fiz? Ninguém.

LORDE GORING — (*Encarando-o firmemente*) Prejudicou a si mesmo, Robert.

SIR ROBERT CHILTERN — (*Após uma pausa*) Eu tinha, é claro, informações particulares sobre certa transação encarada pelo governo da época, e, baseado nelas, atuei. As informações particulares são praticamente a origem de todas as grandes fortunas modernas.

LORDE GORING — (*Batendo na bota*) E o escândalo público invariavelmente o resultado.

SIR ROBERT CHILTERN – (*Passeando para lá e para cá*) Artur, acha que o que eu fiz há quase dezoito anos me deve ser agora jogado na cara? Acha justo que se arruíne toda a carreira de um homem por uma falta que ele cometeu quando pouco mais era que um rapaz? Tinha nessa altura vinte e dois anos e a dupla infelicidade de ser bem-nascido e pobre, duas coisas hoje em dia imperdoáveis. É justo que a asneira, o pecado de um rapaz, se quiserem lhe chamar pecado, aniquile uma vida como a minha, me ponha no pelourinho, arrase tudo aquilo para que trabalhei, tudo o que construí? É justo, Artur?

LORDE GORING – A vida é assim, Robert. Nunca é justa. E para a maior parte de nós talvez seja bom que o não seja.

SIR ROBERT CHILTERN – Todo homem ambicioso tem de se bater com o seu século e com as mesmas armas dele. O que o século adora é a riqueza. O Deus deste século é o dinheiro. Para triunfar é necessário ter dinheiro. É preciso arranjá-lo, custe o que custar.

LORDE GORING – Parece que não sabe o que vale, Robert. Acredita-me, sem fortuna terias podido triunfar da mesma forma.

SIR ROBERT CHILTERN – Depois de velho, talvez. Quando tivesse perdido a paixão do poder ou já não pudesse utilizá-lo. Quando estivesse cansado, gasto, desiludido. O que eu queria era triunfar quando novo. A mocidade é a época do triunfo. Não podia esperar.

LORDE GORING – Bom, você teve, sem dúvida, o seu triunfo em plena mocidade. Ninguém nos nossos dias triunfou tão brilhantemente. Subsecretário dos Negócios Estrangeiros aos quarenta anos — quem é que não quereria?

SIR ROBERT CHILTERN – E se me tiram tudo agora? Se perco tudo por sobre um escândalo hediondo? Se me escorraçam da vida pública?

LORDE GORING – Robert, como pôde vender-se por dinheiro?

SIR ROBERT CHILTERN – (*Excitadamente*) Eu não me vendi por dinheiro. Comprei o triunfo por alto preço. Nada mais.

LORDE GORING – (*Gravemente*) Sim, sem dúvida pagou-o bem caro. Mas que foi que lhe fez pensar em fazer tal coisa?

SIR ROBERT CHILTERN – Foi o barão Arnheim.

LORDE GORING – Maldito patife!

SIR ROBERT CHILTERN – Não, era um homem da inteligência mais sutil e requintada. Homem culto, encantador e distinto. Um dos homens mais intelectuais que jamais encontrei.

LORDE GORING – Ah! Prefiro um ignorante bem-educado. Há mais a dizer a favor da estupidez do que geralmente se imagina. Pessoalmente tenho uma grande admiração pela estupidez. Talvez seja uma espécie de espírito de camaradagem. Como fez ele? Conta-me tudo.

SIR ROBERT CHILTERN – (*Atira-se para uma poltrona ao lado da secretária*) Uma noite, depois do jantar na casa de lorde Radley, o barão começou a falar do triunfo na vida moderna como de alguma coisa que se poderia reduzir a uma ciência absolutamente definida. Com aquela sua voz calma, admiravelmente fascinante, expôs-nos a mais terrível de todas as filosofias, a filosofia do poder, pregou-nos o mais maravilhoso de todos os evangelhos, o evangelho do ouro. Penso que ele viu o efeito que produziu em mim, pois, daí a dias, escreveu-me a pedir-me que fosse falar com ele. Residia então ele em Park Lane, na casa que é agora de lorde Woolcomb. Lembro-me perfeitamente: com um estranho sorriso nos lábios descorados, levou-me através da sua admirável galeria de quadros, mostrou-me as suas tapeçarias, os seus esmaltes, as suas joias, os seus marfins esculpidos, excitou o meu assombro perante o estranho encanto do luxo em que vivia; e depois disse que o luxo era apenas o fundo, o cenário numa peça, e que o poder, o poder sobre os outros homens, o poder sobre o mundo, era a única coisa que valia a pena ter, o único prazer supremo que valia a pena conhecer, o único gozo de que um homem nunca se cansava, e que no nosso século só os ricos o possuíam.

LORDE GORING – (*Com grande decisão*) Oca banalidade!

SIR ROBERT CHILTERN – (*Erguendo-se*) Não pensei assim então. Não penso agora. A riqueza deu-me enorme poder. Deu-me, logo à entrada na vida, a liberdade, e a liberdade é tudo. Você nunca foi pobre e nunca soube o que é a ambição. Não pode compreender que admirável oportunidade me proporcionou o barão. Tal oportunidade poucos homens a têm.

LORDE GORING – Felizmente para eles, a avaliar pelos resultados. Mas diga-me claramente, como foi que finalmente o barão o persuadiu a… sim, a fazer o que fez?

SIR ROBERT CHILTERN – Quando eu ia embora, disse-me ele que, se algum dia eu lhe pudesse dar alguma informação de real valor, me faria rico. Fiquei aturdido com as perspectivas que ele abria diante de mim, e a minha ambição e o meu desejo de poder eram, nessa altura, sem limites. Seis semanas depois, passaram-me pelas mãos certos documentos reservados.

LORDE GORING – (*De olhos pregados no tapete*) Documentos oficiais?

SIR ROBERT CHILTERN – Sim.

Lorde Goring suspira, depois passa a mão pela testa e ergue os olhos.

LORDE GORING – Não pensava que você, Robert, pudesse ter a fraqueza de se deixar vencer pela tentação com que o barão Arnheim o quis enganar.

SIR ROBERT CHILTERN – Fraqueza? Oh, estou farto de ouvir dizer isso. Farto de o dizer eu mesmo a respeito de outros. Fraqueza? Acha, realmente, Artur, que é a fraqueza que cede à tentação? Digo-lhe que há tentações terríveis, para ceder às quais é preciso ter força e coragem. Jogar toda a nossa vida num momento, arriscar tudo numa cartada, seja poder ou prazer, não importa — não há nisso fraqueza. Há coragem, horrível, terrível coragem. Eu tive essa coragem. Nessa mesma tarde sentei-me e escrevi ao barão Arnheim a carta que está agora nas mãos dessa mulher. Ele ganhou três quartos de milhão.

LORDE GORING – E tu?

SIR ROBERT CHILTERN – Eu recebi do barão cento e dez mil libras.

LORDE GORING – Valia mais do que isso, Robert.

SIR ROBERT CHILTERN – Não; esse dinheiro deu-me exatamente o que eu queria — o poder sobre os outros. Entrei imediatamente para a câmara. O barão aconselhava-me de vez em quando em negócios financeiros. Antes de cinco anos tinha a minha fortuna triplicada. Desde aí tenho triunfado em tudo aquilo em que ponho a mão. Em todas as coisas relacionadas com dinheiro tenho tido uma sorte tão extraordinária, que às vezes até quase tenho medo. Recordo-me de ter lido algures, em algum estranho livro, que os deuses, quando nos querem castigar, atendem a todos os nossos pedidos.

LORDE GORING – Mas diga-me, Robert, nunca sentiu qualquer pesar pelo que fez?

SIR ROBERT CHILTERN – Não. Senti que lutei com o século com as suas próprias armas e ganhei.

LORDE GORING – (*Tristemente*) Pensou que ganhou.

SIR ROBERT CHILTERN – Pensei, sim. (*Após longa pausa*) Artur, despreza-me pelo que lhe contei?

LORDE GORING – (*Com profundo sentimento na voz*) Lamento muito, muito, de fato.

SIR ROBERT CHILTERN – Não digo que tenha sentido algum remorso. Não, não senti, no significado vulgar, algo estúpido da palavra. Mas para desencargo de consciência tenho gasto muito dinheiro. Tinha uma esperança doida de que poderia desarmar o destino. Mais do dobro do que me deu o barão já eu gastei em obras de caridade.

LORDE GORING – (*Olhando para ele*) Obras de caridade? Deus do céu! Quanto mal deve ter feito, Robert!

SIR ROBERT CHILTERN – Oh, não diga isso, Artur; não fale assim!

LORDE GORING – Não importa o que eu digo, Robert! Eu estou sempre dizendo o que não devia dizer. Com efeito, de ordinário digo o que realmente penso. Um grande erro, hoje em dia. Sujeita-nos a sermos mal compreendidos. Quanto a este terrível caso, eu irei ajudá-lo em tudo o que puder. Sabe disso, é claro.

SIR ROBERT CHILTERN – Obrigado, Artur, obrigado. Mas o que fazer? O que se pode fazer?

LORDE GORING – (*Recostando-se de mãos nos bolsos*) Bem, os ingleses não podem suportar um homem que se apresente sempre como indefectível, mas gostam de um homem que admite ter errado. É uma das melhores coisas deles. No seu caso, porém, de nada serviria uma confissão. O dinheiro, se me permites dizer, é... desastrado. Além disso, se você confessar plenamente tudo, nunca mais poderia pregar moralidade. E na Inglaterra um homem que não possa pregar moralidade duas vezes por semana a um grande auditório, popular e imoral, está totalmente liquidado como político sério. Só lhe restaria como profissão a botânica ou a igreja. Confessar de nada lhe serviria. Seria a sua ruína.

SIR ROBERT CHILTERN – Seria a minha ruína. Artur, a única coisa que tenho agora a fazer é libertar-me disto.

LORDE GORING – (*Levantando-se*) Estava à espera de lhe ouvir dizer isso, Robert. É a única coisa a fazer agora. E deve começar contando tudo à sua mulher.

SIR ROBERT CHILTERN – Isso nunca.

LORDE GORING – Robert, acredite em mim, você faz mal.

SIR ROBERT CHILTERN – Era-me impossível. Mataria o amor que ela tem por mim. E agora a respeito dessa mulher, sra. Cheveley. Como poderei me defender contra ela? Parece que você a conheceu tempos atrás, Artur.

LORDE GORING – Conheci.

SIR ROBERT CHILTERN – Conheceu-a bem?

LORDE GORING – (*Ajeitando a gravata*) Tão pouco que estive noivo dela, à época de minha estadia na casa dos Tenby. Isso durou quase... três dias.

SIR ROBERT CHILTERN – Por que rompeu?

LORDE GORING – (*Aereamente*) Oh, já não me lembro. Nem importa. A propósito, experimentou calá-la com dinheiro? Antes era danada por dinheiro.

SIR ROBERT CHILTERN – Ofereci-lhe tudo quanto ela quisesse. Recusou.

LORDE GORING – Então o maravilhoso evangelho do ouro falha às vezes. Afinal de contas, nem tudo os ricos conseguem.

SIR ROBERT CHILTERN – Nem tudo. Suponho que você tem razão. Artur, sinto que me espera a vergonha pública. Tenho disso certeza. Até aqui nunca soube o que era terror. Sei-o agora. É como ter sobre o coração uma mão de gelo. É como ter o coração a bater desvairadamente numa cavidade vazia.

LORDE GORING – (*Batendo na mesa*) Robert, você tem de atacar essa mulher. Deve atacá-la.

SIR ROBERT CHILTERN – Mas como?

LORDE GORING – Não lhe posso dizer agora. Não faço mínima ideia. Mas todos têm o seu ponto fraco. Há sempre em nós uma falha. (*Vai até ao fogão e mira-se no espelho*) Meu pai diz-me que até eu tenho defeitos. Talvez tenha. Não sei.

SIR ROBERT CHILTERN – Defendendo-me contra sra. Cheveley, tenho o direito de me servir de qualquer arma que me apareça, não tenho?

LORDE GORING – (*Ainda ao espelho*) No seu lugar, não me parece que eu tivesse o mais leve escrúpulo em o fazer. Ela pode perfeitamente observá-lo.

SIR ROBERT CHILTERN – (*Senta-se à mesa e pega numa pena*) Bem, vou mandar um telegrama à embaixada de Viena, a indagar se lá sabem alguma coisa contra ela. Pode haver algum escândalo secreto de que ela tenha arreceio.

LORDE GORING – (*Ajeitando a flor da lapela*) Oh, imagino que sra. Cheveley é uma dessas mulheres muito modernas da nossa época, que acham que um novo escândalo lhes fica tão bem como um chapéu novo e os arejam todas as tardes no parque às cinco e meia. Tenho a certeza de que ela adora os escândalos e que o seu desgosto agora é não poder fazer parte de tantos quantos desejaria.

SIR ROBERT CHILTERN – (*Escrevendo*) Por que diz isso?

LORDE GORING – (*Voltando-se*) Bem, ontem à noite ela trazia muito ruge e muito pouca roupa, o que é sempre sinal de desespero numa mulher.

SIR ROBERT CHILTERN – (*Tocando a campainha*) Mas sempre vale a pena telegrafar para Viena, não vale?

LORDE GORING – Vale sempre a pena fazer uma pergunta, embora nem sempre valha a pena responder.

Entra Mason.

SIR ROBERT CHILTERN – O sr. Trafford está no quarto?

MASON – Está, sim, sir Robert.

SIR ROBERT CHILTERN – (*Mete o que escreveu num sobrescrito, que fecha cuidadosamente*) Diga-lhe que faça o favor de mandar cifrar isto imediatamente. Não deve demorar um momento.

MASON – Sim, sir Robert.

SIR ROBERT CHILTERN – Oh! Dê-me isso aqui outra vez! (*Escreve qualquer coisa nas costas do sobrescrito. Mason sai com a carta*) Ela deve ter tido qualquer curiosa influência sobre o barão Arnheim. Quem me dera saber o quê!

LORDE GORING – (*Sorrindo*) Tomara que eu o saiba!

SIR ROBERT CHILTERN – Travarei com ela uma luta de morte, enquanto minha mulher nada souber.

LORDE GORING – (*Energicamente*) Oh! Luta em todo o caso — em todo o caso.

SIR ROBERT CHILTERN – (*Com um gesto de desespero*) Se minha mulher descobrisse, pouco restaria por que lutar. Bom, logo que eu tenha resposta de Viena, informo-lhe o resultado. É um acaso, apenas um acaso, mas estou confiante. E assim como lutei com o século, servindo-me das suas próprias armas, assim irei abatê-la com as suas próprias armas também. É apenas justo, e ela parece-me mulher com passado, não é verdade?

LORDE GORING – Como a maior parte das mulheres bonitas. Mas há moda nos passados, precisamente como há moda nos vestidos. Talvez o passado da sra. Cheveley seja simplesmente um leve *décolleté*, e esses são hoje em dia excessivamente populares. Além disso, meu caro Robert, eu não poria grandes esperanças em assustar sra. Cheveley. Não me parece que sra. Cheveley seja mulher fácil de assustar. Sobreviveu a todos os seus credores, e mostra admirável presença de espírito.

SIR ROBERT CHILTERN – Oh! Vivo de esperanças agora. Agarro-me a cada probabilidade. Sinto-me como um homem num navio a afundar-se. Tenho a água a envolver-me os pés e sinto a tormenta no ar. Alto! Ouço a voz de minha mulher.

Entra lady Chiltern em traje de passeio.

LADY CHILTERN – Boa tarde, lorde Goring!

LORDE GORING – Boa tarde, lady Chiltern! Esteve no parque?

LADY CHILTERN – Não; venho agora mesmo da Associação Liberal da Mulher, onde, a propósito, Robert, o seu nome foi acolhido com caloroso aplauso, e agora venho tomar o chá. (*Para lorde Goring*) Espere e tome chá também, não?

LORDE GORING – Esperarei um pouco, obrigado.

LADY CHILTERN – Volto já. Vou só tirar o chapéu.

LORDE GORING – (*O mais sério possível*) Oh, por favor, não tire. É tão lindo. Um dos chapéus mais lindos que eu tenho visto. Creio bem que a Associação Liberal da Mulher o acolheu com caloroso aplauso.

LADY CHILTERN – (*Com um sorriso*) Temos coisas mais importantes a fazer do que reparar nos chapéus umas das outras, lorde Goring.

LORDE GORING – Verdade? O quê?

LADY CHILTERN – Oh! Coisas enfadonhas, úteis, deliciosas, leis das fábricas, inspetoras, lei das oito horas, liberdade parlamentar... Tudo, na verdade, a que o senhor nenhum interesse acharia.

LORDE GORING – E chapéus, nunca?

LADY CHILTERN – (*Com fingida indignação*) Chapéus, nunca, nunca!

Lady Chiltern sai pela porta que dá para o seu gabinete.

SIR ROBERT CHILTERN – (*Pega na mão de lorde Goring*) Você tem sido para mim um bom amigo, Artur, um grande amigo.

LORDE GORING – Não vejo que tenha, até agora, feito muito por você, Robert. Na realidade, nada ainda pude fazer por você, o que me aborrece imensamente.

SIR ROBERT CHILTERN – Permitiu-me dizer-lhe a verdade. Já é alguma coisa. A verdade sufocou-me sempre.

LORDE GORING – Ah! A verdade é uma coisa de que eu me liberto o mais depressa possível! Mau hábito, a propósito. Torna um homem impopular no clube... com os mais velhos. Chamam a isso ser presunçoso. Talvez seja.

SIR ROBERT CHILTERN – Quem me dera poder dizer a verdade... Viver a verdade! Ah! É a grande coisa na vida, viver a verdade. (*Suspira e dirige-se para a porta*) Tornamos a ver-nos em breve, não?

LORDE GORING – Com certeza. Sempre que quiser. Vou logo dar uma olhada no baile dos solteiros. Mas voltarei aqui amanhã de manhã. Se por qualquer acaso precisar de mim esta noite, manda-me um bilhete à Curzon Street.

SIR ROBERT CHILTERN – Obrigado.

Ao chegar à porta, entra, vinda do seu gabinete, lady Chiltern.

LADY CHILTERN – Não vai sair, Robert?

SIR ROBERT CHILTERN – Tenho umas cartas a escrever, querida.

LADY CHILTERN – (*Abeirando-se dele*) Trabalha demais, Robert. Parece que nunca pensa em você e tem aspecto de tão cansado.

SIR ROBERT CHILTERN – Não é nada, querida, não é nada.

Beija-a e sai.

LADY CHILTERN – (*Para lorde Goring*) Sente-se. Fico feliz que tenha vindo aqui. Preciso lhe falar acerca de... bem, não é de chapéus nem da Associação Liberal da Mulher. Você se interessa demais pelo primeiro assunto, e não o bastante pelo segundo.

LORDE GORING – Quer falar sobre a sra. Cheveley?

LADY CHILTERN – Quero, sim. Adivinhou. Depois que o senhor foi embora ontem à noite, descobri que o que ela dissera era realmente verdade. É claro que fiz o Robert escrever-lhe imediatamente uma carta retirando a promessa.

LORDE GORING – Assim ele deu a entender.

LADY CHILTERN – Cumpri-la seria a primeira mancha numa carreira que sempre foi impoluta. O Robert deve estar acima de toda a censura. Não é como os outros homens. Não pode fazer o que fazem os outros. (*Olha para lorde Goring, que guarda silêncio*) Não, concorda comigo? É o maior amigo do Robert. É o nosso maior amigo, lorde Goring. Ninguém, exceto eu, conhece o Robert melhor que o senhor. Não tem segredos para mim, e não creio que os tenha contigo.

LORDE GORING – Com certeza não tem segredos. Pelo menos não penso que os tenha.

LADY CHILTERN – Não tenho então razão no conceito que dele faço? Sei que tenho. Mas fale-me com franqueza.

LORDE GORING – (*Fitando-a de frente*) Com toda a franqueza?

LADY CHILTERN – Sem dúvida. Não tem nada a ocultar, não é?

LORDE GORING – Nada. Mas, minha querida lady Chiltern, penso, se me permite dizer, que na vida prática...

LADY CHILTERN – (*Sorrindo*) De que tão pouco sabe, lorde Goring...

LORDE GORING – De que nada sei por experiência, embora alguma coisa saiba por observação. Penso que na vida prática o triunfo e a ambição andam sempre ligados à ausência de escrúpulos. Uma vez que um homem empenhou o seu coração e a sua alma em atingir um certo ponto, se tiver um penhasco a subir, sobe; se tiver de patinar num atoleiro...

LADY CHILTERN – O que faz?

LORDE GORING – Patina no atoleiro. É claro que estou apenas falando de maneira geral sobre a vida.

LADY CHILTERN – (*Gravemente*) Assim o espero. Por que está olhando para mim desse modo tão estranho, lorde Goring?

LORDE GORING – Lady Chiltern, tenho algumas vezes pensado que... é talvez um pouquinho dura em algumas das suas opiniões sobre a vida. Penso que... muitas vezes não faz concessões suficientes. Em todas as naturezas há elementos de fraqueza, ou coisa pior que fraqueza. Supondo, por exemplo, que... que qualquer homem público, meu pai, ou lorde Merton, ou o Robert, digamos, tenha escrito, há anos, alguma carta insensata a alguém...

LADY CHILTERN – O que quer dizer com uma carta insensata?

LORDE GORING – Uma carta gravemente comprometedora da situação de um homem. Estou a formular uma hipótese imaginária.

LADY CHILTERN – O Robert é tão incapaz de cometer uma insensatez como de cometer um erro.

LORDE GORING – (*Após uma longa pausa*) Ninguém é incapaz de cometer uma insensatez. Ninguém é incapaz de cometer um erro.

LADY CHILTERN – É pessimista? O que dirão os outros dândis? Têm de se vestir todos de luto.

LORDE GORING – (*Levantando-se*) Não, lady Chiltern, não sou pessimista. Na verdade, não tenho a certeza de saber o que realmente vem a ser o pessimismo. Tudo o que eu de fato sei é que a vida não pode ser compreendida sem muita caridade, não pode ser vivida sem muita caridade. É o amor, e não a filosofia alemã, que é a verdadeira explicação deste mundo, seja qual for a explicação do outro. E, lady Chiltern, se um dia tiver alguma coisa que a aflija, confie em mim absolutamente, e eu a ajudarei de todos os modos que puder. Se um dia precisar de mim, recorra a mim e eu correrei em seu auxílio. Venha imediatamente falar comigo.

LADY CHILTERN – (*Fitando-o, surpresa*) Lorde Goring, está falando de modo muito sério. Creio que nunca o ouvi falar assim tão sério.

LORDE GORING – (*Rindo-se*) Desculpe-me, lady Chiltern. Nunca mais isso acontecerá, se eu puder evitar.

LADY CHILTERN – Mas gosto que seja sério.

Entra Mabel Chiltern com um vestido encantador.

MABEL CHILTERN – Querida Gertrudes, não diga a lorde Goring uma coisa tão terrível. A seriedade iria lhe ficar muito mal. Boa tarde, lorde Goring! Por favor, seja o mais trivial possível.

LORDE GORING – Era o que eu queria, srta. Mabel, mas receio estar hoje... um pouco destreinado; além disso, tenho de ir embora.

MABEL CHILTERN – Precisamente quando eu entro! Que terríveis modos tem! Tenho a certeza de que o educaram muito mal.

LORDE GORING – É verdade.

MABEL CHILTERN – Gostaria de o ter educado, eu!

LORDE GORING – Que pena eu tenho!

MABEL CHILTERN – Agora é tarde demais, suponho.

LORDE GORING – (*Sorrindo*) Não sou desse parecer.

MABEL CHILTERN – Quer dar um passeio a cavalo, amanhã de manhã?

LORDE GORING – Quero, sim, às dez.

MABEL CHILTERN – Não se esqueça.

LORDE GORING – É claro que me não esquecerei. A propósito, lady Chiltern: o *Morning Post* de hoje não traz a lista dos seus convidados. Decerto por falta de espaço; foi todo para a sessão da câmara, a Conferência de Lambeth ou qualquer chatice assim. Não me poderia arranjar uma lista? Tenho motivo particular para lhe pedir.

LADY CHILTERN – Tenho a certeza de que o sr. Trafford lhe poderá dar uma.

LORDE GORING – Muito obrigado.

MABEL CHILTERN – O Tommy é a pessoa mais útil de Londres.

LORDE GORING – (*Voltando-se para ela*) E quem é a mais ornamental?

MABEL CHILTERN – (*Triunfantemente*) Sou eu!

LORDE GORING – Adivinhou. Que inteligente! (*Pega o chapéu e a bengala*) Adeus, lady Chiltern! Lembre-se do que eu lhe disse, sim?

LADY CHILTERN – Sim, mas não sei por que é que me disse.

LORDE GORING – E eu mal o sei, também. Adeus, srta. Mabel!

MABEL CHILTERN – (*Fazendo beicinho, de contrariada*) Não queria que você fosse embora. Tive esta manhã quatro admiráveis aventuras, quatro e meia, de fato. Podia ficar para ouvi-las.

LORDE GORING – Que egoísmo ter quatro aventuras e meia! Não fica então nenhuma para mim.

MABEL CHILTERN – Não quero que você as tenha. Não seriam boas para você.

LORDE GORING – É a primeira coisa desamável que me diz. E com que encanto a disse! Às dez, amanhã.

MABEL CHILTERN – Em ponto.

LORDE GORING – Rigorosamente em ponto. Mas não leve o sr. Trafford.

MABEL CHILTERN – (*Com um leve meneio de cabeça*) É claro que não levo o sr. Trafford. O Tommy Trafford não está nas boas graças.

LORDE GORING – Fico muito feliz em saber disso.

Curva-se e sai.

MABEL CHILTERN – Gertrudes, desejava que falasse ao Tommy Trafford.

LADY CHILTERN – Que fez desta vez o sr. Trafford? Diz o Robert que é o melhor secretário que jamais teve.

MABEL CHILTERN – Bem, o Tommy tornou a propor-me casamento. Não faz outra coisa senão propor-me casamento. Propôs-me ontem à noite, no salão de música, quando eu estava inteiramente desprotegida, pois estavam tocando um complicado terceto. Não ousei dar-lhe resposta, quase evito lhe dizer. Se lhe tivesse dado, teria parado a música imediatamente. Os músicos são absurdos. Querem sempre que nós sejamos inteiramente mudos, quando o que nós mais desejaríamos era sermos absolutamente surdos. Então propôs-me casamento em plena luz do dia, esta manhã, em frente daquela terrível estátua de Aquiles. Realmente as coisas que se passam diante daquela obra de arte são de estarrecer. A polícia devia intervir. Ao almoço li-lhe nos olhos que me ia renovar a proposta, consegui detê-lo a tempo, assegurando-lhe que era bimetalista. Felizmente não sei o que é o bimetalismo. E não creio que haja alguém que o saiba. Mas a observação esmagou o Tommy por dez minutos. Ficou mesmo desorientado de todo. E depois o Tommy tem uma maneira tão aborrecida de propor casamento. Se ele falasse alto, não me importava tanto. Poderia produzir algum efeito sobre o público. Mas fala de um modo horrendamente confidencial. Quando o Tommy quer ser romântico, fala-nos tal qual um médico. Gosto muito do Tommy, mas tem uns processos de propor casamento inteiramente antiquados. Queria, Gertrudes, que lhe falasse e lhe dissesse que uma vez por semana é mais que suficiente para propor casamento e que isso se deve fazer sempre de maneira a atrair a atenção dos outros.

LADY CHILTERN – Querida Mabel, não fale assim. Além disso, Robert tem pelo sr. Trafford a mais alta consideração. Está convencido de que o espera um brilhante futuro.

MABEL CHILTERN – Oh! Por nada deste mundo eu casaria com um homem de futuro.

LADY CHILTERN – Mabel!

MABEL CHILTERN – Eu sei, querida. A Gertrudes casou com um homem de futuro, não é verdade? Mas Robert era um gênio, e a Gertrudes tem um caráter nobre, abnegado. Pode aguentar os gênios. Eu não tenho esse caráter, e Robert é o único gênio que eu posso suportar. Em regra, acho-os inteiramente impossíveis. Os gênios falam demais, não é verdade? Que mau hábito! E estão sempre pensando em si, quando eu quero que eles pensem em mim. Tenho de ir embora, tenho ensaio em casa de lady Basildon. Lembra-se, não? Temos quadros vivos. O triunfo de qualquer coisa, não sei o quê? Espero que seja o meu. É o único triunfo que me interessa agora (*Beija lady Chiltern e sai, volta logo correndo*) Oh, Gertrudes, sabe quem vem aí? Aquela terrível sra. Cheveley, com um vestido adorável. Convidou-a?

LADY CHILTERN – (*Levantando-se*) Sra. Cheveley! Vem aí? Impossível!

MABEL CHILTERN – Asseguro-lhe que vem subindo as escadas, toda impante e pomposa!

LADY CHILTERN – Não precisa esperar, Mabel. Lembre-se de que está lady Basildon à sua espera.

MABEL CHILTERN – Oh! Tenho de apertar a mão da lady Markby. É deliciosa. Gosto de a ouvir ralhar-me.

Entra Mason.

MASON – Lady Markby. Sra. Cheveley.

Entram lady Markby e sra. Cheveley.

LADY CHILTERN – (*Avançando ao seu encontro*) Querida lady Markby, que bondade a sua em vir visitar-me! (*Aperta-lhe a mão e baixa a cabeça, à distância, à sra. Cheveley*) Não quer se sentar, sra. Cheveley?

SRA. CHEVELEY – Obrigada. Aquela não é srta. Chiltern? Gostaria tanto de a conhecer.

LADY CHILTERN – Mabel, sra. Cheveley deseja conhecê-la.

Mabel Chiltern faz um pequeno aceno com a cabeça.

SRA. CHEVELEY – (*Sentando-se*) Achei o seu vestido tão encantador, ontem à noite, srta. Chiltern. Tão simples e... adequado.

MABEL CHILTERN – Verdade? Tenho de o dizer à minha modista. Vai ser para ela uma surpresa. Adeus, lady Markby!

LADY MARKBY – Já vai embora?

MABEL CHILTERN – Sinto muito, mas tem de ser. Vou ao ensaio. Tenho de estar de cabeça para baixo em alguns quadros.

LADY MARKBY – De cabeça para baixo, filha? Oh! Isso não! Faz muito mal.

Senta-se no sofá ao lado de lady Chiltern.

MABEL CHILTERN – Mas é uma excelente obra de caridade em benefício dos não merecedores, a única gente que me interessa de verdade. Sou a secretária, e o Tommy Trafford é o tesoureiro.

SRA. CHEVELEY – E lorde Goring que é?

MABEL CHILTERN – Oh! Lorde Goring é o presidente.

SRA. CHEVELEY – Deve estar admiravelmente nesse lugar, a não ser que tenha se estragado desde os tempos em que o conheci.

LADY MARKBY – (*Refletindo*) A Mabel é notavelmente moderna. Um pouquinho moderna demais, talvez. Não há nada tão perigoso como ser moderna demais. Sujeita-se uma pessoa a ficar de repente fora da moda. Conheci já muitos exemplos disso.

MABEL CHILTERN – Que terrível perspectiva!

LADY MARKBY – Ah! Minha querida, não precisa ficar nervosa. Há de ser sempre tão linda quanto possível. Essa é a melhor moda que há, e a única moda que a Inglaterra consegue estabelecer.

MABEL CHILTERN – (*Com uma saudação*) Muito obrigada, lady Markby, pela Inglaterra... e por mim.

Sai.

LADY MARKBY – (*Voltando-se para lady Chiltern*) Querida Gertrudes, viemos aqui para saber se teriam encontrado o broche de diamantes de sra. Cheveley.

LADY CHILTERN – Perdido aqui?

SRA. CHEVELEY – Sim. Dei pela falta dele ao chegar no hotel, e pensei que talvez tivesse caído aqui.

LADY CHILTERN – Não ouvi dizer nada. Mas vou chamar o mordomo para lhe perguntar.

Toca a campainha.

SRA. CHEVELEY – Oh, não se incomode, lady Chiltern. Decerto perdi-o na ópera, antes de virmos aqui.

LADY MARKBY – Ah! Sim, deve ter sido na ópera. O fato é que, hoje em dia, há tanta gente em toda a parte, tomamos tanto encontrão, tanto empurrão, que me admiro de ainda nos restar alguma coisa ao regressarmos para casa. Por mim o sei, quando venho da sala de visitas, tenho a impressão de não ter um farrapo sobre mim, exceto um farrapito de decente reputação, o bastante para impedir as classes baixas de fazerem lamentáveis observações através das janelas da carruagem. O fato é que na nossa sociedade há gente demais. Realmente, devia-se estudar um plano de fomentar a emigração. Faria muito bem.

SRA. CHEVELEY – Estou plenamente de acordo, lady Markby. Há quase seis anos que não passo a temporada em Londres, e devo dizer que a sociedade se tem misturado medonhamente. Vê-se por toda parte as pessoas mais esquisitas.

LADY MARKBY – É absolutamente certo, querida. Mas não precisamos as conhecer. Tenho a certeza de que não conheço metade das pessoas que vêm à minha casa. Realmente, ao que ouço, nenhum gosto teria em conhecê-las.

Entra Mason.

LADY CHILTERN – Como era o broche que perdeu, sra. Cheveley?

SRA. CHEVELEY — Um broche em forma de serpente, com diamantes e um rubi, um grande rubi.

LADY MARKBY — Parece que me disse que era uma safira na cabeça, não, querida?

SRA. CHEVELEY — (*Sorrindo*) Não, lady Markby, um rubi.

LADY MARKBY — (*Meneando a cabeça*) E ficava-lhe muito bem, não há dúvida.

LADY CHILTERN — Encontraram esta manhã, em alguma das salas, Mason, um broche com rubis e diamantes?

MASON — Não, minha senhora.

SRA. CHEVELEY — Não tem importância, lady Chiltern. Sinto muito tê-la incomodado.

LADY CHILTERN — (*Friamente*) Oh! Incômodo nenhum. Está bem, Mason. Pode trazer o chá.

Sai Mason.

LADY MARKBY — Bom, devo dizer que é aborrecidíssimo perder qualquer coisa. Lembro-me de, há anos, em Bath, ter perdido no Pump Room uma lindíssima pulseira de camafeu, que sir John tinha me dado. Parece-me que nunca mais me deu coisa alguma, sinto muito dizê-lo. Degenerou tristemente. Realmente está horrível. A Câmara dos Comuns arruína-nos completamente os maridos. Considero a Câmara Baixa o maior golpe jamais vibrado a uma vida conjugal ditosa, desde que se inventou essa terrível coisa chamada a educação superior das mulheres.

LADY CHILTERN — Ah! É uma heresia dizer isso nesta casa, lady Markby. Robert é um grande paladino da educação superior das mulheres, e parece-me que também eu o sou.

SRA. CHEVELEY — Educação superior dos homens é o que nós gostaríamos de ver. É uma triste necessidade dos homens.

LADY MARKBY — Efetivamente, querida. Mas receio que tal plano não seja nada prático. Não penso que o homem tenha muita capacidade para progredir. Vai até onde pode, e não vai longe, não é verdade? Pelo que diz respeito às mulheres, bem, a minha cara Gertrudes pertence à geração mais nova, e tenho a certeza de que está de acordo. No meu tempo, é claro, ensinaram-nos a não compreender nada. Era o velho sistema, e é admiravelmente interessante. Asseguro-lhe que a quantidade de coisas que a mim e à minha pobre irmãzinha nos ensinaram a não perceber era extraordinária. As mulheres modernas, porém, compreendem tudo, segundo ouço dizer.

SRA. CHEVELEY — Exceto os maridos. É a única coisa que a mulher moderna nunca compreende.

LADY MARKBY — E é, sem dúvida, uma esplêndida coisa, minha querida. Se assim não fosse, muito lar ditoso seria desfeito. Não o seu, Gertrudes, quase é desnecessário dizer. Tem um marido modelo. Pudesse eu dizer o mesmo do meu! Mas desde que sir John levou a sério assistir aos debates regularmente, o que nos bons tempos idos nunca fazia, a sua linguagem tornou-se absolutamente impossível. Parece estar sempre a pensar que está discursando na câmara, e, por isso, todas as vezes que discute o estado do trabalhador rural, ou a Igreja galesa ou qualquer coisa assim inconveniente, vejo-me obrigada a mandar sair da sala os criados. Não é agradável vermos o nosso mordomo, que está em nossa casa há vinte e três anos, corar encostado ao aparador, e os criados a fazerem trejeitos nos cantos, como se estivessem no circo. Asseguro-lhe que, se me não mandam imediatamente o John para a Câmara Alta, será a ruína total da minha vida. Depois, já não se interessará pela política, não é? A Câmara dos Lordes é tão sensata. Uma assembleia de gentlemen. Mas, no estado atual, sir John é realmente um suplício. Ora vejam, esta manhã, ainda o café da manhã não estava no meio, de pé, no tapete do fogão, de mãos nos bolsos, pôs-se a discursar o mais alto que podia. Desnecessário será dizer que me levantei logo da mesa, mal tomei a segunda xícara de chá. Mas a sua linguagem violenta podia ouvir-se por toda a casa! Estou convencida, Gertrudes, de que sir Robert não é assim, não é?

LADY CHILTERN – Mas eu interesso-me muitíssimo pela política, lady Markby. Gosto muito de ouvir Robert falar desses assuntos.

LADY MARKBY – Bom, espero que não seja tão dedicado aos Livros Azuis como sir John. Não me parece que possam constituir leitura proveitosa seja para quem for.

SRA. CHEVELEY – (*Languidamente*) Eu nunca li um livro azul. Prefiro livros... de capa amarela.

LADY MARKBY – (*Alheadamente*) O amarelo é uma cor mais alegre, não é? Eu usava muito o amarelo noutros tempos, e ainda usaria, se sir John não fosse tão lamentavelmente pessoal nas suas observações, e um homem em questão de vestidos é sempre ridículo, não é?

SRA. CHEVELEY – Oh, não! Penso que os homens são as únicas autoridades em questão de traje.

LADY MARKBY – Sim? Não se diria isso a avaliar pelos chapéus que eles usam, não é verdade?

Entra o mordomo, seguido de um criado. É servido o chá numa pequena mesa à beira de lady Chiltern.

LADY CHILTERN – Dá licença de lhe servir chá, sra. Cheveley?

SRA. CHEVELEY – Obrigada.

O mordomo oferece à sra. Cheveley uma xícara de chá numa salva.

LADY CHILTERN – Chá, lady Markby?

LADY MARKBY – Não, querida, muito obrigada. (*Saem os criados*) O fato é que prometi ir visitar a pobre lady Brancaster, que está muito aflita. A filha, moça primorosamente educada, quer a todo custo casar com um cura de Shropshire. É muito triste, muito triste, realmente. Não posso compreender esta mania moderna pelos curas. No meu tempo nós, moças, víamos a eles, é claro, andar à nossa volta como coelhos. Mas nunca fazíamos caso, desnecessário será dizer. Mas ouço dizer que atualmente a sociedade no campo está infestada deles. Não acho isso nada religioso. E depois o filho mais velho questionou o pai, e dizem que, quando se encontram no clube, lorde Brancaster se esconde por trás do artigo monetário do *Times*. Todavia, creio que isso é, hoje, um caso vulgar, e que em todos os clubes da St. James's Street têm de comprar números suplementares do *Times*; há tantos filhos que não querem nada com os pais, e tantos pais que não querem falar com os filhos. Penso que é muito para lamentar.

SRA. CHEVELEY — Também eu. Os pais têm, hoje em dia, tanto que aprender com os filhos.

LADY MARKBY — Realmente, querida? O quê?

SRA. CHEVELEY — A arte de viver. A única arte realmente bela que nós produzimos nos tempos modernos.

LADY MARKBY — (*Abanando com a cabeça*) Ah! Talvez lorde Brancaster soubesse muito disso. Mais do que a pobre da mulher. (*Voltando-se para lady Chiltern*) Conhece lady Brancaster, não, querida?

LADY CHILTERN — Muito ligeiramente. Estava em Langton no outono passado, quando nós estivemos lá.

LADY MARKBY — Bom, como todas as mulheres gordas, parece a personificação da felicidade, como, sem dúvida, notou. Mas há muitas tragédias na sua família, além deste caso do cura. A irmã, sra. Jekyll, teve uma vida muito infeliz; e não por culpa sua, sinto dizê-lo. Por fim, tão desgostosa estava que entrou para um convento, ou para o teatro de ópera, já não me lembro bem ao certo. Não; creio que se dedicou a trabalhos artísticos de agulha. Sei que tinha perdido todo o gosto da vida. (*Levantando-se*) E agora, Gertrudes, se me permite, deixo sra. Cheveley aqui ao seu cuidado e daqui a quinze minutos venho buscá-la. Ou talvez a querida sra. Cheveley se não importe em esperar na carruagem, enquanto eu estou com lady Brancaster. Como faço de conta que é uma visita de pêsames, não me demoro muito.

SRA. CHEVELEY — (*Levantando-se*) Não me importo em esperar na carruagem, contanto que tenha alguém cuidando de mim.

LADY MARKBY — Bom, ouvi dizer que o cura anda sempre por lá a rondar a casa.

SRA. CHEVELEY — Não gosto de amigas.

LADY CHILTERN — (*Levantando-se*) Oh! Espero que a sra. Cheveley fique aqui um pouco. Gostaria de conversar uns minutos com ela.

SRA. CHEVELEY — Que gentileza, lady Chiltern! Acredite, nada me causaria maior prazer.

LADY MARKBY — Ah! Sem dúvida, têm ambas muitas recordações agradáveis dos tempos de colégio. Não lhes falta assunto para conversa. Adeus, querida Gertrudes! Vai logo à casa de lady Bonar? Descobriu um novo gênio admirável. Um homem que… não faz absolutamente nada, acho. É uma grande consolação, não é?

LADY CHILTERN — Eu e o Robert jantamos hoje sozinhos, aqui em casa, e decerto não iremos a parte alguma depois. O Robert, é claro, irá à câmara. Mas não há nada que interesse.

LADY MARKBY — Jantam sozinhos em casa? Acha isso prudente? Ah! Já me esquecia, seu marido é uma exceção. O meu é a regra geral, e nada envelhece tão rapidamente uma mulher como ter casado com a regra geral.

Sai lady Markby.

SRA. CHEVELEY — Mulher admirável, lady Markby, não é? Nunca encontrei pessoa que fale mais e diga menos. É feita para ser oradora pública. Muito mais do que o marido, apesar de ser um inglês típico, sempre macambúzio e de ordinário violento.

LADY CHILTERN – (*Não responde, mas conserva-se de pé. Há um silêncio. Então encontram-se os olhos das duas mulheres. Lady Chiltern está pálida e muito séria. Sra. Cheveley parece um tanto divertida*) Sra. Cheveley, penso que é meu dever dizer-lhe francamente que, se eu tivesse sabido quem a senhora é, não a teria convidado para vir aqui ontem.

SRA. CHEVELEY – (*Com um sorriso impertinente*) Realmente?

LADY CHILTERN – Não poderia fazê-lo.

SRA. CHEVELEY – Vejo que, após todos estes anos, a Gertrudes não mudou absolutamente nada.

LADY CHILTERN – Eu nunca mudo.

SRA. CHEVELEY – (*Alçando as sobrancelhas*) Então a vida não lhe ensinou nada?

LADY CHILTERN – Ensinou-me que se uma pessoa que foi uma vez culpada de um ato desonesto e desonroso pode cometê-lo uma segunda vez, deve, portanto, ser evitada.

SRA. CHEVELEY – Aplicaria essa regra a todos?

LADY CHILTERN – Sim, a todos, sem exceção.

SRA. CHEVELEY – Então tenho muita pena de você, Gertrudes, muita pena.

LADY CHILTERN – Vê agora, tenho a certeza de que, por muitos motivos, quaisquer relações entre nós, durante a sua estadia em Londres, são inteiramente impossíveis?

SRA. CHEVELEY – (*Recostando-se na cadeira*) Sabe, Gertrudes, não me importa absolutamente nada que pregue moralidade. Moralidade é simplesmente a atitude que nós adotamos com as pessoas de quem não gostamos. A Gertrudes não gosta de mim. Sei-o perfeitamente. E eu detestei-a sempre. E, contudo, vim aqui para lhe prestar um serviço.

LADY CHILTERN – (*Desdenhosamente*) Como o serviço que desejava prestar a meu marido ontem à noite, suponho. Graças a Deus, salvei-o disso.

SRA. CHEVELEY – (*Pondo-se bruscamente em pé*) Foi a senhora quem o fez escrever-me aquela insolente carta? Foi a senhora quem o obrigou a romper o prometido?

LADY CHILTERN – Fui.

SRA. CHEVELEY – Então tem de o obrigar a cumprir a promessa. Concedo-lhe até amanhã de manhã — não mais. Se até lá seu marido não se obriga solenemente a ajudar-me neste grande plano em que estou interessada...

LADY CHILTERN – Essa fraudulenta especulação...

SRA. CHEVELEY – Chame-o como quiser. Tenho seu marido preso na palma da mão, e, se a senhora tiver bom senso, obriga-o a fazer o que lhe digo.

LADY CHILTERN – (*Levantando-se e dirigindo-se para ela*) É impertinente. Que tem meu marido a ver contigo? Com uma mulher como a senhora?

SRA. CHEVELEY – (*Com uma acerba risada*) Neste mundo cada qual com seu igual. Por seu marido ser fraudulento e desonesto é que nós ligamos tão bem um com o outro. Entre a senhora e ele há falhas. Eu e ele estamos mais unidos do que se fôramos íntimos amigos. Somos inimigos amarrados um ao outro. Prende-nos o mesmo pecado.

LADY CHILTERN – Como se atreve a igualar meu marido a você? Como ousa ameaçá-lo ou a mim? Saia de minha casa! É indigna de nela entrar.

Vindo da retaguarda, entra sir Robert Chiltern. Ouve as últimas palavras da esposa e vê a quem são dirigidas. Fica pálido como um cadáver.

SRA. CHEVELEY – Sua casa! Uma casa comprada com o preço da desonra. Uma casa em que tudo foi pago pela fraude. (*Volta-se e vê sir Robert Chiltern*) Pergunte-lhe qual foi a origem da sua fortuna! Peça-lhe que lhe diga como foi que ele vendeu a um corretor da Bolsa um segredo de gabinete. Ouça da boca dele a que é que a senhora deve a sua situação.

LADY CHILTERN – Não é verdade! Robert! Não é verdade!

SRA. CHEVELEY – (*Apontando com o dedo para ele*) Olhe para ele! Pode negá-lo? Atreve-se a isso?

SIR ROBERT CHILTERN – Vá embora! Imediatamente! Cometeu agora a sua pior ação.

SRA. CHEVELEY – A pior? Ainda não acabei, nem com um, nem com outro. Espero até amanhã ao meio-dia. Se a essa hora não fizer o que desejo que faça, todo o mundo saberá a origem de Robert Chiltern.

Sir Robert Chiltern toca a campainha. Entra Mason.

SIR ROBERT CHILTERN – Acompanhe sra. Cheveley.

Sra. Cheveley estremece; depois curva-se com exagerada cortesia perante lady Chiltern, que não corresponde. Ao passar por sir Robert Chiltern, que está junto à porta, para por um momento e fita-o de frente. Sai, seguida pelo criado, que fecha a porta nas suas costas. Marido e esposa ficam a sós. Lady Chiltern parece absorta em terrível sonho. Depois volta-se e olha para o marido. Fita-o com olhos estranhos, como se pela primeira vez o visse.

LADY CHILTERN – Vendeu um segredo de gabinete por dinheiro! Começou a sua vida por uma fraude! Edificou a sua carreira sobre a desonra! Oh! Diga-me que não é verdade! Desminta! Desminta! Diga-me que não é verdade!

SIR ROBERT CHILTERN – O que esta mulher disse é inteiramente verdade. Mas, Gertrudes, escuta-me. Você não imagina como eu fui tentado. Deixa-me contar-te tudo.

Avança para ela.

LADY CHILTERN – Não chegue perto de mim! Não me toque! Tenho a sensação de que você tenha me manchado para sempre. Oh! Que máscara tem trazido na cara todos estes anos! Horrível máscara pintada! Vendeu-se por dinheiro. Oh! Valia mais ser um ladrão vulgar. Colocou-se à venda a quem mais desse! Foi comprado no mercado. Mentiu a todo mundo. E a mim não quer mentir.

SIR ROBERT CHILTERN – (*Precipitando-se para ela*) Gertrudes! Gertrudes!

LADY CHILTERN – (*Repelindo-o com as mãos estendidas*) Não, não fale! Não diga nada! A sua voz desperta recordações terríveis — recordações de coisas que me fizeram o amar — recordações que são agora horríveis para mim. E como eu o adorei! Você era para mim alguma coisa à parte da vida vulgar, uma coisa pura, nobre, honesta, imaculada. O mundo parecia-me mais belo porque você estava nele, e a bondade mais real porque você vivia. E agora — oh! Quando penso que de um homem como você fiz eu o meu ideal! O ideal da minha vida!

SIR ROBERT CHILTERN — Foi o seu erro. O erro que todas as mulheres cometem. Por que é que vocês, mulheres, não podem nos amar com todos os nossos defeitos? Por que é que nos colocam em pedestais monstruosos? Todos nós temos pés de barro, mulheres e homens; mas quando nós, homens, amamos as mulheres, amamos conhecendo as suas fraquezas, os seus desvarios, as suas imperfeições, amamos ainda mais, talvez, por isso mesmo. Não é o perfeito, mas o imperfeito, que necessita de amor. É quando nós estamos feridos pelas nossas próprias mãos, ou pelas mãos dos outros, que o amor nos deve vir curar — aliás, que préstimo tem o amor? Todos os pecados, exceto um pecado contra si próprio, deve o amor perdoar. Todas as vidas, salvo as vidas sem amor, deve o verdadeiro amor perdoar. É assim o amor do homem. É mais largo, maior, mais humano, do que o da mulher. As mulheres pensam que fazem dos homens ideais. Fazem de nós apenas falsos ídolos. Fez de mim o seu falso ídolo, e eu não tive a coragem de descer, mostrar as minhas feridas, dizer-lhe as minhas fraquezas. Tinha medo de perder o seu amor, como o perdi agora. E assim, ontem à noite, arruinou a minha vida por mim — sim, arruinou-a. O que esta mulher me pedia nada era comparado com o que ela me oferecia. Oferecia-me segurança, paz, estabilidade. O pecado da minha mocidade, que eu julgava sepultado, ergueu-se na minha frente, hediondo, horrível, a cravar-me as mãos na garganta. Podia tê-lo matado para sempre, podia tê-lo feito regressar ao seu túmulo, podia ter destruído os seus vestígios, queimado o único testemunho contra mim. Você impediu-me de o fazer. Ninguém senão você, bem sabe. E agora, que tenho eu diante de mim senão a vergonha pública, a ruína, a vergonha terrível, o escárnio do mundo, uma vida solitária e desonrada, uma morte solitária e desonrada, talvez, um dia? Que as mulheres nunca mais façam dos homens ideais! Não os ponham em altares e não se curvem diante deles, senão arruinarão outras vidas tão completamente como você — que eu tão loucamente amei — arruinou a minha!

Sai da sala. Lady Chiltern corre para ele, mas a porta fecha-se, quando ela vai a atingi-la. Pálida de angústia, desorientada, abandonada, oscila como uma planta na água. As mãos, estendidas, parecem tremer no ar como flores ao vento. Atira-se, então, para um sofá e esconde o rosto. Soluça como uma criança. Cai o pano.

Terceiro Ato

CENA

Biblioteca na casa de lorde Goring. À direita está a porta que dá para o vestíbulo. À esquerda, a porta da sala de fumo. Uma porta de dois batentes ao fundo dá para a sala de visitas. O fogão está aceso. Phipps, o mordomo, está arrumando jornais na secretária. A distinção de Phipps é a sua impassibilidade. Foi classificado pelos seus entusiastas o mordomo ideal. Não é tão incomunicável como uma esfinge. É uma máscara com maneiras. Da sua vida intelectual ou emotiva nada sabe a história. Representa a supremacia da forma.

Entra lorde Goring em trajo de cerimônia com um raminho na lapela. Traz chapéu de seda e capa inverness. Luvas brancas e bengala Luís XVI. Vê-se que está em imediatas relações com a vida moderna, que lhe dá leis, que a domina. É o primeiro filósofo bem-vestido da história do pensamento.

LORDE GORING – Arranjou-me o segundo raminho, Phipps?

PHIPPS – Arranjei, sim, meu senhor.

Pega-lhe o chapéu, a bengala e o casaco e apresenta-lhe o novo raminho, numa bandeja.

LORDE GORING – Tem o seu quê de distinto, Phipps. Sou eu, atualmente, a única pessoa de menor importância de Londres que usa raminho.

PHIPPS – Sim, meu senhor. Já observei isso.

LORDE GORING – (*Tirando o raminho velho*) Vê, Phipps, a moda é o que a gente usa. O que os outros usam está fora da moda.

PHIPPS – Sim, meu senhor.

LORDE GORING – Assim como a vulgaridade é apenas o procedimento dos outros.

PHIPPS – Sim, meu senhor.

LORDE GORING – (*Pondo o novo raminho*) E mentiras são as verdades dos outros.

PHIPPS – Sim, meu senhor.

LORDE GORING – Os outros são absolutamente terríveis. A única sociedade possível somos nós mesmos.

PHIPPS – Sim, meu senhor.

LORDE GORING – Amarmo-nos a nós mesmos é o começo de um eterno romance, Phipps.

PHIPPS – Sim, meu senhor.

LORDE GORING – (*Vendo-se ao espelho*) Parece-me que não gosto deste ramo, Phipps. Faz-me parecer um pouco velho demais. Faz-me parecer quase na plenitude da vida, não, Phipps?

PHIPPS – Não noto alteração alguma no aspecto de Vossa Excelência.

LORDE GORING – Não, Phipps?

PHIPPS – Não, meu senhor.

LORDE GORING – Não tenho bem a certeza. Para o futuro um ramo mais trivial, Phipps, nas noites de quinta-feira.

PHIPPS – Direi isso à florista, meu senhor. Teve há pouco um falecimento na família, o que talvez explique a falta de trivialidade de que Vossa Excelência se queixa no ramo.

LORDE GORING – Coisa extraordinária nas classes baixas de Inglaterra — estão sempre a falecer parentes.

PHIPPS – Sim, meu senhor. São extremamente felizes a esse respeito.

LORDE GORING – (*Volta-se e olha para ele. Phipps mantém-se impassível*) Hum! Há cartas, Phipps?

PHIPPS — Três, meu senhor.

Entrega as cartas numa bandeja.

LORDE GORING — (*Pega as cartas*) Quero o carro daqui a vinte minutos.

PHIPPS — Sim, meu senhor.

Dirige-se para a porta.

LORDE GORING — (*Pega uma carta de sobrescrito cor-de-rosa*) Quando chegou esta carta, Phipps?

PHIPPS — Trouxeram-na logo depois de Vossa Excelência ter ido para o clube.

LORDE GORING — Está bem. (*Sai Phipps*) A letra de lady Chiltern no papel cor-de-rosa de lady Chiltern. É muito curioso. Pensei que me escrevesse o Robert. Que terá lady Chiltern a dizer-me? (*Senta-se à secretária, abre a carta e lê-a*) "Confio numa amizade de que tanto preciso. Vou aí já. Gertrudes." (*Pousa a carta, intrigado. Depois torna a pegar nela e lê-a de novo, pausadamente*) "Confio numa amizade de que tanto preciso. Vou aí já." Descobriu tudo, então! Pobre mulher! Pobre mulher! (*Puxa do relógio e vê as horas*) Mas que hora para vir aqui! Dez horas! Terei de desistir de ir aos Berkshire. Contudo, é sempre bonito ser esperado e não chegar. No baile dos solteiros não me esperam, por isso decerto vou lá. Bem, vou fazer com que fique com o marido. É a única coisa que tem que fazer. É a única coisa que toda a mulher tem a fazer. É o desenvolvimento do senso moral nas mulheres que torna o casamento uma instituição tão contingente e tão precária. Dez horas. Deve estar aqui daqui a pouco. Devo dizer a Phipps que não estou aqui para ninguém mais.

Dirige-se para a campainha. Entra Phipps.

PHIPPS — Lorde Caversham.

LORDE GORING — Oh! Por que é que os pais aparecem sempre quando não devem aparecer? Erro extraordinário da natureza, suponho. (*Entra lorde Caversham*) Muito prazer em vê-lo, meu pai.

Vai ao seu encontro.

LORDE CAVERSHAM — Tire-me o casaco.

LORDE GORING — Valerá a pena, pai?

LORDE CAVERSHAM — É claro que vale a pena. Qual é a cadeira mais cômoda?

LORDE GORING — Esta, pai. É a cadeira em que eu me sento, quando tenho visitas.

LORDE CAVERSHAM — Obrigado. Não há aqui correntes de ar?

LORDE GORING — Não há, pai.

LORDE CAVERSHAM — (*Sentando-se*) Agrada-me muito. Não posso suportar correntes de ar. Em minha casa não há correntes de ar.

LORDE GORING — Mas há cada pé de vento, pai!

LORDE CAVERSHAM — Eh? Eh? Não percebo o que quer dizer. Preciso ter uma conversa séria contigo.

LORDE GORING — Meu querido pai! A esta hora?

LORDE CAVERSHAM — Bem, senhor, são só dez horas. Que tem que objetar à hora? Acho que a hora é admirável.

LORDE GORING – Bem, o fato é, pai, que hoje não é o meu dia de falar sério. Sinto muito, mas não é o meu dia.

LORDE CAVERSHAM – O que quer dizer?

LORDE GORING – Durante a temporada, pai, só falo sério na primeira terça-feira de cada mês, das quatro às sete.

LORDE CAVERSHAM – Bom, faça de conta que hoje é terça-feira.

LORDE GORING – Mas já passa das sete, pai, e o meu médico diz que não devo ter conversas sérias depois das sete horas. Faz-me falar quando estou dormindo.

LORDE CAVERSHAM – Falar quando está dormindo? Que importa isso? Não é casado.

LORDE GORING – Não, pai, não sou casado.

LORDE CAVERSHAM – Hum! É precisamente esse o assunto sobre o qual venho falar. Tem de casar, e já. Ora essa, quando eu era da sua idade, tinha três meses de inconsolável viúvo e já andava paquerando sua admirável mãe. Diabos, é dever seu casar. Não pode viver sempre para o prazer. Hoje em dia todo o homem de posição é casado. Já passaram de moda os solteiros. Estão desacreditados. Sabe-se muita coisa deles. Tem de arranjar esposa. Veja aonde o seu amigo Robert Chiltern chegou pela sua probidade, pelo seu árduo trabalho e por um ditoso casamento com uma boa mulher. Por que o não imita? Por que o não toma por modelo?

LORDE GORING – Assim farei, pai.

LORDE CAVERSHAM – Queira Deus que sim! Seria eu feliz. Atormento a vida de sua mãe por sua causa. Você não tem coração.

LORDE GORING – Talvez se engane, pai.

LORDE CAVERSHAM – E é mais que tempo de casar. Tem já trinta e quatro anos.

LORDE GORING – Sim, pai, mas eu só admito trinta e dois — trinta e um e meio, quando tenho um raminho de fato bom. Este não é... suficientemente trivial.

LORDE CAVERSHAM – Digo-lhe que tem trinta e quatro. E, de mais a mais, há aqui uma corrente de ar, que mais agrava ainda o seu procedimento. Por que me disse que não havia aqui correntes de ar? Sinto uma corrente de ar, sinto-a nitidamente.

LORDE GORING – Também eu, pai. É uma corrente terrível. Irei amanhã visitá-lo, pai. Poderemos falar de tudo o que quiser. Deixe-me pôr-lhe o casaco, meu pai.

LORDE CAVERSHAM – Não, meu caro; vim aqui esta noite com um objetivo definido, e tratarei do assunto que aqui me trouxe, dê por onde der, com risco da minha saúde ou da sua. Deixe o casaco.

LORDE GORING – Decerto, pai. Mas vamos para outra sala. (*Toca a campainha*) Há aqui uma corrente de ar medonha. (*Entra Phipps*) Phipps, há um bom lume na sala de fumo?

PHIPPS – Há, sim, meu senhor.

LORDE GORING – Venha para lá, pai. Os seus espirros cortam-me o coração.

LORDE CAVERSHAM – Bem, suponho que tenho o direito de espirrar quando me apetecer.

LORDE GORING – (*Desculpando-se*) Sem dúvida, pai. O que eu disse era apenas expressão de simpatia.

LORDE CAVERSHAM — Oh! Ao diabo a simpatia! Há disso demais hoje por aí.

LORDE GORING — Concordo absolutamente com você. Se houvesse menos simpatia no mundo, viveria o mundo mais calmo.

LORDE CAVERSHAM — (*Dirigindo-se para a sala de fumo*) Isso é um paradoxo, meu caro. Detesto os paradoxos.

LORDE GORING — Também eu, pai. Cada pessoa que encontramos é, hoje em dia, um paradoxo. É uma grande chatice. Torna a sociedade tão óbvia.

LORDE CAVERSHAM — (*Voltando-se e observando o filho por baixo das espessas sobrancelhas*) Compreende, na verdade, o que diz?

LORDE GORING — (*Após alguma hesitação*) Compreendo, sim, pai, se escutar com atenção.

LORDE CAVERSHAM — (*Indignado*) Se escutar com atenção!... Bonifrate presumido!

Entra resmungando na sala de fumo. Entra Phipps.

LORDE GORING — Phipps, virá aqui uma senhora para me falar sobre um assunto particular. Logo que ela chegue, leve-a para a sala de visitas. Compreende?

PHIPPS — Sim, meu senhor.

LORDE GORING — É um caso da mais grave importância, Phipps.

PHIPPS — Compreendo, meu senhor.

LORDE GORING — Ninguém mais entra aqui, em circunstância nenhuma.

PHIPPS — Compreendo, meu senhor.

Soa a campainha.

LORDE GORING — Ah! É provavelmente a senhora. Vou eu mesmo recebê-la.

Precisamente quando se dirige para a porta, surge-lhe lorde Caversham, vindo da sala de fumo.

LORDE CAVERSHAM — Então, meu caro? Sou seu criado?

LORDE GORING — (*Extremamente perplexo*) Um momento, pai. Desculpe-me. (*Lorde Caversham volta para a sala de fumo*) Bem, lembre-se das minhas instruções, Phipps — para aquela sala.

PHIPPS — Sim, meu senhor.

Lorde Goring vai para a sala de fumo. Harold, o criado, introduz sra. Cheveley, com um vestido sedutor, verde e prata. Traz uma capa de cetim preto, forrada de seda cor de folhas de rosa murcha.

HAROLD — Quem devo anunciar, minha senhora?

SRA. CHEVELEY — (*Para Phipps, que avança para ela*) Lorde Goring não está? Disseram-me que estava em casa.

PHIPPS — Sua Excelência está neste momento a conversar com lorde Caversham, minha senhora.

Vibra um olhar glacial, vítreo, a Harold, que logo se retira.

SRA. CHEVELEY — (*De si para si*) Que filial!

PHIPPS — O meu amo disse-me que pedisse à Vossa Excelência a fineza de o esperar na sala de visitas.

SRA. CHEVELEY – (*Surpresa*) Lorde Goring espera-me?

PHIPPS – Espera, sim, minha senhora.

SRA. CHEVELEY – Tem a certeza?

PHIPPS – Disse-me que, se viesse uma senhora, eu devia pedir-lhe a fineza de esperar na sala de visitas. (*Vai abrir a porta da sala de visitas*) As instruções de Sua Excelência a este respeito foram muito precisas.

SRA. CHEVELEY – (*De si para si*) Que preocupação! Esperar o inesperado mostra uma inteligência inteiramente moderna. (*Dirige-se para a sala de visitas e olha lá para dentro*) Ui! Que aridez há sempre na sala de um solteiro! Hei de modificar tudo isto. (*Phipps traz o candeeiro de cima da secretária*) Não, não gosto desse candeeiro. Dá uma luz muito forte. Acenda umas velas.

PHIPPS – (*Torna a pôr o candeeiro no seu lugar*) Decerto, minha senhora.

SRA. CHEVELEY – Espero que as velas tenham abajures adequados.

PHIPPS – Até hoje ninguém se queixou, minha senhora.

Entra na sala de visitas e começa a acender as velas.

SRA. CHEVELEY – (*De si para si*) Quem me dera saber que mulher ele espera! Será delicioso apanhá-lo. Os homens parecem sempre tão imbecis quando são apanhados. E estão sempre sendo apanhados. (*Olha em volta e aproxima-se da secretária*) Que interessante sala! Que interessante quadro! Que correspondência será a dele? (*Pega algumas cartas*) Oh! Que correspondência tão falha de interesse! Contas e bilhetes, dívidas e viúvas! Quem é que lhe escreve em papel cor-de-rosa? Que parvoíce escrever em papel cor-de-rosa! Parece o princípio de um romance da classe média. O romance nunca devia começar com sentimento. Devia começar com ciência e terminar com um dote. (*Pousa a carta e torna a pegar nela*) Conheço esta letra. É da Gertrudes Chiltern. Lembro-me perfeitamente. Os dez mandamentos em cada penada, e a lei moral pela página toda. Para que ela lhe escreverá? Queria saber! Alguma coisa horrível a meu respeito, talvez. Como eu detesto essa mulher! (*Lê a carta*) "Confio numa amizade de que tanto preciso. Vou aí já. Gertrudes." "Confio numa amizade de que tanto preciso. Vou aí já."

Ilumina-lhe o rosto um olhar de triunfo. Vai roubar a carta, quando entra Phipps.

PHIPPS – Estão acesas as velas na sala de visitas, minha senhora, como Vossa Excelência mandou.

SRA. CHEVELEY – Obrigada.

Levanta-se apressadamente e empurra a carta para debaixo de um mata-borrão que está na secretária.

PHIPPS – Espero que os abajures sejam do gosto de Vossa Excelência. São os mais cômodos que temos. São os que lorde Goring usa quando se veste para jantar.

SRA. CHEVELEY – (*Com um sorriso*) Então tenho a certeza de que servirão perfeitamente.

PHIPPS – (*Gravemente*) Obrigado, minha senhora.

Sra. Cheveley entra na sala de visitas. Phipps fecha a porta e retira-se. A porta é então subitamente aberta, e sra. Cheveley sai e dirige-se furtivamente para a secretária. De repente ouvem-se vozes, vindas da sala de fumo. Sra. Cheveley empalidece e para. Como as vozes são ouvidas cada vez mais, volta para a sala de visitas, mordendo o lábio. Entram lorde Goring e lorde Caversham.

LORDE GORING – (*Com exaltação*) Meu caro pai, se tenho de casar, permite-me, sem dúvida, escolher a ocasião, o lugar e a pessoa? Principalmente a pessoa.

LORDE CAVERSHAM – (*Imperativamente*) Isso é comigo, meu caro. A sua escolha seria, provavelmente, infeliz. A escolha tem de ser feita por mim, não por si. Há fortuna em jogo. A afeição não tem nada com isso. A afeição vem mais tarde na vida conjugal.

LORDE GORING – Sim. Na vida conjugal a afeição vem quando os dois já não gostam um do outro, não é, pai?

Põe o casaco em lorde Caversham.

LORDE CAVERSHAM – Decerto. Quero dizer, decerto que não. Hoje você está dizendo muitas tolices. O que eu digo é que o casamento é um caso de senso comum.

LORDE GORING – Mas as mulheres que têm senso comum são tão curiosamente feias, pai, não são? É claro que falo só por ouvir dizer.

LORDE CAVERSHAM – Não há mulher nenhuma, feia ou bonita, que tenha senso comum. O senso comum é privilégio do nosso sexo.

LORDE GORING – Exatamente, e é tal a abnegação dos homens, que nunca o utilizam, não é, pai?

LORDE CAVERSHAM – Eu utilizo-o. Não utilizo outra coisa.

LORDE GORING – Assim o diz minha mãe.

LORDE CAVERSHAM – É o segredo da felicidade de sua mãe. O que falta a você é coração.

LORDE GORING – Talvez não, pai.

Sai por um momento. Volta, com cara de contrariado, acompanhado de sir Robert Chiltern.

SIR ROBERT CHILTERN – Meu caro Artur, que sorte encontrá-lo no limiar da porta! O seu criado acabava de me dizer que você não estava em casa. Que extraordinário!

LORDE GORING – O fato é que estou esta noite horrivelmente ocupado, Robert, e dei ordem para dizerem que não estava em casa para quem quer que fosse. Até meu pai teve uma recepção relativamente fria. Queixou-se de uma corrente de ar o tempo todo.

SIR ROBERT CHILTERN – Ah! Para mim, Artur, você devia estar em casa. É o meu melhor amigo. Talvez amanhã seja você o meu único amigo. Minha mulher descobriu tudo.

LORDE GORING – Ah! Eu adivinhei-o logo.

SIR ROBERT CHILTERN – (*Fitando-o*) Sim? Como?

LORDE GORING – (*Após alguma hesitação*) Oh! Apenas por alguma coisa na expressão do seu rosto, quando entrou. Quem lhe disse?

SIR ROBERT CHILTERN – A própria sra. Cheveley. E a mulher que eu amo sabe que eu comecei a minha carreira com um ato de baixa desonestidade, que edifiquei a minha vida sobre areias de vergonha — que vendi, como um vulgar traficante, o segredo que me haviam confiado como homem de honra. Agradeço a Deus ter o pobre lorde

Radley falecido sem saber que eu o traíra. Valia mais eu ter morrido antes de ser tão horrendamente tentado ou de me deixar cair tão baixo.

Tapa o rosto com as mãos.

LORDE GORING – (*Após uma pausa*) Não teve ainda resposta de Viena ao seu telegrama?

SIR ROBERT CHILTERN – (*Erguendo os olhos*) Tive; recebi, às oito da noite, um telegrama do primeiro-secretário.

LORDE GORING – E então?

SIR ROBERT CHILTERN – Não se sabe absolutamente nada contra ela. Pelo contrário, ocupa uma situação bastante elevada na sociedade. Sabe-se que o barão Arnheim lhe deixou a maior parte da sua imensa fortuna. Nada mais posso apurar.

LORDE GORING – Não é então uma espiã?

SIR ROBERT CHILTERN – Oh! Hoje os espiões não são precisos. A sua profissão acabou. Os jornais vieram substituí-los.

LORDE GORING – E retumbantemente.

SIR ROBERT CHILTERN – Artur, estou morrendo de sede. Dê licença para tocar e me trazerem alguma coisa? *Hock and seltzer?*

LORDE GORING – Pois não! Eu toco.

Toca a campainha.

SIR ROBERT CHILTERN – Obrigado! Não sei que farei, Artur, não sei que farei, e você é o meu único amigo. Mais que amigo, você é o único em quem eu posso confiar. Posso confiar em ti absolutamente, não?

Entra Phipps.

LORDE GORING – Meu caro Robert, é claro que pode. Oh! (*Para Phipps*) Traga *hock and seltzer.*

PHIPPS – Sim, meu senhor.

LORDE GORING – E, Phipps!

PHIPPS – Meu senhor.

LORDE GORING – Dê-me licença por um momento, Robert? Preciso dar umas instruções ao meu criado.

SIR ROBERT CHILTERN – Pois não!

LORDE GORING – Quando chegar essa senhora, diga-lhe que não venho hoje para casa. Diga-lhe que fui de repente chamado para fora da cidade. Compreende?

PHIPPS – A senhora já ali está, meu senhor. Vossa Excelência disse-me que a levasse para aquela sala.

LORDE GORING – Fez muito bem. (*Sai Phipps*) Em que sarilho estou metido! Não; arranjarei meio de me safar disto. Passo-lhe uma reprimenda através da porta. É difícil, contudo.

SIR ROBERT CHILTERN – Artur, dize-me o que farei. Parece-me que toda a minha vida se desmoronou. Sou um navio sem leme numa noite sem estrelas.

LORDE GORING – Robert, você ama sua mulher, não ama?

SIR ROBERT CHILTERN – Amo-a mais do que tudo no mundo. Antes eu considerava a ambição a coisa suprema. Não é. O amor é que é a coisa suprema do mundo. Não há nada senão o amor, e eu amo-a. Mas estou vilipendiado a seus olhos. Sou a seus olhos ignóbil. Há entre nós agora um abismo. Ela descobriu-me, Artur, descobriu tudo.

LORDE GORING – Ela nunca cometeu na vida alguma tolice... alguma incorreção... para não perdoar o seu pecado?

SIR ROBERT CHILTERN – Minha mulher! Nunca! Ela não sabe o que é fraqueza ou tentação. Eu sou de barro como os outros homens. Ela está à parte como as mulheres boas — implacável na sua perfeição —, fria, austera e inflexível. Mas eu a amo, Artur. Não temos filhos, e eu não tenho ninguém mais a quem amar, ninguém mais que me ame. Se Deus nos tivesse dado filhos, talvez ela fosse melhor para mim. Mas Deus deu-nos uma casa solitária. E ela cortou-me o coração ao meio. Não falemos disso. Fui um pouco brutal para ela. Mas suponho que os pecadores, quando falam a santos, são sempre brutais. Disse-lhe coisas que eram hediondamente verdadeiras, do meu lado, do meu ponto de vista, do ponto de vista dos homens. Mas não falemos disso.

LORDE GORING – Sua mulher irá perdoá-lo. Talvez que neste momento já esteja perdoando. Ama-o, Robert. Por que não o perdoaria?

SIR ROBERT CHILTERN – Deus o permita! Deus o permita! (*Esconde a cara nas mãos*) Mas há alguma coisa mais que lhe devo dizer, Artur.

Entra Phipps com bebidas.

PHIPPS – (*Passa o* hock and seltzer *a sir Robert Chiltern*) Hock and seltzer, senhor.

SIR ROBERT CHILTERN – Obrigado.

LORDE GORING – Tem aí a sua carruagem, Robert?

SIR ROBERT CHILTERN – Não; vim a pé do clube.

LORDE GORING – Sir Robert vai no meu *cab*, Phipps.

PHIPPS – Sim, meu senhor.

LORDE GORING – Robert, não se importa que eu o mande embora?

SIR ROBERT CHILTERN – Artur, deixa-me ficar aqui mais uns cinco minutos. Decidi já o que vou fazer esta noite na câmara. O debate sobre o canal da Argentina deve começar às onze. (*Cai uma cadeira na sala de visitas*) O que é aquilo?

LORDE GORING – Não é nada.

SIR ROBERT CHILTERN – Ouvi cair uma cadeira na sala pegada. Está alguém escutando ali.

LORDE GORING – Não, não; lá não está ninguém.

SIR ROBERT CHILTERN – Está alguém, sim. Há luzes na sala, e a porta está entreaberta. Esteve alguém ali ouvindo todos os segredos da minha vida. Artur, que significa isto?

LORDE GORING – Robert, está excitado, fora de ti. Digo-lhe que não está ninguém naquela sala. Sente-se, Robert.

SIR ROBERT CHILTERN – Dê-me a sua palavra de que não há ninguém ali?

LORDE GORING – Dou.

SIR ROBERT CHILTERN — A sua palavra de honra?

Senta-se.

LORDE GORING — A minha palavra de honra.

SIR ROBERT CHILTERN — (*Levanta-se*) Artur, deixa-me ver com os meus olhos.

LORDE GORING — Não, não!

SIR ROBERT CHILTERN — Se não há ninguém lá, por que não irei ver? Artur, deixe-me ir àquela sala para ficar sossegado. Quero ter a certeza de que ninguém esteve a ouvir o segredo da minha vida. Artur, você não faz ideia do que eu estou passando.

LORDE GORING — Robert, é preciso acabar com isto. Já lhe disse que não está ninguém naquela sala — basta.

SIR ROBERT CHILTERN — (*Precipita-se para a porta da sala*) Não, não basta. Insisto em ir lá ver. Disse-me que não há ninguém lá; então que motivo tem para se opor a que eu vá lá?

LORDE GORING — Por amor de Deus, não vá! Está lá uma pessoa. Alguém que você não deve ver.

SIR ROBERT CHILTERN — Ah! Eu bem o pensava!

LORDE GORING — Proíbo-lhe que entre naquela sala.

SIR ROBERT CHILTERN — Deixa-me passar! É a minha vida que está em jogo. Seja quem for que ali esteja! Quero saber a quem foi que eu revelei o meu segredo e a minha vergonha.

Entra na sala.

LORDE GORING — Meu Deus! A mulher dele!

Sir Robert Chiltern volta, com uma expressão de desprezo e de cólera no rosto.

SIR ROBERT CHILTERN — Que explicação tem a dar-me pela presença dessa mulher aqui?

LORDE GORING — Robert, juro-lhe pela minha honra que essa senhora está pura e inocente de qualquer ofensa contra você.

SIR ROBERT CHILTERN — É uma criatura vil, infame!

LORDE GORING — Não diga isso, Robert! Foi por o amar que ela veio aqui. Foi para procurar o salvar que ela veio aqui. Ama-o e a mais ninguém.

SIR ROBERT CHILTERN — Está doido. Que tenho eu a ver com as intrigas dela contigo? Guarde-a para sua amante! São dignos um do outro. Ela, corrupta e torpe — o senhor, falso como amigo, traiçoeiro como inimigo até...

LORDE GORING — Não é verdade, Robert. Perante Deus, não é verdade. Na presença dela e na sua explicarei tudo.

SIR ROBERT CHILTERN — Deixe-me passar. Já traiu bastante a sua palavra de honra. Não minta mais!

Sir Robert Chiltern sai. Lorde Goring corre para a porta da sala de visitas, quando lhe surge sra. Cheveley, que sai, radiante e muito divertida.

SRA. CHEVELEY — (*Com escarninha cortesia*) Boa noite, lorde Goring.

LORDE GORING — Sra. Cheveley! Deus do céu!... Permite-me que lhe pergunte que está fazendo na minha sala de visitas?

SRA. CHEVELEY – Escutando simplesmente. Tenho uma perfeita paixão por escutar ao buraco da fechadura. Ouvem-se coisas maravilhosas!

LORDE GORING – Não será isso antes tentar a providência?

SRA. CHEVELEY – Oh! Com certeza que a providência pode resistir à tentação desta vez.

Faz-lhe sinal para lhe tirar o casaco, ao que ele acede.

LORDE GORING – Admira-me que tenha vindo aqui. Vou-lhe dar uns bons conselhos.

SRA. CHEVELEY – Oh! Por favor, não dê. Nunca se deve dar a uma mulher uma coisa que ela não pode usar à noite.

LORDE GORING – Vejo que continua a ser caprichosa como antes.

SRA. CHEVELEY – Oh! Muito mais! Tenho progredido muito. Tenho tido mais experiência.

LORDE GORING – Experiência demais é coisa perigosa. Um cigarro, quer? Metade das mulheres bonitas de Londres fumam cigarros. Pessoalmente eu prefiro a outra metade.

SRA. CHEVELEY – Obrigada, nunca fumo. A minha modista não gostaria, e o primeiro dever de uma mulher é com a sua modista, não é? Qual seja o segundo, ainda ninguém até agora descobriu.

LORDE GORING – Veio aqui para me vender a carta do Robert Chiltern, não?

SRA. CHEVELEY – Oferecer-lhe sob certas condições. Como o adivinhou?

LORDE GORING – Porque não mencionou o assunto. Ela está aí?

SRA. CHEVELEY – (*Sentando-se*) Oh, não! Um vestido bem-feito não tem bolsos.

LORDE GORING – Quanto quer por ela?

SRA. CHEVELEY – Como é absurdamente inglês! Os ingleses pensam que um talão de cheques pode resolver todos os problemas. Ora, meu caro Artur, eu tenho muito mais dinheiro do que você, e tanto quanto Robert Chiltern arranjou. Não é dinheiro o que eu quero.

LORDE GORING – O que quer então, sra. Cheveley?

SRA. CHEVELEY – Por que não me chama Laura?

LORDE GORING – Não gosto do nome.

SRA. CHEVELEY – Mas noutros tempos adorava-o.

LORDE GORING – Sim; por isso mesmo.

Sra. Cheveley faz-lhe sinal para ele se sentar a seu lado. Ele sorri e acede.

SRA. CHEVELEY – Artur, há tempos atrás amou-me.

LORDE GORING – Sim, amei.

SRA. CHEVELEY – E pediu-me que casasse contigo.

LORDE GORING – Era a consequência natural do meu amor.

SRA. CHEVELEY – E abandonou-me, porque viu, ou disse ter visto, o pobre velho lorde Montlake tentar ter um violento namoro comigo na estufa em Tenby.

LORDE GORING – Tenho a impressão de que o meu advogado resolveu esse assunto contigo em certas condições... ditadas pela senhora.

SRA. CHEVELEY – Nessa altura eu era pobre; você era rico.

LORDE GORING – Exatamente. Era por isso que fingia gostar de mim.

SRA. CHEVELEY – (*Encolhendo os ombros*) Pobre velho lorde Montlake, que só tinha dois assuntos de conversa: a sua gota e a sua mulher! Nunca pude perceber de qual das duas estava ele a falar. Empregava a mais horrível linguagem a respeito de ambas. Bem, você foi muito imbecil, Artur. Lorde Montlake nunca foi para mim mais que um entretenimento. Um destes entretenimentos extremamente fastidiosos que a gente encontra numa casa de campo inglesa, num domingo de campo. Não considero ninguém moralmente responsável pelo que faz numa casa de campo inglesa.

LORDE GORING – Sim. Sei que muita gente pensa assim.

SRA. CHEVELEY – Eu o amei, Artur.

LORDE GORING – Minha querida sra. Cheveley, foi sempre inteligente demais para saber alguma coisa de amor.

SRA. CHEVELEY – Eu o amei, Artur. E você a mim. Sabe-o perfeitamente; e o amor é uma coisa admirável. Suponho que, uma vez que um homem amou uma mulher, fará tudo por ela, exceto continuar a amá-la.

Pousa a mão sobre a dele.

LORDE GORING – (*Retirando a mão de mansinho*) Sim, exceto isso.

SRA. CHEVELEY – (*Após uma pausa*) Estou cansada de viver no estrangeiro. Quero voltar para Londres. Quero ter aqui uma casa encantadora. Quero ter um salão. Se fosse possível ensinar os ingleses a falar, e os irlandeses a ouvir, teríamos aqui uma sociedade perfeitamente civilizada. De mais a mais, cheguei à fase romântica. Quando o vi ontem à noite em casa dos Chiltern, conheci que foi você a única pessoa que jamais me interessou, se é que eu alguma vez me interessei por alguém, Artur. E por isso, na manhã do dia em que casar comigo, entrego-lhe a carta do Robert Chiltern. É a minha oferta. Dou-lhe agora, até, se me prometer casar comigo.

LORDE GORING – Agora?

SRA. CHEVELEY – (*Sorrindo*) Amanhã.

LORDE GORING – Fala sério?

SRA. CHEVELEY – Absolutamente sério.

LORDE GORING – Seria eu um mau marido para você.

SRA. CHEVELEY – Não me importam os maus maridos. Já tive dois. Divertiram-me muito.

LORDE GORING – Quer dizer que se divertiu imenso, não?

SRA. CHEVELEY – O que sabe da minha vida de casada?

LORDE GORING – Nada, mas posso ler nela como num livro.

SRA. CHEVELEY – Que livro?

LORDE GORING – (*Levantando-se*) O Livro dos Números.*

---

* Nome de um dos livros do Velho Testamento. (N. T)

SRA. CHEVELEY – Acha que seja gentil da sua parte ser tão rude com uma mulher na sua casa?

LORDE GORING – No caso das mulheres fascinantes de fato, o sexo é um desafio, não uma defesa.

SRA. CHEVELEY – Suponho que isso é dito como cumprimento. Meu caro Artur, as mulheres nunca são desarmadas pelos cumprimentos. Os homens são sempre. É a diferença entre os dois sexos.

LORDE GORING – As mulheres nunca são desarmadas por coisa alguma, pelo que delas conheço.

SRA. CHEVELEY – (*Após uma pausa*) Então antes quer deixar o seu maior amigo, Robert Chiltern, arruinar-se, do que casar com uma mulher a quem ainda restam consideráveis atrativos. Pensei que se elevaria a uma grande altura de sacrifício, Artur. Pensei, realmente. E o resto da sua vida poderia passá-lo a contemplar as suas perfeições pessoais.

LORDE GORING – Oh! É o que eu vou fazendo. E o sacrifício é uma coisa a que a lei devia encerrar. É tão desmoralizador para as pessoas por quem a gente se sacrifica! Ficam sempre piores.

SRA. CHEVELEY – Como se alguma coisa pudesse desmoralizar Robert Chiltern! Parece esquecer-se de que eu conheço o real caráter dele.

LORDE GORING – O que dele conhece não é o real caráter. Foi um desvario cometido na sua mocidade, desonroso, admito, vergonhoso, admito, indigno dele, admito, e portanto... não o seu verdadeiro caráter.

SRA. CHEVELEY – Como os homens se defendem uns aos outros!

LORDE GORING – Como as mulheres se guerreiam umas às outras!

SRA. CHEVELEY – (*Acerbamente*) Eu só faço guerra a uma mulher: Gertrudes Chiltern. Odeio-a. Odeio-a agora mais do que nunca.

LORDE GORING – Porque trouxe à vida dela uma verdadeira tragédia, suponho.

SRA. CHEVELEY – (*Com um riso de escárnio*) Oh! Na vida de uma mulher há só uma verdadeira tragédia: ser o seu passado sempre o seu amante, e o seu futuro invariavelmente o marido.

LORDE GORING – Lady Chiltern nada sabe do gênero de vida a que a senhora se refere.

SRA. CHEVELEY – Uma mulher que usa luvas sete e três quartos nunca sabe muito seja do que for. Sabe que Gertrudes usou sempre sete e três quartos? É uma das razões por que entre nós nunca houve qualquer simpatia moral... Bem, Artur, suponho que esta romântica entrevista se pode dar por terminada. Admita que foi romântica, não? Pelo privilégio de ser sua mulher eu estava pronta a ceder uma grande presa, o apogeu da minha carreira diplomática. Recusa. Muito bem. Se sir Robert não apoiar o meu plano argentino, eu desmascaro-o. *Voilà tout.*

LORDE GORING – Não deve fazer isso. Seria vil, horrível, infame.

SRA. CHEVELEY – (*Encolhendo os ombros*) Oh! Não empregue palavrões! Significam tão pouco. É uma transação comercial. Nada mais. O sentimentalismo não é aqui chamado. Ofereci vender uma certa coisa a Robert Chiltern. Se ele não me pagar o que eu lhe pedi, terá de pagar ao mundo muitíssimo mais. Nada mais há a dizer. Tenho de ir embora. Adeus. Não me aperta a mão?

LORDE GORING — A sua? Não. A sua transação comercial com o Robert Chiltern pode passar como uma repugnante transação comercial de uma repugnante época comercial; mas parece haver esquecido que veio aqui esta noite falar de amor, a senhora, cujos lábios profanaram a palavra *amor*, a senhora, para quem isso é um livro hermeticamente fechado, foi esta tarde à casa de uma das mais nobres e melhores mulheres do mundo infamar o marido, tentar matar o amor que ela lhe tinha, envenenar o coração, amargurar a vida, despedaçar o ídolo e, talvez, corroer-lhe a alma. Isso não posso eu perdoar. Foi horrível. Para isso não pode haver perdão.

SRA. CHEVELEY — Artur, é injusto comigo. Acredite em mim, é inteiramente injusto comigo. Eu não fui à casa da Gertrudes com esses ruins intuitos. Quando lá entrei, nenhuma ideia tinha de fazer qualquer cena desse gênero. Fui lá com lady Markby simplesmente para perguntar se teria sido encontrada na casa dela uma joia que eu perdera na véspera não sabia onde. Se me não acredita, pergunte à lady Markby. Ela lhe dirá que é verdade. A cena que ocorreu passou-se depois de lady Markby ter saído e foi-me imposta pela grosseria e pelos achincalhos da Gertrudes. Fui lá, oh! — um pouquinho por malícia, se quiser —, mas, realmente, para perguntar se lá teriam achado um broche de diamantes meu. Foi essa a origem de tudo.

LORDE GORING — Uma cobra de diamantes com um rubi?

SRA. CHEVELEY — Sim. Como sabe?

LORDE GORING — Porque foi encontrado. Encontrei-o eu mesmo, fato é que me esqueci completamente de dizer ao mordomo na saída. (*Vai à secretária e abre as gavetas*) Está nesta gaveta. Não, naquela. Aqui está o broche, é este?

Ergue-o nos dedos.

SRA. CHEVELEY — É. Estou tão contente por o encontrar. Era... um presente.

LORDE GORING — Não o quer pôr?

SRA. CHEVELEY — Com certeza, se me quer colocar. (*Lorde Goring bruscamente prende-lho no braço*) Por que é que a ele me põe como pulseira? Não sabia que se podia usar como pulseira.

LORDE GORING — Realmente?

SRA. CHEVELEY — (*Estendendo o lindo braço*) Não, mas fica-me muito bem como pulseira, não fica?

LORDE GORING — Fica, muito melhor do que quando o vi pela última vez.

SRA. CHEVELEY — Quando foi que o viu?

LORDE GORING — (*Com toda a calma*) Oh! Há dez anos, no braço de lady Berkshire, a quem a senhora o roubou.

SRA. CHEVELEY — (*Num rompante*) O que quer dizer?

LORDE GORING — Quero dizer que a senhora roubou esta joia à minha prima, Mary Berkshire, a quem eu a dei como presente de casamento. Caíram as suspeitas sobre um desgraçado criado, que foi despedido. Eu reconheci-a ontem à noite. Resolvi não dizer nada, enquanto não descobrisse o gatuno. Descobri-o agora, e ouvi-lhe a confissão.

SRA. CHEVELEY – (*Abanando com a cabeça*) Não é verdade.

LORDE GORING – Sabe que é verdade. Ora essa, tem, neste momento, estampada na cara a palavra *ladra*.

SRA. CHEVELEY – Negarei tudo, do princípio ao fim. Direi que nunca vi esta abominável coisa, que nunca esteve em meu poder.

Sra. Cheveley tenta arrancar do braço a pulseira, mas sem sucesso. Lorde Goring observa-a, divertido. Ela fere inutilmente os dedos na joia. Brota-lhe uma maldição dos lábios.

LORDE GORING – O inconveniente de roubar uma coisa, sra. Cheveley, é que nunca se sabe que maravilha se rouba. Essa pulseira nunca a senhora a poderá tirar, a não ser que saiba onde está a mola. E vejo que não sabe onde ela está. É um pouquinho difícil encontrá-la

SRA. CHEVELEY – Bruto! Cobarde!

Tenta de novo desapertar a pulseira, mas sem resultado.

LORDE GORING – Oh! Não empregue palavrões! Significam tão pouco.

SRA. CHEVELEY – (*Atira-se de novo à pulseira, num paroxismo de raiva, com sons inarticulados. Depois para e olha para lorde Goring*) O que vai fazer?

LORDE GORING – Vou tocar para chamar o criado. É um criado admirável. Vem logo que o chamam. Quando ele vier, mando-o chamar a polícia.

SRA. CHEVELEY – (*Tremendo*) A polícia? Para quê?

LORDE GORING – Amanhã os Berkshire apresentarão uma queixa contra você. É para o que serve a polícia.

SRA. CHEVELEY – (*Está no auge do terror físico. Está desfigurada. Tem a boca torta. É como se do rosto lhe tivesse caído a máscara. Tem um aspecto aterrador*) Não faça isso! Farei tudo o que quiser que eu faça. Seja o que for.

LORDE GORING – Dê-me a carta do Robert Chiltern.

SRA. CHEVELEY – Espere! Espere! Dê-me tempo para pensar.

LORDE GORING – Dê-me a carta do Robert Chiltern.

SRA. CHEVELEY – Não a tenho aqui. Dou-lhe amanhã.

LORDE GORING – Sabe que está mentindo. Dê-me imediatamente. (*Sra. Cheveley puxa da carta e dá-a a lorde Goring. Está horrivelmente pálida*) É isto?

SRA. CHEVELEY – (*Em voz rouca*) É.

LORDE GORING – (*De posse da carta, examina-a, suspira e queima-a à chama do candeeiro*) Para uma mulher tão bem-vestida, sra. Cheveley, tem momentos de admirável senso comum. Felicito-a.

SRA. CHEVELEY – (*Dá com os olhos numa ponta da carta de lady Chiltern, que o mata-borrão encobre*) Faz-me o favor de me dar um copo de água?

LORDE GORING – Pois não!

Vai ao canto da sala e deita água num copo. Enquanto ele está de costas voltadas, sra. Cheveley rouba a carta de lady Chiltern. Quando lorde Goring volta com o copo de água, ela recusa-o com um gesto.

SRA. CHEVELEY – Obrigada. Quer ajudar-me a pôr o casaco?

LORDE GORING – Com prazer.

Põe-lhe o casaco.

SRA. CHEVELEY – Obrigada. Nunca mais tentarei fazer mal a Robert Chiltern.

LORDE GORING – Felizmente que não terá motivo, sra. Cheveley.

SRA. CHEVELEY – Bem, mesmo que tivesse motivo, não o faria. Pelo contrário, vou-lhe prestar um grande serviço.

LORDE GORING – Agrada-me muito ouvir-lhe dizer isso. É já uma regeneração.

SRA. CHEVELEY – Sim. Não posso suportar que um homem tão correto, tão digno, seja tão vilmente enganado, tão...

LORDE GORING – Que é?

SRA. CHEVELEY – É que parece-me que me veio ter aqui ao bolso uma confissão de Gertrudes Chiltern...

LORDE GORING – O que quer dizer?

SRA. CHEVELEY – (*Com um acerbo tom de triunfo na voz*) Quero dizer que vou mandar a Robert Chiltern a carta de amor que a mulher dele escreveu hoje a lorde Goring.

LORDE GORING – Carta de amor?

SRA. CHEVELEY – (*Rindo*) "Confio numa amizade de que tanto preciso. Vou aí já. Gertrudes."

Lorde Goring precipita-se para a secretária e agarra no sobrescrito, vê que está vazio e volta-se.

LORDE GORING – Desgraçada, sempre roubando? Devolva-me essa carta. Eu lhe tiro-a à força. Não sairá daqui enquanto eu não a tiver nas mãos.

Corre para ela, mas sra. Cheveley imediatamente põe a mão na campainha elétrica que está na mesa. A campainha retine estridentemente, e acorre logo Phipps.

SRA. CHEVELEY – (*Após uma pausa*) Lorde Goring tocou para o senhor me acompanhar até a porta. Boa noite, lorde Goring!

Sai, seguida de Phipps. Leva o rosto radiante de perverso triunfo. Os olhos refulgem-lhe de júbilo. Parece haver rejuvenescido. O seu último olhar é como uma seta fulminante. Lorde Goring morde o lábio e acende um cigarro. Cai o pano.

QUARTO ATO

CENA

Como no segundo ato.
Lorde Goring, de mãos nos bolsos, está de pé, junto ao fogão. Está com cara de aborrecido.

LORDE GORING – (*Puxa o relógio, consulta-o e toca a campainha*) Que grande chatice! Não encontro nesta casa ninguém com quem falar. E estou cheio de interessantes notícias. Sinto-me como a edição da última hora de um jornal.

Entra o criado.

JAMES – Sir Robert está ainda no Ministério dos Estrangeiros, meu senhor.

LORDE GORING – Lady Chiltern ainda não desceu?

JAMES – Lady Chiltern ainda não saiu do quarto. Agora mesmo chegou srta. Chiltern do seu passeio a cavalo.

LORDE GORING – (*De si para si*) Ah! Já é alguma coisa!

JAMES – Lorde Caversham está há algum tempo na biblioteca à espera de sir Robert. Eu disse-lhe que Vossa Excelência estava aqui.

LORDE GORING – Obrigado. Quer fazer-me o favor de lhe dizer que já fui embora?

JAMES – (*Curvando-se*) Sim, meu senhor, vou já dizer-lhe.

Sai o criado.

LORDE GORING – Realmente, não quero encontrar-me com meu pai três dias seguidos. É excitação demasiada para qualquer filho. Deus permita que não venha aqui! Os pais nunca se devem ver nem ouvir. É a única base acertada para a vida familiar. As mães são outra coisa. As mães amimam-se.

Lança-se para uma poltrona, pega num jornal e começa a ler. Entra Caversham.

LORDE CAVERSHAM – Bem, então que faz aqui? Esbanjando tempo, como de costume, não?

LORDE GORING – (*Atira ao chão o jornal e levanta-se*) Meu querido pai, quando se faz uma visita, é com o fim de esbanjar o tempo dos outros, e não o próprio.

LORDE CAVERSHAM – Pensou no que lhe disse ontem à noite?

LORDE GORING – Não pensei em mais nada.

LORDE CAVERSHAM – Já tem noiva, então?

LORDE GORING – (*Afavelmente*) Ainda não, mas espero tê-la antes do almoço.

LORDE CAVERSHAM – (*Causticamente*) Se lhe convier, poderemos esperar até o jantar.

LORDE GORING – Imensamente obrigado, mas parece-me que é melhor ter isso concluído antes do almoço.

LORDE CAVERSHAM – Puxa! Nunca sei quando fala a sério ou a brincar.

LORDE GORING – Nem eu, pai.

Uma pausa.

LORDE CAVERSHAM – Leu o *Times* desta manhã, não?

LORDE GORING – (*Aereamente*) O *Times*? É claro que não. Só leio o *Morning Post*. Tudo o que é preciso saber da vida moderna está onde estão as duquesas; tudo o mais é absolutamente desmoralizante.

LORDE CAVERSHAM – Quer dizer que não leu o artigo de fundo do *Times* acerca da carreira de Robert Chiltern?

LORDE GORING – Deus meu! Não. O que diz?

LORDE CAVERSHAM – O que havia para dizer? Tudo amabilidades, é claro. O discurso de Chiltern ontem à noite sobre este plano do canal da Argentina foi uma das mais belas peças de oratória jamais proferidas na câmara desde Canning.

LORDE GORING – Ah! Nunca ouvi falar de Canning. Nunca me importei, também. E Chiltern... defendeu o plano?

LORDE CAVERSHAM – Se o defendeu? Como o conhece tão mal! Ora essa, denunciou-o redondamente, e a todo o sistema da moderna política financeira. Este discurso marca o apogeu da sua carreira, como frisa o *Times*. Deve ler este artigo. (*Abre o Times*) "Sir Robert Chiltern... o mais eminente dos nossos jovens estadistas... Brilhante orador... Impoluta carreira... Bem conhecida integridade de caráter... Representa o que de melhor há na vida pública inglesa... Nobre contraste com a tíbia moralidade tão comum entre políticos estrangeiros." Nunca tal dirão a seu respeito, meu caro.

LORDE GORING – Assim o espero, sinceramente, pai. Todavia, dá-me imenso prazer o que acaba de me dizer acerca do Robert, imenso prazer. Mostra que é homem de coragem.

LORDE CAVERSHAM – Mais do que isso, é homem de gênio.

LORDE GORING – Ah! Prefiro a coragem. Não é tão vulgar, hoje em dia, como o gênio.

LORDE CAVERSHAM – Gostaria de o ver no Parlamento.

LORDE GORING – Meu caro pai, na Câmara dos Comuns só entra quem é considerado obtuso, e só os obtusos é que ali triunfam.

LORDE CAVERSHAM – Por que não tenta alguma coisa útil na vida?

LORDE GORING – Sou ainda muito novo.

LORDE CAVERSHAM – (*Com acrimônia*) Detesto esta afetação da mocidade. Está hoje a predominar demais.

LORDE GORING – A mocidade não é afetação. A mocidade é uma arte.

LORDE CAVERSHAM – Por que é que não propõe casamento a esta linda srta. Chiltern?

LORDE GORING – Sou muito nervoso, especialmente de manhã.

LORDE CAVERSHAM – Não creio que haja a mínima probabilidade de ela o aceitar.

LORDE GORING – Não sei o que daria a aposta hoje.

LORDE CAVERSHAM – Se ela o aceitasse, seria a tola mais linda de Inglaterra.

LORDE GORING – É precisamente com uma moça assim que eu quereria casar. Uma esposa perfeitamente sensata reduzir-me-ia a uma condição de absoluta idiotia em menos de seis meses.

LORDE CAVERSHAM – Você não a merece.

LORDE GORING – Meu caro pai, se nós casássemos com as mulheres que merecemos, muito mal passaríamos...

Entra Mabel Chiltern.

MABEL CHILTERN – Oh!... Como está, lorde Caversham? Lady Caversham está bem, não?

LORDE CAVERSHAM – Lady Caversham está como de costume, como de costume.

LORDE GORING – Bom dia, srta. Mabel!

MABEL CHILTERN – (*Não fazendo caso de lorde Goring, e dirigindo-se exclusivamente a lorde Caversham*) E os chapéus de lady Caversham... estão melhores?

LORDE CAVERSHAM – Tiveram uma séria recaída, sinto muito dizê-lo.

LORDE GORING – Bom dia, srta. Mabel.

MABEL CHILTERN – (*Para lorde Caversham*) Espero que não seja necessária uma operação.

LORDE CAVERSHAM – (*Sorrindo da petulância dela*) Se for, teremos de dar um narcótico à lady Caversham. Senão, nunca ela consentiria que lhe tocassem numa pena.

LORDE GORING – (*Com redobrado entono*) Bom dia, srta. Mabel!

MABEL CHILTERN – (*Voltando-se com fingida surpresa*) Oh, está aí? É claro que compreende que, desde que faltou ao prometido, nunca mais volto a falar contigo.

LORDE GORING – Oh! Não diga isso! É a única pessoa em Londres que eu de fato desejo que me ouça.

MABEL CHILTERN – Lorde Goring, eu nunca acredito em uma só palavra do que o senhor ou eu dizemos um ao outro.

LORDE CAVERSHAM – Tem toda a razão, minha querida, toda a razão... no que diz respeito a ele, quero eu dizer.

MABEL CHILTERN – Parece-lhe que poderia fazer o seu filho portar-se, uma vez por outra, melhor? Só para variar.

LORDE CAVERSHAM – Sinto muito dizer, srta. Chiltern, que não tenho influência alguma sobre meu filho. Quem me dera tê-la! Se a tivesse, sei muito bem o que o havia de obrigar a fazer.

MABEL CHILTERN – Receio que ele tenha uma dessas terríveis naturezas fracas que não é possível influenciar.

LORDE CAVERSHAM – Não tem coração, não tem coração.

LORDE GORING – Parece-me que sou demais aqui.

MABEL CHILTERN – É bom que saiba o que dizem sobre você pelas suas costas.

LORDE GORING – Não gosto absolutamente de saber nada o que de mim dizem nas minhas costas. Torna-me vaidoso demais.

LORDE CAVERSHAM – Depois disto, minha querida, só me resta desejar-lhe um bom dia.

MABEL CHILTERN – Oh! Espero que me não deixará sozinha com lorde Goring. Especialmente a uma hora tão matutina.

LORDE CAVERSHAM — Receio não o poder levar comigo a Downing Street. Não é o dia do primeiro-ministro para os desempregados.

Aperta a mão à Mabel Chiltern, pega no chapéu e na bengala, e sai, dardejando um olhar de indignação a lorde Goring.

MABEL CHILTERN — (*Pega algumas rosas e começa a dispô-las numa taça em cima da mesa*) Tenho horror às pessoas que não cumprem o que prometem.

LORDE GORING — São detestáveis.

MABEL CHILTERN — Agrada-me muito que o reconheça. Mas preferia não o ver assim tão satisfeito.

LORDE GORING — Não posso evitá-lo. Junto de si, estou sempre assim.

MABEL CHILTERN — (*Tristemente*) Então suponho que é meu dever ficar junto de você.

LORDE GORING — É claro que é.

MABEL CHILTERN — Bem, o meu dever é uma coisa que, por princípio, eu nunca faço. Deprime-me sempre. Por isso, parece-me que tenho de o deixar.

LORDE GORING — Por favor, srta. Mabel, não faça tal. Tenho uma coisa muito particular a dizer-lhe.

MABEL CHILTERN — (*Arrebatadamente*) Oh! É uma proposta de casamento?

LORDE GORING — (*Um tanto surpreso*) Bem, sim, é… sou obrigado a diz.

MABEL CHILTERN — (*Com um suspiro de prazer*) Fico muito tranquila. É a segunda hoje.

LORDE GORING — (*Indignado*) A segunda hoje? Qual foi o burro atrevido que ousou propor-lhe antes de mim?

MABEL CHILTERN — O Tommy Trafford, é claro. É um dos dias do Tommy para propor casamento. São as terças e as quintas, durante a temporada.

LORDE GORING — Não o aceitou, espero.

MABEL CHILTERN — Assentei como regra nunca aceitar o Tommy. É por isso que ele não me larga. É claro, como você não apareceu esta manhã, quase disse sim. Teria sido uma excelente lição tanto para ele como para você, se eu o tivesse dito. Isso teria ensinado a ambos melhores maneiras.

LORDE GORING — Oh! Deixe lá o Tommy Trafford. É um burro. Amo-a!

MABEL CHILTERN — Bem sei. E penso que já me poderia ter dito há mais tempo. Tenho a certeza de que lhe dei imensas oportunidades.

LORDE GORING — Mabel, fale sério. Peço-lhe, fale sério.

MABEL CHILTERN — Ah! É o que um homem sempre diz a uma moça antes de casar com ela. Nunca lhe diz depois.

LORDE GORING — (*Pegando-lhe na mão*) Mabel, disse-lhe que a amo. Não me pode, em troca, amar um pouquinho?

MABEL CHILTERN — Que bobo é, Artur! Se soubesse alguma coisa de… alguma coisa, o que não sabe, saberia que eu o adoro. Toda a gente em Londres o sabe, exceto você. É um escândalo público o modo como eu o adoro. Ando há seis meses a dizer a toda a sociedade que o adoro. A mim mesma pergunto se acederá a dizer-me alguma coisa.

Perdi toda a força de vontade. Pelo menos, sinto-me tão feliz, que tenho a certeza absoluta de que já nenhuma tenho.

LORDE GORING – (*Toma-a nos braços e beija-a. Segue-se um silêncio de ventura*) Querida! Sabe que estava com um medo terrível de ser rejeitado!

MABEL CHILTERN – (*Fitando-o*) Mas o Artur nunca foi rejeitado por ninguém, não é verdade? Não posso imaginar que alguém o rejeite.

LORDE GORING – (*Depois de a tornar a beijar*) É claro que não sou bastante bom para si, Mabel.

MABEL CHILTERN – (*Muito aconchegada a ele*) E eu fico feliz, queridinho. Receava que o fosse…

LORDE GORING – (*Após alguma hesitação*) E eu tenho… tenho um pouco mais de trinta…

MABEL CHILTERN – Querido, parece ter umas semanas menos.

LORDE GORING – (*Entusiasticamente*) Que gentileza a sua!… E devo ter a lealdade de lhe dizer com toda a franqueza que sou muito extravagante.

MABEL CHILTERN – Mas também eu o sou, Artur. Assim temos a certeza de que nos daremos bem. E agora tenho de ir encontrar com a Gertrudes.

LORDE GORING – Tem, verdade?

Beija-a.

MABEL CHILTERN – Tenho, sim.

LORDE GORING – Então diga-lhe que preciso falar com ela em particular. Tenho aqui estado toda a manhã à espera para falar com ela ou com o Robert.

MABEL CHILTERN – Quer dizer que não veio aqui propositadamente para me propor casamento?

LORDE GORING – (*Triunfantemente*) Não, foi um relâmpago de gênio.

MABEL CHILTERN – O seu primeiro.

LORDE GORING – (*Com decisão*) O meu último.

MABEL CHILTERN – Aprecio muito ouvi-lo dizer isso. Agora não saia daqui. Estarei de volta dentro de cinco minutos. E não caia em quaisquer tentações durante a minha ausência.

LORDE GORING – Querida Mabel, durante a sua ausência, não há para mim tentações. Depende horrivelmente de você.

Entra lady Chiltern.

LADY CHILTERN – Bom dia, querida! Que linda está!

MABEL CHILTERN – Que palidez, Gertrudes! Mas que bem lhe fica!

LADY CHILTERN – Bom dia, lorde Goring!

LORDE GORING – (*Curvando-se*) Bom dia, lady Chiltern!

MABEL CHILTERN – (*À parte para lorde Goring*) Estarei na estufa, debaixo da segunda palmeira à esquerda.

LORDE GORING – Segunda à esquerda?

MABEL CHILTERN – (*Com um olhar de fingida surpresa*) Sim, a palmeira do costume. *Manda-lhe um beijo pelo ar, sem lady Chiltern dar crédito, e sai.*

LORDE GORING – Lady Chiltern, tenho uma boa-nova a dar-lhe: sra. Cheveley deu-me ontem à noite a carta do Robert e eu queimei-a. O Robert está salvo.

LADY CHILTERN – (*Deixando-se cair no sofá*) Salvo! Oh! Que alegria para mim! Que bom amigo é para ele, para nós!

LORDE GORING – Agora há só uma pessoa que se pode dizer em perigo.

LADY CHILTERN – Quem é?

LORDE GORING – (*Sentando-se ao lado dela*) Lady Chiltern.

LADY CHILTERN – Eu! Em perigo? O que quer dizer?

LORDE GORING – Perigo talvez não seja a palavra certa. Não a devia ter empregado. Mas reconheço que tenho alguma coisa a dizer-lhe que a pode mortificar, que me mortifica terrivelmente. Ontem à noite escreveu-me uma bela carta, uma carta bem de mulher, a recorrer ao meu auxílio. Escreveu-me como a um dos seus mais velhos amigos, um dos mais velhos amigos de seu marido. Sra. Cheveley roubou essa carta de uma das minhas salas.

LADY CHILTERN – Mas... que préstimo pode ter para ela? Que mal faz ela a ter?

LORDE GORING – (*Levantando-se*) Lady Chiltern, vou ser-lhe inteiramente franco. Sra. Cheveley arquiteta uma certa hipótese sobre essa carta e propõe-se mandá-la a seu marido.

LADY CHILTERN – Mas que hipótese pode ela arquitetar?... Oh! Isso não! Isso não! Se eu... numa aflição, e carecendo do seu auxílio, me proponho ir à sua casa... para pedir o seu conselho... a sua ajuda... Oh! Há mulheres assim tão horríveis?... E dispõe-se a mandá-la a meu marido? Diga-me o que se passou. Diga-me tudo o que se passou.

LORDE GORING – Sra. Cheveley estava escondida numa sala contígua à minha biblioteca, sem meu conhecimento. Eu pensava que a pessoa que se encontrava nessa sala à minha espera era a senhora. O Robert entrou inesperadamente. Uma cadeira ou coisa que o valha caiu ao chão. Ele correu à sala e descobriu-a. Tivemos uma cena terrível. Eu continuava a pensar que era a senhora. Foi-se embora, furioso. No fim de tudo sra. Cheveley apossou-se da sua carta — roubou-a, quando ou como, não sei.

LADY CHILTERN – A que horas aconteceu isso?

LORDE GORING – Às dez e meia. E agora entendo que devemos contar tudo imediatamente a Robert.

LADY CHILTERN – (*Fitando-o com assombro, quase terror*) Quer que eu diga ao Robert que a mulher que o senhor esperava não era sra. Cheveley, mas eu própria? Que era eu a mulher que o senhor pensava que estava escondida numa sala de sua casa, às dez e meia da noite? Quer que eu lhe diga isso?

LORDE GORING – Acho que é melhor ele saber a verdade exata.

LADY CHILTERN – (*Levantando-se*) Oh! Não poderia, eu não poderia!

LORDE GORING – E posso eu?

LADY CHILTERN – Não!

LORDE GORING – (*Gravemente*) Faz mal, lady Chiltern.

LADY CHILTERN – Não. A carta tem de ser interceptada. Nada mais. Chegam para ele cartas a cada momento. Os seus secretários abrem-nas e passam a ele. Não me atrevo a pedir aos criados que me tragam as cartas de meu marido. Seria impossível. Oh! Por que me não diz o que farei?

LORDE GORING – Sossegue, lady Chiltern, peço-lhe, e responda às perguntas que lhe vou fazer. Disse que os secretários do Robert lhe abrem as cartas.

LADY CHILTERN – Disse.

LORDE GORING – Quem está com ele hoje? O sr. Trafford, não?

LADY CHILTERN – Não. O sr. Montford, suponho.

LORDE GORING – Pode confiar nele?

LADY CHILTERN – (*Com um gesto de desespero*) Oh! Sei lá!

LORDE GORING – Faria o que a senhora lhe pedisse, não?

LADY CHILTERN – Acho que sim.

LORDE GORING – A sua carta era em papel cor-de-rosa. Ele poderia reconhecê-la sem a ler, não? Pela cor?

LADY CHILTERN – Suponho que sim.

LORDE GORING – Ele está aqui em casa agora?

LADY CHILTERN – Está.

LORDE GORING – Então vou encontrá-lo, e digo-lhe que uma certa carta, escrita em papel cor-de-rosa, deve ser enviada hoje a Robert, e que de modo nenhum ela lhe deve ser entregue. (*Vai para a porta e abre-a*) Oh! Já vem aí o Robert a subir as escadas, e traz a carta na mão. Já lhe entregaram-na!

LADY CHILTERN – (*Com um grito de dor*) Oh! O senhor salvou a vida dele; mas que fez da minha?

Entra sir Robert Chiltern. Vem a ler a carta que traz na mão. Vai direito à esposa, sem dar pela presença de lorde Goring.

SIR ROBERT CHILTERN – "Confio numa amizade de que preciso. Vou aí já. Gertrudes." Oh, meu amor! É verdade? Confia realmente em mim, precisa realmente de mim? Então, era eu que devia vir encontrá-la, não era você que devia escrever-me a anunciar a sua vinda. Esta sua carta, Gertrudes, faz-me sentir que, seja o que for que o mundo me faça, me deixará agora indiferente. Precisa de mim, Gertrudes?

Lorde Goring, despercebido de sir Robert Chiltern, faz um sinal implorante à lady Chiltern para que aceite a situação e o equívoco de sir Robert.

LADY CHILTERN – Preciso.

SIR ROBERT CHILTERN – Confia em mim?

LADY CHILTERN – Confio.

SIR ROBERT CHILTERN – Ah! Por que não acrescentou uma palavra de amor?

LADY CHILTERN – (*Pegando-lhe na mão*) Porque o amava.

Lorde Goring vai para a estufa.

SIR ROBERT CHILTERN – (*Beija-a*) Gertrudes, não sabe o que sinto. Quando o Montford me passou a sua carta por cima da mesa — abrira-a por engano, suponho, sem reparar na letra do sobrescrito e a li —, oh! Não me importei mais com o prejuízo da minha carreira, com qualquer punição em perspectiva, só pensei em que ainda me amava.

LADY CHILTERN – Qual prejuízo da sua carreira! Qual punição em perspectiva! Nada disso! Sra. Cheveley entregou a lorde Goring o documento que estava em seu poder, e ele destruiu-o.

SIR ROBERT CHILTERN – Tem a certeza disso, Gertrudes?

LADY CHILTERN – Tenho, disse-me lorde Goring agora mesmo.

SIR ROBERT CHILTERN – Então estou salvo! Oh! Que coisa admirável estar salvo! Há dois dias que ando aterrado. Agora estou salvo! Como destruiu o Artur a minha carta? Diga-me.

LADY CHILTERN – Queimou-a.

SIR ROBERT CHILTERN – Gostava de ver reduzir-se a cinzas esse pecado da minha mocidade. Quantos homens há na vida moderna que gostariam de ver o seu passado reduzir-se a brancas cinzas na sua frente! O Artur ainda está aqui?

LADY CHILTERN – Está, está na estufa.

SIR ROBERT CHILTERN – Estou agora tão contente por ter proferido aquele discurso ontem à noite na câmara, tão contente. Proferi-o pensando que dele resultaria para mim a vergonha pública. Não sucedeu isso, porém.

LADY CHILTERN – Honra pública, foi o que resultou.

SIR ROBERT CHILTERN – Assim penso. Assim receio, quase. Pois, embora esteja salvo, coberto de qualquer campanha, embora nenhuma prova agora exista contra mim, suponho, Gertrudes... suponho que deva me retirar da vida pública.

Fita ansiosamente a esposa.

LADY CHILTERN – (*Avidamente*) Oh, sim, Robert, é o que deve fazer. É o seu dever.

SIR ROBERT CHILTERN – É muito perder.

LADY CHILTERN – Não, será muito ganhar.

Sir Robert Chiltern passeia para diante e para trás na sala, com o semblante turvado. Depois chega à beira da esposa, e pousa-lhe a mão no ombro.

SIR ROBERT CHILTERN – E você seria feliz, vivendo em outra parte, sozinha comigo, talvez no estrangeiro, ou no campo, longe de Londres, longe da vida pública? Não sentiria pena?

LADY CHILTERN – Oh! Não, nenhuma, Robert.

SIR ROBERT CHILTERN – (*Tristemente*) E a sua ambição por mim? Era antes ambiciosa por mim.

LADY CHILTERN – Oh, a minha ambição! Não tenho nenhuma agora, a não ser a de nos amarmos um ao outro. Foi a sua ambição que o transviou. Não falemos de ambição.

Lorde Goring volta da estufa, com cara de muito satisfeito, e com um viçoso raminho na lapela.

SIR ROBERT CHILTERN – (*Indo ao seu encontro*) Artur, tenho a agradecer-lhe o que fez por mim. Não sei como lhe pagarei.

Aperta-lhe a mão.

LORDE GORING – Meu caro, eu lhe direi logo. No presente momento, debaixo da palmeira do costume... quero dizer na estufa...

Entra Mason.

MASON – Lorde Caversham.

LORDE GORING – Este meu admirável pai tem por costume aparecer sempre quando não devia aparecer. É falta de coração, realmente, falta de coração.

Entra lorde Caversham. Mason sai.

LORDE CAVERSHAM – Bom dia, lady Chiltern! Os meus mais calorosos parabéns, Chiltern, pelo seu brilhante discurso de ontem. Acabo de falar com o primeiro-ministro, e você vai preencher o lugar vago no gabinete.

SIR ROBERT CHILTERN – (*Com um olhar de júbilo e triunfo*) Um lugar no gabinete?

LORDE CAVERSHAM – Sim; aqui está a carta do primeiro-ministro.

Dá-lhe a carta.

SIR ROBERT CHILTERN – (*Pega a carta e lê-a*) Um lugar no gabinete!

LORDE CAVERSHAM – Sem dúvida, e bem merecido. Você tem aquilo de que nós, hoje em dia, tanto precisamos na vida política: alto caráter, alto timbre moral, altos princípios. (*Para lorde Goring*) Tudo o que você não tem e jamais terá.

LORDE GORING – Não gosto de princípios, pai. Prefiro os preconceitos.

Sir Robert Chiltern está tentado a aceitar o convite do primeiro-ministro, quando vê a esposa com os claros e cândidos olhos cravados nele. Compreende que é impossível.

SIR ROBERT CHILTERN – Não posso aceitar, lorde Caversham. Resolvi declinar o convite.

LORDE CAVERSHAM – Declinar, senhor!

SIR ROBERT CHILTERN – A minha intenção é retirar-me imediatamente da vida pública.

LORDE CAVERSHAM – (*Iradamente*) Recusar um lugar no gabinete e retirar-se da vida pública? Nunca ouvi tão tremenda bobagem em todo o decurso da minha existência. Peço perdão, lady Chiltern. Perdão, Chiltern. (*Para lorde Goring*) Não faça assim caretas.

LORDE GORING – Não faço, pai.

LORDE CAVERSHAM – Lady Chiltern, é uma mulher de senso, a mulher mais sensata de Londres, a mulher mais sensata que eu conheço. Quer fazer o favor de impedir seu marido de fazer tal... de dizer tais... Quer fazer esse favor, lady Chiltern?

LADY CHILTERN – Penso que meu marido faz muito bem em resolver o que resolveu, lorde Caversham. Aprovo a resolução dele.

LORDE CAVERSHAM – Aprova-a? Deus do céu!

LADY CHILTERN – (*Pegando na mão do marido*) Admiro-o pela resolução que tomou. Admiro-o imensamente. Nunca o admirei tanto como neste momento. É mais belo até do que eu imaginava. (*Para sir Robert Chiltern*) Vai escrever a carta ao primeiro-ministro, não? Não hesite, Robert.

SIR ROBERT CHILTERN – (*Com um laivo de amargura*) Suponho que é melhor escrevê-la já. Tais ofertas não se repetem. Peço-lhe o favor, lorde Caversham, de me desculpar por um momento.

LADY CHILTERN – Posso ir contigo, Robert, não?

SIR ROBERT CHILTERN – Vem, Gertrudes, vem.

Lady Chiltern sai com o marido.

LORDE CAVERSHAM – Que tem esta família? Há aqui qualquer coisa esquisita. (*Batendo na testa*) Idiotia? Hereditária, talvez. De mais a mais, ambos. Esposa e marido. Muito triste. Muito triste, realmente! E não são uma velha família. Não posso compreender.

LORDE GORING – Não é idiotia, pai, asseguro-lhe.

LORDE CAVERSHAM – O que é então, meu caro?

LORDE GORING – (*Após alguma hesitação*) Bem, é o que se chama hoje em dia alto timbre moral, pai. Só isso.

LORDE CAVERSHAM – Detesto esses palavrões modernos. Há cinquenta anos chamávamos idiotia. Não me demoro mais nesta casa.

LORDE GORING – (*Travando-lhe do braço*) Oh! Entre só ali por um momento, pai. A terceira palmeira à esquerda, a palmeira do costume.

LORDE CAVERSHAM – O quê, meu caro?

LORDE GORING – Peço perdão, pai, esqueci-me. A estufa, pai, a estufa... está lá uma pessoa com quem eu desejo que você fale.

LORDE CAVERSHAM – A respeito de quê?

LORDE GORING – A meu respeito, pai.

LORDE CAVERSHAM – (*Com ar carrancudo*) Não é assunto suscetível de muita eloquência.

LORDE GORING – Não, pai; mas a senhora é como eu. Não dá importância à eloquência dos outros. Pensa em voz alta. (*Lorde Caversham vai para a estufa. Entra lady Chiltern*) Lady Chiltern, por que está fazendo o jogo da sra. Cheveley?

LADY CHILTERN – (*Em sobressalto*) Não compreendo.

LORDE GORING – Sra. Cheveley fez uma tentativa para arruinar seu marido. Ou bani-lo da vida pública, ou obrigá-lo a assumir uma atitude desonrosa. Desta tragédia salvou-o a senhora. E quer agora precipitá-lo noutra? Por que lhe irá fazer o mal que sra. Cheveley tentou fazer sem o conseguir?

LADY CHILTERN – Lorde Goring?

LORDE GORING – (*Fazendo sobre si um grande esforço e mostrando o filósofo que está por debaixo do dândi*) Lady Chiltern, permita-me. Escreveu-me ontem à noite uma carta em que dizia confiar em mim e precisar do meu auxílio. É agora o momento em que realmente necessita do meu auxílio, agora é que tem de confiar em mim, confiar no meu conselho e no meu bom senso. Ama o Robert. Quer matar o amor dele por você? Que existência será a dele, se lhe rouba os frutos da sua ambição, se o arranca ao esplendor de uma grande carreira política, se lhe fecha as portas da vida pública, se o condena a ser um estéril falido, ele que foi feito para brilhar e triunfar? Não cabe às mulheres julgarem-nos, mas perdoarem-nos, quando de perdão necessitamos. Perdoar, não castigar, é a sua missão. Por que o há de açoitar e flagelar por um pecado cometido na sua mocidade, quando ainda a não conhecia, quando ainda ele se não conhecia a si mesmo? A vida do homem tem mais valor do que a da mulher. Tem maiores âmbitos, mais amplos objetivos, mais elevadas ambições. A vida da mulher desenrola-se em curvas de emoções. A vida do homem evolui em linhas intelectuais. Não cometa um erro terrível, lady Chiltern. A mulher que pode conservar o amor de um homem e retribuir-lhe esse amor, fez tudo o que o mundo quer ou deve querer das mulheres.

LADY CHILTERN – (*Perturbada e vacilante*) Mas é o meu marido que deseja renunciar à vida pública. Sente que é o seu dever. Foi ele quem primeiro o disse.

LORDE GORING – Para não perder o seu amor, o Robert tudo faria, sacrificaria até a sua nobre carreira, como está na iminência de fazer agora. É um sacrifício terrível que ele faz por você. Aceite meu conselho, lady Chiltern, e não aceite tamanho sacrifício. Se o aceitar, você irá se arrepender amargamente toda a vida. Nós, homens e mulheres, não somos feitos para aceitar tais sacrifícios uns aos outros. Não somos dignos deles. Além disso, o Robert já foi suficientemente castigado.

LADY CHILTERN – Fomos ambos castigados. Coloquei-o num pedestal alto demais.

LORDE GORING – (*Com profundo sentimento na voz*) Não o ponha agora, por essa razão, baixo demais. Se ele caiu do seu altar, não o atire ao atoleiro. Para o Robert, falhar na política seria o mesmo que atolar-se em vergonha. A sua paixão é o poder. Tudo perderia, até a faculdade de sentir o amor. A senhora tem neste momento nas suas mãos a vida de seu marido, o amor de seu marido. Não destrua estes dois bens, julgando salvá-lo.

Entra sir Robert Chiltern.

SIR ROBERT CHILTERN – Gertrudes, aqui está o rascunho da minha carta. Quer que eu a leia para você?

LADY CHILTERN – Deixa-me vê-la.

Sir Robert dá-lhe a carta. Ela lê-a, e depois, com um gesto de paixão, rasga-a.

SIR ROBERT CHILTERN – O que está fazendo?

LADY CHILTERN – A vida do homem tem mais valor do que a da mulher. Tem maiores âmbitos, mais amplos objetivos, mais elevadas ambições. As nossas vidas desenrolam-se em curvas de emoções. A vida do homem evolui em linhas intelectuais. Aprendi isto há pouco, e muito mais ainda, com lorde Goring. E não quero arruinar a sua vida, nem o ver arruiná-la como sacrifício feito a mim, inútil sacrifício!

SIR ROBERT CHILTERN — Gertrudes! Gertrudes!

LADY CHILTERN — Você pode esquecer. Os homens esquecem facilmente. E eu perdoo. É assim que as mulheres ajudam o mundo. Vejo isso agora.

SIR ROBERT CHILTERN — (*Profundamente vencido pela emoção, abraça-a*) Minha mulher! Minha mulher! (*Para lorde Goring*) Artur, parece que lhe estou sempre em dívida.

LORDE GORING — Oh, não, Robert! A sua dívida é com lady Chiltern, não é comigo!

SIR ROBERT CHILTERN — Devo-lhe muito. E agora diga-me o que ia pedir-me, há pouco, quando entrou lorde Caversham.

LORDE GORING — Robert, você é o tutor de sua irmã, e eu desejo o seu consentimento para casar com ela. Nada mais.

LADY CHILTERN — Oh! Fico tão feliz! Tão feliz!

Aperta a mão a lorde Goring.

LORDE GORING — Obrigado, lady Chiltern.

SIR ROBERT CHILTERN — (*Com semblante turvado*) Você casar com minha irmã?

LORDE GORING — Sim.

SIR ROBERT CHILTERN — (*Com grande firmeza*) Artur, sinto muito, mas é impossível. Tenho de pensar na felicidade futura da Mabel. E não me parece que a felicidade dela esteja segura nas suas mãos. E eu não posso sacrificá-la!

LORDE GORING — Sacrificá-la!

SIR ROBERT CHILTERN — Sim, inteiramente sacrificá-la. Casamento sem amor é horrível. Mas há uma coisa pior do que o casamento sem amor algum. Um casamento em que há amor, mas apenas de um lado; fé, mas de um lado apenas; dedicação, mas de um lado apenas, e em que dos dois corações um tem a certeza de ser despedaçado.

LORDE GORING — Mas eu amo a Mabel. Nenhuma outra mulher ocupa lugar algum na minha vida.

LADY CHILTERN — Robert, se eles gostam um do outro, por que que não se casarão?

SIR ROBERT CHILTERN — O Artur não pode consagrar à Mabel o amor que ela merece.

LORDE GORING — Que razão tem para dizer isso?

SIR ROBERT CHILTERN — (*Após uma pausa*) Quer realmente que eu diga?

LORDE GORING — Quero, sim.

SIR ROBERT CHILTERN — Pois bem, faço-lhe a vontade. Quando, ontem à noite fui à sua casa, encontrei sra. Cheveley escondida numa sala. Era entre as dez e as onze horas da noite. Nada mais quero dizer. Como eu lhe disse ontem, não tenho nada a ver com as suas relações com sra. Cheveley. Sei que, há anos, quase casou com ela. Parece ter voltado a exercer sobre você a fascinação desses tempos. Falou-me ontem dela como de uma mulher pura e impoluta, de uma mulher por você respeitada e venerada.

Talvez assim seja. Mas o que eu não posso é pôr nas suas mãos a vida de minha irmã. Seria um grave erro meu. Seria uma injustiça, uma infame injustiça com ela.

LORDE GORING – Nada mais tenho a dizer.

LADY CHILTERN – Robert, quem lorde Goring esperava ontem à noite não era sra. Cheveley.

SIR ROBERT CHILTERN – Não era sra. Cheveley? Quem era então?

LORDE GORING – Lady Chiltern!

LADY CHILTERN – Era a sua mulher! Robert, ontem à tarde, lorde Goring disse-me que, se algum dia eu estivesse aflita, recorresse ao seu auxílio, pois era o nosso mais velho e melhor amigo. Após aquela terrível cena nesta sala, eu escrevi-lhe dizendo que confiava na sua amizade, que precisava dele, que ia pedir-lhe auxílio e conselho. (*Sir Robert Chiltern tira a carta do bolso*) Sim, essa carta. Afinal, não fui à casa de lorde Goring. Senti que é só de nós que pode vir o auxílio. O orgulho fez-me pensar assim. Foi lá sra. Cheveley. Furtou a minha carta e mandou-lhe anonimamente esta manhã, para que você pensasse... Oh! Robert, não posso lhe dizer o que ela queria que você pensasse...

SIR ROBERT CHILTERN – O quê! Caí tão baixo aos seus olhos, para que você pensasse por um momento sequer que eu podia ter duvidado da sua pureza? Gertrudes, Gertrudes, é para mim a cândida imagem de tudo o que é bom, e nunca o pecado pode a tocar. Artur, pode ir ter com a Mabel, e desejo a vocês as maiores venturas! Oh! Espera um momento. Falta aqui um nome no alto desta carta. A esperta sra. Cheveley parece não ter dado por isso. É preciso pôr aqui um nome.

LADY CHILTERN – Deixa-me escrever o seu. É em você que eu confio, é de você que eu preciso. De ninguém mais.

LORDE GORING – Bem, realmente, lady Chiltern, penso que sou eu quem deve ficar com a carta, que é minha.

LADY CHILTERN – (*Sorrindo*) Não, o senhor fica com a Mabel.

Pega a carta e escreve no alto o nome do marido.

LORDE GORING – Bom, espero que ela não tenha mudado de ideia. Há quase vinte minutos que a não vejo.

Entram Mabel Chiltern e lorde Caversham.

MABEL CHILTERN – Lorde Goring, acho a conversa de seu pai muito mais interessante do que a sua. Daqui para o futuro só irei conversar com lorde Caversham, e sempre debaixo da palmeira do costume.

LORDE GORING – Meu amor!

Beija-a.

LORDE CAVERSHAM – (*Fulminado de surpresa*) O que quer isto dizer? Não vai, com certeza, dizer que esta encantadora e inteligente menina caiu na tolice de o aceitar?

LORDE GORING – Mas é certo, pai! E o Robert teve o bom senso de aceitar o lugar no gabinete.

LORDE CAVERSHAM — Estou muito feliz em saber disso, Chiltern... Meus parabéns. Se o país não for para o charco ou para os radicais, um dia o teremos como primeiro-ministro.

Entra Mason.

MASON — O almoço está na mesa, minha senhora.

Sai Mason.

MABEL CHILTERN — Almoce conosco, lorde Caversham, não?

LORDE CAVERSHAM — Com prazer, e depois levo-o, Chiltern, a Downing Street. Tem na sua frente um grande futuro, um grande futuro. Deus queira eu pudesse dizer o mesmo a seu respeito. (*Para lorde Goring*) Mas a sua carreira terá de ser inteiramente doméstica.

LORDE GORING — Sim, pai, prefiro-a doméstica.

LORDE CAVERSHAM — E se não for para esta menina um marido ideal, deserdo-o.

MABEL CHILTERN — Um marido ideal! Oh! Não acho que me agradaria isso. Parece-me assim alguma coisa do outro mundo.

LORDE CAVERSHAM — O que quer então que ele seja, querida?

MABEL CHILTERN — Ele pode ser o que quiser. Tudo o que eu desejo é ser... ser... oh! é ser para ele uma esposa real.

LORDE CAVERSHAM — Palavra de honra, há nisso muito senso comum, lady Chiltern.

Saem todos, exceto sir Robert Chiltern, que se afunda numa poltrona, absorto a cismar. Daí a pouco volta lady Chiltern.

LADY CHILTERN — (*Debruçando-se sobre as costas da poltrona*) Não vem, Robert?

SIR ROBERT CHILTERN — (*Pegando-lhe na mão*) Gertrudes, é amor que você sente por mim ou simplesmente pena?

LADY CHILTERN — (*Beija-o*) É amor, Robert. Amor e só amor. Para nós dois começa uma vida nova!

Cai o pano.

A IMPORTÂNCIA DE SER PRUDENTE

Comédia trivial para gente séria

Representada pela primeira vez em 14 de fevereiro de 1895, no St. James's Theatre, em Londres.

PERSONAGENS
John Worthing, *juiz de paz*
Lane, *criado*
Algernon Moncrieff
Reverendo cônego Chasuble, *doutor em teologia*
Merriman, *mordomo*
Lady Bracknell
Hon. Gwendolen Fairfax
Srta. Prism, *preceptora*
Cecily Cardew

TEMPO
Presente

LUGAR
Londres

PRIMEIRO ATO

CENA

Sala de café manhã na residência de Algernon, Half Moon Street. A sala está luxuosa e artisticamente mobilada. Ouve-se o piano na sala contígua.
Lane está colocando o chá na mesa, e, depois de cessar a música, entra Algernon.

ALGERNON – Ouviu o que eu estava tocando, Lane?

LANE – Achei que não era delicado ficar escutando, senhor.

ALGERNON – Lamento, por amá-la. Não toco lá com toda a correção — com toda a correção qualquer um pode tocar —, mas toco com expressão admirável. Tratando-se de piano, o meu forte é o sentimento. A ciência reservo-a para a vida.

LANE – Sim, senhor.

ALGERNON – E, falando da ciência da vida, já mandou cortar os sanduíches de pepino para lady Bracknell?

LANE – Já, sim, senhor.

Apresenta-os numa bandeja.

ALGERNON – (*Examina-os, pega dois deles, e senta-se no sofá*) Oh!... a propósito, Lane, vejo pelo seu livro que na quinta-feira à noite, quando jantaram comigo lorde Shoreman e o sr. Worthing, se gastaram oito garrafas de champanhe.

LANE – Sim, senhor; oito garrafas e meia.

ALGERNON – Por que é que na casa de um homem solteiro os criados invariavelmente bebem o champanhe? Pergunto apenas a título de informação.

LANE – Atribuo isso à superior qualidade do vinho, senhor. Tenho muitas vezes observado que nas casas de pessoas casadas é raro o champanhe ser de primeira qualidade.

ALGERNON – Deus do céu! O casamento é assim tão desmoralizador?

LANE – Creio que é um estado muito agradável, senhor. Tenho tido até agora muito pouca prática. Só casei uma vez. Isto foi em consequência de um mal-entendido entre mim e uma pessoa.

ALGERNON – (*Languidamente*) Não acho que me interesse muito a sua vida familiar, Lane.

LANE – Não, senhor; não é assunto que interesse. É coisa em que eu nunca penso.

ALGERNON – Naturalíssimo, tenho a certeza. Está bem, Lane, obrigado.

LANE – Obrigado, senhor.

Sai Lane.

ALGERNON – As ideias do Lane sobre o casamento são bastante frouxas. Realmente, se as classes baixas não nos dão bons exemplos, para que diabo servem elas? Parecem, como classe, não terem absolutamente noção alguma de responsabilidade moral.

Entra Lane.

LANE – O sr. Ernest Worthing.

Entra John. Sai Lane.

ALGERNON – Como está, meu caro Ernest? O que é que o traz à cidade?

JOHN – Oh, o prazer, o prazer! Que outra coisa leva a gente a qualquer parte? Como de costume, está comendo, vejo, Algy!

ALGERNON – (*Empertigadamente*) Creio que é costume na boa sociedade lanchar às cinco horas. Por onde tem andado desde quinta-feira?

JOHN – (*Sentando-se no sofá*) Tenho estado no campo.

ALGERNON – Que diabo faz lá?

JOHN – (*Descalçando as luvas*) Quando as pessoas estão na cidade, divertem-se. Quando estão no campo, divertem os outros. É aborrecido ao máximo.

ALGERNON – E a quem é que você diverte?

JOHN – (*Distraidamente*) Oh, vizinhos, vizinhos.

ALGERNON – Há vizinhos bons lá em Shropshire?

JOHN – Horríveis! Nunca converso com nenhum.

ALGERNON – Como os deve divertir! (*Vai buscar sanduíches*) A propósito, o seu condado é Shropshire, não é?

JOHN – Oh? Shropshire? É claro. Sim! Para que são todas estas xícaras? Sanduíches de pepino? Por que tão desatinada extravagância num rapaz tão novo? Quem vem aqui tomar chá?

ALGERNON – Oh! Simplesmente a tia Augusta e a Gwendolen.

JOHN – Que delicioso!

ALGERNON – Sim, está tudo muito bem; mas receio que a tia Augusta não concorde com a sua presença aqui.

JOHN – Posso perguntar por quê?

ALGERNON – Meu caro, o namoro que tem com Gwendolen é indecente. É quase tão mau como o namoro que ela tem com você.

JOHN – Eu gosto muito da Gwendolen. Vim de propósito à cidade para lhe propor casamento.

ALGERNON – Pensei que tinha vindo por prazer... Chamo isso de negócios.

JOHN – Não há em você nada de romântico!

ALGERNON – Realmente nada vejo de romântico em um homem propor casamento. É muito romântico estar apaixonado. Mas não há romantismo nenhum numa proposta de casamento. Ora essa, pode ser aceita. É o geralmente, acho. E então lá se vai toda a excitação. A verdadeira essência do romance é a incerteza. Se um dia eu me casar, com certeza esquecerei o fato.

JOHN – Não duvido, meu caro Algy. O Tribunal do Divórcio foi especialmente inventado para as pessoas cujas memórias são assim tão curiosamente constituídas.

ALGERNON – Oh! De nada serve esmiuçar o assunto. Os divórcios são feitos no céu... (*John estende a mão para pegar num sanduíche. Algernon intervém imediatamente*) Faz o favor, não toque nos sanduíches de pepino. Foram feitos especialmente para a tia Augusta.

Tira um e come-o.

JOHN – Mas você está sempre os comendo.

ALGERNON – Isso é um caso inteiramente diferente. É minha tia. (*Pega um prato*) Sirva-se de pão com manteiga. O pão com manteiga é para a Gwendolen. A Gwendolen gosta de pão com manteiga.

JOHN – (*Aproximando-se da mesa e servindo-se*) E que esplêndido pão com manteiga!

ALGERNON – Bem, meu caro, não precisa comer como se fosse comê-lo todo. Age como se já estivesse casado com ela. Ainda não casou, nem me parece que venha a casar.

JOHN – Por que diz isso?

ALGERNON – Bem, em primeiro lugar, as moças nunca se casam com os homens com quem namoram. Não acham isso bom.

JOHN – Oh, que bobagem!

ALGERNON – Não é. É uma grande verdade. Explica o extraordinário número de solteiros que se vê por aí. Em segundo lugar, não dou o meu consentimento.

JOHN – O seu consentimento!

ALGERNON – Meu caro, a Gwendolen é minha prima. E antes de eu o deixar casar com ela, terá de esclarecer o caso da Cecily.

Toca a campainha.

JOHN – Cecily! Que diabo significa isso? O que você quer dizer, Algy, com esse nome? Não conheço nenhuma Cecily.

Entra Lane.

ALGERNON – Traga-me aquela cigarreira que o sr. Worthing deixou na sala de fumo a última vez que jantou aqui.

LANE – Sim, senhor.

Sai Lane.

JOHN – Quer dizer que ficou com a minha cigarreira todo este tempo? Devia ter me dito. Escrevi cartas desesperadas à polícia. Quase ofereci grandes recompensas.

ALGERNON – Bem, podia oferecê-las a mim. Dá-se o caso de me encontrar mais depenado do que de costume.

JOHN – Não vale a pena oferecer recompensas, agora que a cigarreira apareceu.

Entra Lane com uma cigarreira numa salva. Algernon pega-a imediatamente. Sai Lane.

ALGERNON – Parece-me um tanto mesquinho da sua parte, Ernest, devo dizer. (*Abre a cigarreira e examina-a*) Contudo, não importa; pois, agora que eu reparo no que está gravado aqui dentro, vejo que, afinal de contas, não é sua.

John – É claro que é minha. (*Aproximando-se*) Você me viu com ela centenas de vezes, e não tem direito algum a ler o que está escrito dentro. É uma falta de delicadeza ler o que está escrito no interior de uma cigarreira.

Algernon – Oh! É absurdo fixar regras rígidas sobre o que se deve e o que não se deve ler. Mais de metade da cultura moderna depende do que se não deve ler.

John – Sei isso perfeitamente, e não pretendo discutir a cultura moderna. Não é assunto para conversas íntimas. O que eu quero é a minha cigarreira.

Algernon – Sim, mas esta não é a sua cigarreira. Esta cigarreira é um presente de uma pessoa chamada Cecily, e você disse que não conhece ninguém com esse nome.

John – Bem, se quer saber, Cecily é o nome de minha tia.

Algernon – Sua tia!

John – Sim. Uma tia encantadora, já de idade. Mora em Tunbridge Wells. Dê-me aqui, Algy.

Algernon – (*Afastando-se para detrás do sofá*) Mas por que se chama ela a si mesma Cecilinha, se é sua tia e mora em Tunbridge Wells? (*Lendo*) "Da Cecilinha, com o mais terno afeto."

John – (*Dirigindo-se para o sofá e ajoelhando nele*) Meu caro, que diabo há nisso? Umas tias são grandes, outras não são e usam o diminutivo. É um assunto em que, sem dúvida, uma tia pode ter a liberdade de decidir por si. Parece que entende que todas as tias devem ser exatamente como a sua! É absurdo! Pelo amor de Deus, devolva-me a minha cigarreira.

Segue Algernon em volta da sala.

Algernon – Sim. Mas por que é que a sua tia o chama "seu tio"? Da Cecilinha, com o mais terno afeto, ao seu querido tio John. Não há nada que objetar, admito, o fato de uma tia ser pequena, mas uma tia, seja de que tamanho for, chamar tio ao sobrinho, isso é que eu não posso compreender. De mais a mais, você não se chama John; o seu nome é Ernest.

John – Não é Ernest; é John.

Algernon – Disse-me sempre que era Ernest. Tenho o apresentado a todos como Ernest. Você se apresenta sempre pelo nome de Ernest. Se vê mesmo na cara que se chama Ernest. Nunca vi homem que tanto desse a impressão de Ernest como você. É inteiramente absurdo dizer que se não chama Ernest. Está nos seus cartões. Aqui está um deles. (*Tira um da cigarreira*) "Ernest Worthing, The Albanys, b4." Guardo este como prova de que o seu nome é Ernest, se alguma vez tentar negar-me, ou à Gwendolen, ou a qualquer outra pessoa.

Mete o cartão no bolso.

John – Bem, chamo-me Ernest na cidade e John no campo, e a cigarreira foi-me dada no campo.

Algernon – Sim, mas isso não explica o fato de a sua tia Cecily, que mora em Tunbridge Wells, o chamar "seu querido tio". Vamos, meu velho, era muito melhor pôr tudo em pratos limpos. Vou lhe arrancar isso imediatamente.

John – Meu caro Algy, fala exatamente como se fosse dentista. É muito vulgar falar-se como dentista sem se ser dentista. Produz uma falsa impressão.

Algernon – Bem, é exatamente o que os dentistas sempre fazem. Agora, vamos a isso! Conta-me tudo. Posso confessar-lhe que sempre desconfiei de que você fosse um autêntico e secreto bunburista; e agora tenho inteira certeza disso.

John – Bunburista? Que diabo quer isso dizer?

Algernon – Revelarei a significação desse incomparável termo, logo que tenha a bondade de me explicar por que é que é Ernest na cidade e John no campo.

John – Bem, primeiro dá aqui a minha cigarreira.

Algernon – Aqui está. (*Dá-lhe a cigarreira*) Agora dê-me a sua explicação e uma explicação improvável, peço-lhe.

Senta-se no sofá.

John – Meu caro, na minha explicação nada há de improvável. Com efeito, é perfeitamente ordinária. O velho sr. Tomás Cardew, que me adotou quando rapazito, nomeou-me no seu testamento tutor da sua neta, Cecily Cardew. Essa menina, que me trata por tio por motivos de respeito que você não pode, decerto, apreciar, habita lá em minhas terras no campo, na companhia da sua admirável preceptora, srta. Prism.

Algernon – Onde é isso, a propósito?

John – Você não tem nada com isso, meu caro. Ninguém vai o convidar... Posso honestamente dizer-lhe que não é em Shropshire.

Algernon – Já o suspeitava, meu caro! Já por duas ocasiões palmilhei Shropshire de ponta a ponta. Agora, continua. Por que é que é Ernest na cidade e John no campo?

John – Meu caro Algy, não sei se poderá compreender os meus motivos reais. Não tem a precisa seriedade. Quando um homem ocupa o lugar de tutor, tem de adotar em todos os seus atos uma atitude de austera moralidade. É o seu dever. E como uma atitude de austera moralidade não se une muito bem com a saúde ou com a felicidade do homem, para dar uma fugida à cidade fingi ter um irmão mais novo chamado Ernest, que vive na Albany e se vê às vezes em tremendas enrascadas. Eis, meu caro Algy, a verdade pura e simples.

Algernon – A verdade é raras vezes pura e nunca é simples. Muito aborrecida seria a vida moderna, se fosse uma coisa ou outra, e a literatura moderna seria uma completa impossibilidade!

John – Não seria de modo algum mau.

Algernon – A crítica literária não é o seu forte, meu caro amigo. Não experimente. Você deve deixar isso aos que nunca frequentaram uma universidade. Fazem-no com tal perícia nos jornais diários. Você realmente é um bunburista. Eu tive toda a razão em o qualificar de bunburista. É um dos mais refinados bunburistas que eu conheço.

John – Que diabo quer dizer com isso?

Algernon – Você inventou um irmão mais novo chamado Ernest, a fim de poder dar uma fugida à cidade, sempre que lhe apeteça. Eu inventei um inestimável entrevado permanente chamado Bunbury, a fim de poder ir ao campo todas as vezes que me dê vontade. O Bunbury é perfeitamente inestimável. Se não fosse a extraordinária falta de saúde do Bunbury, por exemplo, eu não poderia ir hoje jantar contigo ao Willis's, pois há mais de uma semana que estou comprometido com a tia Augusta.

JOHN – Eu não o convidei para jantar comigo hoje?

ALGERNON – Bem sei. Você é absolutamente desleixado com os convites. É uma falta de senso da sua parte. Nada aborrece tanto a gente como não receber convites.

JOHN – Era muito melhor você jantar com a tia Augusta.

ALGERNON – Não tenho a mínima intenção de fazer coisa que se pareça. Em primeiro lugar, jantei lá na segunda-feira, e uma vez por semana é mais que suficiente para jantarmos com os parentes. Em segundo lugar, sempre que janto lá sou tratado como membro da família e ou não me põem ao lado de mulher nenhuma, ou põem-me entre duas mulheres. Em terceiro lugar, sei perfeitamente quem ela vai pôr ao meu lado hoje. Vai colocar-me ao lado da Maria Farquhar, que está sempre namorando o marido, sentado em frente. Não é lá muito agradável. Nem mesmo é decente... e esse costume está a alastrar enormemente. É de fato escandaloso o número de mulheres que namoram seus maridos. Parece tão mal. É simplesmente lavar a roupa limpa em público. Além disso, agora que eu sei que você é um autêntico bunburista, desejo naturalmente conversar contigo sobre bunburismo. Quero expor-lhe as regras.

JOHN – Eu não sou nada bunburista. Se a Gwendolen me aceitar, vou matar o meu irmão, realmente penso que, em qualquer caso, o matarei. A Cecily está um pouco interessada por ele. É uma chatice. Por isso vou me libertar do Ernest. E aconselho-o veementemente a fazer o mesmo ao senhor... ao seu amigo doente que tem esse tal nome absurdo.

ALGERNON – Nada me decidirá a separar-me do Bunbury, e se um dia você casar, o que me parece extremamente problemático, você gostará de conhecer o Bunbury. Um homem que se casa sem conhecer o Bunbury irá se aborrecer infinitamente.

JOHN – Isso é bobagem. Se eu casar com uma rapariga encantadora como é a Gwendolen, e com nenhuma outra casaria, não quererei, com certeza, conhecer o Bunbury.

ALGERNON – Sua mulher irá querer, então. Parece que não compreende que na vida conjugal três é companhia e dois não.

JOHN – (*Sentenciosamente*) Isso, meu caro amiguinho, é a teoria que o corrupto drama francês anda a propagar há cinquenta anos.

ALGERNON – Sim; e que o ditoso lar inglês comprovou em metade desse tempo.

JOHN – Pelo amor de Deus, não tente ser cínico. É facílimo ser cínico.

ALGERNON – Meu caro, hoje em dia não é fácil ser coisa alguma. Há em tudo uma concorrência bestial. (*Ouve-se o retinir da campainha elétrica*) Ah! Deve ser a tia Augusta. Só parentes ou credores é que tocam deste modo wagneriano. Ora, se eu conseguir distraí-la por dez minutos, de maneira que você possa ter oportunidade de se declarar à Gwendolen, poderei jantar contigo logo no Willis's?

JOHN – Acho que sim, se quiser.

ALGERNON – Sim, mas deve levar isso a sério. Detesto as pessoas que não levam as refeições a sério. É mostrarem-se muito superficiais.

Entra Lane.

LANE – Lady Bracknell e srta. Fairfax.

Algernon sai ao seu encontro. Entram lady Bracknell e Gwendolen.

LADY BRACKNELL – Boa tarde, querido Algernon, espero que esteja se portando muito bem.

ALGERNON – Sinto-me muito bem, tia Augusta.

LADY BRACKNELL – Não é bem a mesma coisa. De fato, as duas coisas raramente se encontram juntas.

Vê John e baixa-lhe a cabeça, friamente.

ALGERNON – (*Para Gwendolen*) Meu Deus, que elegância!

GWENDOLEN – Sou sempre elegante! Não sou, sr. Worthing?

JOHN – Uma absoluta perfeição, srta. Fairfax.

GWENDOLEN – Oh! Isso eu não quero ser! Não deixaria lugar para evoluções ulteriores, e eu tenciono evoluir em muitas direções.

Gwendolen e John sentam-se juntos no canto.

LADY BRACKNELL – Sinto muito termos chegado um pouco tarde, Algernon, mas fui obrigada a ir à casa da querida lady Harbury. Desde o falecimento do marido que eu não ia lá. Nunca vi mulher que tanto se modificasse; parece ter vinte anos menos. E agora quero uma xícara de chá e um desses sanduíches de pepino que me prometeu.

ALGERNON – Pois não, tia Augusta.

Dirige-se para a mesa.

LADY BRACKNELL – Não vem, Gwendolen?

GWENDOLEN – Obrigada, mamãe, estou muito bem aqui.

ALGERNON – (*Pegando, horrorizado, o prato vazio*) Deus do céu! Lane! Por que é que não há sanduíches de pepino? Mandei fazê-los especialmente.

LANE – (*Gravemente*) Não havia pepinos no mercado esta manhã, senhor. Fui lá duas vezes.

ALGERNON – Não havia pepinos!

LANE – Não, senhor. Nem sequer com dinheiro à vista.

ALGERNON – Está bem, Lane, obrigado.

LANE – Obrigado, senhor.

Sai.

ALGERNON – Estou muito sentido, tia Augusta, por não haver pepinos, nem mesmo com dinheiro à vista.

LADY BRACKNELL – Não faz mal, Algernon. Comi uns pastéis com lady Harbury, que me parece viver inteiramente para o prazer agora.

ALGERNON – Disseram-me que o cabelo dela, com o desgosto, agora parece ouro.

LADY BRACKNELL – Mudou de cor, com certeza. O motivo não posso dizer, é claro. (*Algernon serve-lhe o chá*) Obrigada. Hoje irá se divertir, Algernon. Ao jantar vou o pôr ao lado da Maria Farquhar. É uma simpática mulher e tão carinhosa com o marido. É um prazer vê-los.

ALGERNON – Receio, tia Augusta, ter de me privar do prazer de jantar hoje em sua casa.

LADY BRACKNELL – (*Carregando a sobrancelha*) Espero que não faça isso. Desarranjava-me completamente a mesa. Seu tio teria de jantar lá em cima. Felizmente, já está habituado a isso.

ALGERNON – É uma grande chatice e, quase desnecessário o dizer, uma terrível contrariedade para mim, mas o fato é que recebi agora mesmo um telegrama dizendo que o meu pobre amigo Bunbury está outra vez muito mal. (*Troca olhares com John*) Parecem pensar que eu devo estar com ele.

LADY BRACKNELL – É muito estranho. Este sr. Bunbury parece sofrer de uma curiosa doença.

ALGERNON – Sim, o pobre Bunbury é um terrível atormentado.

LADY BRACKNELL – Bem, devo dizer, Algernon, que penso que são horas de esse sr. Bunbury resolver se irá morrer ou viver. Esta hesitação é absurda. Nem eu, de modo algum, aprovo a moderna simpatia pelos inválidos. Considero-a mórbida. A doença seja de que gênero for não é coisa que se deva estimular nos outros. A saúde é o dever primordial da vida. Estou sempre dizendo isso ao seu pobre tio, mas ele nunca parece fazer grande caso... enquanto vai sentindo algumas melhoras dos seus distúrbios. Eu lhe ficaria muito grata, se, da minha parte, pedisse ao sr. Bunbury que fizesse o favor de não ter uma recaída no sábado, pois conto contigo para me tratar da música. É a minha última recepção, e quero alguma coisa que anime a conversa, mormente no fim da temporada, quando todos já praticamente disseram tudo o que tinham a dizer, o que, na maior parte dos casos, não era provavelmente muito.

ALGERNON – Falarei ao Bunbury, tia Augusta, se ele estiver ainda consciente, e penso poder prometer-lhe que ele se encontrará perfeitamente no sábado. É claro que a música é uma grande dificuldade. Vê, se se toca boa música, ninguém a ouve, e se se toca música má, ninguém conversa. Mas eu darei uma olhada no programa que elaborei, se a tia fizer o favor de vir por um momento para aquela sala.

LADY BRACKNELL – Obrigada, Algernon. É uma grande atenção sua. (*Levantando-se e seguindo Algernon*) Tenho a certeza de que o programa ficará delicioso, após algumas expurgações. Canções francesas eu não posso permitir. Parecem sempre achá-las inconvenientes, e ou se mostram escandalizados, o que é indelicadeza, ou riem, o que é pior. O alemão, porém, parece uma língua sobremodo respeitável, e, realmente, eu assim acho. Gwendolen, vem comigo.

GWENDOLEN – Pois sim, mamãe.

Lady Bracknell e Algernon entram na sala de música. Gwendolen fica para trás.

JOHN – Esteve hoje um dia encantador, srta. Fairfax.

GWENDOLEN – Por favor, não me fale do tempo, sr. Worthing. Quando me falam do tempo, tenho sempre a certeza de que têm outra coisa em mente. E isso deixa-me nervosa.

JOHN – Realmente, tenho.

GWENDOLEN – É o que eu pensava. De fato, nunca me engano.

JOHN – E gostaria de poder aproveitar-me da ausência temporária de lady Bracknell...

GWENDOLEN – E eu aconselhava-o a fazê-lo. A mamãe tem uma maneira de voltar de repente a uma sala, por causa do que muitas vezes já conversamos.

JOHN – (*Nervosamente*) Srta. Fairfax, desde que a encontrei, admirei-a mais do que a qualquer menina... que jamais encontrei desde... desde que a encontrei.

GWENDOLEN – Sim, sei isso perfeitamente. E muitas vezes desejei que em público o senhor, de qualquer modo, se manifestasse mais. Para mim, o senhor teve sempre uma fascinação irresistível. Já antes de o encontrar, eu estava longe de lhe ser indiferente. (*John fita-a, assombrado*) Nós vivemos, como decerto sabe, sr. Worthing, numa época de ideais. O fato é constantemente citado nas mais caras revistas, e já chegou, segundo ouvi dizer, aos púlpitos da província; e o meu ideal foi sempre amar um homem que se chamasse Ernest. Há neste nome alguma coisa que inspira absoluta confiança. Quando pela primeira vez o Algernon me disse que tinha um amigo chamado Ernest, conheci que estava destinada a amá-lo.

JOHN – Ama-me, realmente, Gwendolen?

GWENDOLEN – Apaixonadamente!

JOHN – Querida! Não sabe a felicidade que me dá!

GWENDOLEN – Meu Ernest!

JOHN – Mas não quer, com certeza, dizer que não poderia me amar, se eu não me chamasse Ernest?

GWENDOLEN – Mas chama-se Ernest.

JOHN – Sim, bem sei. Mas, supondo que não me chamasse assim? Quer dizer que me não poderia então amar?

GWENDOLEN – (*Voluvelmente*) Ah! Isso é nitidamente especulação metafísica, e, como a maior parte das especulações metafísicas, muito pouca relação tem com os fatos da vida real, tais como nós os conhecemos.

JOHN – Pessoalmente, minha querida, para lhe falar com toda a franqueza, não tenho grande apego ao nome de Ernest... Não acho esse nome apropriado a mim.

GWENDOLEN – Perfeitamente apropriado. É um nome divino. Tem música própria. Produz vibrações.

JOHN – Bem, realmente, Gwendolen, devo dizer que penso que há uma infinidade de outros nomes muito mais bonitos. Acho, por exemplo, John um nome encantador.

GWENDOLEN – John?... Não, há pouca música, se alguma há, no nome John. Não produz vibração absolutamente alguma... Conheci vários Johns, e todos eles, sem exceção alguma, eram de uma banalidade superior à ordinária. Tenho pena de uma mulher casada com um homem chamado John. Provavelmente nunca lhe seria dado conhecer o inefável prazer de um momento de solidão. O único nome realmente seguro é Ernest.

JOHN – Gwendolen, tenho de me batizar imediatamente — quero dizer, temos de casar imediatamente. Não há tempo a perder.

GWENDOLEN – Casar, sr. Worthing?

JOHN – (*Espantado*) Bem... com certeza. Sabe que eu a amo, e fez-me acreditar, srta. Fairfax, que você não era inteiramente indiferente a mim.

GWENDOLEN – Adoro-o. Mas ainda não me propôs casamento. Ainda não se falou de casamento. Nem sequer nesse assunto se tocou.

JOHN – Bem... posso propor-lhe agora?

GWENDOLEN – Penso que seria uma ocasião admirável. E para lhe poupar qualquer possível decepção, sr. Worthing, acho de meu dever dizer-lhe desde já com toda a franqueza que estou plenamente resolvida a aceitá-lo.

JOHN – Gwendolen!

GWENDOLEN – Sim, sr. Worthing, que tem a me dizer?

JOHN – Sabe o que tenho a dizer-lhe.

GWENDOLEN – Sim, mas não o diz.

JOHN – Gwendolen, quer casar comigo?

Ajoelha.

GWENDOLEN – Sabe que sim, querido. Quanto tempo gastou nisso! Receio que tenha tido muito pouca prática deste gênero de declarações.

JOHN – Minha queridinha, nunca no mundo amei outra moça senão você.

GWENDOLEN – Sim, mas os homens muitas vezes propõem casamento para praticarem. Sei que o meu irmão Gerald é um desses. Todas as minhas amigas me dizem. Que olhos maravilhosamente azuis tem, Ernest! São azuis, perfeitamente azuis. Espero que olhará sempre para mim como está olhando agora, especialmente estando outras pessoas presentes.

Entra lady Bracknell.

LADY BRACKNELL – Sr. Worthing! Levante-se, senhor! É uma posição de fato indecorosa essa.

GWENDOLEN – Mamãe! (*John tenta erguer-se; ela não o deixa*) Devo pedir-lhe que se retire. Não é lugar para você. De mais a mais, o sr. Worthing ainda não acabou.

LADY BRACKNELL – Acabou o quê, permita-me que pergunte?

GWENDOLEN – Estou noiva do sr. Worthing, mamãe.

Levantam-se juntos.

LADY BRACKNELL – Perdão, você não está noiva de ninguém. Quando estiver noiva de alguém, eu, ou seu pai, se a saúde dele permitir, a informaremos do fato. O noivado deve surgir a uma moça como uma surpresa, agradável ou desagradável, de acordo com o caso. Não é assunto que ela possa tratar por si mesma... E agora tenho umas perguntas a fazer-lhe, sr. Worthing. Enquanto eu falo aqui com o sr. Worthing, você, Gwendolen, espera-me lá embaixo, na carruagem.

GWENDOLEN – (*Em tom de censura*) Mamãe!

LADY BRACKNELL – Na carruagem, Gwendolen! (*Gwendolen vai para a porta. Ela e John atiram beijos um ao outro, por trás das costas de lady Bracknell. Lady Bracknell olha vagamente em volta, como se não percebesse que ruído era aquele. Finalmente volta-se*) Gwendolen, na carruagem!

GWENDOLEN – Sim, mamãe.

Sai, olhando para trás, para John.

LADY BRACKNELL – (*Sentando-se*) Pode sentar-se, sr. Worthing.

Procura no bolso a agenda e um lápis.

JOHN – Obrigado, lady Bracknell, prefiro ficar de pé.

LADY BRACKNELL – (*De lápis e agenda em punho*) Sinto-me obrigada a dizer-lhe que o senhor não figura na minha lista de rapazes elegíveis, embora eu tenha a mesma lista que a querida duquesa de Bolton. Trabalhamos, de fato, juntas. Estou, porém, pronta a incluir o seu nome, caso as suas respostas correspondam aos desejos de uma mãe de fato extremosa. Fuma?

JOHN – Sim, devo confessar que fumo.

LADY BRACKNELL – Fico muito contente em sabê-lo. Um homem deve sempre ter uma ocupação qualquer. Há atualmente em Londres ociosos demais. Que idade tem?

JOHN – Vinte e nove anos.

LADY BRACKNELL – Esplêndida idade para casar. Fui sempre de opinião que um homem que deseja casar ou deve saber tudo ou não deve saber nada. O senhor, tudo ou nada?

JOHN – (*Após alguma hesitação*) Não sei nada, lady Bracknell.

LADY BRACKNELL – Fico muito feliz em ouvir isso. Não aprovo nada que colida com a ignorância natural. A ignorância é como um delicado fruto exótico; toquem-lhe e lá se vai o viço. Toda a teoria da educação moderna é radicalmente errônea. Felizmente, na Inglaterra, a educação nenhum efeito produz. Se produzisse, redundaria num sério perigo para as classes superiores, e levaria provavelmente a atos de violência na Grosvenor Square. Que rendimento tem?

JOHN – Entre sete e oito mil libras por ano.

LADY BRACKNELL – (*Aponta na agenda*) Terras ou capitais?

JOHN – Principalmente capitais a render.

LADY BRACKNELL – É magnífico. Tanto pelos deveres que se nos impõem durante a vida, como pelos que de nós exigem depois da morte, a terra deixou de ser origem de lucro ou prazer. Dá posição a uma pessoa, mas impede-a de a conservar. É tudo o que se pode dizer da terra.

JOHN – Tenho uma casa de campo com alguma terra, é claro, anexa, uns mil e quinhentos acres, acho; mas não conto com isso para o meu rendimento real. Cheguei já à conclusão de que só os caçadores furtivos é que dela tiram algum proveito.

LADY BRACKNELL – Uma casa de campo! Quantos quartos de dormir? Bem, esse ponto pode ser esclarecido depois. Tem, decerto, também casa na cidade? Não há de querer que uma menina simples e pura como a Gwendolen vá residir no campo.

JOHN – Bem, possuo uma casa na Belgrave Square, mas está alugada ao ano à lady Bloxham. É claro, posso tomar conta dela quando me aprouver; basta avisar com seis meses de antecedência.

LADY BRACKNELL – Lady Bloxham? Não conheço.

JOHN – Oh, ela sai muito pouco. É uma senhora de idade já consideravelmente avançada.

LADY BRACKNELL – Ah, hoje em dia isso não é garantia de respeitabilidade de caráter. Que número é na Belgrave Square?

JOHN – Cento e quarenta e nove.

LADY BRACKNELL – (*Meneando a cabeça*) Não é o lado da moda. Sempre pensei que havia alguma coisa. Isso, porém, podia facilmente alterar-se.

JOHN – Quer referir-se à moda ou ao lado?

LADY BRACKNELL – (*Seriamente*) Às duas coisas, se for necessário, presumo. Que política é a sua?

JOHN – Bem, parece-me que, na realidade, não é nenhuma. Sou liberal unionista.

LADY BRACKNELL – Oh, contam como tóris. Jantam conosco. Ou vêm à noite. Agora, vamos a coisas de menor importância. Seus pais estão vivos?

JOHN – Perdi-os ambos.

LADY BRACKNELL – Perder o pai ou a mãe, sr. Worthing, pode considerar-se uma infelicidade; perdê-los ambos parece desleixo. Quem era seu pai? Era evidentemente homem de alguma fortuna. Nasceu no que os jornais radicais chamam a púrpura do comércio ou saiu do seio da aristocracia?

JOHN – Receio, na realidade, não saber. É fato, lady Bracknell, que eu disse ter perdido meus pais. Seria, porém, mais próximo da verdade dizer que os meus pais é que parecem ter-me perdido… Não sei, na verdade, quem sou por nascimento. Fui… fui… achado.

LADY BRACKNELL – Achado!

JOHN – O falecido sr. Tomás Cardew, um velho caritativo e bondoso, achou-me, e deu-me o nome de Worthing, por ter, nessa ocasião, no bolso, um bilhete de primeira classe para Worthing. Worthing fica em Sussex. É uma praia.

LADY BRACKNELL – Onde foi que o achou esse tal caridoso cavalheiro que tinha no bolso um bilhete de primeira classe para Worthing?

JOHN – (*Gravemente*) Numa mala de mão.

LADY BRACKNELL – Numa mala de mão?

JOHN – (*Muito sério*) Sim, lady Bracknell. Eu estava numa mala de mão — um pouco grande, de couro preto, com asas — uma maleta vulgar.

LADY BRACKNELL – Em que lugar encontrou esse tal James ou Tomás Cardew essa maleta vulgar?

JOHN – No vestiário da estação Vitória. Deram-lhe por engano, em vez da sua.

LADY BRACKNELL – Na estação Vitória?

JOHN – Sim. Linha de Brighton.

LADY BRACKNELL – A linha é imaterial. Confesso, sr. Worthing, que me sinto um tanto desnorteada pelo que me acaba de dizer. Ter nascido, ou quem sabe ter sido criado numa maleta, com asas ou sem asas, parece-me revelar um desprezo pelas ordinárias tradições da vida familiar, que nos lembra os piores excessos da Revolução Francesa. E presumo que o senhor sabe aonde levou esse desgraçado movimento. Quanto ao local em que foi encontrada a maleta, um vestiário duma estação de caminho de ferro podia muito bem servir para ocultar uma inconveniência social — foi já, decerto, utilizado para esse fim —, mas não se poderá considerar como base idônea para uma situação reconhecida na boa sociedade.

JOHN – Permite-me, então, que lhe pergunte que me aconselharia fazer? Quase é desnecessário lhe dizer que tudo no mundo farei para assegurar a felicidade da Gwendolen.

LADY BRACKNELL – Eu o aconselharia seriamente, sr. Worthing, a procurar, quanto antes, adquirir alguns parentes, e a envidar todos os esforços para, de qualquer modo, apresentar pai ou mãe, antes de findar a temporada.

JOHN – Bem, não vejo modo de conseguir isso. Posso, em qualquer altura, apresentar a mala. Tenho-a lá em casa. Parece-me que isso a devia satisfazer, lady Bracknell.

LADY BRACKNELL – A mim! Que tenho eu com isso? O senhor pensa que eu e lorde Bracknell vamos consentir que a nossa filha única — uma menina educada com o mais extremoso cuidado — entre pelo casamento à família de um vestiário e se ligue a uma bagagem? Bom dia, sr. Worthing!

Lady Bracknell sai pela porta em majestática indignação.

JOHN – Bom dia! (*Algernon, na outra sala, ataca a Marcha Nupcial. John, furioso, corre à porta*) Pelo amor de Deus, não toque essa maldita música, Algy! Que imbecil você é!

A música para, e Algernon entra, radiante.

ALGERNON – Não correu tudo bem, meu velho? Não quer dizer que a Gwendolen o rejeitou? Bem sei que é costume dela. Rejeita sempre os pretendentes. Penso que é dar provas de mau gênio.

JOHN – Oh, a Gwendolen portou-se lindamente. Pela parte dela, estamos noivos. A mãe é que é absolutamente inaturável. Nunca encontrei uma górgona assim... Não sei bem ao certo como é uma górgona, mas tenho a certeza de que lady Bracknell é uma delas. Seja como for, é um monstro, sem ser um mito... Desculpe-me, Algy, não devia, na sua presença, falar assim de sua tia.

ALGERNON – Meu caro, gosto de ouvir falar mal dos meus parentes. É a única coisa que faz com que eu os ature. Os parentes são simplesmente uma gente muito aborrecida, que não têm a mais remota noção do modo como se deve viver nem o mais pequeno instinto do momento em que se deve morrer.

JOHN – Oh, isso é bobagem!

ALGERNON – Não é!

JOHN – Bem, não quero discutir contigo. Você quer sempre discutir sobre todas as coisas.

ALGERNON – Foi precisamente para isso que se fizeram as coisas.

JOHN – Palavra de honra, se eu pensasse isso, dava um tiro na cabeça... (*Uma pausa*) Não julga que haja alguma probabilidade de a Gwendolen vir a ser como a mãe daqui a cento e cinquenta anos, Algy?

ALGERNON – Todas as mulheres ficam iguais às mães. É a sua tragédia. Os homens não. É a deles.

JOHN – Isso é inteligente?

ALGERNON – É bem dito! É tão verdadeiro como o deve ser qualquer observação na vida civilizada.

JOHN – Já estou farto e refarto de inteligência. Todo mundo agora é inteligente. Não se pode ir a parte alguma sem encontrar gente inteligente. Tornou-se já uma absoluta chatice pública. Quem dera que nos restassem alguns ignorantes!

ALGERNON – Ainda os há.

JOHN – Gostaria muito de os encontrar. De que falam eles?

ALGERNON – Os ignorantes? Oh! Dos inteligentes, é claro.

JOHN – Que ignorantes!

ALGERNON – A propósito, você disse à Gwendolen a verdade acerca dos seus dois nomes — Ernest na cidade e John no campo?

JOHN – (*Em tom muito confidencial*) Meu caro, não é a verdade o que se deve dizer a uma moça bonita, doce e delicada. Que extraordinárias ideias você tem sobre a maneira de lidar com as mulheres!

ALGERNON – A única maneira de lidar com uma mulher é fazer-lhe amor, se for bonita, e, se for feia, fazê-lo a outra.

JOHN – Oh, isso é bobagem.

ALGERNON – E o seu irmão? O que me diz do seu desregrado Ernest?

JOHN – Oh, antes do fim da semana estarei livre dele. Direi que morreu em Paris de uma apoplexia. Morrem muitas pessoas de apoplexia, repentinamente, não morrem?

ALGERNON – Sim, mas é hereditária, meu caro. É doença que anda nas famílias. Era melhor dizer que foi um grave resfriado que o matou.

JOHN – Tem certeza de que os resfriados não são hereditários?

ALGERNON – É claro que não são!

JOHN – Muito bem, então. O meu pobre irmão Ernest morre de repente, em Paris, de um grave resfriado. E assim me desfaço dele.

ALGERNON – Mas pensava tê-lo ouvido dizer que... srta. Cardew se interessava bastante pelo seu pobre irmão Ernest. Não sentirá muito a falta?

JOHN – Oh, não faz mal. A Cecily não é uma tolinha romântica, fico muito feliz em dizê-lo. Tem um apetite excelente, dá grandes passeios a pé e não faz caso absolutamente nenhum das lições.

ALGERNON – Gostaria de ver a Cecily.

JOHN – Terei todo o cuidado em evitar que você a veja. É formosíssima e tem apenas dezoito anos.

ALGERNON – Você disse à Gwendolen que tem uma pupila formosíssima de dezoito anos de idade?

JOHN – Oh! Essas coisas não se dizem logo assim. A Cecily e a Gwendolen, com certeza, virão a ser grandes amigas. Aposto tudo o que você quiser que, meia hora depois de se encontrarem, estarão já a chamar-se irmã uma à outra.

ALGERNON – As mulheres só fazem isso depois de terem chamado umas às outras inúmeras outras coisas. Agora, meu caro, se queremos pegar uma boa mesa no Willis's, temos de ir nos vestir. Sabe que são quase sete horas?

JOHN – (*Irritadamente*) Oh! São sempre quase sete horas!

ALGERNON – Bem, estou com fome.

JOHN – Desde que o conheço ainda não o vi sem fome.

ALGERNON – O que faremos depois de jantar? Vamos ao teatro?

JOHN – Oh, não! Detesto ouvir.

ALGERNON – Bem, vamos ao clube?

JOHN – Oh, não! Detesto falar.

ALGERNON – Bem, podíamos ir ao Empire às dez?

JOHN – Oh, não! Não posso suportar ficar olhando para coisas. É tão estúpido.

ALGERNON – Bem, o que faremos então?

JOHN – Nada!

ALGERNON – É um trabalho terrivelmente árduo não fazer nada. Todavia, não me importo de trabalhar arduamente, desde que não haja nenhum objetivo definido.

Entra Lane.

LANE – Srta. Fairfax.

Entra Gwendolen. Lane sai.

ALGERNON – Gwendolen, palavra de honra!

GWENDOLEN – Algy, faça o favor de virar as costas. Tenho alguma coisa muito particular a dizer ao sr. Worthing.

ALGERNON – Realmente, Gwendolen, não me parece que eu deva consentir com uma coisa dessas.

GWENDOLEN – Algy, adota sempre uma atitude estritamente imoral com a vida. Não tem idade ainda para fazer isso.

Algernon retira-se para junto do fogão.

John – Meu amor!

Gwendolen – Ernest, talvez nunca possamos casar. Pela expressão na cara da mamãe, receio que nunca nos casaremos. Poucos pais hoje se importam com o que os filhos lhes dizem. O antigo respeito pelos jovens vai morrendo dia após dia. Toda a influência que eu tinha sobre a mamãe, perdi-a aos três anos. Mas, embora ela se oponha ao nosso casamento, ainda que eu case com outro, case mesmo muitas vezes, faça ela o que fizer, nada poderá alterar a minha eterna dedicação por si.

John – Querida Gwendolen!

Gwendolen – A história da sua romântica origem, como me contou mamãe, com desagradáveis comentários, revolveu naturalmente as mais profundas fibras do meu ser. O seu nome de batismo exerce sobre mim uma fascinação irresistível. A simplicidade do seu caráter torna-o estranhamente incompreensível para mim. Já tenho o seu endereço na cidade. Qual é o seu endereço no campo?

John – Casa senhorial, Woolton, Hertfordshire.

Algernon, que esteve escutando com toda a atenção, sorri consigo mesmo, e escreve o endereço no punho da camisa. Depois pega o guia ferroviário.

Gwendolen – O serviço do correio é bom, não? Pode ser necessário fazer alguma coisa desesperada. Isso requer, é claro, séria ponderação. Eu irei lhe escrever todos os dias.

John – Minha querida!

Gwendolen – Até quando ficará na cidade?

John – Até segunda-feira.

Gwendolen – Bom! Algy, já pode voltar.

Algernon – Obrigado, já estou voltando.

Gwendolen – Pode também tocar a campainha.

John – Quer que eu a acompanhe à carruagem, meu amor?

Gwendolen – Sem dúvida.

John – (*Para Lane, que entra agora*) Eu acompanho a srta. Fairfax.

Lane – Sim, senhor.

John e Gwendolen saem. Lane apresenta várias cartas numa bandeja a Algernon. Do fato de Algernon as rasgar, mal lhes vê os sobrescritos, deduz-se que são contas.

Algernon – Um copo de xerez, Lane.

Lane – Sim, senhor.

Algernon – Amanhã, Lane, vou ao Bunbury.

Lane – Sim, senhor.

Algernon – Decerto não estou de volta antes de segunda. Pode colocar na mala a roupa de cerimônia, o smoking e essas coisas todas do costume quando vou ao Bunbury…

Lane – (*Servindo o xerez*) Sim, senhor.

ALGERNON – Espero que amanhã esteja um dia bonito, Lane.

LANE – Nunca está, senhor.

ALGERNON – Lane, você é um perfeito pessimista.

LANE – Faço o possível para satisfazer, senhor.

Entra John. Lane sai.

JOHN – Isto é que é uma moça sensata, intelectual! A única rapariga que já me interessou na vida. (*Algernon ri desbragadamente*) O que é que o faz rir assim?

ALGERNON – Oh, estou um pouco inquieto por causa do Bunbury, nada mais.

JOHN – Se não tomar cuidado, qualquer dia o seu amigo Bunbury mete-o em sérias confusões.

ALGERNON – Adoro confusões. São as únicas coisas que nunca são sérias.

JOHN – Oh, isso é bobagem, Algy. Você nunca diz senão bobagens.

ALGERNON – Como todos.

John olha indignado para ele e sai. Algernon acende um cigarro, lê o que anotou no punho e sorri. Cai o pano.

Segundo Ato

CENA

Jardim na casa senhorial. Um lance de degraus de pedra dá acesso a casa. O jardim, à moda antiga, cheio de rosas. Julho. Cadeiras de verga e uma mesa coberta de livros, à sombra de um grande teixo.

Srta. Prism penteia o cabelo, sentada à mesa. Ao fundo, Cecily está regando flores.

SRTA. PRISM – (*Chamando*) Cecily, Cecily! Com certeza uma ocupação tão utilitária como essa de regar flores compete mais ao Moulton do que a você. Especialmente numa ocasião em que a esperam prazeres intelectuais. Está aqui na mesa a sua gramática alemã. Faça o favor de a abrir na página quinze. Vamos repetir a lição de ontem.

CECILY – (*Aproximando-se com todo o vagar*) Mas eu não gosto de alemão. Não é, de modo algum, língua que me convenha. Sei perfeitamente que, depois da lição de alemão, fico sempre com uma cara muito feia.

SRTA. PRISM – Você sabe o quanto o seu tutor se empenha pelos seus progressos. Ao despedir-se ontem insistiu especialmente no alemão. Realmente, insiste sempre no alemão, quando parte para a cidade.

CECILY – O meu querido tio John é tão sério! Às vezes está tão sério, que eu até penso que não pode estar bom de saúde.

SRTA. PRISM – (*Levantando-se*) O seu tutor goza de uma saúde esplêndida, e a sua seriedade se enquadra perfeitamente numa pessoa assim nova. Não conheço ninguém com uma noção mais elevada do dever e da responsabilidade.

CECILY – Suponho que é por isso que muitas vezes ele parece tão aborrecido, quando estamos os três juntos.

SRTA. PRISM – Cecily! Surpreende-me. O sr. Worthing tem na sua vida muitas coisas que o preocupam. Gracejos ociosos e trivialidades não têm lugar na sua conversa. Deve lembrar-se de que o que constantemente o aflige é aquele infeliz rapaz, seu irmão.

CECILY – Gostaria que o tio John, uma vez ou outra, deixasse vir aqui esse infeliz rapaz, seu irmão. Podíamos exercer sobre ele uma boa influência, srta. Prism. Tenho a certeza de que srta. Prism a exerceria. Sabe alemão e geologia, e coisas dessas influem muito sobre um homem.

Cecily começa a escrever no seu diário.

SRTA. PRISM – (*Meneando a cabeça*) Parece-me que nem mesmo eu poderia produzir qualquer efeito sobre um caráter que, segundo o que diz o irmão, é irremediavelmente fraco e titubeante. Realmente não sinto vontade alguma de o modificar. Não concordo com essa moderna mania de transformar, do pé à mão, os maus em bons. Conforme semear, assim colherá. Arrume o seu diário, Cecily. Realmente não percebo por que é que há de ter um diário.

CECILY – Tenho um diário para arquivar os maravilhosos segredos da minha vida. Se os não anotasse, esquecia-os com certeza.

SRTA. PRISM – A memória, minha cara Cecily, é o diário que todos nós trazemos conosco.

CECILY – Sim, mas usualmente registra as coisas que nunca aconteceram e que, decerto, não podiam ter acontecido. Creio que a memória é responsável por quase todos os romances em três volumes que a Mudie nos manda.

SRTA. PRISM – Não fale levianamente dos romances em três volumes, Cecily. Já escrevi um há tempos.

CECILY – É mesmo, srta. Prism? Que inteligente é, srta. Prism! E acaba bem? Não gosto dos romances que acabam bem. Deprimem-me tanto.

SRTA. PRISM – Os bons acabam bem, e os maus acabavam mal. É isto a ficção.

CECILY – Assim o suponho. Mas não me parece bom. E o seu romance nunca foi publicado?

SRTA. PRISM – Ai! Não foi. O manuscrito foi abandonado. (*Cecily estremece*) Emprego a palavra no sentido de perdido ou extraviado. Ao trabalho, menina, estas especulações são inúteis.

CECILY – (*Sorrindo*) Mas vem aí o querido dr. Chasuble atravessando o jardim.

SRTA. PRISM – (*Levantando-se e avançando*) O dr. Chasuble! É realmente um prazer!

Entra o cônego Chasuble.

CHASUBLE – E como estamos esta manhã? Srta. Prism está bem, não?

CECILY – Srta. Prism estava agora mesmo queixando-se de uma leve dor de cabeça. Acho que lhe faria muito bem dar um passeiozinho pelo parque com o dr. Chasuble.

SRTA. PRISM – Cecily, eu não falei em dor de cabeça.

CECILY – Não, querida srta. Prism, bem sei, mas instintivamente senti que srta. Prism estava com dor de cabeça. Realmente era nisso que eu estava pensando, e não na lição de alemão, quando chegou o reitor.

CHASUBLE – Espero, Cecily, que não seja desatenta.

CECILY – Oh, receio bem que sim.

CHASUBLE – É estranho. Se eu tivesse a felicidade de ser aluno de srta. Prism, estaria sempre suspenso dos seus lábios. (*Srta. Prism fita-o, espantada*) Falei metaforicamente. Metáfora tirada das abelhas. (*Tosse*) Ahem! O sr. Worthing, suponho, ainda não regressou da cidade?

SRTA. PRISM – Não o esperamos antes de segunda-feira de tarde.

CHASUBLE – Ah, sim, ele usualmente gosta de passar o domingo em Londres. Não é daqueles cujo único objetivo na vida é o gozo, como parece ser esse desventurado rapaz que é o irmão. Mas não devo incomodar mais Egéria* e a sua aluna.

SRTA. PRISM – Egéria? Eu me chamo Letícia, doutor.

CHASUBLE – (*Baixando a cabeça*) Simplesmente uma alusão clássica, tirada dos autores pagãos. Eu irei vê-las, sem dúvida, nas vésperas?

SRTA. PRISM – Parece-me, caro doutor, que vou dar um passeiozinho contigo. Afinal sempre reconheço que estou com dor de cabeça, e pode fazer-me bem passear um pouco.

CHASUBLE – Com prazer, srta. Prism, com prazer. Poderíamos ir até as escolas e voltar.

SRTA. PRISM – Seria delicioso. Cecily, leia, durante a minha ausência, a economia política. Pode omitir o capítulo sobre a queda da rupia. É um pouco sensacional demais. Até estes problemas metálicos têm o seu lado melodramático.

Afasta-se com o dr. Chasuble.

CECILY – (*Pega os livros e torna a atirá-los para cima da mesa*) Horrenda economia política! Horrenda geografia! Horrendo, horrendo alemão!

Entra Merriman com um cartão numa salva.

MERRIMAN – Chegou agora mesmo da estação o sr. Ernest Worthing. Trouxe a bagagem.

CECILY – (*Pega o cartão e lê-o*) "Ernest Worthing, The Albany, B4." O irmão do tio John! Disse-lhe que o sr. Worthing está na cidade?

MERRIMAN – Disse, sim, senhorita. Pareceu muito contrariado. Disse-lhe que a menina e a srta. Prism estavam no jardim. Respondeu-me que desejava conversar com a senhorita um momento, em particular.

---

* Egéria, cristã do século IV, ficou conhecida por suas cartas em "Itinerário de Egéria" detalhando sua viagem à Terra Santa e a liturgia da época.

Cecily — Peça ao sr. Ernest Worthing o favor de vir aqui. Parece-me que seria melhor dizer à governanta para lhe arranjar um quarto.

merriman — Sim, senhorita.

Sai Merriman.

Cecily — Nunca até hoje encontrei uma pessoa de fato má. Sinto um certo receio. Estou com tanto medo de que se pareça com qualquer outro. (*Entra Algernon, muito alegre e dengoso*) E parece-se!

algernon — (*Tirando o chapéu*) É, sem dúvida, a minha priminha Cecily.

Cecily — Está, com certeza, equivocado. Chama-me priminha, mas parece-me que para a idade que tenho já sou grande o bastante. (*Algernon fica um tanto surpreso*) Mas sou a sua prima Cecily. E o senhor, vejo pelo seu cartão, é o irmão do meu tio John, o meu primo Ernest, o ruim do meu primo Ernest.

algernon — Oh! Eu não sou nada ruim, prima Cecily. Não deve pensar que eu seja ruim.

Cecily — Se o não é, então tem andado a enganar-nos a todos de um modo absolutamente indesculpável. Espero que não tenha levado uma vida dupla, fingindo ser mau e sendo, na realidade, sempre bom. Seria hipocrisia.

algernon — (*Olha para ela, espantado*) Oh! É claro que tenho sido um tanto estouvado.

Cecily — Fico feliz em ouvi-lo dizer isso.

algernon — De fato, já que fala disso, tenho realmente sido mau a meu modo.

Cecily — Não me parece que deva orgulhar-se disso, embora eu tenha a certeza de que deve ter sido muito agradável.

algernon — Muito mais agradável é estar aqui contigo.

Cecily — Não posso, de modo algum, entender como está aqui. O tio John só chega segunda-feira de tarde.

algernon — Isso é uma grande decepção. Sou obrigado a partir no primeiro comboio de segunda-feira de manhã. Tenho marcada uma entrevista de negócios, a que estou ansioso... por faltar.

Cecily — E para faltar... tem que estar em Londres?

algernon — Tenho, a entrevista é em Londres.

Cecily — Bem, sei, é claro, quanto é importante faltar a uma entrevista de negócios, se se quer conservar alguma noção de beleza da vida; todavia, penso que seria melhor esperar que chegue o tio John. Sei que ele deseja conversar a respeito da sua partida.

algernon — A respeito de quê?

Cecily — Da sua partida. Ele foi comprar-lhe as coisas necessárias.

algernon — Não quero que o John me compre nada. Não tem gosto nenhum em gravatas.

Cecily — Não me parece que o primo precise de gravatas. O tio John vai mandá-lo para a Austrália.

algernon — Para a Austrália! Antes queria morrer.

Cecily — Ele disse no jantar, na quarta-feira à noite, que o primo teria de escolher entre este mundo, o outro mundo e a Austrália.

Algernon — Oh, bem! As informações que tenho da Austrália e do outro mundo não são lá muito animadoras. Este mundo é suficientemente bom para mim, prima Cecily.

Cecily — Sim, mas é o primo suficientemente bom para ele?

Algernon — Receio que não. É por isso que me quero regenerar. Podia encarregar-se dessa, prima Cecily, não?

Cecily — Receio não ter tempo esta tarde.

Algernon — Bem, e se me regenerar esta tarde?

Cecily — É um tanto quixotesco da sua parte. Mas parece-me que deve experimentar.

Algernon — Experimentarei. Já me sinto melhor.

Cecily — Pela cara parece-me um pouco pior.

Algernon — Isso é por estar com fome.

Cecily — Que distraída sou! Devia ter-me lembrado de que, quando uma pessoa vai levar uma vida inteiramente nova, precisa de refeições regulares e substanciais. Não quer entrar?

Algernon — Obrigado. Poderia arranjar-me primeiro um raminho? Sem a lapela florida nunca tenho apetite.

Cecily — Uma maréchal niel?

Pega a tesoura.

Algernon — Não, prefiro uma rosa cor-de-rosa.

Cecily — Por quê?

Corta uma flor.

Algernon — Porque a prima Cecily parece uma rosa cor-de-rosa.

Cecily — Não me parece que seja correto falar-me assim. Srta. Prism nunca me diz sobre essas coisas.

Algernon — Então srta. Prism é uma velha míope. (*Cecily põe-lhe a rosa na lapela*) A prima Cecily é a moça mais linda que eu já vi.

Cecily — Srta. Prism diz que todas as belas aparências são armadilhas.

Algernon — Armadilhas em que todos os homens de senso gostariam de ser apanhados.

Cecily — Oh, parece-me que eu não quereria apanhar um homem de senso. Não saberia sobre o que conversar.

Srta. Prism e dr. Chasuble voltam do seu passeio pelo jardim.

Srta. Prism — Vive muito só, meu caro dr. Chasuble. Devia casar. Um misantropo ainda posso compreender. Um feminantropo,** nunca!

** Oscar Wilde, profundamente versado na língua grega, sabia perfeitamente qual o significado do *étimo anthropos*. Portanto, só propositadamente, movido por intuitos humorísticos, podia opor ao vocábulo misanthrope o disparatado womanthrope, afinado pelo pretensiosismo pedagógico da preceptora. (N. T.)

CHASUBLE – (*Encolhendo, com intelectual desdém, os ombros*) Acredite em mim, não mereço tal neologismo. O preceito, assim como a prática, da Igreja primitiva era nitidamente contra o matrimônio.

SRTA. PRISM – (*Sentenciosamente*) Por isso mesmo é que a Igreja primitiva não durou até os nossos dias. E o meu caro doutor não parece compreender que, persistindo em ficar solteiro, um homem se converte numa permanente tentação pública. Os homens deviam ser mais cuidadosos; este celibato extravia os mais fracos.

CHASUBLE – Mas, depois de casado, o homem não tem o mesmo poder atrativo?

SRTA. PRISM – O homem casado não tem poder atrativo senão para a esposa.

CHASUBLE – E muitas vezes, tenho ouvido dizer, nem mesmo para ela.

SRTA. PRISM – Isso depende das simpatias intelectuais da mulher. Pode-se sempre confiar na maturidade. Fruto maduro é sempre de confiança. As mulheres novas são verdes. (*O dr. Chasuble estremece*) Falei horticolarmente. A minha metáfora foi tirada dos frutos. Mas onde está a Cecily?

CHASUBLE – Foi talvez atrás de nós.

Entra John, muito devagar, vindo do fundo do jardim. Vem de luto pesado, fumo no chapéu e luvas pretas.

SRTA. PRISM – O sr. Worthing!

CHASUBLE – O sr. Worthing?

SRTA. PRISM – É realmente uma surpresa. Só o esperávamos na segunda-feira à tarde.

JOHN – (*Aperta a mão da srta. Prism de um modo trágico*) Voltei mais cedo do que calculava. Dr. Chasuble, está bem?

CHASUBLE – Meu caro sr. Worthing, espero que este traje de luto não signifique alguma terrível desgraça.

JOHN – Meu irmão.

SRTA. PRISM – Mais dívidas vergonhosas, mais extravagâncias?

CHASUBLE – Continua a levar a sua vida de prazer?

JOHN – (*Meneando a cabeça*) Morreu!

CHASUBLE – Seu irmão Ernest morreu?

JOHN – Completamente.

SRTA. PRISM – Que lição para ele! Espero que a aproveite.

CHASUBLE – Sr. Worthing, os meus sinceros pêsames. Tem pelo menos a consolação de saber que foi sempre o mais generoso e indulgente dos irmãos.

JOHN – Pobre Ernest! Tinha muitos defeitos, mas é um triste, um triste golpe.

CHASUBLE – Tristíssimo, realmente. Assistiu-lhe aos últimos momentos?

JOHN – Não. Morreu no estrangeiro; em Paris. Recebi ontem à noite um telegrama do gerente do Grande Hotel.

CHASUBLE – Dizia a causa da morte?

JOHN – Um resfriado, ao que parece.

SRTA. PRISM – Conforme semear, assim colherá.

CHASUBLE – (*Erguendo a mão*) Caridade, querida srta. Prism, caridade! Nenhum de nós é perfeito. Eu próprio sou particularmente suscetível às correntes de ar. O enterro será aqui?

JOHN – Não. Parece que ele manifestou o desejo de ser sepultado em Paris.

CHASUBLE – Em Paris! (*Meneia a cabeça*) Isso talvez denote algum sério estado de espírito nos últimos momentos. Deseja sem dúvida que no próximo domingo eu faça alguma leve alusão a este trágico acontecimento doméstico. (*John aperta-lhe a mão convulsamente*) O meu sermão sobre o significado do maná no deserto pode adaptar-se a qualquer ocasião, festiva, ou, como no caso presente, dolorosa. (*Todos suspiram*) Preguei-o já em festas de colheitas, batizados, confirmações, em dias de humilhação e dias de regozijo. A última vez que o proferi foi na catedral, como sermão de caridade em benefício da Sociedade Contra o Descontentamento das Classes Superiores. O bispo, que estava presente, ficou muito impressionado com algumas analogias que citei.

JOHN – Ah! Isso me fez lembrar que falou sobre o batizado, não, dr. Chasuble? Suponho que sabe bem batizar, não é verdade? (*O dr. Chasuble mostra-se espantado*) Quero dizer, está sempre batizando, não é assim?

SRTA. PRISM – É, lamento dizer, uma das mais constantes ocupações do padre nesta vizinhança. Muitas vezes tenho falado disso às classes pobres. Mas parecem ignorar o que é economia.

CHASUBLE – Mas interessa-se em especial por alguma criança, sr. Worthing? Seu irmão era, acredito, solteiro, não era?

JOHN – Oh, era, sim, senhor.

SRTA. PRISM – (*Acerbamente*) Como, em geral, os homens que vivem exclusivamente para o prazer.

JOHN – Mas não é para nenhuma criança, caro doutor. Gosto muito de crianças. Não! Eu é que gostaria de me batizar, esta tarde, se não tiver nada melhor para fazer.

CHASUBLE – Mas, com certeza, o sr. Worthing já foi batizado?

JOHN – Não me lembro de absolutamente nada.

CHASUBLE – Mas tem dúvidas graves a esse respeito?

JOHN – Acho que sim. É claro que não sei se isso de qualquer modo convenha ou se me acha já um pouquinho velho demais.

CHASUBLE – Nem um pouco. A aspersão e, na verdade, a imersão de adultos é prática perfeitamente canônica.

JOHN – Imersão!

CHASUBLE – Não tem que recear. A aspersão é, no meu entender, quanto basta. O tempo aqui é tão variável. A que horas deseja que se efetue a cerimônia?

JOHN – Oh! Podia lá estar às cinco, se isso lhe conviesse.

CHASUBLE – Perfeitamente, perfeitamente! De fato, tenho duas cerimônias idênticas a essa hora. Um caso de dois gêmeos ocorrido recentemente numa das suas propriedades. O pobre Jenkins, o carroceiro, homem muito trabalhador.

John — Oh! Não acho graça nenhuma em me batizar ao mesmo tempo que outras crianças. Seria infantil. Não poderia ser às cinco e meia?

Chasuble — Admiravelmente! Admiravelmente! (*Puxa o relógio*) E agora, meu caro sr. Worthing, não quero ser intruso por mais tempo numa casa de dor. Apenas lhe peço que não se deixe acabrunhar demasiado pela mágoa. O que nós temos por amargas provações são muitas vezes bênçãos disfarçadas.

Srta. Prism — Isto parece-me uma benção de um gênero extremamente óbvio.

Entra a Cecily, vindo de dentro.

Cecily — O tio John! Fico feliz em vê-lo de volta! Mas como vem vestido! Que horror! Vá já mudar de roupa!

Srta. Prism — Cecily!

Chasuble — Minha filha! Minha filha!

Cecily dirige-se para John, que a beija, melancolicamente, na testa.

Cecily — Que tem, tio John? Faça uma cara mais alegre! Parece que está com dor de dentes. Tenho uma surpresa para você. Quem pensa que está na sala de jantar? Seu irmão!

John — Quem?

Cecily — Seu irmão Ernest. Chegou faz meia hora.

John — Que bobagem! Não tenho irmão nenhum.

Cecily — Oh! Não diga isso. Por muito mal que ele tenha procedido contigo, sempre é seu irmão. Você não podia ser insensível ao ponto de o repudiar. Vou lhe dizer que venha aqui. E o tio irá lhe apertar a mão, sim?

Corre para a casa.

Chasuble — Isto é que é uma boa nova!

Srta. Prism — Depois de já termos nos resignado com a sua perda, o seu súbito regresso parece-me particularmente doloroso.

John — Meu irmão está na sala de jantar? Não sei o que tudo isso significa. Parece-me inteiramente absurdo. (*Entram Algernon e Cecily, de mãos dadas. Aproximam-se lentamente de John*) Meu Deus!

Faz sinal a Algernon para se retirar.

Algernon — Mano John, vim da cidade até aqui para lhe pedir perdão por todos os incômodos que lhe tenho causado e dizer-lhe que tenciono levar uma vida melhor daqui em diante.

John fita-o de frente e não lhe aceita a mão.

Cecily — Tio John, não vai recusar a mão de seu irmão?

John — Nada me convencerá a pegar-lhe na mão. Acho a sua vinda ignóbil. Ele sabe muito bem por quê.

Cecily — Tio John, seja amável. Há sempre alguma coisa boa em todos. O Ernest me falava sobre o pobre amigo doente dele, o sr. Bunbury, que ele vai muitas vezes visitar. E deve, com certeza, haver um grande fundo de bondade num homem que, por dedicação a um doente, deixa os prazeres de Londres para passar horas sentado à beira de um leito de dor.

John – Oh! Ele lhe disse do Bunbury, disse?

Cecily – Disse, contou-me tudo do pobre sr. Bunbury e da sua terrível doença.

John – Bunbury! Bem, não quero que ele lhe fale do Bunbury nem seja do que for. Basta para fazer uma pessoa ficar doida.

Algernon – Admito, é claro, que as culpas são todas minhas. Devo, porém, dizer que a frieza do mano John comigo me dói particularmente. Esperava um acolhimento mais entusiástico, mormente considerando que é a primeira vez que eu aqui venho.

Cecily – Tio John, se não aperta a mão do Ernest, nunca lhe perdoarei.

John – Nunca me perdoará?

Cecily – Nunca, nunca, nunca!

John – Bem, é esta a última vez que eu lhe aperto.

Aperta a mão de Algernon, fulminando-o com um olhar.

Chasuble – Dá prazer, não dá? Ver uma reconciliação tão perfeita? Acho que seria melhor deixarmos os dois irmãos a sós.

Srta. Prism – Cecily, venha conosco.

Cecily – Sem dúvida, srta. Prism. A minha tarefinha de reconciliação está acabada.

Chasuble – Praticou hoje uma bela ação, minha querida filha.

Srta. Prism – Não devemos ser precipitados em nossos juízos.

Cecily – Sinto-me muito feliz.

Saem todos exceto John e Algernon.

John – Grande patife, Algy, tem de sair daqui o quanto antes. Não concordo com bunburismos aqui.

Entra Merriman.

Merriman – Pus as coisas do sr. Ernest no quarto ao lado ao do senhor. Está bem assim?

John – O quê?

Merriman – A bagagem do sr. Ernest. Coloquei-a no quarto ao lado ao do senhor.

John – A bagagem dele?

Merriman – Sim, senhor. Três sacas de viagem, uma mala de mão, duas chapeleiras e uma grande cesta de lanche.

Algernon – Receio não poder, desta vez, demorar-me mais de uma semana.

John – Merriman, mande vir o carro imediatamente. O sr. Ernest foi de repente chamado à cidade.

Merriman – Sim, senhor.

Volta para dentro de casa.

Algernon – Que mentiroso medonho você é, John! Eu não fui chamado à cidade.

John – Foi, sim.

ALGERNON – Não ouvi ninguém me chamar.

JOHN – Chama-lhe o seu dever de cavalheiro.

ALGERNON – O meu dever de cavalheiro nunca de modo algum se intrometeu nos meus prazeres.

JOHN – Compreendo-o perfeitamente.

ALGERNON – Bom, a Cecily é um amor.

JOHN – Não me fale assim de srta. Cardew. Não gosto.

ALGERNON – Bom, não gosto desse traje. Estás ridículo vestido assim. Por que diabo não vais mudar de roupa? É inteiramente pueril andar de luto por um homem que está aqui em sua casa a passar uma semana como seu hóspede. Chamo a isso grotesco.

JOHN – Você não vai, com certeza, passar uma semana aqui, nem como hóspede meu, nem como coisa nenhuma. Tem de partir... no comboio das quatro e cinco.

ALGERNON – Não, não o deixo enquanto estiver de luto. Seria um crime de lesa amizade. Se eu estivesse de luto, você ficaria fazendo-me companhia, suponho. Não o consideraria meu amigo, se o não fizesse.

JOHN – Bem, se eu mudar de roupa, vai embora?

ALGERNON – Vou, se você não demorar muito. Nunca vi ninguém levar tanto tempo vestindo-se e com tão pouco resultado.

JOHN – Bem, sempre é melhor do que andar como você, sempre presunçoso no vestir.

ALGERNON – Se uma vez por outra sou presunçoso no vestuário, compenso-o sendo presunçoso também na educação.

JOHN – A sua vaidade é ridícula, ultrajante o seu comportamento e de todo absurda a sua presença no meu jardim. Tem, porém, de apanhar o comboio das quatro e cinco, e desejo-lhe muito boa viagem. Desta vez o seu bunburismo, como diz, não lhe ocorreu bem.

Entra.

ALGERNON – Pelo contrário, acho que ocorreu às mil maravilhas. Eu e Cecily prendemo-nos de amores, e isso é tudo. (*Entra Cecily ao fundo do jardim. Pega o regador e começa a regar as flores*) Mas preciso a ver antes de ir embora e preparar outro Bunbury. Ah, aí está ela.

CECILY – Oh, vinha regar as rosas. Julguei que estivesse com o tio John.

ALGERNON – Foi dar ordem para o carro vir me buscar.

CECILY – Oh, o tio John vai levá-lo para passear.

ALGERNON – Vai levar-me à estação.

CECILY – Então temo-nos de nos separar?

ALGERNON – Assim parece. É uma dolorosa separação.

CECILY – É sempre doloroso separarmo-nos das pessoas que conhecemos num exíguo espaço de tempo. Podemos bem suportar a ausência dos velhos amigos. Mas até a separação momentânea de uma pessoa a quem acabamos de ser apresentados é quase insuportável.

ALGERNON – Obrigado.

Entra Merriman.

MERRIMAN – O carro está à porta, senhor.

Algernon olha suplicantemente para Cecily.

CECILY – O carro pode esperar, Merriman… uns… cinco minutos.

MERRIMAN – Sim, senhorita.

Sai Merriman.

ALGERNON – Espero, Cecily, que a não ofenderei, se lhe disser franca e abertamente que é para mim a personificação visível da perfeição absoluta.

CECILY – A sua franqueza, Ernest, enaltece-o muito. Se me permite, vou escrever as suas palavras no meu diário.

Vai para a mesa e começa a escrever no diário.

ALGERNON – Tem realmente um diário? Daria tudo para o ver. Dá licença?

CECILY – Oh, não! (*Tapa-o com a mão*) Vê, é simplesmente um livro em que uma mocinha registra as suas impressões e os seus pensamentos, e destinado, portanto, a ser publicado. Quando aparecer em forma de volume, espero que encomendará um exemplar. Mas, Ernest, por favor, continue. Gosto muito de que me ditem. Já cheguei à "perfeição absoluta". Pode continuar. Estou pronta para escrever mais.

ALGERNON – (*Um tanto surpreso*) Ahem! Ahem!

Tosse.

CECILY – Oh, não tussa, Ernest. Quando se está ditando, deve-se falar fluentemente e não tossir. Além disso, eu não sei como grafar no papel a tosse.

Escreve à medida que Algernon fala.

ALGERNON – (*Falando muito depressa*) Cecily, desde que pela primeira vez contemplei a sua maravilhosa e incomparável beleza, ousei amá-la loucamente, apaixonadamente, devotadamente, desesperançadamente.

CECILY – Não me parece que deva dizer amar-me loucamente, apaixonadamente, devotadamente, desesperançadamente. Desesperançadamente não parece fazer lá grande sentido, não é?

ALGERNON – Cecily!

Entra Merriman.

MERRIMAN – O carro está à espera, senhor.

ALGERNON – Diga-lhe que volte daqui a uma semana, à mesma hora.

MERRIMAN – (*Olha para Cecily, que nenhum sinal faz*) Sim, senhor.

Merriman retira-se.

CECILY – O tio John ficaria muito aborrecido se soubesse que o Ernest ficará até a semana, à mesma hora.

ALGERNON – Oh, não quero saber do tio John. Não quero saber de ninguém no mundo, a não ser de você. Amo-a, Cecily. Quer casar comigo, não?

Cecily – Seu tolinho! É claro que quero. Ora essa, há três meses que estamos noivos.

Algernon – Há três meses?

Cecily – Sim, faz exatamente três meses quinta-feira.

Algernon – Mas como foi isso?

Cecily – Bem, desde que o tio John nos confessou que tinha um irmão mais novo, que era travesso e ruim, ficou você, é claro, a ser o assunto central das conversas entre mim e srta. Prism. E, é claro, um homem de que se fala muito é sempre muito atraente. A gente sente que, afinal de contas, deve nele haver alguma coisa. Foi, decerto, tolice minha; mas o fato é que me apaixonei por você, Ernest.

Algernon – Meu amor! E desde quando data, então, o nosso noivado?

Cecily – Do dia 14 de fevereiro. Eu já estava desesperada por você sem nem sequer suspeitar da minha existência, resolvi liquidar o caso de qualquer forma, e, após uma longa luta comigo mesma, aceitei-o como meu noivo, aqui, debaixo desta velha e querida árvore. No dia seguinte, comprei este anel com seu nome, e aqui está a pulseirinha com o nó dos namorados que eu lhe prometi usar sempre.

Algernon – Eu dei-lhe isto? É muito linda, não é?

Cecily – É, você tem um gosto admirável, Ernest. É a desculpa que eu sempre dei por você levar uma vida tão má. E aqui está a caixa em que eu guardo todas as suas queridas cartinhas.

Ajoelha-se à beira da mesa, abre a caixa e tira um maço de cartas atadas com uma fita azul.

Algernon – Cartas minhas! Mas, minha querida Cecily, eu nunca lhe escrevi carta alguma.

Cecily – Não precisa me lembrar, Ernest. Recordo-me perfeitamente de que fui obrigada a escrever essas cartas por você. Escrevia-lhe sempre três vezes por semana, e às vezes mais.

Algernon – Oh, deixe-me as ler, Cecily, sim?

Cecily – Oh, não, não posso. Isso iria envaidecê-lo muito. (*Torna a pôr a caixa no seu lugar*) As três que me escreveu depois que eu rompi contigo são tão lindas, e têm tantos erros de ortografia, que mesmo agora quase as não posso ler sem chorar um pouco.

Algernon – Mas houve, então, rompimento entre nós?

Cecily – Pois houve. No dia 22 de março. Pode vê-lo, se quiser, anotado no meu diário. (*Mostra o diário*) "Hoje rompi com o Ernest. Sinto que é o melhor que tenho a fazer. O tempo continua encantador."

Algernon – Mas romper por quê? Que fiz eu? Não fiz absolutamente nada. Cecily, magoa-me profundamente saber que rompeu comigo. De mais a mais, com um tempo assim encantador.

Cecily – Para sermos noivos de verdade, é preciso haver pelo menos um rompimento. Mas ainda não tinha terminado a semana e já eu lhe tinha perdoado.

Algernon – (*Aproximando-se dela e ajoelhando*) Que perfeito anjo você é, Cecily!

Cecily – Seu romântico! (*Ele beija-a, ela passa-lhe os dedos por entre o cabelo*) Este frisado é natural, não é?

Algernon – É, sim, querida, com uma ajudazinha de outros.

Cecily – Fico feliz.

Algernon – Agora nunca mais rompe comigo, Cecily?

Cecily – Agora que realmente o encontrei, não me parece que possa romper. Além disso, é claro, há a questão do seu nome.

Algernon – (*Nervosamente*) Ah, sim, é claro.

Cecily – Não ria de mim, queridinho, mas foi sempre o meu sonho amar um homem que se chamasse Ernest. (*Algernon levanta-se, Cecily também*) Há nesse nome alguma coisa que inspira absoluta confiança. Lamento por toda mulher cujo marido não se chame Ernest.

Algernon – Mas, minha querida, quer dizer que não poderia amar-me, se o meu nome fosse outro?

Cecily – Mas que nome?

Algernon – Oh, qualquer nome... Algernon... por exemplo...

Cecily – Não gosto desse nome.

Algernon – Bem, minha querida, meu doce amor, realmente não vejo por que não gosta do nome Algernon. Não é mau nome. Tem até o seu quê de aristocrático. Metade dos frequentadores do Tribunal de Falências chama-se Algernon. Mas seriamente, Cecily... (*Aproximando-se dela*) Se eu me chamasse Algy, não me poderia amar?

Cecily – (*Levantando-se*) Poderia respeitá-lo, Ernest, poderia admirar o seu caráter, mas receio que não pudesse dar-lhe a minha inteira atenção.

Algernon – (*Tosse*) Ahem! Cecily! (*Pegando o chapéu*) O padre daqui é, suponho, bem prático em todos os ritos e todas as cerimônias da Igreja, não?

Cecily – Oh, é, sim. O dr. Chasuble é um homem muito instruído. Ainda não escreveu um único livro, por isso você pode imaginar quão grande é o seu saber.

Algernon – Devo ir conversar com ele imediatamente sobre um importantíssimo batizado, quero dizer, um importantíssimo assunto.

Cecily – Oh!

Algernon – Não demorarei mais de meia hora.

Cecily – Considerando que estamos noivos desde o dia 14 de fevereiro, e que foi hoje a primeira vez que nos encontramos, acho um tanto duro você deixar-me por um espaço de tempo tão grande — meia hora! Não poderia reduzi-lo a vinte minutos?

Algernon – Não demoro nada.

Beija-a e sai correndo pelo jardim.

Cecily – Que rapaz impetuoso! Gosto tanto do cabelo dele! Devo anotar no diário o seu pedido de casamento.

Entra Merriman.

MERRIMAN – Está ali uma tal srta. Fairfax que deseja falar ao sr. Worthing. Diz que é por causa de um assunto importante.

CECILY – O sr. Worthing não está na biblioteca?

MERRIMAN – O sr. Worthing saiu, há algum tempo, em direção à reitoria.

CECILY – Peça a essa senhora o favor de vir aqui; o sr. Worthing não deve demorar. E pode trazer o chá.

MERRIMAN – Sim, senhorita.

Sai.

CECILY – Srta. Fairfax! Deve ser uma dessas velhotas que andam associadas com o tio John em alguma das suas obras filantrópicas. Acho que é querer dar muito na vista.

Entra Merriman.

MERRIMAN – Srta. Fairfax.

Entra Gwendolen. Sai Merriman.

CECILY – (*Avançando ao seu encontro*) Permita-me que me apresente eu mesma. Sou Cecily Cardew.

GWENDOLEN – Cecily Cardew? (*Aproximando-se e apertando-lhe a mão*) Que lindo nome! Alguma coisa me diz que vamos ser grandes amigas. Já gosto de você mais do que posso dizer. As minhas primeiras impressões das pessoas nunca falham.

CECILY – Como é gentil em gostar tanto de mim, tendo-nos conhecido só há tão pouco tempo! Faça o favor de se sentar.

GWENDOLEN – (*Ainda de pé*) Permite-me que lhe chame Cecily, não?

CECILY – Com todo o prazer!

GWENDOLEN – E irá me chamar sempre Gwendolen, não?

CECILY – Se assim o deseja.

GWENDOLEN – Está então combinado, não?

CECILY – Assim o espero.

Uma pausa. Sentam-se juntas.

GWENDOLEN – Talvez seja ocasião propícia para eu lhe explicar quem sou. Meu pai é lorde Bracknell. Nunca ouviu falar do papai, não é?

CECILY – Acho que não.

GWENDOLEN – Fora do âmbito familiar, o papai, fico feliz em dizê-lo, é inteiramente desconhecido. Penso que é assim mesmo que deve ser. O lar parece-me ser a esfera própria para o homem. E, com certeza, uma vez que um homem começa a menosprezar os seus deveres domésticos, torna-se lamentavelmente efeminado, não é verdade? E eu não gosto disso. Torna os homens tão atraentes. Cecily, a mamãe, cujas ideias sobre a educação são notavelmente estritas, educou-me de maneira a eu ser extremamente míope; faz parte do seu sistema; por isso não repara que eu a observe através dos meus óculos?

CECILY – Oh! De maneira nenhuma, Gwendolen. Gosto até muito de ser observada.

GWENDOLEN – (*Depois de examinar Cecily cuidadosamente através de um lornhão*) Está aqui de visita, não?

CECILY – Oh, não! Moro aqui.

GWENDOLEN – (*Asperamente*) Sério? Sua mãe, sem dúvida, ou alguma parente de idade, reside aqui também?

CECILY – Oh, não! Não tenho mãe nem parentes.

GWENDOLEN – Não?

CECILY – O meu querido tutor, com a ajuda de srta. Prism, tem o árduo encargo de cuidar de mim.

GWENDOLEN – O seu tutor?

CECILY – Sim, eu sou pupila do sr. Worthing.

GWENDOLEN – Oh! É estranho ele nunca ter me dito que tinha uma pupila. Homem tão reservado! Torna-se de uma hora para outra hora mais interessante. Não tenho, porém, a certeza de que a notícia me inspire sentimentos de absoluto prazer. (*Levantando-se e indo para junto dela*) Gosto muito de você, Cecily; comecei a gostar de você desde o primeiro momento! Mas sou obrigada a dizer que, agora que eu sei que é pupila do sr. Worthing, não posso deixar de exprimir o desejo de que a Cecily fosse… bem, fosse um pouquinho mais velha do que parece ser… e não fosse assim tão sedutora. De fato, se me permite falar sinceramente…

CECILY – Fale, por favor! Penso que, sempre que uma pessoa tem alguma coisa desagradável a dizer, deve ser inteiramente sincera.

GWENDOLEN – Bem, para falar com perfeita sinceridade, Cecily, desejava que tivesse quarenta e dois anos bem puxados e fosse mais feia do que o habitual na sua idade. O Ernest é de um caráter íntegro e austero. E a própria encarnação da verdade e da honra. Seria para ele tão impossível ser desleal como enganar alguém. Mas até os homens da mais nobre têmpera moral são extremamente suscetíveis à influência dos encantos físicos dos outros. A história moderna, não menos do que a antiga, fornece-nos muitos e dolorosos exemplos daquilo a que me refiro. Se assim não fora, a história seria absolutamente ilegível.

CECILY – Peço perdão, Gwendolen, mas falou em Ernest?

GWENDOLEN – Falei, sim.

CECILY – Oh, mas, o meu tutor não é o sr. Ernest Worthing. É o irmão — o irmão mais velho.

GWENDOLEN – (*Tornando a sentar-se*) O Ernest nunca me disse que tinha um irmão.

CECILY – Sinto muito dizer-lhe que há muito tempo não se dão bem.

GWENDOLEN – Ah! Está explicado. E agora que eu penso nisso, nunca ouvi nenhuma alusão a esse irmão. O assunto parece desagradável à maior parte dos homens. Cecily, aliviou-me a alma de um grande peso. Já estava ficando inquieta. Teria sido terrível, se alguma nuvem toldasse uma amizade como a nossa, não é verdade? É claro que a Cecily tem a certeza, a absoluta certeza, de que não é o sr. Ernest Worthing o seu tutor?

CECILY – Absoluta certeza. (*Uma pausa*) Eu é que vou ser dele.

GWENDOLEN – (*Ansiosa por saber*) Como?

CECILY – (*Com certa timidez e em jeito de confidência*) Querida Gwendolen, não há razão para eu fazer disto segredo com você. O jornalzinho aqui da terra irá publicar a notícia, com certeza, na semana. Eu e o sr. Ernest Worthing vamos casar.

GWENDOLEN – (*Com toda a delicadeza, levantando-se*) Minha querida Cecily, deve nisso haver um leve equívoco. O sr. Ernest Worthing é meu noivo. A notícia aparecerá no *Morning Post*, sábado, o mais tardar.

CECILY – (*Com toda a delicadeza, levantando-se*) Deve haver mal-entendido. Há precisamente dez minutos que o Ernest me propôs casamento.

Mostra o diário.

GWENDOLEN – (*Examina cuidadosamente o diário com o lornhão*) É, sem dúvida, muito curioso, pois ele pediu-me que casasse com ele ontem às cinco e meia da tarde. Se quiser verificar, tenha a bondade. (*Apresenta-lhe o seu diário*) Nunca viajo sem o meu diário. Deve-se ter sempre alguma coisa sensacional para ler no comboio. Sinto muito, querida Cecily, se a contrario, mas tenho o direito de prioridade.

CECILY – Isso iria me afligir mais do que posso dizer, querida Gwendolen, se isso for para você motivo de qualquer sofrimento moral ou físico, mas sinto-me forçada a dizer-lhe que, desde que o Ernest lhe propôs casamento, mudou evidentemente de ideias.

GWENDOLEN – (*Meditativamente*) Se o pobre rapaz caiu em alguma armadilha para fazer qualquer promessa insensata, considerarei dever meu salvá-lo imediatamente, e com mão firme.

CECILY – (*Pensativa e tristemente*) Seja qual for a desgraçada esparrela em que tenha caído, nunca por isso o censurarei, depois de casados.

GWENDOLEN – Falando de esparrela, srta. Cardew, quer referir-se a mim? Que presunção! Numa ocasião destas torna-se mais que um dever moral dizer o que se tem no pensamento. Torna-se um prazer.

CECILY – Sugere, srta. Fairfax, que eu me servi de qualquer armadilha para prender o Ernest? Como ousa? Não é agora ocasião para afivelar a máscara das maneiras. Quando vejo uma pá, chamo-lhe pá.

GWENDOLEN – (*Satiricamente*) Tenho muito gosto em dizer-lhe que nunca vi uma pá. É manifesto que as nossas esferas sociais são enormemente diferentes.

Entra Merriman seguida de um criado. Traz um prato, toalha e bandeja. Cecily vai a retorquir; a presença, porém, dos servos exerce uma influência inibitória, sob a qual as duas moças ficam fulas.

MERRIMAN – Sirvo o chá aqui, como de costume, senhorita?

CECILY – (*Rispidamente, em voz calma*) Sim, como de costume.

Merriman começa a arrumar as coisas que estão em cima da mesa e a pôr a toalha. Longo silêncio. Cecily e Gwendolen fulminam-se uma à outra com o olhar.

GWENDOLEN – Há por aqui passeios interessantes, srta. Cardew?

Cecily – Oh! Muitos! Do alto de um dos montes, mesmo aqui à beirinha, podem ver-se cinco condados.

gwendolen – Cinco condados! Parece-me que não gostaria disso; detesto as multidões.

Cecily – (*Docemente*) E é decerto por isso que mora na cidade?

Gwendolen morde o lábio e bate nervosamente no pé com a sombrinha.

gwendolen – (*Olhando em volta*) Que jardim tão bem tratado, srta. Cardew!

Cecily – Fico feliz que lhe agrade, srta. Fairfax.

gwendolen – Não achava que no campo houvesse flores.

Cecily – Oh, as flores são aqui tão vulgares, srta. Fairfax, como vulgares são as pessoas em Londres.

gwendolen – Pessoalmente não posso compreender como alguém consegue existir no campo, se é que alguém que seja alguém lá existe. O campo para mim é uma chatice mortal.

Cecily – Ah! É o que os jornais chamam depressão agrícola, não é? Acho que a aristocracia está atualmente sofrendo muito disso. É quase nela uma epidemia, disseram-me. Permite-me que lhe ofereça uma xícara de chá, srta. Fairfax?

gwendolen – (*Com afetada delicadeza*) Obrigada. (*À parte*) Menina detestável! Mas estou gostando do chá!

Cecily – (*Docemente*) Açúcar?

gwendolen – (*Sobranceiramente*) Não, obrigada. O açúcar já não está na moda.

Cecily olha, iradamente, para ela, pega a pinça e deita-lhe na xícara quatro pedaços de açúcar.

Cecily – (*Duramente*) Bolo ou pão com manteiga?

gwendolen – (*De um modo muito enfadado*) Pão com manteiga, faz favor. Nas casas melhores hoje é raro ver-se bolo.

Cecily – (*Corta uma grande fatia de bolo e põe-na na bandeja*) Passe isso à srta. Fairfax.

Merriman faz o que lhe é mandado e em seguida sai com o criado. Gwendolen toma o chá e faz uma careta. Pousa imediatamente a xícara, estende a mão para o pão com manteiga, olha e vê que é bolo. Levanta-se, indignada.

gwendolen – Encheu-me a xícara de pedaços de açúcar, e, apesar de eu lhe ter pedido bem claramente pão com manteiga, deu-me bolo. Sou conhecida pelo meu bom gênio e pela extraordinária brandura do meu natural, mas previno-a, srta. Cardew, não vá longe demais.

Cecily – (*Levantando-se*) Para salvar o meu pobre inocente e ingênuo rapaz das maquinações de qualquer outra moça irei até onde for preciso.

gwendolen – Logo que a vi, desconfiei de si. Senti que era falsa e embusteira. Nestas coisas nunca me engano. As minhas primeiras impressões das pessoas acertam sempre.

Cecily – Parece-me, srta. Fairfax, que lhe estou a usurpar o seu valioso tempo. Sem dúvida tem muitas outras visitas de caráter idêntico a fazer por estas redondezas.

Entra John.

GWENDOLEN – (*Dando com os olhos nele*) Ernest! Meu Ernest!

JOHN – Gwendolen! Minha querida!

Dispõe-se a beijá-la.

GWENDOLEN – (*Recua*) Um momento! Permite-me que lhe pergunte se prometeu casamento a esta menina?

Aponta para Cecily.

JOHN – (*Rindo*) À querida Cecilinha! É claro que não! Como veio tal ideia a essa linda cabecinha?

GWENDOLEN – Obrigada. Agora pode!

Oferece a face.

CECILY – (*Muito docemente*) Eu sabia que devia haver algum equívoco, srta. Fairfax. O cavalheiro cujo braço está agora em volta da sua cinta é o meu caro tutor, o sr. John Worthing.

GWENDOLEN – Como?

CECILY – Este é o tio John.

GWENDOLEN – (*Recuando*) John! Oh!

Entra Algernon.

CECILY – Aqui está o Ernest.

ALGERNON – (*Vai direto a Cecily sem reparar em ninguém mais*) Meu amor!

Dispõe-se a beijá-la.

CECILY – (*Recuando*) Um momento, Ernest! Permite-me que lhe pergunte se prometeu casamento a esta menina?

ALGERNON – (*Olhando em volta*) A que menina? Deus do céu! Gwendolen!

CECILY – Sim! Deus do céu! A Gwendolen, refiro-me a Gwendolen.

ALGERNON – (*Rindo*) É claro que não! Como veio tal ideia a essa linda cabecinha?

CECILY – Obrigada! (*Oferecendo a face ao beijo*) Agora pode!

Algernon beija-a.

GWENDOLEN – Senti que havia algum leve equívoco, srta. Cardew. O cavalheiro que está agora a abraçá-la é o meu primo, o sr. Algernon Moncrieff.

CECILY – (*Desatando-se dos braços de Algernon*) Algernon Moncrieff! Oh! (*As duas meninas correm uma para a outra e enlaçam-se uma na outra, como que para reciprocamente se protegerem*) Chama-se Algernon?

ALGERNON – Não posso negá-lo.

CECILY – Oh!

GWENDOLEN – O seu nome é realmente John?

JOHN – (*Um tanto altaneiramente*) Podia negá-lo, se quisesse. Podia negar tudo, se me aprouvesse. Mas o meu nome é, efetivamente, John. Há muitos anos que assim me chamo.

Cecily – (*Para Gwendolen*) Fomos ambas grosseiramente ludibriadas.

Gwendolen – Minha pobre e ferida Cecily!

Cecily – Minha doce Gwendolen, para quem tão injusta fui!

Gwendolen – (*Lenta e seriamente*) Vai, daqui por diante, chamar-me irmã, sim?

Abraçam-se. John e Algernon, resmoneando, passeiam para diante e para trás.

Cecily – (*Com certa vivacidade*) Há só uma pergunta que eu gostaria que me fosse permitido fazer ao meu tutor.

Gwendolen – Admirável ideia! Sr. Worthing, há só uma pergunta que eu gostaria que me permitisse fazer-lhe. Onde está o seu irmão Ernest? Estamos ambas noivas do seu irmão Ernest, por isso interessa-nos saber onde se encontra atualmente o seu irmão Ernest.

John – (*Lenta e hesitantemente*) Gwendolen, Cecily, é para mim muito doloroso ser forçado a dizer-lhes a verdade. É a primeira vez na minha vida que me vejo reduzido a tão penosa situação, e não tenho, na verdade, prática absolutamente nenhuma destas coisas. Todavia, eu irei dizer a vocês com toda a franqueza que não tenho nenhum irmão Ernest. Não tenho, até, irmão nenhum. Nunca na minha vida tive irmão, e, já agora, não tenho a mínima intenção de o vir a ter.

Cecily – (*Surpreendida*) Não tem irmão nenhum?

John – (*Jovialmente*) Nenhum!

Gwendolen – (*Rispidamente*) Nunca teve irmão de qualidade nenhuma?

John – (*Prazenteiramente*) Nunca. De qualidade nenhuma.

Gwendolen – Parece-me inteiramente evidente, Cecily, que nenhuma de nós está noiva de ninguém.

Cecily – Não é situação agradável para uma moça. Ver-se assim de repente sem noivo...

Gwendolen – Vamos lá para dentro. Eles não terão a coragem de vir atrás de nós.

Cecily – Não, os homens são tão covardes, não são?

Entram. Levam no olhar uma expressão de desprezo.

John – É a isto que você chama bunburismo, não?

Algernon – É, e que admirável bunburismo! O bunburismo mais admirável de toda a minha vida.

John – Bem, você não tem direito absolutamente nenhum a bunburizar aqui.

Algernon – Isso é absurdo. Um homem tem o direito de bunburizar onde lhe apetecer. Todo o bunburista sério o sabe.

John – Bunburista sério! Santo Deus!

Algernon – Bem, é preciso ser sério em alguma coisa, se se quer ter algum divertimento na vida. Eu sou sério no bunburismo. Em que você é sério, eu não tenho a mais remota ideia. Em tudo, talvez. Você é de uma natureza tão absolutamente trivial.

John – Bem, a única satisfaçãozinha que eu tenho em toda esta malfadada questão é que o seu amigo Bunbury explodiu, acabou de vez. Nunca mais poderá dar uma fugida ao campo como até aqui, meu caro Algy. E é bom.

ALGERNON – O seu irmão está um pouco desbotado, não está, querido John? Não poderá agora ir a Londres tantas vezes como costumavas. Também não é mau.

JOHN – Quanto ao seu comportamento com srta. Cardew, devo dizer que é absolutamente indesculpável você ter enganado uma moça, doce, simples e inocente como essa. Não falando já do fato de ser minha pupila.

ALGERNON – Não posso ver defesa absolutamente alguma para o fato de você iludir uma menina tão distinta, tão inteligente, com tanta prática da vida como srta. Fairfax. Não falando já do fato de ser minha prima.

JOHN – Queria casar com a Gwendolen, nada mais. Amo-a.

ALGERNON – Bem, eu queria casar com a Cecily. Adoro-a.

JOHN – Com certeza não casará com srta. Cardew.

ALGERNON – Não vejo grande probabilidade, John, de você casar com srta. Fairfax.

JOHN – Isso não é nada contigo.

ALGERNON – Se fosse, não falaria eu disso. (*Começa a comer sonhos*) É muito vulgar falar das vidas alheias. Só gente da laia dos corretores de Bolsa é que faz isso, e é só nos jantares.

JOHN – Como você pode estar aí sossegadamente sentado comendo sonhos, quando nos achamos numa enrascadela medonha, é que eu não posso compreender. Parece-me inteiramente insensível.

ALGERNON – Bem, eu não posso comer sonhos excitadamente. Podia-me cair a manteiga nos punhos. Isto deve-se sempre comer com toda a calma.

JOHN – Digo que revela insensibilidade comendo, nesta ocasião, sonhos, seja de que modo for.

ALGERNON – Quando tenho alguma coisa que me atribula, a única coisa que me consola é comer. Efetivamente, como todos os que intimamente me conhecem lhe dirão, quando estou de fato mortificado, recuso tudo exceto comer e beber. No presente momento como sonhos, porque me sinto infeliz. Além disso, gosto muito de sonhos.

Levanta-se.

JOHN – (*Levantando-se*) Bem, isso não é razão para os comer a todos com essa sofreguidão.

Tira os sonhos de Algernon.

ALGERNON – (*Oferecendo bolo de chá*) Antes queria que comesse bolo. Não gosto de bolo de chá.

JOHN – Deus do céu! Suponho que um homem pode comer os seus sonhos no seu jardim.

ALGERNON – Mas acabou de dizer que é dar provas de insensibilidade comer sonhos.

JOHN – Disse que você é que dava provas de insensibilidade comendo-os nas circunstâncias decorrentes. É inteiramente diferente.

ALGERNON – Talvez. Mas os sonhos é que são os mesmos.

Tira de John o prato dos sonhos.

JOHN – Algy, o que eu queria é que você fosse embora.

ALGERNON — Você não pode me pedir que vá embora sem jantar. É absurdo. Eu nunca saio sem jantar. Ninguém sai sem jantar, a não ser os vegetarianos e quejandos. Além disso, combinei com o dr. Chasuble batizar-me às cinco e quarenta e cinco com o nome de Ernest.

JOHN — Meu caro, quanto mais depressa deixar dessas tolices, melhor. Eu combinei com o dr. Chasuble batizar-me às cinco e meia, e receberei naturalmente o nome de Ernest. É o desejo da Gwendolen. Não podemos ficar ambos com o mesmo nome. É absurdo. Além disso, eu tenho todo o direito de ser batizado como me aprouver. Não há prova alguma de já ter sido batizado. Acho até muito provável nunca o ter sido, e o dr. Chasuble é da mesma opinião. O seu caso é inteiramente diferente. Você já foi batizado.

ALGERNON — Sim, mas há anos que não me batizo.

JOHN — Sim, mas foi batizado. Isso é que importa.

ALGERNON — Perfeitamente. Mas eu sei que a minha constituição pode aguentar. Se você não tem inteira certeza de já ter sido batizado, devo dizer-lhe que acho bastante perigoso arriscar-se a isso agora. Podia fazer-lhe muito mal. Não pode esquecer que alguém muito intimamente ligado a você quase foi levado esta semana em Paris por um valente resfriado.

JOHN — Sim, mas você disse que os resfriados não são hereditários.

ALGERNON — Não eram antes, bem sei — mas são agora. A ciência está sempre fazendo descobertas maravilhosas.

JOHN — (*Pegando o prato dos sonhos*) Oh, isso é bobagem; está sempre a dizer bobagens.

ALGERNON — John, aí está você outra vez com os sonhos! Deixa isso! Só restam dois. (*Pega-os*) Disse-lhe que gostava muito de sonhos.

JOHN — Mas eu detesto o bolo de chá.

ALGERNON — Então por que é que concorda que sirvam às suas visitas bolo de chá? Que ideias você tem de hospitalidade!

JOHN — Algernon! Já lhe disse que vá embora. Não o quero aqui. Por que não vai embora?

ALGERNON — Ainda não acabei o meu chá! E aqui ainda há um sonho.

John resmunga e deixa-se cair numa cadeira. Algernon continua a comer. Cai o pano.

TERCEIRO ATO

CENA

Sala de café da manhã na casa senhorial.
Gwendolen e Cecily estão à janela, olhando para o jardim.

GWENDOLEN – O fato de eles não terem vindo logo atrás de nós, como quaisquer outros teriam feito, parece-me mostrar que ainda lhes resta um pouco de vergonha.

CECILY – Estão comendo sonhos. É como que um arrependimento.

GWENDOLEN – (*Após uma pausa*) Parece que nem sequer dão pela nossa presença aqui. Não podia tossir?

CECILY – Mas não ando com tosse.

GWENDOLEN – Estão olhando para nós. Que descaramento!

CECILY – Vêm aí. São muito atrevidos.

GWENDOLEN – Conservemos um silêncio digno.

CECILY – Decerto. Não há outra coisa a fazer agora.

Entra John seguido de Algernon. Assobiam uma horrível ária popular tirada de uma ópera britânica.

GWENDOLEN – Este silêncio digno parece produzir desagradável efeito.

CECILY – Que péssimo gosto!

GWENDOLEN – Mas não seremos nós quem primeiro irá falar.

CECILY – Com certeza.

GWENDOLEN – Sr. Worthing, tenho uma coisa particular a perguntar-lhe. Muita coisa depende da sua resposta.

CECILY – Gwendolen, o seu bom senso é inestimável. Sr. Moncrieff, responda, por favor, à seguinte pergunta: para que fingiu ser irmão do meu tutor?

ALGERNON – Para ter chance de me encontrar contigo.

CECILY – (*Para Gwendolen*) Parece explicação satisfatória, não?

GWENDOLEN – Sim, querida, se é que pode acreditar nele.

CECILY – Não acredito. Isso, porém, não afeta a admirável beleza da sua resposta.

GWENDOLEN – É verdade. Em questões de grave importância, o estilo, e não a sinceridade, é a coisa vital. Sr. Worthing, que explicação me pode oferecer para o fato de fingir ter um irmão? Era para ter ocasião de vir à cidade visitar-me tantas vezes quantas fosse possível?

JOHN – Pode duvidar disso, srta. Fairfax?

GWENDOLEN – Tenho sobre isso as mais graves dúvidas. Mas tenciono esmagá-las. Não é agora ocasião para ceticismo germânico. (*Dirigindo-se para Cecily*) As explicações deles parecem inteiramente satisfatórias, especialmente a do sr. Worthing. Essa parece-me ter estampado o cunho da verdade.

CECILY – A mim satisfaz-me mais o que disse o sr. Moncrieff. Só a sua voz inspira credulidade absoluta.

GWENDOLEN – Então entende que lhes devemos perdoar?

CECILY – Sim. Quero dizer, não.

GWENDOLEN – É verdade! Tinha-me esquecido. Há princípios em jogo de que se não pode abdicar. Qual de nós lhes dirá? Não é tarefa agradável.

Cecily – Não poderíamos falar ambas ao mesmo tempo?

Gwendolen – Excelente ideia! Eu falo quase sempre ao mesmo tempo que as outras pessoas. Quer que eu dê o sinal?

Cecily – Sem dúvida.

Gwendolen marca o compasso com o dedo erguido.

Gwendolen e Cecily – (*Falando ao mesmo tempo*) Os seus nomes de batismo são ainda uma barreira insuperável. Nada mais!

John e Algernon – (*Falando ao mesmo tempo*) Os nossos nomes de batismo! Só isso? Mas nós vamos nos batizar esta tarde.

Gwendolen – (*Para John*) Por minha causa está disposto a fazer essa coisa terrível?

John – Estou.

Cecily – (*Para Algernon*) Para me agradar está pronto a encarar esse horrendo suplício?

Algernon – Estou!

Gwendolen – Que absurdo é falar da igualdade dos sexos! Em questões que implicam sacrifício pessoal os homens nos são infinitamente superiores.

John – Somos, sim.

John e Algernon apertam-se as mãos.

Cecily – Há momentos de coragem física que nós, as mulheres, desconhecemos absolutamente.

Gwendolen – (*Para John*) Meu amor!

Algernon – (*Para Cecily*) Meu amor!

Caem nos braços um do outro. Entra Merriman. Ao entrar, vendo a situação, tosse com estrondo.

Merriman – Ahem! Ahem! Lady Bracknell!

John – Deus do céu!

Entra lady Bracknell. Os pares, pegos de surpresa, separam-se a toda a pressa. Sai Merriman.

Lady Bracknell – Gwendolen! Que significa isto!

Gwendolen – Apenas que vou casar com o sr. Worthing, mamãe.

Lady Bracknell – Vem cá. Sente-se. Sente-se imediatamente. A hesitação de qualquer espécie é indício de decadência mental nos jovens, de fraqueza física nos velhos. (*Volta-se para John*) Informada, senhor, da súbita fuga de minha filha pela sua fiel empregada, cuja confiança paguei com umas moedazitas, segui-a imediatamente num comboio de mercadorias. Seu infeliz pai está, fico feliz em dizê-lo, com a impressão de que ela está assistindo a uma conferência, mais longa que de costume, da extensão universitária sobre a influência de um imposto permanente sobre o pensamento. Não quero desenganá-lo. Efetivamente nunca o desenganei em questão alguma. Consideraria isso errôneo. Mas, é claro, o senhor compreenderá claramente que, a partir deste momento, toda a comunicação entre o senhor e minha filha deve cessar imediatamente. Neste ponto, como, realmente, em todos os pontos, sou firme.

JOHN – Eu vou casar com Gwendolen, lady Bracknell!

LADY BRACKNELL – Não vai nada, senhor. E agora, quanto a Algernon... Algernon!

ALGERNON – Tia Augusta!

LADY BRACKNELL – Posso perguntar-lhe se é nesta casa que reside o seu amigo doente, o sr. Bunbury?

ALGERNON – (*Gaguejando*) Oh! Não! O Bunbury não mora aqui. O Bunbury está noutro lugar atualmente. De fato, o Bunbury morreu.

LADY BRACKNELL – Morreu! Quando morreu o sr. Bunbury? Deve ter sido morte extremamente súbita.

ALGERNON – (*Aereamente*) Oh! Eu matei o Bunbury esta tarde. Quero dizer, o Bunbury morreu esta tarde.

LADY BRACKNELL – De que morreu?

ALGERNON – O Bunbury? Oh, de uma explosão.

LADY BRACKNELL – Explosão! Foi vítima de algum atentado revolucionário? Não sabia que o sr. Bunbury se interessava pela legislação social. Sendo assim, é bem punido pela sua morbidez.

ALGERNON – Minha querida tia Augusta, quero dizer que foi vítima de uma descoberta — os médicos descobriram que o Bunbury não podia viver, é o que eu quero dizer —, por isso o Bunbury morreu.

LADY BRACKNELL – Parece que ele confiava demais na opinião dos médicos. Fico feliz, porém, que ele tenha, por fim, se decidido a fazer alguma coisa, e tenha seguido os conselhos clínicos. E agora que, finalmente, estamos livres do sr. Bunbury, posso perguntar-lhe, sr. Worthing, quem é aquela menina cuja mão o meu sobrinho Algernon está segurando de um modo que me parece peculiarmente desnecessário?

JOHN – Aquela senhora é a minha pupila, srta. Cecily Cardew.

Lady Bracknell baixa friamente a cabeça a Cecily.

ALGERNON – Vou casar com a Cecily, tia Augusta.

LADY BRACKNELL – O quê?

CECILY – O sr. Moncrieff e eu vamos casar, lady Bracknell.

LADY BRACKNELL – (*Com um arrepio, indo sentar-se no sofá*) Não sei se há alguma coisa particularmente excitante no ar deste recanto de Hertfordshire, mas o número de casamentos aqui planejados parece-me exceder consideravelmente a média apontada pelas estatísticas para nosso governo. Penso que não seria descabida uma investigação preliminar da minha parte. Sr. Worthing, srta. Cardew tem alguma ligação com alguma das maiores estações de Londres? Desejava apenas informar-me. Até ontem eu ignorava absolutamente que houvesse famílias ou pessoas cuja origem fosse uma estação.

John está furioso, mas contém-se.

JOHN – (*Em voz clara e fina*) Srta. Cardew é neta do falecido sr. Tomás Cardew, da Belgrave Square, número 149; Gervase Park, em Dorking, Surrey; e no Sporran, Fifeshire.

LADY BRACKNELL – Está bem. Três endereços inspiram sempre confiança, mesmo no comércio. Mas que prova tenho eu da sua autenticidade?

JOHN – Conservei cuidadosamente os anuários da época. Estão à sua disposição, lady Bracknell.

LADY BRACKNELL – (*Carrancuda*) Soube de estranhos erros nessa publicação.

JOHN – Os solicitadores da família de srta. Cardew são os senhores Markby, Markby e Markby.

LADY BRACKNELL – Markby, Markby e Markby? Uma firma da mais alta respeitabilidade. Ouvi dizer que um dos senhores Markby aparece muitas vezes em jantares. Até aqui estou satisfeita.

JOHN – (*Irritadíssimo*) É muito amável, lady Bracknell! Tenho também em meu poder, terá a bondade de ouvir, certidões do nascimento, do batismo, atestados de coqueluche, do registro, da vacina, da confirmação e do sarampo de srta. Cardew.

LADY BRACKNELL – Ah! Uma vida acidentada, vejo, embora, talvez, excitante demais para uma moça. De minha parte, não sou a favor de experiências prematuras. (*Levanta-se, consulta o relógio*) Gwendolen! São horas de irmos embora. Não temos um momento a perder. Por mera formalidade, sr. Worthing, queria perguntar-lhe se srta. Cardew tem alguma fortunazita?

JOHN – Oh! Umas cento e trinta mil libras em fundos públicos. Só isso. Adeus, lady Bracknell. Muito prazer em vê-la...

LADY BRACKNELL – (*Torna a sentar-se*) Um momento, sr. Worthing. Cento e trinta mil libras! E em fundos públicos. Srta. Cardew parece-me uma menina encantadora, agora que a vejo melhor. Poucas meninas dos nossos dias têm predicados de fato sólidos, desses predicados que duram e se aperfeiçoam com o tempo. Nós vivemos, pesa-me dizê-lo, numa época de superficialidades. (*Para Cecily*) Venha cá, minha querida. (*Cecily aproxima-se*) Linda menina! O seu vestido é tristemente simples, e o seu cabelo parece quase como a natureza o deu. Mas nós em breve modificaremos isso tudo. Uma francesinha, hábil e com grande prática, opera maravilhas em pouco tempo. Lembro-me de que recomendei uma a lady Lancing, e daí a três meses já o marido a não conhecia.

JOHN – E daí a seis meses já não a conhecia ninguém.

LADY BRACKNELL – (*Encara John por uns momentos. Depois inclina-se, com um sorriso artificioso, para Cecily*) Tenha a bondade de se virar, linda menina. (*Cecily dá uma volta completa*) Não, quero vê-la de lado. (*Cecily mostra-se de perfil*) Sim, tal qual o que eu esperava. Há no seu perfil distintas possibilidades sociais. Os dois pontos fracos da nossa época são falta de princípios e falta de perfil. O queixo é um poucochinho mais alto, querida. O estilo depende muito do modo como se traz o queixo. Atualmente a moda é trazê-lo muito alto. Algernon!

ALGERNON – Tia Augusta!

LADY BRACKNELL – Há distintas possibilidades sociais no perfil de srta. Cardew.

ALGERNON – Cecily é a mais doce, a mais querida, a mais linda moça do mundo inteiro. E não me importo absolutamente nada com as possibilidades sociais.

LADY BRACKNELL – Nunca fale desrespeitosamente da sociedade, Algernon. Só quem não pode entrar nela é que assim fala. (*Para Cecily*) Querida filha, é claro que sabe que o Algernon não tem senão dívidas. Mas eu não aprovo casamentos mercenários. Quando casei com lorde Bracknell, eu não tinha fortuna de espécie alguma. Nunca, porém, nem por um momento, isso me preocupou. Bom, suponho que devo dar o meu consentimento.

ALGERNON – Obrigado, tia Augusta.

LADY BRACKNELL – Cecily, pode beijar-me!

CECILY – (*Beija-a*) Obrigada, lady Bracknell.

LADY BRACKNELL – Daqui por diante pode também tratar-me por tia Augusta.

CECILY – Obrigada, tia Augusta.

LADY BRACKNELL – Era melhor, penso eu, não demorar o casamento.

ALGERNON – Obrigado, tia Augusta.

CECILY – Obrigada, tia Augusta.

LADY BRACKNELL – Para falar francamente, não sou partidária de longos noivados. Dão chances aos noivos de descobrirem o caráter um do outro antes do casamento, o que me parece inconveniente.

JOHN – Peço perdão por a interromper, lady Bracknell, mas este casamento não pode ir adiante. Eu sou o tutor de srta. Cardew, e ela não pode casar sem o meu consentimento, enquanto não atingir a maioridade. Esse consentimento recuso-me terminantemente a dá-lo.

LADY BRACKNELL – Com que fundamento, permita que lhe pergunte? O Algernon é um rapaz extremamente, quase posso dizer esplendorosamente, elegível. Não tem nada, mas é um rapaz distintíssimo. Que mais se pode desejar?

JOHN – Desagrada-me muito ter de lhe falar francamente, lady Bracknell, acerca do seu sobrinho; mas o fato é que não me agrada nada o seu caráter moral. Desconfio de que é mentiroso.

Algernon e Cecily olham para ele com indignado pasmo.

LADY BRACKNELL – Mentiroso! O meu sobrinho Algernon? Impossível! Ele andou em Oxford.

JOHN – Parece-me que não pode haver dúvida alguma a esse respeito. Esta tarde, durante a minha ausência temporária em Londres, por uma importante questão de romance, ele conseguiu penetrar em minha casa sob o falso pretexto de ser meu irmão. Debaixo de um nome fictício, bebeu, acabo de o saber pelo meu mordomo, uma garrafa inteira do meu Perrier-Jouet *brut* 1889; um vinho que eu reservava especialmente para mim. Continuando o seu ignóbil embuste, conseguiu, no decorrer da tarde, apropriar-se do afeto da minha única pupila. Ficou para o chá e devorou-me os sonhos todos. E o que mais condenável torna ainda o seu comportamento é que ele sabia perfeitamente que não tenho irmão nenhum, que nunca tive nem tenciono ter irmão de qualidade nenhuma, eu lhe disse claramente ontem à tarde.

LADY BRACKNELL – (*Tosse*) Ahem! Sr. Worthing, após cuidadosa ponderação, decidi fechar inteiramente os olhos ao comportamento do meu sobrinho com o senhor.

JOHN – Isso é muito generoso da sua parte, lady Bracknell. A minha decisão, porém, é inalterável. Recuso dar o meu consentimento.

LADY BRACKNELL – (*Para Cecily*) Venha cá, querida filha. (*Cecily chega-se para ela*) Que idade tem?

CECILY – Bem, tenho realmente só dezoito, mas digo sempre que tenho vinte, quando vou a bailes.

LADY BRACKNELL – Tem toda a razão em fazer alguma ligeira alteração. Efetivamente, nenhuma mulher deve ser de uma rigorosa exatidão a respeito da idade. Dá uma impressão tão calculista… (*De um modo meditativo*) Dezoito, mas indo até vinte nos bailes. Bem, não falta muito para chegar à maioridade e ficar livre das restrições da tutela. Por isso, não me parece que o consentimento do seu tutor seja, afinal, coisa de importância.

JOHN – Peço perdão, lady Bracknell, por a interromper de novo, mas devo dizer-lhe que, nos termos do testamento de seu avô, srta. Cardew só se considerará legalmente maior quando fizer trinta e cinco anos.

LADY BRACKNELL – Isso não me parece ser grave obstáculo. Trinta e cinco anos é uma idade muito atraente. A sociedade de Londres está cheia de mulheres da mais alta estirpe que, por seu livre arbítrio, estacionaram, há anos, nos trinta e cinco. Lady Dumbleton é disso frisante exemplo: tem trinta e cinco anos desde que fez quarenta, o que já ocorreu há muito. Não vejo razão para a nossa querida Cecily não ser ainda mais atraente na idade que o senhor diz do que é presentemente. Haverá uma grande acumulação de capital.

CECILY – Algy, podia esperar por mim até eu fazer trinta e cinco anos?

ALGERNON – É claro que podia, Cecily. Sabe que sim.

CECILY – Sim, sentia-o instintivamente, mas eu é que não podia esperar tanto tempo. Detesto esperar por alguém cinco minutos só que seja. Aborrece-me muito. Bem sei que não sou pontual, mas gosto da pontualidade nos outros, e esperar, ainda que seja para casar, por nada deste mundo.

ALGERNON – Então que faremos, Cecily?

CECILY – Não sei, sr. Moncrieff.

LADY BRACKNELL – Meu caro sr. Worthing, como srta. Cardew afirma peremptoriamente que não pode esperar até fazer trinta e cinco anos — afirmação que, devo dizer, me parece reveladora duma natureza um tanto impaciente —, peço-lhe a fineza de reconsiderar.

JOHN – Mas, minha cara lady Bracknell, tem nas suas mãos a solução do caso. Desde que consinta no meu casamento com a Gwendolen, com o maior prazer concordarei com a união do seu sobrinho à minha pupila.

LADY BRACKNELL – (*Levantando-se e formalizando-se*) O senhor deve saber muito bem que o que propõe é absolutamente impossível.

JOHN – Então nada mais nos resta do que um apaixonado celibato.

LADY BRACKNELL – Não é esse o destino que eu visiono para a Gwendolen. O Algernon, é claro, pode escolher por si. (*Puxa o relógio*) Vamos, querida. (*Gwendolen levanta-se*) Já perdemos cinco, se não seis comboios. Perder outro seria expormo-nos a comentários na estação.

Entra o dr. Chasuble.

CHASUBLE – Está tudo pronto para os batizados.

LADY BRACKNELL – Os batizados, senhor! Não será um tanto precipitado?

CHASUBLE – (*Bastante intrigado e apontando para John e Algernon*) Ambos os cavalheiros manifestaram o desejo de serem imediatamente batizados.

LADY BRACKNELL – Na sua idade? A ideia é grotesca e irreligiosa! Algernon, proíbo-lhe que se batize. Não quero ouvir falar de tais excessos. Lorde Bracknell ficaria altamente desgostoso se soubesse que era assim que você desperdiçava o tempo e o dinheiro.

CHASUBLE – Devo então concluir que não se efetuam os batizados?

JOHN – Parece-me que, no ponto em que estão as coisas, o batismo não teria grande valor prático para nenhum de nós, dr. Chasuble.

CHASUBLE – Magoa-me muito ouvi-lo exprimir tais sentimentos, sr. Worthing. Têm o ressaibo das ideias heréticas dos anabatistas, ideias que eu cabalmente refutei em quatro dos meus sermões inéditos. Todavia, como essa sua atitude parece ser peculiarmente secular, volto para a igreja imediatamente. Recebi agora recado de que está lá srta. Prism à minha espera, há hora e meia.

LADY BRACKNELL – (*Estremecendo*) Srta. Prism! Falou srta. Prism?

CHASUBLE – Falei, sim, lady Bracknell. Vou encontrá-la.

LADY BRACKNELL – Por favor, permita-me segurá-lo um momento. Pode ser de importância vital para lorde Bracknell e para mim. Essa srta. Prism é uma mulher de aspecto repelente, remotamente ligada ao ensino?

CHASUBLE – (*Com certa indignação*) É a mais culta das senhoras, e a respeitabilidade personificada.

LADY BRACKNELL – É evidentemente a mesma pessoa. Permite-me que lhe pergunte qual é a situação dela em sua casa?

CHASUBLE – (*Rispidamente*) Sou solteiro, minha senhora.

JOHN – (*Intervindo*) Srta. Prism, lady Bracknell, é há três anos a proficiente preceptora e prezada dama de companhia de srta. Cardew.

LADY BRACKNELL – Apesar do que ouço dizer dela, preciso a ver imediatamente. Mandem chamá-la.

CHASUBLE – (*Olhando para fora*) Aí vem ela; já está aqui perto.

Entra srta. Prism a toda pressa.

SRTA. PRISM — Disseram-me, caro cônego, que me esperava na sacristia. Esperei-o lá uma hora e quarenta e cinco minutos.

Dá com os olhos em lady Bracknell, que a fitou com um olhar pétreo. Srta. Prism empalidece e, muito confusa, olha em volta, como que cheia de medo e ansiosa por fugir.

LADY BRACKNELL — (*Em voz ríspida, intimativa*) Prism! (*Srta. Prism baixa a cabeça, de vergonha*) Venha cá, Prism! (*Srta. Prism aproxima-se, muito humildemente*) Prism! Onde está aquela criança? (*Consternação geral. O cônego recua, horrorizado. Algernon e John fazem menção de quererem impedir Cecily e Gwendolen de ouvir os pormenores de um terrível escândalo*) Há vinte e oito anos, Prism saiu de casa de lorde Bracknell, Upper Grosvenor Street, número 104, levando um carrinho e um menino dentro. Nunca mais voltou. Algumas semanas depois, devido a aturadas investigações da polícia, foi descoberto o carrinho, à meia-noite, abandonado num recanto remoto de Bayswater. Continha o manuscrito de um romance em três volumes de um sentimentalismo mais que revoltante. (*Srta. Prism estremece de involuntária indignação*) A criança, porém, é que não apareceu! (*Olham todos para srta. Prism*) Prism! Onde está esse menino?

Uma pausa.

SRTA. PRISM — Lady Bracknell, confesso com vergonha que não sei. Quem me dera sabê-lo! O caso passou-se assim: na manhã desse dia, dia para sempre gravado na minha memória, preparei-me como de costume para levar o menino a passeio no carrinho. Tinha também comigo uma mala de mão, um tanto velha, mas espaçosa, em que tencionava colocar o manuscrito de uma obra de imaginação que eu escrevera durante as minhas horas vagas. Num momento de abstração mental, de que não posso me perdoar, pousei o manuscrito no carro e coloquei o menino na mala.

JOHN — (*Escuta atentamente*) Mas onde pôs a mala?

SRTA. PRISM — Não me pergunte, sr. Worthing.

JOHN — Srta. Prism, é assunto da máxima importância para mim. Insisto em saber onde pôs a mala que continha a criança.

SRTA. PRISM — Deixei-a no vestiário de uma das maiores estações de Londres.

JOHN — Que estação?

SRTA. PRISM — (*Sucumbida, esmagada*) Vitória. A linha Brighton.

Deixa-se cair numa cadeira.

JOHN — Tenho de ir num instante ao meu quarto. Gwendolen, espere aqui por mim.

GWENDOLEN — Se você não demorar muito, esperarei aqui por você toda a minha vida.

Sai John, muito excitado.

CHASUBLE — O que lhe parece significar isto, lady Bracknell?

LADY BRACKNELL — Nem sequer ouso suspeitar, dr. Chasuble. Quase desnecessário lhe dizer que em famílias de alta posição não se supõem ocorrer estranhas coincidências. Consideram-se impróprias.

Ruídos no andar superior, como se removessem malas e atirando-as ao chão. Todos olham para o teto.

Cecily – O tio John parece estranhamente agitado.

Chasuble – O seu tutor é de uma natureza muito emotiva.

Lady Bracknell – Este barulho é desagradável ao extremo. Parece que é ele a arranjar um argumento. Detesto toda a casta de argumentos. São sempre vulgares, e muitas vezes convincentes.

Chasuble – (*Olhando para o teto*) Parou agora.

O barulho redobra.

Lady Bracknell – Quem dera que ele chegue a alguma conclusão!

Gwendolen – Esta expectativa é terrível. Espero que dure.

Entra John com uma maleta de cabedal preto na mão.

John – (*Correndo para srta. Prism*) É esta a mala, srta. Prism? Examine-a cuidadosamente antes de falar. Da sua resposta depende a felicidade de mais de uma vida.

Srta. Prism – (*Serenamente*) Parece ser a minha. Sim, aqui está a esmurradela de um boléu que apanhou num ônibus na Gower Street, em tempos felizes que já se foram há muito tempo. Aqui está a nódoa no forro causada por ter rebentado um frasco de uma bebida de temperança, incidente ocorrido em Leamington. E aqui, na fechadura, estão as minhas iniciais. Já tinha-me esquecido de que as tinha posto aqui. A mala é indubitavelmente a minha. Estou contentíssima por a encontrar de um modo tão inesperado. Tem-me feito imensa falta estes anos todos.

John – (*Em voz patética*) Srta. Prism, não é só a sua mala que encontrou. O menino que nela ia era eu.

Srta. Prism – (*Estupefata*) O senhor?

John – (*Abraçando-a*) Sim... mãe!

Srta. Prism – (*Recuando, indignada e espantada*) Sr. Worthing! Eu sou solteira!

John – Solteira! Não nego que seja um sério golpe. Mas, afinal de contas, quem tem o direito de atirar uma pedra a quem sofreu? Não pode o arrependimento remir um ato de loucura? Por que é que há de haver uma lei para os homens e outra para as mulheres? Mãe, eu perdoo-a!

Tenta abraçá-la de novo.

Srta. Prism – (*Ainda mais indignada*) Sr. Worthing, há algum equívoco. (*Apontando para lady Bracknell*) Ali está a senhora que pode dizer quem o senhor é realmente.

John – (*Após uma pausa*) Lady Bracknell, não gosto de incomodar com perguntas, mas quer ter a bondade de me dizer quem eu sou?

Lady Bracknell – Receio que o que tenho a dizer-lhe não o agrade inteiramente. O senhor é filho de minha pobre irmã, sra. Moncrieff, e, por conseguinte, irmão mais velho do Algernon.

John – Irmão mais velho do Algy! Então sempre tive um irmão! Eu bem sabia que tinha um irmão! Disse sempre que tinha um irmão! Cecily — como pudeste duvidar de que eu tinha um irmão? (*Agarra Algernon*) Dr. Chasuble, o meu infeliz irmão. Srta. Prism, o meu infeliz irmão. Gwendolen, o meu infeliz irmão. Algy, meu patife, daqui por diante tem de me tratar com mais respeito. Em toda a sua vida nunca se comportou comigo como irmão.

ALGERNON – Bem, até aqui, não, meu velho, confesso. Contudo, fiz o que pude, apesar da minha falta de prática.

Aperta a mão de John.

GWENDOLEN – (*Para John*) Meu...! Mas... meu quê? Qual é, afinal o seu nome de batismo, depois de tudo isto?

JOHN – Deus do céu!... Tinha-me já inteiramente esquecido disso. A sua decisão a esse respeito é, então, irrevogável?

GWENDOLEN – Eu nunca mudo, exceto nas minhas afeições.

CECILY – Que nobre natureza a sua, Gwendolen!

JOHN – Então o melhor era pôr tudo já em pratos limpos. Tia Augusta, um momento. Quando srta. Prism me deixou na mala, eu já estava batizado?

LADY BRACKNELL – Todos os luxos que o dinheiro pode comprar, incluindo o batismo, foram-lhe dados por seus amorosos pais.

JOHN – Então fui batizado! É certo. Agora, que nome me puseram? Estou preparado para o pior.

LADY BRACKNELL – Como era o filho primogênito, deram-lhe, naturalmente, o nome de seu pai.

JOHN – (*Irritadamente*) Sim, mas como se chamava meu pai?

LADY BRACKNELL – (*Meditativamente*) Não posso agora recordar-me do nome de batismo do general. Mas não tenho dúvida de que o tinha. Era um homem excêntrico, admito. Mas somente nos últimos anos. E isso eram consequências do clima da Índia, do casamento, da indigestão e doutras coisas desse gênero.

JOHN – Algy! Não se lembra do nome de batismo do nosso pai?

ALGERNON – Meu caro, nós nem sequer chegamos a nos falar. Ele morreu ainda eu não tinha um ano.

JOHN – O nome dele devia vir nos anuários do Exército dessa época, não é verdade, tia Augusta?

LADY BRACKNELL – O general era essencialmente um homem de paz, exceto na sua vida doméstica. Mas não tenho dúvida de que o seu nome figurava nos anuários do Exército.

JOHN – Estão aqui os anuários militares dos últimos quarenta anos. Estes deliciosos registros deviam ter sido o meu estudo constante. (*Corre à estante e arranca os livros*) Generais... Mallam, Maxbohm, Magley, que tétricos nomes eles têm!... Markby, Migsby, Mobbs, Moncrieff! Tenente em 1840, capitão, tenente-coronel, coronel, general em 1869, nomes de batismo, Ernest John. (*Pousa o livro muito de mansinho e fala com toda a calma*) Eu sempre lhe disse, Gwendolen, que me chamava Ernest, não disse? Bem, chamo-me Ernest, afinal de contas. Ernest, naturalmente, quero dizer.

LADY BRACKNELL – Sim, lembro-me agora de que o general era Ernest. Eu sabia que tinha alguma razão particular para não gostar do nome.

GWENDOLEN – Ernest! Meu Ernest! Senti desde o princípio que não podia ter outro nome!

JOHN – Gwendolen, é para um homem uma coisa terrível descobrir de repente que toda a sua vida não disse senão a verdade. Pode perdoar-me?

GWENDOLEN – Posso. Pois sinto que com certeza você irá mudar.

JOHN – Minha querida!

CHASUBLE – (*Para srta. Prism*) Letícia!

Abraça-a.

SRTA. PRISM – (*Entusiasticamente*) Frederico! Até que enfim!

ALGERNON – Cecily! (*Abraça-a*) Até que enfim!

JOHN – Gwendolen! (*Abraça-a*) Até que enfim!

LADY BRACKNELL – Meu sobrinho, parece estar dando mostras de trivialidade.

JOHN – Pelo contrário, tia Augusta, percebi agora pela primeira vez na minha vida a importância vital de ser Ernest.

Cai o pano.

Leia Também

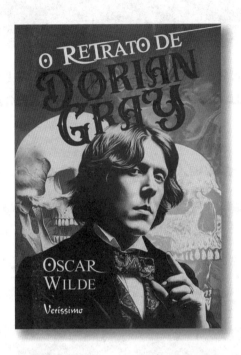

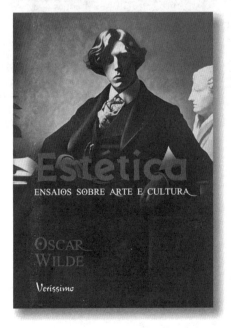

ASSINE NOSSA NEWSLETTER E RECEBA INFORMAÇÕES DE TODOS OS LANÇAMENTOS

www.faroeditorial.com.br

Veríssimo

ESTA OBRA FOI IMPRESSA EM FEVEREIRO DE 2024